ESCOLHAS DO CORAÇÃO

1ª edição — Maio/2025

Coordenação editorial
Ronaldo A. Sperdutti

Projeto gráfico e editoração
Juliana Mollinari

Capa
Juliana Mollinari

Assistente editorial
Ana Maria Rael Gambarini

Revisão
Marilda Perez Cabral
Enrico Miranda

Impressão
Melting Gráfica

Direitos autorais reservados. É proibida a reprodução total ou parcial, de qualquer forma ou por qualquer meio, salvo com autorização da Editora. (Lei nº 9.610, de 19 de fevereiro de 1998)

Traduções somente com autorização por escrito da Editora.

© 2025 by Boa Nova Editora.

Av. Porto Ferreira, 1031 | Parque Iracema
CEP 15809-020 | Catanduva-SP
17 3531.4444

www.petit.com.br | petit@petit.com.br
www.boanova.net | boanova@boanova.net

Dados Internacionais de Catalogação na Publicação (CIP)
(Câmara Brasileira do Livro, SP, Brasil)

```
Daniel (Espírito)
   Escolhas do coração / [pelo espírito] Daniel ;
[psicografado por] Cristina Censon. --
Catanduva, SP : Petit Editora, 2025.

   ISBN 978-65-5806-067-3

   1. Espiritismo 2. Romance espírita
I. Censon, Cristina. II. Título.
```

25-262108   CDD-133.9

Índices para catálogo sistemático:

1. Romance espírita : Espiritismo   133.9

Eliane de Freitas Leite - Bibliotecária - CRB 8/8415

Impresso no Brasil — Printed in Brazil

Prezado(a) leitor(a),

Caso encontre neste livro alguma parte que acredita que vai interessar ou mesmo ajudar outras pessoas e decida distribuí-la por meio da internet ou outro meio, nunca deixe de mencionar a fonte, pois assim estará preservando os direitos do autor e, consequentemente, contribuindo para uma ótima divulgação do livro.

ESCOLHAS DO CORAÇÃO

CRISTINA CENSON
ROMANCE PELO ESPÍRITO DANIEL

editora

PREFÁCIO
ESCOLHAS DO CORAÇÃO

Aqui renascemos tantas vezes quanto for necessário para que o aprendizado se efetue. Para que os laços de afeto se fortaleçam, para que as desavenças sejam extintas, para que o entendimento prevaleça e a compreensão supere todas as possíveis mágoas criadas pela nossa imperfeição. Enfim, aqui estamos com um único propósito: o de tecer os fios da nossa felicidade! E essa somente ocorrerá quando nos tornarmos seres conscientes, quando a lucidez imperar em nossas posturas, quando nosso egoísmo for substituído pelo amor incondicional que deve imperar em todas as relações humanas.

O amor! Chama que jamais se extingue, quando for elaborado ao sabor das lutas incessantes que travamos contra nossa própria imperfeição, que ainda insiste em nos dominar e nos corromper, nos tornando frios e insensíveis ao nosso próximo, deixando de observar aquilo que, realmente, é essencial.

O amor! Quanto o buscamos e nem sempre o compreendemos! Confundimos esse puro sentimento com nossas emoções desvairadas, que ainda nos acompanham os passos, desvirtuando os caminhos escolhidos, mostrando a face oculta que procuramos esconder. Nossa porção sombria, causadora de tantos sofrimentos que apenas nos prendem cada dia mais a patamares inferiores, impedindo que a luz faça morada em nossos corações.

E será possível amar e viver nas sombras? Talvez alguns poucos creiam que isso seja possível, mas o amor, para ser real e verdadeiro, necessita da luz para sobreviver, pois sem ela será, apenas, uma emoção passional, aquela que alimenta a carne, porém não o espírito. O amor é muito mais do que uma emoção, é um sentimento que precisa ser vivenciado, aprimorado, efetuando as correções necessárias para que possa ser firmado em bases sólidas. Deve ser edificado sobre a rocha, para que seja potente, firme, inabalável, capaz de suportar todos os abalos que poderão surgir no caminho. Deve ser puro e verdadeiro, capaz de superar todos os obstáculos da jornada. Deve ser vivido com ideal, coerência, em toda plenitude e, antes de tudo, deve ser leal e fraterno.

O amor! Será ele capaz de se eternizar no tempo e no espaço? Uma vez compartilhado por seres dotados de sinceridade, verdade, ideais nobres, certamente, que estará fadado a ter sua essência firmada e sedimentada na rocha dos corações puros e justos. Jamais será esquecido, nem que seus caminhos custem a se reencontrar, pois ele é chama que jamais se apaga e sempre deixará um rastro para o observador atento. Nos conduzirá pelas rotas necessárias, enfrentando provações, separações, porém continuará efetuando seu papel: ser a bússola que nos norteia enquanto aqui estivermos. Com ele, jamais sentiremos a solidão que tenta se espreitar, como a nos dizer que tudo está perdido. Com o amor, que resplandece e irradia de nossos corações, cada encarnação será apenas uma etapa a ser vencida do longo processo que nos cabe empreender. E com ele, estaremos sempre acompanhados, percorrendo os caminhos necessários, onde nossas mazelas serão depuradas, nossos defeitos serão revistos, nossos erros serão corrigidos. Tudo somente será possível com a presença do amor em nosso íntimo.

Sabemos, no entanto, que, nem sempre, ele comportará a paz, pois ainda estamos distantes de encerrar, definitivamente, os conflitos imersos em nosso inconsciente ainda frágil e desprovido de lucidez, no estágio em que nos situamos. Porém a presença do amor reascende nossa fibra espiritual e nos mostra, tal qual um farol luminoso, o que ainda precisamos aprender para que a felicidade, meta a que todos se dispõem, seja um fato e não apenas uma possibilidade.

Aqui estamos, portanto, para firmar um compromisso assumido com o Pai, que prevê que cada filho amado tenha sua chance de buscar a luz, a paz e o amor. Leve o tempo que for necessário, Ele nos aguarda no final da jornada, de braços abertos e nos recepcionará dizendo: Bendito seja por compreender a verdadeira essência divina!

O tempo do despertar dependerá daquele que se dispõe à correção, pois isso demanda trabalho, esforço, comprometimento e humildade, e nem todos a isso se predispõem, seja qual for o motivo. Não nos cabe efetuar julgamentos, quando ainda tanto dependemos da misericórdia para nossos falíveis atos! Estamos todos em processo evolutivo, essa é a verdade que precisamos assimilar!

Sendo assim, que o amor esteja presente em nossas vidas! Que possamos compreender suas nuances, aceitar os desafios decorrentes e entender que ele é fonte inesgotável de recursos para prosseguirmos nossa caminhada!

Essa é uma história que deixará o amor transparecer a cada instante, em seus mais variados papéis, e será ele que efetuará as transformações necessárias a cada personagem presente, para que as ações do passado sejam revistas e as do presente, reformuladas. O amor conduzirá cada um desses seres que aqui se encontram! Porém somos o resultado das nossas conquistas ou desastres, emocionais ou materiais, que o transformaram nesta criatura amargurada ou plena de paz em seu mundo íntimo. Tudo irá depender das lições já aprendidas em cada oportunidade vivida! Que todos saibam fazer a leitura de seus sentimentos com a bagagem já conquistada! Que não se percam, novamente, em lamentações infrutíferas, em questionamentos desprovidos de razão, em posturas inaceitáveis, esquecendo-se de todas as chances já concedidas e não aproveitadas! Que se reconheçam, antes de tudo, como criaturas com potencial inesgotável de aprendizado e que se lembrem de qual papel programaram viver e dele não mais se afastem, para que a dor não os acompanhe nesta viagem! Mais uma vez...

Somos responsáveis pelas nossas escolhas, pelos nossos atos equivocados, pelas nossas ações levianas e, especialmente, pela direção que demos a esse sentimento tão complexo que é o amor!

Essa verdade estará presente em cada instante, levando cada um a reavaliar as próprias posturas e observar quão vibrante e potente é esse sentimento: o Amor!

Que juntos possamos descobri-lo!

Daniel
09/07/2018

SUMÁRIO

Capítulo 1 - FATOS IMPORTANTES............................11

Capítulo 2 - LEMBRANÇAS DOLOROSAS.................22

Capítulo 3 - VIDA QUE SEGUE....................................33

Capítulo 4 - REVELAÇÕES..44

Capítulo 5 - EMOÇÕES EM DESALINHO 56

Capítulo 6 - NO RITMO DA VIDA................................67

Capítulo 7 - NOVOS PROBLEMAS 78

Capítulo 8 - PERIGO A RONDAR 89

Capítulo 9 - REDUZINDO A DISTÂNCIA................. 100

Capítulo 10 - UMA DOR QUE NÃO PASSA 111

Capítulo 11 - AÇÕES INDÉBITAS 122

Capítulo 12 - ASSÉDIO DAS SOMBRAS.................. 133

Capítulo 13 - ENCONTRO FELIZ............................... 144

Capítulo 14 - INCIDENTE PERTURBADOR 155

Capítulo 15 - O QUE OS OLHOS NÃO VEEM 166

Capítulo 16 - TRAMA SÓRDIDA 177

Capítulo 17 - GOLPE INESPERADO 188

Capítulo 18 - REVENDO ESCOLHAS........................ 199

Capítulo 19 - CONFLITOS PENDENTES.................. 210

Capítulo 20 - RETORNANDO AO PASSADO 221
Capítulo 21 - FATÍDICA DECISÃO 232
Capítulo 22 - LIÇÃO APRENDIDA 243
Capítulo 23 - REENCONTRO 254
Capítulo 24 - CONVERSA INTELIGENTE 265
Capítulo 25 - INCIDENTE NOTURNO 276
Capítulo 26 - RETOMANDO CAMINHOS ILUMINADOS 287
Capítulo 27 - UM PASSO POR VEZ 298
Capítulo 28 - UM NOVO PROBLEMA 309
Capítulo 29 - ENFRENTANDO OS PROBLEMAS 320
Capítulo 30 - PRENDER A PERDOAR 331
Capítulo 31 - REENCONTRO 342
Capítulo 32 - RETOMANDO O CAMINHO 353
Capítulo 33 - SEGUINDO EM FRENTE 364
Capítulo 34 - EXPLICAÇÕES NECESSÁRIAS 375
Capítulo 35 - UM NOVO AMOR 386
Capítulo 36 - EMBOSCADA 397
Capítulo 37 - REVENDO O PASSADO 408
Capítulo 38 - EM BUSCA DA PAZ 419
Capítulo 39 - PROGRAMAÇÃO EM AÇÃO 430
EPÍLOGO 440

CAPÍTULO 1

FATOS IMPORTANTES

A cena era desoladora! A comoção atingia a todos os presentes naquele local triste e fúnebre. Despedir-se de um ente querido é sempre um momento doloroso, especialmente quando aquele que partiu era jovem, com um lindo futuro pela frente. A decisão de encerrar-se o tempo na matéria, entretanto, não segue regras claras e racionais, nem tampouco pede permissão para tal condição. Essa prerrogativa pertence apenas a Deus!

Alguém pode se contrapor a sua justiça?

Miguel trazia a revolta incrustada em seu íntimo. Decidira que Deus, a que todos diziam que deveríamos nos submeter, não exercia tal poder sobre ele e o desprezava com todas as suas forças! Ele levara Marina ainda tão jovem! Eles tinham tanto a viver! Tinha tanto a lhe falar e o tempo não o auxiliara. Por que ela não o esperara? Uma dor pungente o consumia, rasgando-lhe as entranhas, ferindo-o e transformando-o naquele ser que lá se encontrava. Miguel acompanhava o funeral da mulher como um autômato, seguindo as alamedas como se aquilo não fosse com ele. Mas era! Quando se deu conta, novas lágrimas molharam seu rosto jovem, mas cujo aspecto sombrio lhe dava ares maduro e circunspecto. Há alguns dias evitava olhar-se no espelho, para não ter que encarar aquela máscara sofrida e austera em que ele se transformara. Ao mesmo tempo que travava uma batalha com Deus, seu grande inimigo, brigava com Marina, inquirindo-a sobre os motivos que a fizeram partir. Ela não mais o amava como antes? Por que não suplicou ao Deus em quem ela tanto confiava que lhe concedesse mais alguns instantes de vida? Ele precisava tanto dela! O que faria sem Marina ao seu lado? E Artur? O que seria dele sem sua presença amorosa? Não pensara nele também! Enquanto esses pensamentos aflitivos dominavam sua mente, as lágrimas rolavam incontidas, causando profundo pesar em todos que o acompanhavam no cortejo fúnebre que se seguia.

Artur estava de mãos dadas com o pai e, naquele instante, parecia ser ele a oferecer-lhe o apoio. Tinha apenas seis anos, mas seu olhar era maduro e decidido. Havia uma força latente, uma serenidade não condizente com a pouca idade. Seus cabelos eram claros e tinha os traços da mãe. O sorriso de Marina e Artur sempre iluminava o ambiente onde eles se encontravam, o que fazia com que a tristeza sempre fosse afastada para bem longe deles. A ligação entre eles era potente e Marina costumava dizer que eles já se conheciam de outros tempos. O garoto ficava com a dúvida no olhar e ela logo explicava:

— Conheço você desde que estava aqui dentro de mim. Conversava tanto com você que parece que o conheço desde sempre. Passava horas querendo saber quem você era e se estava feliz de ser meu filho — expressava ela com um sorriso iluminado.

— E o que eu respondia? — perguntava curioso.

— Que estava muito feliz por estar aqui entre nós — respondia ela.

— Só isso? — E um ar de decepção surgia.

Ela, então, o abraçava bem forte acrescentando:

— Que tinha uma tarefa secreta e precisava muito estar aqui entre pessoas que o amassem como eu e seu pai. E que, em breve, eu saberia a que veio — dizia ela com ares de conspiração.

— E depois? — questionou mais uma vez.

— Avisava que estava cansado e tinha de dormir. — Marina lhe dava muitos beijos tirando risos do filho.

— Você ainda não me contou meu segredo. Falou que contaria quando eu fosse maior!

— É verdade, querido! Você já é quase um homenzinho e eu, ainda, o trato como um bebê.

— E quando vai me contar? — Fazendo uma careta. Ele era insistente e jamais desistia de obter respostas a suas perguntas.

— Na hora certa, querido! — Da última vez em que ela falou com Artur sobre isso, a doença já se agravara. Sentiu um nó na garganta e tentou esconder as lágrimas do filho. Talvez ela não tivesse esse tempo.

E isso acabou se concretizando alguns meses depois. Após tantos tratamentos a que se submeteu, tentando todas as possibilidades existentes, ela acabou sucumbindo. Foi tudo muito rápido. Num momento em que as chances de cura estavam próximas, uma intercorrência não esperada abalou suas chances de vencer aquela etapa do tratamento. Miguel se encontrava fora do país, numa viagem tantas vezes adiada, pois ela estava respondendo a um tratamento experimental. Foi Marina que o convenceu a ir, apesar de todas as desculpas que ele encontrara para não se afastar dela naquele momento.

— Estou bem, querido! Sei o quanto essa viagem é importante para sua carreira. Luciana ficará comigo e Artur vai adorar ser o homem da casa.

— Só Luciana? — perguntou ele casualmente. — E Leonardo? — A jovem esposa deu uma risada leve e divertida.

— Querido, quando vai entender que escolhi você? — Foi ao seu encontro e o beijou com carinho. Ele a apertou entre seus braços e comentou:

— Eu sei que me escolheu. Mas e ele, será que já aceitou?

— Pare de bobagem, Miguel. Você sabe que esse ciúme é infundado e desprovido de lógica. Algum dia, eu lhe dei motivos para duvidar de meu amor por você? — indagou com o semblante sério.

— Não, mas até hoje vejo o olhar que ele lhe endereça. O que Luciana pensa sobre isso?

— Não vá criar confusão, querido. Os dois são felizes e isso é o que importa. Pare de implicar com Leonardo. Ele jamais disse algo ou cometeu qualquer deslize. Sempre respeitou minhas escolhas. Sabe que você é o homem que escolhi para dividir minha vida, ser o pai de meu filho. Tem alguma dúvida?

— Nunca! Eu a amo mais que tudo, sabia? Vai ficar bem, distante de mim durante essas três semanas? Posso adiar mais alguns meses. — Ao dizer isso, quase desistiu da ideia de viajar, pois sentiu uma angústia em seu peito.

— Pare de bobagem! Vá e ficarei bem! — Um sorriso enigmático emoldurou seu rosto.

Miguel deveria ter ouvido seu coração, que lhe pedia para ficar. Mas assim não agiu. E Marina teve um problema inesperado durante a viagem do marido, e ela própria implorou para que ele não fosse avisado. Algumas complicações imprevisíveis ocorreram e Luciana decidiu ligar para Miguel, relatando todos os fatos. Em total desespero, ele retornou imediatamente para casa, porém já a encontrou inconsciente, sedada, sem perspectivas de melhoras. Esse suplício durou dois dias e Miguel esteve ao seu lado todo tempo. Mas não conseguiu se despedir de seu único amor dessa existência.

Ela partiu de forma tranquila e serena. Deixara seus bens mais preciosos aos cuidados daquele em quem acreditava poder efetivamente cuidar: nas mãos de Deus!

Os pensamentos de Miguel o atormentavam e as lágrimas eram cada vez mais abundantes. Não sabia se conseguiria sobreviver após esse baque cruel. Nem tampouco se desejaria prosseguir com sua vida! Neste momento, Artur apertou com mais força a mão do pai, sinalizando a sua presença. Ele não estava sozinho! E jamais estaria!

Miguel tentava conter a emoção naquele instante derradeiro. O silêncio era ensurdecedor e podia-se ouvir apenas os galhos balançando ao sabor do vento.

Após as despedidas, pai e filho se entreolharam e o pequeno disse:

— Vamos sentir saudades da mamãe. Mas ela vai ficar bem. — Foram essas suas palavras que fizeram com que Miguel o abraçasse com todo amor. Não sabia o que dizer ao filho. Sentia-se tão perdido, sem perspectivas de como lidar com essa perda e só o que conseguiu expressar foi:

— Estamos só nos dois, Artur. — Antes que o desespero assomasse, ele pegou a mão do garoto e empreendeu o doloroso caminho de volta à cruel realidade que deveria enfrentar.

Luciana, irmã de Marina, estava de mãos dadas com Leonardo, o marido. Caminhavam silenciosos atrás de Miguel e Artur. A tristeza imperava nos semblantes de ambos, cada um tentando administrar a situação à sua maneira. Foram momentos intensos e dolorosos e havia alguns segredos que cada um mantinha oculto em seu mundo íntimo, evitando expor toda dor lá contida.

As duas irmãs eram muito próximas e andavam sempre juntas. Assim tinha sido por toda vida e a cumplicidade imperara entre elas. Os pais haviam morrido em um acidente de carro quando elas eram adolescentes e foram criadas pelo tio, irmão de sua mãe, a quem amavam como a um pai. Carlos Alberto era desembargador e, apesar da vida austera que vivia, com uma brilhante carreira tecida pelo trabalho e sobriedade, tratava das sobrinhas como se fossem suas próprias filhas. A esposa Silvia não podia ter filhos e assumiu-as plenamente, doando todo seu amor. Foram momentos dolorosos quando Marina adoeceu repentinamente. Tentaram todos os recursos possíveis para que alcançasse a cura, porém nem todo dinheiro do mundo, nem todos os recursos existentes são capazes de reverter algo que o Pai determinou. O casal, também, acompanhava o cortejo fúnebre, com o coração devassado pela dor. Assim que chegaram na sede do local, ambos se despediram do pai e do filho com todo carinho.

— Miguel, sei que nada que eu fale irá aliviar a dor que está sentindo. Acalma teu coração e deixe-a partir. Lembre-se de que Artur precisa de você. — Falou Carlos, abraçando-o fortemente. O jovem nada disse, apenas assentiu. — E você, meninão, cuide do papai.

— Pode deixar, vovô. Eu sei que tenho de ser forte, pois papai precisa de mim. — E cochichou no ouvido do avô: — Mamãe me pediu que cuidasse dele, pois seriam momentos muito difíceis, mas que eu saberia o que fazer. Ela disse que não contasse para ninguém, mas acho que para você posso contar.

Carlos abraçou com todo amor aquela criança que tanto amava, expressando em seu ouvido baixinho:

— Creio que possa confiar em mim, sim. Sua mãe aprovaria. Esse será nosso segredo. — Beijou seu rosto e virou-se para que ele não visse as lágrimas que assomaram.

Silvia beijou o garoto e abraçou Miguel, e saíram silenciosamente de lá. Luciana olhava a cena com o coração apertado. Não sabia como eles iriam reagir após tão cruel desfecho.

— O que você disse para o vovô? — perguntou curiosa.

— Desculpe, tia Lu, mas é nosso segredo e não posso revelar. — Ela o abraçou.

— Pensei que não tivéssemos segredo algum. Mas vou respeitar. — Foi até Miguel e encarou-o com seus olhos verdes da cor de esmeralda. — Sabe que pode contar comigo em qualquer situação. Quer que eu leve Artur para minha casa?

Antes que ele pudesse responder, o garoto se adiantou:
— Não, tia Lu, preciso ficar com papai. Agora, somos só eu e ele, certo? — Olhou para o pai com aquele olhar límpido e sereno que o comoveu.
— É isso aí, meu garoto. Somos só nós dois. — Havia tanta revolta e dor, porém ele procurou não transparecer para o filho. — Agradeço, Luciana, e se precisar eu ligo.
— Vocês dois vão ficar bem? — perguntou ela.
Leonardo, até então silencioso, pronunciou com a voz carregada de ironia.
— Ele sempre fica bem, não é, Miguel?
Ambos trocaram um olhar carregado de tensão e mágoas contidas. Leonardo era pouco mais velho que Miguel e se conheciam desde crianças. Cresceram praticamente juntos e a relação nem sempre foi assim. No passado, a amizade prevaleceu, mas, desde que conheceram Marina, tudo se modificou. Tornaram-se oponentes e ambos competiram pelo amor da encantadora jovem, que sempre soube que era objeto de conquista dos dois rapazes. Ela se divertia com isso, até que precisou efetuar sua escolha e o vencedor foi Miguel. Leonardo nunca compreendeu essa decisão, mas teve que se resignar, pois o que lhe importava, em primeiro lugar, era a felicidade dela. Retirou-se discretamente da contenda, porém levando consigo o amor não concretizado. A tensão era permanente entre eles e, por mais que Marina tentasse resolver essa questão, parecia tarefa impossível. Eram corteses um com o outro, contudo a superficialidade sempre predominou. A animosidade, no entanto, era nítida e Marina tinha que administrar esse problema.
Luciana, por sua vez, quando a irmã fez sua escolha, também guardou para si um segredo jamais revelado, sua paixão platônica por Miguel. As irmãs se amavam mais do que tudo e Luciana respeitou a decisão de Marina, fato esse que não passou despercebido a ela. Tentava falar sobre isso com a irmã,

mas ela sempre mudava de assunto. Tudo já estava consumado e bastava! Restou-lhe consolar Leonardo, um bonito e talentoso jovem! Após um ano de casamento da irmã com Miguel, eles contraíram núpcias. Não era o amor que Luciana idealizou para sua vida, mas sentiam-se felizes juntos e, mesmo que nada fosse dito, cada um sabia da frustração amorosa do outro. E tentavam, cada qual à sua maneira, aplacar a dor contida. Leonardo dedicou-se exaustivamente ao trabalho e tornou-se juiz muito jovem. É certo que o estímulo maior veio do sogro, o desembargador Carlos Alberto, que o incentivou na carreira. Luciana, por sua vez, era uma arquiteta competente e sua fama crescia a cada projeto realizado. Alavancaram suas carreiras, tentando suprir o grande vazio existente em seus corações. Por decisão de ambos, estavam adiando o projeto de aumentar a família, abdicando provisoriamente a possibilidade de filhos, o que poderia ter sido a opção que os uniria emocionalmente. Porém a decisão foi tomada de comum acordo, para tristeza de Silvia e Carlos, que ansiavam por mais crianças na família, correndo pela casa. Teriam que esperar alguns anos, assim dizia Luciana. Artur seria o único herdeiro, pelo menos por enquanto.

— O que pretende dizer com isso? — Miguel empertigou-se e permaneceu na defensiva.

— Que vai ficar bem, nada mais! É o que eu desejo a você. — Decidiu recuar, pois viu o rosto de Artur tenso. — Conte conosco para o que precisar.

— Não foi isso que você quis dizer, eu sei. — Seus olhares se cruzaram! Com toda mágoa e dor contida em cada um, o primeiro que vacilasse ou perdesse o controle daria vazão aos ressentimentos aprisionados por tanto tempo e a contenda se iniciaria. Os resultados seriam desastrosos e Luciana já tivera essa percepção.

— Acalme-se, Miguel. Não deturpe as palavras de Leonardo, eu lhe peço. Você está precisando dormir um pouco. A tensão nos últimos dias foi intensa. Eu me preocupo com você, querido.

Sei como se sente. — Havia lágrimas em seus olhos que o fez se conter.

— Me desculpe. — Dirigiu-se ao cunhado e disse: — Você sabe que nunca mais vou ficar bem. Não preciso explicar os motivos. Queria tanto ter estado aqui ao lado dela.

— Mas não estava e só posso dizer que sinto muito por você. — Havia uma crítica velada.

— Eu não deveria ter viajado, mas ela insistiu tanto... — Sua voz embargou e ele manteve um extremo controle para que a emoção fosse contida.

Leonardo o encarava de forma fria o que deixou a esposa incomodada. Não era momento de efetuar críticas ou julgamentos. Não naquele instante! Se é que haveria algum em que isso pudesse ser colocado. Alguém teria o direito de julgar as ações alheias? Luciana percebeu que o juiz lá estava presente e isso a entristeceu profundamente. Sabia o quanto isso a incomodara por tantos anos. Ele nunca esquecera seu grande amor e, mesmo após todos esses anos, ela ainda não havia conquistado integralmente o coração do marido. Seria incompetência sua? Numa das discussões, ela colocara tal fato e ele permaneceu calado. Talvez essa tenha sido sua resposta. No entanto, em seguida, ele a abraçou e disse o quanto ela era importante em sua vida e que a amava. Luciana sabia que jamais seria amada por ele como Marina. Porém esse seria seu segredo. Não iria competir com a irmã em hipótese alguma. E a vida seguia.

Mas, naquela hora, era nítido o quanto Leonardo estava sensibilizado com a morte de Marina, mais do que poderia supor. Acusar Miguel não a traria de volta.

— Por favor, respeitemos o momento. Artur, vamos comer um lanche bem gostoso? — Ela queria mudar o rumo da conversação.

O garoto olhou para o pai e perguntou:

— Posso ir com a tia Lu? Prometo trazer um lanche igual ao meu para você. Não vou demorar, papai. Assim você dorme um pouco. — Um sorriso puro se delineou em seu rosto infantil.

Miguel olhou o filho com ternura e sentiu que ele, também, precisava de alguns instantes de paz!

— Pode, querido. Se me prometer que trará um lanche igual para mim.

— Combinado, papai. Vamos? — Antes de saírem, Luciana olhou Miguel com aquela expressão profunda que ele tanto conhecia. As duas irmãs eram muito semelhantes, e os olhos, o que mais tinham em comum. Seu coração entrou novamente em descompasso, mas controlou a emoção.

— Você vai ficar bem? — indagou ela como se já soubesse a resposta. O jovem deu de ombros e um sorriso triste se delineou em seu rosto.

— Algum dia, Lu! — foi a lacônica resposta.

Leonardo aproximou-se e estendeu a mão, mas Miguel o abraçou. Ele precisava tanto de um abraço e Leonardo era a pessoa mais apropriada para lhe oferecer isso. Os dois permaneceram nesse abraço sob o olhar atento de Luciana e Artur. O garoto sorriu:

— Tio Leo, papai precisa muito de você, assim como eu. — Foi até o tio e esperou que ele se abaixasse, dizendo com olhar profundo. — Mamãe queria que vocês fossem amigos como antes. Na verdade, eu nunca entendi o que ela dizia, mas sei que vocês entendem. — Leonardo respirou fundo e comentou:

— Sua mãe nos conhecia muito bem, Artur. Sentiremos muito a falta dela. — E antes que a emoção predominasse, dirigiu-se ao amigo e falou: — Estaremos por perto. Sempre!

O momento comportava apenas a paz e era isso que eles teriam de buscar. Juntos!

— Eu sei! — foram suas palavras.

Beijou o filho e esperou que eles se distanciassem. Só então permitiu que as lágrimas assomassem num choro dolorido e libertador. Não sabia que rumo tomar. Sua vida daria uma guinada em todos os aspectos. Teria que se organizar para cuidar do filho, da casa, da própria vida. Ele poderia contar com Dora, a serviçal que estava com as irmãs desde os tempos da mãe, quando ainda era viva. Ela as vira nascer e cuidara com todo carinho das meninas, especialmente nos momentos dolorosos que enfrentaram quando da partida precoce dos pais. Dora amava as meninas e esteve com elas todos os momentos. Quando Marina adoeceu, ela decidira se mudar para o apartamento do casal, para cuidar de tudo. E assim foi até a última semana. Ela esteve no velório e falou que seu coração não suportaria mais essa despedida. Avisou que estaria em sua casa e, quando ele precisasse, ela voltaria. Dora já era uma mulher de meia idade e cuidar do Arthur não estava nos planos de Miguel. Seria pedir algo além das possibilidades dela. Porém poderia dar uma assessoria para os trabalhos domésticos. Essa havia sido a recomendação de Marina ao esposo: "não a sobrecarregue, pois sua saúde é frágil". Uma outra jovem a auxiliava em tempo integral. E havia também a babá de Artur, uma jovem amável e dedicada que ficara com Marina um ano após seu nascimento e que ela a requisitava quando precisava se ausentar com o marido. Confiava plenamente em todas essas mulheres. Contudo nenhuma substituiria Marina. Uma dor profunda em seu peito quase o fez cair. Nunca sentira tanta tristeza em seu coração. Sentou-se e, com a cabeça entre as mãos, deixou-se conduzir pelo pranto doloroso. No entanto nada fazia cessar essa dor. Após alguns minutos, saiu do cemitério e dirigiu até sua casa. Lá, tudo fazia lembrar Marina. Cada quadro, cada ornamento, cada detalhe. Nada mais seria como antes. Deitou-se no sofá e adormeceu.

CAPÍTULO 2

LEMBRANÇAS DOLOROSAS

— Ele ficará bem! — dizia uma entidade feminina. — Talvez não no tempo que deveria, mas ele irá reencontrar seu caminho. No entanto sinto que ele custará a entender que não detemos o controle pleno sobre nossa existência. Será que se renderá ao supremo poder de Deus? Esse que ele tanto insiste em combater?

— Sabemos que a fé jamais foi sua prioridade. Ele reluta em buscar os caminhos que facilitariam seu reequilíbrio. Lição que ainda não assimilou. É lamentável que, após todas as oportunidades que teve de ampliar seus conhecimentos acerca da nossa paternidade divina, ele ainda se recuse a aceitar Deus em sua vida.

— Foram muitas experiências nas quais ele poderia ter aprendido preciosas lições, porém seu orgulho ainda se sobrepõe à humilde constatação de que somos imperfeitos e que necessitamos de correções. Ele as aceita como punições e daí sua revolta. O tempo será um excelente instrutor dessa verdade sublime. Confiemos! Que ele se mantenha vigilante quanto aos seus desafetos, que esperam a oportunidade de se aproximarem novamente. Suas cobranças ainda estão pendentes. E sabemos que ele não poderá mais adiar a quitação de seus débitos. Marina era sua maior aliada nessa tarefa, poupando-o de maiores sofrimentos. Ambos sabiam, no entanto, que ela aqui permaneceria para ajudá-lo oferecendo as lições essenciais. Espero que ele as tenha aprendido!

— Nossa menina foi seu esteio enquanto esteve ao seu lado. Porém a tarefa compete àquele que a programa. Cabe a ele colocar em ação o que aprendeu, pois, só assim, seu caminho será menos doloroso. Agora vamos, ela, em breve, despertará. E estaremos novamente unidos! — A emoção invadiu seus corações. — Tinha que ser assim? — foi seu questionamento.

— Ela assim escolheu, querido. Estar aqui e observar a real situação está sendo uma tarefa a nós concedida pelos méritos já conquistados. Poderemos retornar em outra ocasião. Antes que nos perturbemos excessivamente, façamos o que nos compete. Vamos envolver esse lar em fluidos salutares, retirando essa energia mental inferior que Miguel irradia de forma tão invigilante, comprometendo todo o ambiente.

— Ele ainda ignora o poder mental, minha cara. Como disse, ele desprezou tantas lições colocadas em seu caminho! Agora, terá que escolher a lição mais difícil e esperemos que ele não se perca no cipoal das lamentações infrutíferas e da revolta vã. Cuidaremos dele quando nos for permitido. Por hora, já fizemos nossa humilde tarefa. Podemos ir, Célia? Quero estar ao lado de nossa filha quando ela despertar.

— Vamos, Adolfo. Voltaremos outro dia para cuidar de Artur. Teremos muito a fazer e sabe disso! Ele será nossa ligação com Miguel. Talvez seja o único capaz de tocar as fibras de seu coração tão amargurado.

As duas entidades derramaram fluidos sobre o ambiente já contaminado pelas energias inferiores que Miguel irradiava. Um fluido bom é capaz de eliminar outro pernicioso. E era isso que eles estavam a fazer naquele local. Ao saírem, entreolharam-se satisfeitos, sentindo a energia já modificada.

O sono de Miguel mais corresponderia a um pesadelo. Ouviu choros e lamentos por toda parte. Procurava por Marina, mas não a encontrava em canto algum. Gritava seu nome e só ouvia vozes alteradas como se estivessem a dizer impropérios para ele, como se fosse responsável por alguma coisa. Tudo incompreensível e torturante. E assim despertou, chamando por Marina. Foi quando se deu conta de que ela nunca mais iria estar lá. Olhou ao redor e lembrou-se de tudo que ocorrera.

Agora sozinho em seu apartamento! Uma dolorosa constatação. Já escurecera e sentiu um frio cortante na sala. O silêncio o perturbava como nunca acontecera. Onde estava Artur que ainda não chegara? Olhou o relógio e percebeu que era cedo, apenas sete horas. Conseguira dormir somente uma hora e o cansaço ainda imperava. Reparou que as janelas estavam abertas, daí a sensação de frio. Levantou-se e foi fechá-las, quando se deparou com a cidade iluminada. Marina adorava lá permanecer admirando a "paisagem cosmopolita", como ela brincava. Dizia que nascera para viver lá, naquela cidade que muitos consideravam uma metrópole fria e impessoal. Ela dizia que São Paulo tinha seu charme e que nunca a trocaria por qualquer outra. Miguel tivera algumas propostas de trabalho fora do país e Marina até se renderia a trocar sua cidade natal, acompanhando-o como fiel esposa que era. Mas ele mesmo decidira-se permanecer por lá. E por ela! Como a amava! Nunca mais sua vida seria a mesma sem sua presença.

Novamente, a dor no peito quase tirou-lhe o ar, sentindo que estava prestes a desfalecer. Sentou-se e começou a respirar com mais calma. Ele não era médico para avaliar a gravidade do seu estado, decidindo que iria consultar um especialista.

Ou, talvez, não. Isso não mais importava. Desde que Marina se fora definitivamente, qual incentivo ele teria para continuar com sua vida vazia e infeliz? As lágrimas outra vez assomaram e ele lá permaneceu, encarando o imenso apartamento que não seria mais o mesmo sem ela. Olhou o bar à sua frente e pensou em beber algo, talvez se acalmasse. E assim fez, colocando uma dose generosa em seu copo, bebendo quase todo o conteúdo de uma só vez. Mais uma dose, só dessa forma se sentiria melhor. Desta vez, ficou com o copo nas mãos, olhando para o vazio. Lembrou-se de Marina, naquela mesma sala, um ano atrás, quando ele se desesperou com a notícia da sua doença. A primeira coisa que fez foi beber uma, duas, três doses, tudo sob o olhar sereno da esposa que esperou pacientemente que ele finalizasse a terceira dose. Foi quando ela disse com toda doçura possível:

— Meu amor, isso não irá resolver meu problema. Pensei que poderia contar com sua força, proteção e sustentação, mas parece que a sentença de morte foi a você perpetrada. Pelo visto, enfrentarei sozinha minha doença. — Levantou-se calmamente e sorriu com tristeza: — Você sempre foi meu esteio, ainda não sei como fazer para caminhar sozinha, mas é isso que terei de fazer já que você se recusa a me acompanhar.

Miguel levantou-se e correu a abraçá-la, e ambos choraram toda dor represada.

— Me perdoe, meu amor. Estarei sempre ao seu lado e juntos venceremos essa batalha. Confie em mim.

Isso acontecera um ano atrás. Miguel cumpriu tudo o que prometera e estiveram juntos durante todas as fases do complexo tratamento. Os dois não se apartaram um do outro um só momento. E como ela havia sido uma guerreira! Admirável a força que ela demonstrou durante todo o processo. Mas como não detemos o poder de controlar o tempo que aqui iremos permanecer, seu prazo se encerrou! E Marina partiu desta vida convicta de que lutara bravamente! Todos foram testemunhas de sua coragem e destemor diante da morte! O que poucos sabiam era que suas convicções a levavam a ser como era. A vida é uma pequena passagem de tempo perante a eternidade. É uma coletânea de breves momentos em que temos que aproveitar todas as lições que nos são concedidas, buscando compreender o sentido de tudo o que nos acontece. Ela buscara a Doutrina Espírita quando os pais morreram, tentando entender por que acidentes ocorrem, por que alguns morrem tão cedo e, aparentemente, antes da hora, além de outras dúvidas que a deixavam em estado de insegurança e fragilidade.

Quando passou a frequentar uma casa espírita, sentiu que encontraria as respostas a tantos questionamentos que crença alguma conseguira oferecer. Seu coração se apaziguou e sua vida se preencheu de luz e paz. A serenidade com que enfrentou sua provação tinha, portanto, uma razão de ser. E se ela, em algum momento, planejou sua vida com essas provas a vivenciar, era porque sabia que conseguiria administrar com bravura cada passo desta jornada. Daí a confiança de que era portadora. Estava ciente de que nunca estaria sozinha em sua batalha. Miguel sabia de suas crenças acerca da imortalidade da alma, mas nunca procurou conhecer com mais critério e determinação. Aceitava suas escolhas e Marina, as dele. Sem intimidações, críticas ou julgamentos.

Ainda com o copo na mão, lembrou-se das palavras daquela fatídica noite e, por um instante, pensou em arremessar o copo para bem longe dele. Beber não iria resolver seu problema, tinha essa consciência. No entanto levou o copo à boca, sorvendo todo conteúdo de uma só vez.

— Me perdoe, querida. Não tenho a sua coragem, nem tampouco sua determinação. Além do que você não está mais aqui. — Permaneceu sentado na mesma posição até que a campainha tocou. Levantou-se e deixou o copo sobre a mesa. Abriu a porta e Artur entrou sorridente, entregando seu lanche.

— Você pediu que fosse igual ao meu, aqui está! — disse ele com um sorriso. Era impressionante a semelhança com a mãe! O mesmo sorriso, a mesma pureza!

— Vou ver se adivinho! — E descreveu o lanche recebido, deixando o garoto ainda mais feliz.

— Não disse, tia Lu? O papai sempre acerta meu lanche.

— Será porque você só come este desde que aprendeu a comer? — brincou o pai.

— Esse é mais gostoso e sabe disso! — Ele ia se sentar quando Luciana pediu:

— Artur, lembre-se do que combinamos fazer quando chegasse em casa!

— Sim, lavar as mãos, me trocar e esperar o papai no quarto. — Antes de sair, ele disse: — Mas se estiver muito cansado, pode apenas me dar um beijo rápido de boa noite.

— Algum dia, mesmo exausto, após aquelas reuniões chatas, eu deixei de dar boa noite para você, querido? Nada mudou, compreende? Além do que mamãe me deixou algumas tarefas inadiáveis e essa é uma delas. — expressou o pai com o coração apertado.

— Ela me deixou algumas também. Você sabia? — perguntou o garoto.

— Sabia. Sua mãe pensou em tudo. Como sempre fez! — Seus olhos ficaram marejados, o que Luciana percebeu.

— Depois vocês dois conversam. Agora, vá lavar sua mão ou vou contar onde colocou essas mãozinhas malandrinhas. — Artur saiu correndo em direção ao banheiro.

— Conseguiu descansar um pouco? — Olhou o copo em cima da mesa, mas nada comentou.

— Tentei, mas não consegui. Eu só tomei uma dose para relaxar um pouco. Não me julgue, por favor!

— Não falei nada, Miguel. Sabe que sua vida é seu patrimônio. Peço, porém, que jamais se esqueça de Artur. — Fez menção de sair e ele a segurou.

— Eu nunca faria algo que comprometesse a segurança dele. Confie em mim! Esqueça o passado, eu lhe peço! — Havia uma súplica em suas palavras.

— Meu querido, sabe o que pode lhe acontecer quando ultrapassa os limites. Infelizmente, tenho uma memória excelente. Marina não estará mais aqui para contê-lo. Deseja que eu te ajude de alguma forma? Posso tirar uns dias de folga e ficar com Artur. Sei que está passando por um momento tenso e complicado, quero te ajudar. Aceite, Miguel.

— Não será necessário. Terei uns dias de descanso, já está tudo acertado. Não posso me afastar de Artur neste momento. Precisamos um do outro! Não sei ainda como fazer, mas tenho que prosseguir. Meu filho precisa de mim! — A angústia que ele portava a comoveu e ela o abraçou com carinho.

— Sei que está sofrendo muito! Todos estamos, meu amigo. No entanto respeite seus limites e aceite a ajuda. Sei que vocês dois ficarão bem, mas o caminho ainda é tortuoso e precisa estar na posse de todo controle para administrar com sensatez. Não fique aqui com Artur nos próximos dias, vá para algum lugar distante de toda essa dor que já o está sufocando. Eu o conheço tão bem, Miguel. Está a ponto de se render ao desespero e permanecer aqui só vai apressar esse processo. Que tal passar uns dias na casa de Campos de Jordão? Artur adora ficar lá em meio à natureza. Nesse quesito, ele difere de Marina. — Luciana deu um sorriso triste ao mencionar a irmã. — Ela não gostava de ficar fora da sua cidade.

— O máximo que Marina conseguia se ausentar eram dois ou três dias. — Ficou calado por alguns instantes e, em seguida, proferiu: — Creio que tem razão, vou para lá amanhã. Artur está de férias e aposto que ele vai adorar. Obrigado pela ideia. Não quer vir conosco? Se Leonardo aprovar, é claro. — A ironia não passou despercebida.

— Ele não tem que aprovar nada. Pare com essa implicância com ele, por favor. Não entendo por que ambos vivem às turras. Cada dia que passa, isso só se agrava. Parecem mais infantis que o próprio Artur. Deveriam se envergonhar de suas posturas. E respondendo à sua pergunta, amanhã tenho uma série de reuniões e não poderei me ausentar, mas, talvez, na quinta-feira eu esteja livre. Quem sabe não passo o final de semana com vocês. Leonardo pode ir no sábado. Falarei com ele. Agora, vá descansar. Sua aparência está péssima. — Seus olhares se cruzaram e ela pôde constatar toda amargura que ele continha.

Será que um dia as coisas voltariam ao normal? Sentiu vontade de abraçá-lo e dizer-lhe que tudo iria passar. Assim é a vida! Tudo pode ser administrado, se isso for necessário ou quando não se tem uma alternativa senão seguir em frente, mesmo com o coração destroçado. Ela mesma agiu dessa forma há muitos anos! Teve que fazer uma escolha e não se arrependera. Mesmo que a um alto custo! Marina amava Miguel e jamais iria se colocar entre eles, apesar de toda dor que aquilo representava. E assim a vida seguiu em frente.

Assim como Luciana, Leonardo também teve de administrar sua dor ao ser preterido por alguém de quem nunca mencionara o nome. Ambos com seus corações partidos, com emoções à flor da pele, o envolvimento foi algo natural. Um ano depois, estavam casados e felizes. Sim, eram felizes com suas respectivas carreiras, com a cumplicidade que existia entre eles, com muito afeto e companheirismo, mas ainda se perguntava se isso era amor. Talvez faltasse um ingrediente essencial, a paixão. Mas isso acabou sendo relegado a segundo plano. A vida profissional deles era tão intensa que supria essa carência. Ou, pelo menos assim, queria acreditar. No cargo que ele ocupava, era fundamental um casamento sólido e a fidelidade se tornara algo imprescindível. Nunca imaginou que houvesse uma traição e assim queria pensar. Pelo menos de sua parte, sempre foi fiel, e esperava que ele, também, agisse dessa forma. Sua vida era um livro aberto e, provavelmente, não tivesse tempo para pensar em burlar essa regra.

    Leonardo era um homem sério, contido, poucas vezes o via descontraído, rindo, a não ser quando estava com Artur, pois aí se transformava. A alegria do menino o contagiava e ela adorava quando os via juntos, pois conseguia enxergar o outro lado do marido. As gargalhadas eram naturais, as brincadeiras, espontâneas, parecia até que ele era o pai do garoto, causando ciúmes em Miguel, o qual sempre procurava se conter. Mas Luciana conhecia muito bem o cunhado e percebia que ele ficava perturbado com a cumplicidade existente entre tio e sobrinho. Marina lhe confidenciara certa ocasião que o esposo não ficava confortável com a relação entre Leonardo e Artur, mas ela mesma dissera-lhe que se empenhasse em se aproximar mais do filho. Será que Artur não o sentia distante demais? E a relação entre pai e filho se transformou de maneira positiva. Marina administrava com perfeição todas as situações. E era esse comportamento que a convertera no centro daquela família. O que seria deles sem sua presença em suas vidas?

    Luciana havia divagado e nem ouviu a pergunta que Miguel lhe fizera.

    — Eu perguntei se você está bem. Sua aparência não parece muito diferente da minha. Precisa descansar também. Posso te esperar na quinta? — Percebeu que ele não queria ficar sozinho.

    — Darei um jeito. — E com um abraço afetuoso, ela se despediu. — Descanse. E não se esqueça de que seu filho te aguarda ansioso no quarto.

    Logo que ela saiu, novas lágrimas assomaram e ele precisou de um esforço supremo para conter a emoção. Artur o esperava para dar boa noite. E sabia o que isso significava. Consistia em contar uma história e, então, fazer a oração para depois dormir.

    Encontrou-o sentado na cama, já trocado e com um livro na mão.

    — Olha que você já fez tudo sozinho hoje! Bom garoto! Que história quer que eu conte antes de dormir? — perguntou.

— Vamos fazer diferente. — Levantou-se, pegou o pai pela mão e levou-o até um quarto vazio. Acendeu as luzes e foi até a cama. Deitou-se nela e pediu que ele fizesse o mesmo. O pai obedeceu sem entender o que pretendia. Já ao lado do pai na larga cama do quarto de hóspedes, contou seu plano: — Mamãe me pediu que ficássemos juntos aqui neste lugar quando voltássemos para casa, depois que ela se fosse. — Ele falava com tanta calma, serenidade e pureza que o pai se controlava para que a emoção não fosse expandida. — Ela disse que esses momentos seriam difíceis, então um lugar neutro seria mais adequado. — Virou-se para o pai e perguntou: — O que ela quis dizer com isso? Eu não quis interrompê-la e continuei ouvindo sobre minha tarefa.

Com toda paciência e controle, Miguel pegou a mão do filho e expressou:

— Que aqui não sentiríamos tanto a presença ou a ausência dela. Como sempre, ela pensou em tudo, planejando todos os detalhes. Neutro, pois aqui ela não ficava conosco e as lembranças não estão tão presentes. No seu quarto ou no meu, isso não aconteceria e ficaríamos muito mais tristes ao nos lembrar das inúmeras vezes que ela ficava conosco, nos fazendo rir, nos fazendo tão felizes como sempre fez. Então essa era sua tarefa?

— Uma delas! — disse com um sorriso. — As outras não posso contar ainda. Vamos começar?

— O quê? — perguntou o pai curioso.

— Hoje eu vou ler uma história para você dormir. E vai ser assim até que você diga que não precisa mais, está bem? Mamãe falou que você não conseguiria dormir e eu lhe disse que também sabia contar histórias, que você dormiria como um anjo após a minha leitura. Posso começar? — E mostrou o livro em suas mãos. — Essa história é infalível, papai. Duvido que você não durma depois de ouvi-la. Eu nunca resisti e, até hoje, não sei como ela termina. — Ofereceu um sorriso tímido.

Miguel não sabia o que dizer. Ficou observando o filho com tanta atitude, pensando que Marina tinha deixado seu fiel escudeiro para redimir-se de seu ato, partindo tão sorrateiramente da sua vida. Sorriu para o filho e disse:

— Já que você é quem comanda hoje, espere um pouco. Vou me preparar para dormir.

Saiu do quarto e foi até o banheiro, para que o pequeno não o visse chorar. Ficou alguns minutos calado e inerte. Depois, trocou de roupa, escovou os dentes, pois sabia que o filho iria verificar seu hálito. Era uma brincadeira comum entre eles, antes de dormir. Quando retornou, o filho estava na mesma posição que o deixara. Miguel se deitou, não sem antes mostrar que escovara os dentes. O garoto aprovou e ele se deitou ao seu lado.

— Posso começar? — questionou ele com confiança. — Eu apagarei a luz hoje, combinado?

O pai assentiu e ele iniciou a história. Artur já era alfabetizado, e a leitura seguia lenta e pausada. Tratava-se de um conto de fadas antigo, havia príncipes e princesas, reinos conflitantes, encontros inesperados e muita ação. Ele contava com muita empolgação e, quando a princesa heroína foi presa no castelo dos adversários do rei, Miguel já adormecera. O garoto sorriu com satisfação e levantou-se bem devagar, apagou as luzes e deitou-se bem próximo do pai. Em instantes, ele também adormeceu.

CAPÍTULO 3

VIDA QUE SEGUE

Na manhã seguinte, Miguel foi despertado por Artur. Ele trazia uma pequena bandeja com uma xícara de café fumegante.

— Mamãe me ensinou a usar a cafeteira. É bem fácil! — disse ele com um sorriso vitorioso.

— Quando o meu bebê cresceu e eu nem percebi? — Miguel estava confuso com as habilidades que o filho demonstrava. Era realmente muito precoce. Pegou com cuidado a xícara que já derramara café no pires. Ele sorriu para o filho e confidenciou: — Sua mãe também deixava isso acontecer. Ela dizia que ocorria durante o trajeto.

O filho estava com um largo sorriso, tornando seu rosto iluminado:

— Sabe, papai, tem horas na vida que é mais fácil prosseguir imaginando um mundo de faz de conta. Nesse mundo, é como a gente gostaria que fosse. Quando acordei e vi você ao meu lado, fiquei a pensar que, agora, seremos apenas nós dois. Mas aí a imagem da mamãe surgiu na minha cabeça, como me dizendo que ela sempre estará conosco, mesmo que não seja como gostaríamos. Então pensei uma coisa: que tal viver num mundo onde a mamãe foi fazer uma viagem e um dia ela vai voltar? Nós não sofreremos muito se pensarmos desse jeito. Vamos esperar por ela, o que acha? Creio que era isso que ela queria me dizer sobre ter esperança. Você acha que dá certo? — E encarou o pai com atenção.

Miguel ainda tentava administrar a estratégia do filho, pensando como ele era um garoto inteligente. Sabia que a mãe oferecera todos esses recursos didáticos, pois ambos conversavam sobre tudo. Quando percebeu que seu tempo era reduzido, deve ter se esmerado em propiciar as condições para que ele não sofresse em demasia a separação imposta. Era uma mulher admirável! Como a amava! Cada dia um pouco mais! E deixara o filho munido de recursos para que ambos se auxiliassem evitando pensar somente na dor, mas nas possibilidades de enfrentar a situação de forma simples e leve.

Respirou fundo, imaginando a resposta que daria ao filho. Não estava habituado a viver na ilusão e na fantasia, nem sabia se era saudável ou se a isso denominaria "fuga da realidade". Mas o olhar esperançoso do filho o convenceu de que talvez não fosse tão impróprio. Ele tinha só seis anos, como tratar de um assunto com seriedade e com racionalidade? Não, pensou ele, essa seria a brincadeira deles. E assumindo ares de conspiração, sussurrou ao filho:

— Tenho plena certeza de que esta é a melhor opção. Sim, vai dar certo.

— E por que está falando baixinho? — O pai olhou para os lados, como se estivesse avaliando se mais alguém ouvia.

— Porque esse será nosso segredo. Não vamos contar para ninguém, portanto não queremos que ninguém nos ouça, certo?

— Nem tia Lu? — perguntou também baixinho. Miguel se levantou e passou a caminhar pelo quarto avaliando a solicitação.

— Você confia nela? — indagou o pai.
— Sim. E você? — Ele assentiu.
— Então está combinado. Esse será nosso segredo. De nós três apenas.
— O tio Leo vai ficar triste. Não vamos contar para ele?
— Artur, daqui a pouco não teremos segredo algum, pois sempre terá alguém em quem confiamos, não acha?
— É, papai, tem razão. Ficamos apenas nós três. — E estendeu a mãozinha para o aperto de mãos. Miguel sorriu e estendeu a sua também, selando o pacto de silêncio. — E o café? Ficou igual ao da mamãe?
— Ficou, meu querido. Agora, deixa eu assumir as tarefas da casa, pois aposto que está faminto. — Aí se lembrou da viagem. — Mas, antes de alimentarmos nosso estômago, queria lhe perguntar uma coisa. — Os olhos do filho ficaram atentos. — Que acha de passarmos alguns dias em Campos? Tia Lu prometeu que irá nos encontrar lá na quinta. Gostaria?
— Eu sabia que você iria querer ir para lá. Acho uma excelente ideia. Podemos andar de cavalo? A tia Lu me ensinou a montar, pena que você ainda não viu como aprendi direitinho. Vovô disse que comprou um cavalo só para mim. Quando vamos? Agora?
— Não, primeiro comeremos algo. Depois, fazemos nossas malas. Você me ajuda? — Estendeu a mão ao filho que estava radiante com a ideia da viagem.
— Mamãe não poderá ir conosco, pois está viajando para outro lugar, certo? — E piscou o olho de um jeito tão engraçado que Miguel não conteve o riso.
— Ela vai ficar morrendo de inveja de nós. Mas fazer o quê? — E saíram do quarto, não sem antes o filho proferir com jeito de sabichão.
— Você dormiu antes do que eu. Viu como sei colocar você para dormir? Meu método é infalível. A leitura ajudou. Vou levar em nossa viagem. Não posso esquecer.

Artur era realmente especial. Conseguia fazê-lo esquecer momentaneamente a sua dor. Os papéis estavam invertidos, pois cabia a ele essa função. Mas o filho agia de forma magistral, como se tivesse sido instruído de forma detalhada.

A manhã passou rapidamente com todos os preparativos da viagem. Fez alguns telefonemas, todos breves. Viu as mensagens no computador, alguns problemas que dependiam exclusivamente dele, mas não estava em condições de analisar. Respondeu de forma lacônica a cada uma delas, dizendo que estaria fora por alguns dias com o filho e, na semana seguinte, entraria em contato com todos. Olhou o filho que já não cabia de tanta ansiedade e proferiu:

— Pronto, tudo resolvido. Ou quase! Vamos? Pegou o sonífero? — Viu o olhar confuso do filho e explicou: — Sonífero é que faz dormir. Pegou o famoso livro? — Artur deu uma risada gostosa e declarou:

— Já está na mala. Aprendi mais uma palavra: sonífero, é assim que se fala?

— Sim, meu menino sabidinho. Vamos? — Olhou para o porta-retrato que estava numa estante e seu coração entrou em descompasso. Como iria sobreviver sem ela? Artur percebeu o olhar triste do pai e expressou com ares de seriedade:

— Papai, a mamãe está viajando, lembra? Um dia ela vai voltar. Agora vamos, que eu quero chegar e andar a cavalo. — E puxou a mão do pai, que só pôde dizer:

— Você está certo. Ela está viajando apenas. Uma hora, ela vai voltar. — E saíram.

A viagem foi tranquila e chegaram a tempo de realizar a tão sonhada atividade do garoto. Os caseiros os recepcionaram com carinho e respeito.

— Meus sentimentos, Miguel. Ficamos consternados com a notícia. Luciana pediu que arrumasse os quartos e está tudo pronto. Podemos levar a bagagem? — Era a atenciosa Rita, que fazia todas as tarefas domésticas da casa. Seu marido Francisco cuidava de manter a propriedade em perfeita organização, supervisionando tudo.

— Chico, onde está meu cavalo? — perguntou Artur logo que chegou.

— Não é um cavalo, é uma égua. Já pensou em um nome para ela? Vão ficar alguns dias, então pense com cuidado, pois, depois que der o nome, não se deve trocar — disse ele com seriedade. Era um homem forte, na casa dos sessenta anos, assim como a esposa, e estavam na família havia mais de vinte anos. E adorava os cavalos da pequena fazenda, cuidando com todo esmero e carinho.

— Tenho que andar nela para ver que nome vou dar. Você me ajuda? — O homem olhou para Miguel, pedindo permissão para tal tarefa.

— Não quer esperar pelo papai? Francisco selará um para mim também e vamos juntos. Vou só avisar tia Lu que já chegamos. Pode ir com ele, Francisco! Já encontro vocês.

Entrou na suntuosa residência, ornada com muito bom gosto, mesmo sendo uma casa de campo. Luciana fez questão de modificar quase tudo, depois que se formou arquiteta. E ela era muito competente na sua tarefa.

Rita o acompanhou até um dos quartos que tinha uma porta de ligação com outro.

— Luciana pediu que fosse esse. Terá privacidade e, ao mesmo tempo, estará ao lado de Artur. Está bem para vocês? — Ela queria fazer perguntas sobre Marina, mas percebeu que ele não parecia disposto a maiores conversações.

— Obrigado, Rita. Está tudo perfeito. Luciana pensou em tudo. Vou ver Artur. — E saiu.

O garoto já estava aflito com a demora do pai! E ambos passearam a cavalo até o sol se pôr. Retornaram para casa cansados, mas felizes. Havia sido um passeio e tanto! Após o jantar, Artur aparentava estar exausto, mas tinha uma tarefa ainda a realizar.

— Vamos, papai. Vou colocá-lo para dormir. — Assumindo ares de gente grande.

— Acho que está mais cansado que eu. Será que dará conta? — brincou o pai.

— Vou continuar de onde parei a história quando você dormiu. Vamos? — Pegou a mão do pai e o conduziu para o quarto.

E o mesmo ritual da noite anterior aconteceu. Só que, desta vez, ele fingiu estar dormindo e, quando o garoto adormeceu, ele saiu lentamente, sem fazer movimentos bruscos. Foi até a sala de estar e sentou-se no confortável sofá. Pensou em ligar a televisão, mas poderia acordar o filho. Sentia-se cansado fisicamente, mas sem sono algum. A noite estava fria e a lareira acesa. Recordações povoaram sua mente e, nelas, Marina estava sentada ao seu lado e lhe sorria. Seus olhos ficaram marejados e tentou afastar essas imagens. Levantou-se e foi até o pequeno bar no fundo da sala. Pegou uma garrafa e um copo. Sentou-se novamente e não viu o tempo passar, sorvendo de uma talagada só várias doses da bebida. Despertou com o sol entrando mansamente pela sala, só então se deu conta de que passara a noite toda na sala. Procurou seu copo, mas não estava lá. Um mistério! Levantou-se e voltou para o quarto, onde Artur ainda dormia. Deitou-se cuidadosamente ao seu lado e tentou conciliar o sono, mas não conseguiu. Sua cabeça doía terrivelmente e estava enjoado. Pensou em se levantar, mas poderia acordar o filho e isso não estava em seus planos.

Uma hora depois, seu suplício terminou. Artur olhou para ele com aqueles profundos olhos verdes inquisidores e perguntou:

— Dormiu bem, papai?

— Mais ou menos, e você?

— Não tive um sonho bom — respondeu ele com o olhar triste.

— Quer me contar seu sonho, ou teria sido um pesadelo? — indagou Miguel apreensivo.

— Acho que mais parecia um pesadelo. — Falava poucas palavras e sua expressão estava séria. — E era com você! — Calou-se. O pai esperava pacientemente que ele contasse. — No meu sonho, você estava bebendo muito uma bebida malcheirosa, eu tentava falar com você e era como se eu não estivesse lá. Você não me via! Eu pegava sua mão e você me empurrava. Isso durou alguns minutos e aí eu acordei assustado. Eu só tenho você, papai. E se isso acontecer e você me deixar sozinho? Mamãe está viajando, lembra? Somos só nós dois agora e se você não me quiser mais? — O pai o abraçou com muita força e disse com toda energia:

— Ficaremos os dois juntinhos! Confie em mim. Isso não vai acontecer, acredite!

Pensou se havia sido um sonho ou Artur estivera na sala realmente e o vira beber. Uma dor profunda o acometeu. Um misto de culpa, remorso, aflição e outras emoções controversas. Essa situação o tocou profundamente e teria que reavaliar suas condutas dali em diante. Tinha que poupar o filho de mais tormentos do que já estava enfrentando. Sentiu-se a cada instante mais enjoado e levantou-se indo até o banheiro. Lá permaneceu e, quando retornou, reparou no olhar assustado do filho:

— Você não vai ficar doente como a mamãe, vai? — questionou com temor.

— Foi só uma indisposição. Já estou bem, fique tranquilo. — E o abraçou novamente. — Não vou adoecer, eu prometo. Você confia em mim? — Viu o olhar relutante que ele lhe ofertou e sentiu-se mal, com o coração dilacerado. — Acredite em mim, meu querido. É só o que lhe peço. Somos só nós dois, certo?

— Papai, eu quero confiar em você. Mamãe dizia que, para confiar em alguém, temos que falar sempre a verdade. Sempre! — E olhou para o pai esperando que ele contasse o que tinha acontecido naquela noite.

— Você está me mostrando uma faceta que eu não conhecia. — Ele tentava dissimular, mas o olhar inquisidor que Artur lhe ofereceu o fez repensar e contar a verdade dos fatos: — Eu fingi que já adormecera e fui para a sala. E o que você diz que foi um sonho mau, lamento lhe confessar que aquilo, realmente, aconteceu. Por favor, me perdoe.

O menino ficou pensativo, com o olhar distante, e concluiu:

— Sabe, papai, eu não gosto de mentiras, apesar de já ter contado algumas para vocês! Quando mamãe ficou doente, eu estava tão triste e bravo com todos a minha volta que não fui um bom menino várias vezes. Menti para minha professora, contando histórias malucas, só para ela deixar eu ir embora e passar mais tempo com a mamãe. Tinha tanto medo de que ela partisse e eu não estivesse por perto. — Algumas lágrimas assomaram. — Um dia a professora ligou para a mamãe e ela ficou sabendo de tudo. Eu estava perto dela e fiquei com medo do que iria acontecer comigo. Sabe o que a mamãe fez? Apenas me abraçou e, depois, pediu que eu contasse tudo o que estava fazendo na escola. Quando terminei, ela sorriu e perguntou: "Por que não disse a verdade, meu querido? Sua professora sabia o que estava acontecendo comigo! Só não entendia o motivo de você lhe contar cada dia uma história diferente. Ela ficou muito preocupada com você, imaginando o quanto sofria! Quando estamos feridos, bravos, magoados, oferecemos tudo isso ao outro. É dessa maneira que reagimos, mas isso nos fere ainda mais. Então escolha o caminho da verdade, pois só assim nosso coração ficará em paz. Sei que você está triste com tudo o que estou passando, mas eu escolhi isso, querido. Escolhi lutar bravamente para ficar com você e seu pai, passando por tudo que fosse necessário. Não sei se vou conseguir, mas saberei que tentei. E não quero que minha decisão o abale ainda mais, meu amor. Quando você fere alguém, é você quem mais sofre. Não faça isso com você, eu lhe peço. Escolha o caminho da verdade! Você ficará em paz e é o que mais importa nesta vida!"

— Miguel já estava em prantos e o filho o abraçou com força.

— Sinto tanta falta da mamãe! — E os dois assim permaneceram até que ambos se acalmaram.

— Eu também, meu amor. Mas ela apenas viajou, não é mesmo? — O garoto se aprumou e tentou oferecer um sorriso.

— Isso não é mentir, certo?

— Não, é só um jogo de faz de conta, não foi o que combinamos? Agora, vamos ver o que temos para o café da manhã?

— Já está melhor? Pois eu estou faminto! — Um lindo sorriso emoldurou o rosto de Miguel.

— Já estou bem, não se preocupe. O que vamos fazer hoje?

— Comeremos primeiro e, mais tarde, decidimos — respondeu o filho.

Uma mesa repleta de iguarias estava posta e os dois ficaram bom tempo sentados e conversando. Rita os observava e sentiu o quanto seria difícil para o pai criar sozinho o filho. Marina faria muita falta à vida daqueles dois!

O dia passou rápido em função das intensas atividades de pai e filho. Talvez fosse a primeira vez que o pai participara tão ativamente da vida do garoto. E ele estava exultante com a experiência. Ao final do dia, ambos se mostravam exaustos fisicamente, famintos e ansiosos com a vinda de Luciana. Porém, quando chegaram em casa, tiveram a notícia de que ela somente chegaria na tarde do dia seguinte. Ficaram decepcionados, mas estavam tão cansados que jantaram e foram dormir.

— Papai, promete que vai ficar aqui comigo a noite toda? — perguntou timidamente.

— Já pedi que confie em mim, meu filho! Prometo não decepcionar você — disse isso abraçando-o com todo seu amor.

— Posso continuar a história?

— Hoje, sou eu quem vai contar uma história! — Miguel ostentava um sorriso franco e terno.

— Mas onde está seu livro? — O garoto olhava intrigado para o pai.

— Vou contar uma história que minha mãe contava quando eu era criança.

— Não é uma história de terror? Pois eu não gosto de monstros, vampiros! — Ele exibia um olhar assustado, o que fez o pai dar uma risada.

— E eu que pensei que você fosse um garoto corajoso e valente! Mas ainda é um bebê, certo? — O garoto mostrou uma cara brava e retrucou:

— Não sou mais um bebê, papai. Não tenho medo, só não gosto. Ponto final!

— Estou brincando, meu pequeno. Fique tranquilo, pois não irei falar do que você não gosta, combinado? Deite-se que eu vou começar a história.

Era uma antiga lenda que Miguel adorava ouvir quando criança e se lembrara dela andando com o filho naquela tarde. Artur ficava cada vez mais entretido, mas, em alguns minutos, o cansaço o venceu. Miguel ficou a observá-lo até que ele mesmo se rendeu, adormecendo ao lado do filho. Desta vez, teve uma noite tranquila, acordando somente quando os raios de sol adentraram suavemente pelas frestas da janela.

Decidiu que daria uma volta sozinho pelas redondezas, antes do filho acordar. E assim fez. Precisava desse tempo para pensar em sua vida e decidir as estratégias que utilizaria. Ele não tinha mais Marina para auxiliar na criação do filho. Não tinha ideia de como iria resolver todas as questões pertinentes a Artur. Era agora sua tarefa! Não poderia mais permanecer à margem de tudo como tinha sido todos esses anos. Sua vida seria diferente e não sabia se daria conta de todas as responsabilidades. Entretanto não havia escapatória.

A manhã estava fria, mesmo com o sol tentando aquecer cada palmo do terreno que ele percorria lentamente. Miguel precisava de ajuda, isso era fato. Ou, pelo menos, trocar ideias com alguém. Pensou em Luciana, sua cunhada e grande amiga, que já oferecera ajuda e ele não iria recusar. Ela chegaria no final da tarde e teriam o final de semana para conversar contanto que Leonardo não viesse com ela. Ao pensar no cunhado, sentiu um estremecimento. Desde seu casamento com Marina, a relação com o amigo de adolescência se alterara bruscamente. Sabia do seu interesse por Marina, mas jamais ele foi adiante com isso. Leonardo se afastou, o que demonstrou que desistira dela. Porém, quando disse que estavam namorando, tudo se modificou. Pensou que essa situação seria passageira, mas não foi o que aconteceu. Leonardo começou a se distanciar e, por mais que Miguel insistisse, ele nada falava. Oferecia argumentos tolos, como excesso de trabalho e outros infundados. A relação estremeceu a ponto de não conseguirem mais ter um diálogo produtivo sem que as farpas fossem trocadas, e as ironias e os ataques injustificados estivessem sempre presentes.

Não o considerava mais seu amigo, somente um cunhado. Quando se encontravam, restavam somente a superficialidade e a educação. Isso ele sabia usar como ninguém. E criticar, julgar e condenar. Levava sua profissão para dentro da família, o que perturbava Miguel excessivamente. Às vezes, se perguntava se Luciana era feliz casada com Leonardo, o qual se tornara uma pessoa fria, impessoal e, excessivamente, rigorosa com quem dele discordasse. Decidiu voltar para casa e ficar com o filho, sua maior preocupação. Temia pelas suas reações futuras. Esse mundo de faz de conta não iria durar para sempre. Teria que encarar a realidade cedo ou tarde, pois a vida deveria seguir seu rumo.

CAPÍTULO 4

REVELAÇÕES

Quando retornou, encontrou Rita esperando-o na porta. Parecia aflita.

— Miguel, Artur está muito febril! Não será melhor chamarmos um médico?

— Ele parecia tão bem quando saí — proferiu entrando apressado.

O garoto estava deitado todo encolhido, com o rosto rubro, denotando a elevada febre que já se apresentava. Quando viu o pai chegar, abriu os olhos:

— Você disse que ficaria comigo a noite toda! Onde você estava?

— Fui apenas dar uma volta, mas você parecia bem quando saí. O que está sentindo?

— Só frio! — Ele tremia muito. Rita entregou um termômetro e disse:

— Veja você mesmo! — Instantes depois, o pai já beirava o desespero.

— Está muito elevada. Rita, me ajude, vou levá-lo para o hospital.

— Não quero ir, papai. Sabe que não gosto de hospital! — Estava prestes a chorar, quando Rita proferiu:

— Não vamos tirá-lo de casa com esse frio. Vou chamar doutor Silas, que mora perto daqui. Está bem assim, Artur? — O garoto sorriu. — Fique com ele, Miguel. Francisco, vá buscar nosso amigo e avise que é urgente. Vou fazer umas compressas que ajudarão a reduzir a febre. — Ela viu o olhar de dúvida que Miguel lhe direcionou. — Fique tranquilo, não farão mal algum a ele. Porém se preferir esperar o médico...

— Me desculpe, Rita. Confio em você. Faça o que achar melhor. Permanecerei com ele.

Rita sorriu e saiu. Não eram somente compressas, mas Miguel não precisava saber. Rita dominava muito sobre a utilização das ervas medicinais e sempre tinha um chá especial para determinada enfermidade. Para baixar a febre, conhecia algo infalível. Não podia descartar alguma infecção, mas, após tudo o que Artur passou com a doença da mãe, era quase certeza a causa ser emocional. Bem, ela faria o que sabia fazer e o médico que descobrisse se havia algo mais.

Meia hora depois, doutor Silas examinava o garoto e, após detalhado exame, chamou o pai para conversar fora do quarto, deixando-o apreensivo.

— Meu jovem, seu filho, aparentemente, está bem. Descartei algumas possibilidades após examiná-lo. Pode ser alguma coisa em processo de maturação, mas não creio que seja grave. Eu o senti muito tenso, o que não é natural para um garoto da idade dele. Algum acontecimento anormal nesses últimos dias? — A pergunta saiu natural.

Uma tristeza infinita se apoderou do pai que expressou consternado:

— Perdemos a pessoa que mais amávamos, minha esposa e mãe dele, há apenas três dias!

O médico se retraiu e disse com toda formalidade:

— Me desculpe, não sabia que a menina Marina falecera! Meus sentimentos!

— Não tem por que se desculpar. Estamos aqui para desanuviar um pouco, deixando em São Paulo nossas tristezas. Ele estava bem até hoje cedo.

— Nesses casos, isso acontece muito rápido mesmo. Mas fiquem atentos. Imagine uma dor imensa querendo eclodir e não conseguir? Isso deve estar ocorrendo com seu filho, tentando administrar, conforme sabe e pode, todo o sofrimento que ora carrega. Um antitérmico para baixar a febre resolverá, isso se Rita não conseguir o feito antes, não é minha amiga? — falou com um sorriso, vendo-a chegar com as compressas. — Ela é tão requisitada quanto eu na redondeza, mas já me acostumei.

— Ora, doutor, a medicina natural tem seus méritos e sabe disso.

— Não estou duvidando, Rita. Porém há casos em que a medicina tradicional é mais ágil e faz toda diferença. Neste caso, vou deixá-lo aos seus cuidados. Fique atenta se algum sintoma novo aparecer. Receito um antitérmico, Miguel. Acho conveniente que tenha isso em mãos para o caso de nossa Rita não estar por perto. — E se dirigiu à porta, acompanhado de Miguel. — Sinto muito por Marina. Fiquei sabendo de sua batalha contra essa maldita doença. Pensei que ela estava vencendo — acrescentou com ar pesaroso.

— Todos nós pensávamos — respondeu com o olhar distante.

— Me chame a qualquer momento, Miguel. E, mais uma vez, sinto muito. Quanto a seu filho, essa é uma das reações mais naturais após um evento traumático como esse. É a resposta silenciosa que ele está oferecendo. Dê-lhe o máximo de atenção e carinho, é do que ele mais necessita no momento. Estou à disposição. — Despediu-se e saiu. O pai voltou ao quarto do filho, encontrando o garoto rindo com as peripécias de Rita.

— Artur, permaneça quieto um pouquinho — dizia ela, tentando colocar em sua testa a compressa que preparara. — Não quer ficar bem logo? Francisco me contou que sua égua ainda está sem nome. Como faremos? Coitada da bichinha! — Mostrando cara de pena.

— Papai, não temos um nome ainda. — Ficou pensativo alguns instantes e disse: — Já sei, vou dar o nome de Naná. — Rita arregalou os olhos e comentou:

— Mas isso é nome de égua? — O garoto deu uma gargalhada gostosa.

— É um nome carinhoso, por que não? — argumentou ele.

— Bem, a égua é sua, dê o nome que quiser, certo, Miguel?

— Acho mais adequado para uma gatinha, mas se você assim deseja. Acabamos de batizá-la com o nome pomposo de Naná — afirmou o pai com um sorriso.

— Nada disso, papai. Teremos que fazer direitinho. Assim que o frio passar, vamos lá fora e batizamos — disse ele com a alegria estampada no olhar.

Uma hora depois, não havia mais resquício de febre. Tomaram o café da manhã e Miguel decidiu ir até a cidade comprar o tal medicamento que o médico receitara. Buscaria mais por precaução, pois Rita já cuidara de tudo.

Artur brincou durante todo o dia dentro de casa e, à tardinha, Luciana e Leonardo chegaram de São Paulo. O garoto correu para abraçar os tios.

— Tia Lu, já estava com saudades de você. — Ela cobriu-o de beijos.

— E eu não ganho sequer um abraço? — declarou Leonardo fingindo ares de tristeza.

— Calma, tio Leo, tem abraço para você, sim! — O tio envolveu-o num abraço potente, que fez o garoto sorrir. — Agora está bem?

— Claro, querido. Como tem passado esses dias? — E o garoto contou todas as brincadeiras, os passeios e, naturalmente, o evento da manhã, deixando os dois com o semblante preocupado. Miguel entrou no exato momento em que Artur contava sobre a febre.

Os dois olharam para Miguel e Luciana perguntou:

— Chamaram doutor Silas? — Sua aparência era tensa. — E o que ele tem?

— Boa tarde para vocês! Fizeram boa viagem? — perguntou o pai com certa tensão na voz.

A cunhada foi até ele e o abraçou com carinho. Leonardo estendeu a mão e proferiu:

— Tudo bem com você? E sim, fizemos uma excelente viagem — disse de forma seca.

— Me desculpe, Miguel. — Luciana tentava desfazer o mal-estar que se criou e insistiu na pergunta: — O que Artur tem? É grave?

Com um sinal, chamou-a para fora, enquanto Leonardo continuava conversando com o garoto.

— O doutor Silas não encontrou nada. Falou que, mediante os últimos eventos, é mais que natural que algum sintoma se manifeste. A febre é uma defesa perante a dura realidade que se apresenta em seu caminho. Se está difícil para mim, imagino como está sendo para ele! — Seus olhos ficaram marejados e ele suspirou fundo, tentando afugentar a tristeza que insistia em imperar em seu coração. — Rita fez compressas e a febre logo cedeu. Pediu que ficássemos atentos a outros sintomas.

— Não será mais conveniente levá-lo a um hospital? — comentou Leonardo ao se aproximar tendo ouvido parte da conversa. — Esse médico já está velho e pode não perceber alguma enfermidade mais séria.

— Ele orientou que o observássemos apenas. Artur está bem — afirmou Miguel já exasperado com a insistente preocupação.

Luciana olhava os dois com a tensão já imperando e decidiu intervir.

— Façamos como doutor Silas orientou. E ele ainda é um excelente profissional — comentou ela, sorrindo para Miguel, tentando desfazer qualquer clima mais hostil, que sempre se criava quando os dois estavam juntos. Isso já a irritava profundamente.

— Sinceramente penso que, por ele ser uma criança, talvez um exame mais minucioso possa atestar alguma infecção, que já poderia ser tratada. — Ele insistia na provocação.

— Não se preocupe, Leonardo. Está tudo sob controle. Agradeço seu interesse e cuidado, mas a última coisa que Artur deseja é ir até um hospital. E vou respeitá-lo. — Após dizer isso, saiu de perto dele.

A esposa olhou o marido com seriedade:

— Se continuar com essa atitude será melhor voltar para São Paulo. Os dois precisam de paz e não de mais problemas. Respeite a dor deles, querido. É só isso que lhe peço. Dê uma trégua e coloque-se no lugar de Miguel. Tente entender o que ele está sentindo. — Leonardo a encarou com um olhar enigmático, que passou imperceptível a ela, dizendo:

— Foi unicamente uma demonstração de preocupação com Artur. Sabe o quanto gosto do garoto e, provavelmente, Miguel esteja desprezando sinais importantes. Não o estou criticando, somente sendo zeloso. Mas, se acredita que fui inconveniente, vou tentar me conter. Quanto à dor de Miguel, sabe que logo passará. Só espero que ele saiba administrar tudo o que está vivenciando de forma equilibrada. Não sou Marina que sempre passava a mão, aceitando seus descontroles. O filho precisa dele! Vou dar uma volta. — Já estava saindo, quando se virou e perguntou: — Não quer vir comigo?

Luciana o encarou com seus profundos olhos verdes, iguais ao da irmã e só respondeu:

— Vou ficar com Artur, pode ser?

— Preciso desanuviar a mente também. Faça como achar melhor. — A frieza das palavras do esposo a incomodou, mas relevou, porque sabia que a tensão imperava no trabalho.

O tio lhe contara a respeito da pressão que estavam fazendo sobre o juiz Leonardo, num caso delicado e complexo, envolvendo integrantes de renome. Era algo sigiloso, porém, por ser a esposa, Luciana precisava conhecer com exatidão o que ora ocorria. Além do que ele estava muito sensibilizado com a morte da cunhada, assim como todos que a acompanharam na extensa batalha que enfrentou. Foi um baque quando tudo se complicou e não havia mais recursos disponíveis para debelar todo o problema. A sensação de impotência é algo doloroso que poucos sabem como administrar.

Leonardo saiu da casa e caminhou pela propriedade calmamente. Precisava relaxar, senão iria explodir. Sua vida estava num momento caótico, a pressão no trabalho se apresentava insuportável e sabia que os próximos meses seriam ainda mais tensos, mediante o que cabia a ele analisar e julgar. Além do que a última visita a Marina, momentos antes de ela ser sedada, deixou-o atônito, confuso, frustrado e sabe-se quantos outros adjetivos poderiam ser aplicados.

Tudo havia sido tão direto e objetivo, trazendo à tona tantos sentimentos adormecidos, que acreditava estarem sepultados definitivamente. Lembrava-se de cada palavra que ela proferira, segurando sua mão suavemente. E jamais conseguiria entender o que ela havia feito da própria vida. Marina falou coisas que ele não compreendeu, usando seu senso de razão. Ela, no entanto, alegou que, em questões espirituais, a razão pouco propiciará o entendimento. É a emoção que deve prevalecer nesses momentos. Falava com tanta propriedade sobre algo que ele desconhecia, pois nunca cogitou aceitar a possibilidade de viver outras vidas, eternidade do espírito, sucessivas encarnações, e outros assuntos de mesma natureza. Isso não era prioridade em sua vida. Mas, desde aquela conversa com ela, algo aconteceu e ele não mais compreendia suas próprias emoções. Estava confuso, irritado, a revolta tentava assomar a cada instante, sem conseguir identificar o que aquilo significava.

Queria agredir as pessoas a sua volta, como se isso aliviasse o que trazia incrustrado em seu íntimo, mas somente expandia ainda mais a sua dor. Era uma raiva contida contra o mundo! Por que tinha que ser assim? Para essa pergunta, ele não teria a resposta. Marina apenas lhe respondera com um sorriso triste:

— Foi essa a escolha que eu fiz, meu querido. Sei que um dia compreenderá o que aconteceu e por que não pôde ser como você idealizava. Eu programei dessa forma. Precisava ter feito tudo o que fiz. Aceite e siga seu caminho! A vida não termina com a morte. Ainda teremos a oportunidade de colocar em ação um novo planejamento e, desta vez, juntos. O amor quando verdadeiro, assim como a vida, sobrevive à morte física. — Ela finalizou a conversa com os olhos repletos de lágrimas e com uma certeza em seu olhar: — Eu sempre o amarei!

Logo depois, as dores se intensificaram e os médicos decidiram que a sedação seria o mais adequado. Foram essas suas últimas palavras. Ninguém, em momento algum, soube dessa conversa. Luciana havia saído para buscar Artur, pois a mãe assim pediu. Foi uma enfermeira que ligou para Leonardo, solicitando sua presença imediatamente. E, quando lá chegou, ouviu tudo o que sempre desejou ouvir e o que jamais iria compreender. Pelo menos com os recursos que tinha disponíveis. Marina o alertara sobre isso logo no início da difícil conversa: "Ouça com os ouvidos espirituais, caso contrário o que direi será totalmente sem sentido." Vendo o olhar confuso que ele lhe direcionou, ela sorriu e disse: "Você era mais atento, meu querido. O que o endureceu tanto?" Ao que ele respondeu: "Você não ter ficado comigo." A resposta dela o surpreendeu: "Miguel precisava de mim e eu tinha essa dívida com ele, mas não pense que não o amei, esse sentimento foi verdadeiro. Porém existe aquele que permanece por toda a eternidade, um encontro ou um reencontro de almas, e isso é o que nos une, Leonardo. E assim será!"

Ele permaneceu ao lado dela até que seus olhos se fecharam, em virtude da sedação imposta. O último olhar foi para ele! Nunca viu algo que o tocasse tão intensamente quanto o que ela lhe ofertou naquele momento derradeiro! Um olhar pleno de paz, trazendo em seu íntimo a certeza da tarefa realizada, como se a felicidade a acompanhasse. E isso, realmente, ocorreu com Marina!

Um desencarne sereno, mediante tudo o que ela já conquistara nesta e nas outras vidas que antecederam. Era um espírito nobre e digno, trazendo a determinação em suas ações, desempenhando sua programação com êxito, apesar do reduzido tempo de permanência na atual vida material. E ela conquistou muitos méritos mediante a realização de sua tarefa em toda plenitude. Resolveu pendências, despertou a concórdia e a paz nos corações ainda atormentados, ofereceu o próprio testemunho de que aqui estava em aprendizado sublime, plantou sementes em cada um que com ela conviveu e um dia elas seriam germinadas. Cabe ao aluno atento perceber o momento de quitar suas pendências passadas, pois, dessa forma, se libertará de sofrimentos futuros. Ela exemplificou com maestria virtudes como aceitação, paciência, compreensão, coragem e outras tantas e isso a tornou merecedora da paz em seu coração. E assim ela partiu, sendo recepcionada por seus pais, que já se encontravam na espiritualidade, ansiosos pelo reencontro.

Ainda confusa, foi recebida com todo amor por esses valorosos companheiros que a acolheram como filha dileta na última encarnação. A primeira coisa que fez foi oferecer o mesmo sorriso generoso e franco que a acompanhou toda a sua existência.

— Mamãe, papai! Quantas saudades! — Abraçou-os e adormeceu. E, a partir daquele instante, ela encerrou uma etapa e daria início a novos aprendizados, trazendo a consciência apaziguada, convicta de que oferecera a sua melhor parte a todos que compartilharam a sua existência.

— Cuidaremos de você, amada filha. — Os dois a acompanharam até um hospital, onde seriam iniciados os primeiros tratamentos. O tempo de recuperação dependeria somente de suas disposições para desapegar-se dos laços materiais.

Todas essas lembranças atormentavam Leonardo. Após aquele encontro revelador com Marina, suas palavras cristalizaram-se na mente dele. Não havia um só instante em que ele não pensasse em tudo o que ela lhe dissera, revelando-lhe confissões inesperadas que julgava jamais ouvir dela. Ela também o amara e assim continuaria por toda a eternidade. Foram essas suas palavras! Porém não era isso o que ele desejava. Leonardo queria que ela fosse sua nesta vida! Ele a amara com todas as suas forças, até que Miguel apareceu e modificou o rumo da história, tomando-a para si, impedindo-o de viver seu grande amor! Ele o odiava por tudo o que lhe causara! Em nenhum momento, imaginou que a amizade que os unia poderia ser tão afetada por um único gesto! Algumas lágrimas brotaram em seus olhos e custava a manter a serenidade quando estava ao lado dele. Agora, mais do que nunca! Quando o via, toda lembrança daquela tarde emergia e produzia uma dor lancinante em seu peito. Era ele que deveria ter vivido todos os momentos de felicidade ao lado de Marina, não Miguel! Ele se contentaria com os poucos anos que ela lhe dedicaria, mas seriam seus e não dele! Sentiu a inveja corroer suas entranhas e percebeu, a cada instante, deixar-se dominar pela fúria contida, que tanto o perturbava.

Havia Luciana, no entanto, que nada tinha com essa história. Era uma mulher admirável, aturando seu gênio difícil, sua frieza emocional, as sucessivas farpas e críticas que lhe oferecia gratuitamente. Por que ela ainda estava ao seu lado? Não sabia se isso era amor, ou se, em algum momento, teria sido. Luciana era uma pessoa doce, terna, mas sabia ser enérgica e corajosa. As irmãs assemelhavam-se muito no temperamento, e, de certa forma, ao ficar com Luciana, sentia estar mais próximo de Marina. Talvez algo totalmente descabido e mórbido, mas não queria viver distante de nenhuma das duas. Uma era um sonho inatingível, a outra, uma possibilidade real. Sabia, no entanto, que não tinha nenhuma das duas como desejaria, o que lhe causava imensa frustração. Já havia pensado em largar tudo e fugir para um lugar bem distante de toda essa perturbação que sua própria mente criara. As coisas se complicaram após o encontro com Marina! Isso não poderia ser simplesmente deletado. Por que ela lhe falara aquilo? Para vê-lo sofrer ainda mais? Não, ela não agiria assim com ninguém, muito menos com ele que sempre estivera ao seu lado. Pensou se não deveria ter ido àquele encontro! Tudo seria mais simples, menos doloroso. Mas seu generoso coração não poderia partir sem revelar o que estava contido em seu íntimo. Foi como se a confissão a redimisse de tudo o que não pôde viver nesta vida com ele. Ela esperava que ele compreendesse! Como? Isso o atormentava, transformando-o nesta criatura fria e áspera, que só sabia criticar e menosprezar as ideias alheias. Nem ele mais se tolerava e isso precisava ter um ponto final.

Sua vida profissional estava um caos e necessitava de todo equilíbrio e sensatez para articular as próximas etapas de um difícil processo. Muita gente graúda, que exortava acerca do próprio poder, desprezava as instituições que ele representava como juiz. Bem, a situação ainda não estava caótica, mas poderia ficar se não contivesse seu temperamento. Essa havia sido a orientação clara e franca de seu sogro e desembargador, que tinha conhecimento de tudo o que poderia ocorrer.

O tempo passou! Ele nem se deu conta de que já escurecera e a temperatura na serra caía vertiginosamente quando o sol se punha. Sentiu frio e decidiu retornar para casa. A caminhada o relaxara um pouco, mas compreendia que precisava de mais do que isso para obter o total controle na presença de Miguel. Além do que tinha Artur, o sobrinho amado que poderia ter sido seu filho. Ele o amava tanto, porém sabia que esse nunca seria seu papel. Continuaria o tio zeloso e amoroso, que estaria constantemente por perto. Miguel sempre seria o pai dele. Nada iria modificar esse fato.

Encontrou Luciana caminhando pelo jardim.

— Está muito frio, querida, vamos entrar? — Envolveu-a num abraço com um sorriso.

— Artur quer lhe contar sobre sua égua. Não vá rir do nome que ele deu — brincou ela.

CAPÍTULO 5
EMOÇÕES EM DESALINHO

Os dois entraram e viram Artur rindo de alguma coisa que o pai falara.

— Tio Leo, papai disse que Naná está muito triste com o nome que eu lhe dei.

— Como assim? Você deu o nome de Naná àquele puro-sangue? Mas é muita impertinência da sua parte. Como chamar Naná? Isso é nome de uma gatinha! — O garoto dava gargalhadas.

— Não sei o que significa o que você acabou de dizer, mas já que é minha, não posso dar o nome que eu quiser? — perguntou ele com um sorriso.

— Naturalmente que pode, mas não acha que será muita humilhação quando ela estiver ao lado de seus companheiros e cada um for falando seu nome pomposo? Quando ela disser o dela, irão todos zombar. — O menino assumiu ares de seriedade e replicou:

— Aposto que ela nem vai ligar, tio Leo, pois Chico disse que ela é a mais veloz e robusta. E já aprendi o que é robusta. Ela é que vai mandar em todos eles, então pode ter qualquer nome, certo? Duvido que terão coragem de enfrentá-la.

— Garoto esperto e inteligente! Está ficando muito sabido. Amanhã me mostra sua Naná?

— Se papai me deixar sair. Hoje não passei muito bem. Rita cuidou de mim como a mamãe faria. — E como se lembrasse de algo completou: — Ela não pode cuidar de mim, pois não está aqui, certo, papai? — comentou piscando o olho. Miguel deu um sorriso para o menino e confirmou:

— Exatamente, meu filho. Mamãe não está aqui.

Luciana e Leonardo se entreolharam e não entenderam a conversa dos dois. Mais tarde Luciana conversaria com Miguel sobre o assunto. Mas não foi necessário, pois o menino chamou a tia para ajudá-lo no quarto e contou-lhe seu segredo. Os olhos de Luciana encheram-se de lágrimas ao ver a inocência com que ele falava de um assunto tão doloroso, encontrando uma alternativa para driblar a própria dor. Não sabia até quando isso daria certo, mas decidiu que ainda era muito recente para que ele administrasse a tristeza de outra forma. Se dessa maneira evitava o sofrimento, que assim fosse. Olhou com carinho para ele e indagou:

— Posso contar ao tio Leo ou esse é nosso segredo?

— Papai falou que se contássemos para muita gente, não seria mais segredo. Mas eu gosto tanto do tio Leo, não sei se conseguiria esconder dele. Conte você, eu não vou ficar bravo. — Calou-se por um instante e prosseguiu: — Só não deixe meu pai saber, tá?

Luciana sorriu ante a preocupação do menino com as pessoas que amava. Era tão parecido com a mãe! Sentiu uma saudade imensa inundar seu peito e as lágrimas estavam a aflorar quando Artur a abraçou com carinho e cochichou em seu ouvido:

— Mamãe foi fazer uma viagem muito longa e não sei quando ela volta. Está com saudades dela? — perguntou baixinho. —

Pois eu estou! — Não havia palavras para serem ditas. Os dois ficaram abraçados até que a emoção se esgotasse. Quando ele já estava mais sereno, desvencilhou-se do abraço e comentou: — Sabe, tia Lu, tem horas que eu penso que vou ouvir a voz dela e meu coração fica acelerado. Ela me ensinou que isso se chama saudade.

— Sua mãe era uma pessoa muito esperta, tinha uma definição para tudo. A saudade continuará por muito tempo! Mas, a cada dia, vai doer menos, você verá!

— Será que mamãe está bem?

— Tenho certeza que sim, meu querido! Era uma pessoa tão especial que só pode estar bem. — Não adiantaria falar com ele sobre as crenças de ambas, pois ele não iria entender. Quem sabe, um dia... Sentia a irmã em paz, o que a confortava e a impulsionava a seguir em frente confiante de que tudo ficaria bem. — Vamos jantar, estou faminta! E você? — Ele abriu um largo sorriso e disse:

— Rita me prometeu algo especial. Vamos ver? — Saiu correndo pela casa. Ela o seguiu sorrindo. Quando entrou na sala, encontrou os dois homens em silêncio. Artur passara por eles, indo direto à cozinha conversar com Rita, especulando sobre a tal surpresa.

Luciana viu a lareira acesa e se aproximou, observando a lenha queimando lentamente. Muitas recordações assomaram e tentou afastar a tristeza que insistia em aflorar. Deu um longo suspiro e perguntou aos dois se aceitavam um vinho:

— Agradeço, mas vou recusar — falou Miguel muito compenetrado.

— Ora, aceite ao menos uma taça. Nos faça companhia. — Leonardo levantou-se e serviu uma taça à esposa e outra ao cunhado. Pegou outra para ele. — Brindemos à vida! — A reação de Miguel foi inesperada, colocando a taça sobre o bar e saindo da sala, sem dizer palavra alguma. Luciana olhou o marido e retrucou:

— Não entendo você, meu querido. Não sei como consegue ter tanta sensatez ao julgar seus casos e ser totalmente inconveniente e sem tato algum com aqueles que estão tão próximos de você! Foi necessário? — Ela não ouviu a reposta, apenas depositou o copo na mesa e saiu atrás de Miguel.

Ele estava encostado na varanda, todo encolhido e com o semblante triste.

— Vamos entrar, Miguel. Está muito frio! Me desculpe! Deveria ter vindo sozinha, mas ele insistiu em acompanhar. Não quero nenhum clima de tensão entre vocês, pois sei o quanto está sofrendo. — Ela segurava gentilmente o braço do cunhado.

— Esqueça, Luciana. Que culpa você tem pelos destemperos de Leonardo? Não sei por que ele age assim, mas deve ter seus motivos. — Seu olhar estava distante.

— Nada justifica a falta de tato dele. Peço que releve suas condutas indevidas, tudo está muito tenso em seu trabalho. Vamos entrar, pois estou ouvindo Artur chamando por nós. Vem comigo? — Ofereceu um sorriso meigo que ele não pode recusar.

— Vamos! — Os dois entraram.

Procurou não encarar o cunhado durante todo o jantar, que foi relativamente pacífico e todas as conversas giraram em torno do menino, que parecia feliz com a presença dos tios. Ele próprio planejou a intensa rotina do dia seguinte, com direito a caminhadas a cavalo e a pé.

Antes de dormir, Miguel reparou nas bochechas excessivamente rosadas do garoto e foi medir a temperatura. Estava elevada novamente, deixando-o preocupado. Pediu à Rita que fizesse as compressas de novo e ministrou um antitérmico para agilizar o processo. A febre, no entanto, se elevava, deixando todos apreensivos. A noite foi longa para eles, que permaneceram ao lado de Artur todo o tempo. Ele conseguiu dormir, mas estava muito agitado, falando coisas ininteligíveis.

— A febre continua muito alta. Não será melhor irmos a um hospital? — A tensão imperava no olhar de Leonardo.

— Não vou tirá-lo daqui com um frio desses. A febre cederá, tenho certeza — revidou Miguel, incomodado com a interferência do cunhado.

— Não consigo entender sua postura tão passiva, vendo-o nessas condições. Não teme que algo pior possa estar sucedendo? — inquiriu Leonardo.

— Sim, mas também acredito no médico que avaliou não existir foco de infecção. Artur está sofrendo com tudo que precisa vivenciar, sem ter tido a chance de escolher passar por isso. — Seu olhar já estava exasperado.

— Ele não pode ter se enganado? Apelo ao seu bom senso. Vamos levá-lo a um hospital onde ele fará os exames necessários. — A insistência o perturbou, sentindo que talvez Leonardo pudesse estar com a razão.

Luciana olhava para ele com a súplica no olhar. Temia pela saúde de Artur e somente importava que ele ficasse bem. E, de súbito, Miguel decidiu que deveria levá-lo. Quando foi tirar o garoto da cama, ele abriu os olhos e disse:

— Não quero ir a lugar algum, papai. Já vou ficar bom. Aquela mulher me falou que mamãe está bem e que eu também ficarei. Continua comigo e me abraça bem forte que tudo vai passar. — O garoto puxou o pai para seu lado e não o largou até adormecer novamente. Os tios permaneceram por perto, ainda confusos se deveriam ter insistido mais. Miguel ficou abraçado ao filho até perceber que a febre estava cedendo, quando se levantou calmamente e encarou os dois à sua frente.

— A febre cedeu. Vão descansar, permanecerei aqui com ele. — Luciana queria ficar, mas Miguel insistiu: — Eu chamo você se for necessário. Vá dormir. E obrigado! — Os olhares dos dois homens se cruzaram revelando muita tensão contida, que, em algum momento, iria se expandir e os resultados seriam inimagináveis. Que o tempo se encarregasse de amenizar essa questão!

— Me chame se precisar, por favor. — Luciana beijou o rosto de Artur com carinho, constatando que a febre, efetivamente, já cedera.

Miguel deitou-se novamente na cama, relembrando as palavras confusas que o filho pronunciara momentos antes. Ele estava sonhando ou delirando, dizendo coisas incompreensíveis. Tentou conciliar o sono e só conseguiu quando já passava das cinco horas da manhã. Foi o próprio filho que o despertou por volta das nove horas, com um lindo sorriso no rosto.

— Bom dia, papai. Hoje você não saiu da cama.

— Como está se sentindo, meu filho? Teve de novo muita febre! — E colocou a mão em sua testa, que aparentava normal.

— Eu estou bem, não se preocupe. Aquela mulher muito bonita conversou comigo e contou que, se a minha preocupação era a mamãe, eu poderia ficar tranquilo, pois ela já estava bem e com muitas saudades de mim. Eu queria vê-la e ela disse que ainda não seria possível, mas que, em breve, eu saberia notícias dela. Ela falou que me amava demais e que eu era muito especial. — Havia tanta pureza em seu olhar, uma pureza que comovia seu pai, que complementou:

— Você é mesmo especial, meu filho. Peço, porém, que não me dê mais sustos como esse. Fiquei muito nervoso com seu estado. Agora, quero que responda com toda sinceridade: não está sentindo mais nada além da febre?

— Você acredita em mim? — respondeu ele com a expressão séria.

— Claro que sim.

— Não sinto nada e não preciso ir para um hospital. Eu ouvi tio Leo insistindo para você me levar, mas eu não quero. Vou ficar bem porque já sei que a mamãe está bem. E você também vai ficar, certo? — perguntou ele com a entonação grave na voz.

— Se você está bem, eu ficarei. Combinado assim? — O pai sorriu ternamente.

— Era só isso que eu queria ouvir. Vamos comer algo? E depois andar a cavalo?

— Calma lá, garoto, uma coisa por vez. Primeiro, vamos nos levantar, escovar os dentes, comer uma comidinha gostosa que Rita já deve ter preparado e então veremos.

O garoto já ia protestar, mas o pai começou a fazer cócegas nele até que se cansasse de tantas risadas.

— Pare, papai. Eu me rendo! Faço tudo o que você quiser! — E saiu correndo pelo quarto, como se aquela noite não tivesse acontecido. Ele parecia bem e era isso que importava.

Miguel encontrou o casal já acordado, aguardando-o na sala de jantar. Artur correu para abraçar a tia e o tio, dizendo que queria fazer tudo o que haviam combinado.

— Primeiro, vai ter que se alimentar, pois saco vazio não para em pé. — Ao ouvir o que a tia disse, ele caiu na gargalhada.

— Acho isso muito engraçado. Como é que um saco vai parar em pé?

— Um saco vazio não para, mas se ele estiver cheio, sim — brincou ela.

Leonardo olhou para o garoto com indizível carinho, deixando o pai incomodado, mas havia decidido que não polemizaria mais com ele. Se Leonardo queria provocá-lo, que assim o fizesse, mas ele não se sujeitaria às afrontas. Cansara-se disso! Era nítido que Leonardo estava infeliz, não muito diferente de Miguel, mas de que valeria tanta agressividade? Nada mudaria o que aconteceu. Nada traria de volta Marina! E se Leonardo sofria, já se colocara em seu lugar? Jamais! Leonardo era egoísta demais para isso e apenas seus sentimentos importavam. Por outro lado, Artur necessitava do pai integralmente e a esse papel se dedicaria. Não se renderia às provocações descabidas do cunhado. Queria viver em paz! Precisava! Tinha tanto a organizar dali em diante. Sua vida passaria por muitas mudanças! Mas deixaria para pensar quando retornasse.

O dia ensolarado contrastava com a fria noite, a temperatura estava amena e propícia a passeios. Rita fez todos os quitutes prediletos de Artur, que, ao finalizar a refeição, correu a abraçá-la com todo carinho.

— Rita, será que a Naná vai me aguentar? — disse ele mostrando a barriga cheia.

— Ela é forte! Vai dar conta, querido. E veja se não a cansa demais, hein? Quero todos para o almoço famintos! — Artur deu um beijo estalado em Rita e correu para fora, puxando a mão da tia.

— Venha conhecer Naná, tia Lu e tio Leo! Ela está esperando a gente. Papai, vamos logo! — Ele recebera uma ligação do trabalho e atendeu rapidamente. Seu filho era sua prioridade no momento.

Leonardo ia fazer um comentário acerca de Artur, mas a esposa apertou sua mão, pedindo que nada falasse. O garoto parecia feliz e esbanjando saúde. Havia sido apenas uma indisposição, ou, como doutor Silas bem diagnosticara, um problema emocional. A pressão havia sido intensa e desgastado o garoto. Mas isso passaria logo.

O final de semana foi intenso de atividades lúdicas, deixando os adultos mais relaxados e leves. A trégua entre os dois homens imperou, talvez pela disposição de Miguel em não aceitar as provocações, ou pela insistência da esposa para que Leonardo se contivesse. Enfim, tudo transcorreu bem! No domingo à tarde, Leonardo avisou Luciana que teria de retornar, pois surgira uma emergência e precisava lidar logo pela manhã. Eles haviam combinado permanecer até terça-feira, aproveitando os dias para um descanso. Luciana ficou com o semblante triste, pois teria de voltar com o marido. Mas a insistência de Artur prevaleceu:

— Tia Lu, você prometeu que ficaria alguns dias comigo aqui. Tio Leo também. — Fazendo cara de bravo.

— Surgiram alguns problemas, meu querido. Não poderei ficar como o combinado, mas, se Luciana quiser, não irei me opor. Ela está precisando de uns dias de sossego. O que acha? — Dirigiu seu olhar para a esposa. — Fique mais uns dias. Se eu conseguir resolver as pendências, volto para te buscar ou pode retornar com Miguel. — O garoto dava pulos de alegria, sendo impossível ela resistir. Miguel apressou-se a falar:

— Você pode voltar conosco, sem problema algum. — Os dois homens se encararam por instantes e uma sombra se instalou. Leonardo assentiu e saiu, com Artur ao seu lado. Luciana e o marido se despediram com muitos abraços e beijos. Era nítido o amor que existia entre eles, uma relação que somente o tempo explicaria. Ou as vidas anteriores? Quem poderia saber? Miguel o acompanhou e se despediu com um lacônico "até mais, faça uma boa viagem". Leonardo assentiu com um sorriso e saiu.

Luciana o acompanhou e, ao se despedir, perguntou:

— Tem certeza de que vai ficar bem? — Abraçou-o e beijou suavemente seus lábios. A relação entre eles estava cada vez mais confusa. A distância parecia aumentar um pouco a cada dia e isso perturbava a jovem esposa. Encarou-o por instantes e comentou: — Precisamos de um tempo só para nós, Leonardo. Temos tanto a conversar...

— Mas não é o momento, querida. — Beijou-a e entrou no carro. A frieza a incomodou, mas sabia que ele estava certo.

As últimas semanas haviam sido extenuantes nos quesitos físico e emocional. Readaptar-se à nova condição de distância era o que preponderava. Luciana viu o carro se afastando e uma dor profunda no peito a incomodou. Percebia que seu casamento estava naufragando e não sabia o que fazer para impedir. Olhava Miguel tão abatido, tentando superar a tragédia pessoal que se abatera sobre ele, e sentia-se extremamente sensibilizada. Ele amava tanto Marina! Queria que alguém a amasse como a irmã fora amada! Algumas lágrimas assomaram e tentou contê-las, pois Miguel a observava. Ele se aproximou e perguntou:

— Está tudo bem?

— Não, mas vai ficar. Não é assim que tem que ser? — Havia certa amargura.

— Há situações em que não podemos fazer nada e outras que nossas ações podem modificar. Só não existe alternativa para a morte. Com essa, não podemos interferir! As demais estão sob nosso controle. Bem, assim espero! — Tentou sorrir para a cunhada.

— Mas o que é a morte, Miguel? Será o fim de tudo? Nas minhas concepções, não.

— Isso é um grande mistério, Luciana. Não sei se estou disposto a caminhar por essa via. Não ainda! — retrucou ele de forma cética.

— Possivelmente seu coração se acalmaria se pudesse crer que Marina continua viva, mesmo que em outra dimensão de tempo e espaço.

— Mas isso não mudaria o fato de que ela não está mais aqui ao meu lado! — Suas feições se endureceram, e Luciana não gostou do que viu.

— Sua dor é muito recente, querido. Dê tempo ao tempo, assimile essa ideia, ou melhor, aceite que ela não estará mais aqui da forma que deseja. Aceitação é o início da superação de uma dificuldade.

Artur correu até eles e a conversação mudou de rumo. O garoto queria que o acompanhassem até Naná, para ver como ela estava.

— Querido, Naná precisa descansar um pouco. Não sei se ela vai dar conta de tanta energia que você tem — disse Luciana pegando-o no colo. — Tenho outra ideia. Quem chegar primeiro na pedra lisa é o grande campeão! — E saiu correndo com os dois a acompanhá-la.

Naquela noite, exaustos, eles adormeceram rapidamente. Artur parecia estar recuperado plenamente, o que deixou o pai mais sereno. Luciana só adormeceu depois de falar com o marido, perguntando sobre a viagem de volta. Ela estava incomodada com alguma coisa e fez a temida pergunta:

— Leonardo, existe outra mulher em sua vida? — O silêncio imperou por alguns segundos. Como dizer que sim, havia outra mulher, mas que ela não estava mais lá? Marina se fora levando consigo seu sonho de amor não vivenciado.

— Não — afirmou ele.

— Por que está tão distante de mim? — A pergunta direta o perturbou.

— Você não parece bem e entendo os motivos. Pare com essas indagações tolas, Luciana. Não tenho nada a esconder de você. É só o meu trabalho que está me sufocando, acredite. — Não iria entrar em detalhes, não queria vê-la sofrendo mais do que já estava. Ela era uma pessoa tão maravilhosa! Pena que não a amasse da forma como gostaria! Mas não diria isso a ela.

— Preciso tanto de você, querido! — As palavras saíram sem que pudesse contê-las.

— Eu também! — Sentiu seu coração apertado, as lágrimas assomaram e uma tristeza infinita se apoderou dele.

— Durma bem, meu amor! — Luciana desligou e chorou até adormecer.

CAPÍTULO 6

NO RITMO DA VIDA

Os dias se passaram rapidamente e a ansiedade começou a imperar. A vida de todos teria que retomar sua rotina, mas queriam aproveitar cada um dos momentos de serenidade para se fortalecerem. Retornar àquele apartamento era a última coisa que Miguel desejava. Voltar ao lugar onde havia sido tão feliz cortava o seu coração! Porém tinha que ser! Não poderia continuar adiando seu retorno, sua vida profissional o aguardava e era imperativo que estivesse na posse do equilíbrio, pois só assim daria conta de todas as cobranças inerentes ao cargo assumido há tão pouco tempo. Empenhara-se tanto para isso e, agora, parecia não mais se importar. Sua grande preocupação era Artur e como ele se adaptaria a essa nova fase. Era sobre isso que conversava com Luciana após o almoço, dois dias antes de retornarem para São Paulo. Leonardo não conseguira voltar, o que ela já esperava, sentindo uma pontada de tristeza.

— Não sei como vou dar conta de tudo, Luciana! Já contatei Paula e ela aceitou ficar com Artur nos próximos meses. Não tenho horário fixo há muito tempo e Marina estava por perto. Agora... — Suas feições se contraíram.

— Paula sempre foi uma excelente babá e é de toda confiança. Sua ajuda será muito importante neste momento. Quem sabe depois possamos escolher uma escola em tempo integral, caso ele se interesse. Agora, creio que não seria bom proporcionar nenhuma mudança drástica na vida de Artur. Ele precisa de tempo para assimilar esta nova etapa de sua existência. Vai precisar muito de seu apoio, Miguel.

— E eu do dele! — As lágrimas assomaram. Luciana o abraçou com carinho e assim permaneceram.

— Você vai superar, Miguel. Dê tempo ao tempo. Natural que esteja se sentindo tão frágil, tudo acabou de acontecer! Mas, gradativamente, as coisas irão se ajeitando, confie!

— Agradeço suas palavras e quero realmente acreditar nelas. — Respirou fundo e disse: — Tenho tanto medo de não dar conta de todas as responsabilidades. Não posso decepcionar meu filho em hipótese alguma.

— E não irá, porém precisa acreditar nesse seu discurso. Sei que nada alterará o fato de que Marina não mais estará aqui conosco. Deve haver um motivo justo para que isso tenha acontecido. Não conhecemos todos os desígnios de Deus. — À simples menção de Deus, o olhar de Miguel se endureceu e, ao encará-la novamente, ela pôde ver a amargura nele presente.

— Não aceito esse seu Deus! — E se levantou da mesa. Luciana o acompanhou.

— Não alimente tantas mágoas em seu coração, meu querido. Isso só o fará adiar ainda mais seu equilíbrio íntimo. Tudo que nos acontece tem uma razão de ser, mesmo que não consigamos compreender de imediato. Pare com essa dissenção com Deus! Aceite ou não, Ele detém o poder sobre a vida e a morte! Ele nos conhece e sabe do que necessitamos para que as lições sejam assimiladas. Somos ainda muito imperfeitos e temos um longo caminho para efetivar nosso aprendizado. Por isso aqui estamos!

Miguel escutava suas palavras, sem entender o que elas significavam. Não estava pronto para tantas lições! Respirou fundo e encarou-a com carinho:

— Agradeço seu empenho em me ajudar, Luciana. Você é uma pessoa iluminada, contudo eu ainda me encontro nas sombras da minha própria dor. Não consigo compreender suas palavras. Me perdoe! Vamos encerrar esse assunto?

— Eu peço que me perdoe. Não tenho o direito de induzi-lo a acreditar naquilo em que eu acredito. Bem, voltando à Paula. Já falou com ela?

— Sim e já está tudo combinado tanto com ela como com Dora. Vou precisar muito das duas.

— Sabe que pode contar comigo em qualquer situação — afirmou ela com um sorriso.

— Eu sei, mas preciso tentar seguir sem depender de mais ninguém. São responsabilidades que me pertencem e preciso resolver as pendências sozinho. Mas sei que, se eu gritar, você irá me socorrer. — Desta vez, foi ele a sorrir. O primeiro sorriso leve que ele lhe ofereceu desde que Marina se fora.

Miguel era um homem muito charmoso, pensou ela. Nem a tristeza no olhar tirava o brilho que ele ostentava. Não ficaria sozinho por muito tempo, pensou ela, e uma dor pungente a acometeu. Seu tempo passara, jamais viveria seu sonho de amor. Pelo menos, não nesta vida. Tentava entender a razão de tantos desencontros nesta existência. Ela conhecera Miguel antes da irmã e seu coração decretara que era esse o amor de sua vida. Quis o destino, porém, que Marina e Miguel se encontrassem, ou seria se reencontrassem? Pois, quando ficaram frente a frente, a conexão se estabelecera e não havia mais lugar para ninguém.

Jamais se colocaria entre eles, nem que fosse às custas de sua própria felicidade. O tempo passou e os dois eram tão felizes!

Ela própria tentara seguir em frente e, de certa forma, conseguira. Tinha um casamento nos moldes tradicionais, uma profissão em ascensão, uma vida tranquila. Seria isso felicidade? Para muitos, talvez. Para ela, apenas uma vida equilibrada. Às vezes, pensava se não deveria dar uma guinada e render-se a algo mais intenso, sentindo que merecia mais. Afugentou essas ideias e focou nas palavras de Miguel. Era uma etapa sofrida que ele enfrentaria, mas faria tudo ao seu alcance para que superasse com maestria as dificuldades impostas.

— Sabe que pode contar com Silvia também. — Lembrou-se da tia e deu uma risada. — É certo que ela irá mimá-lo além da conta, fazendo todas as vontades de Artur. Porém creio que ele irá adorar. Aliás, onde Artur está?

— Avisou que queria conversar com Rita e foi até a cozinha. Mas, com relação à Silvia, vou me abster de pedir ajuda a ela. Lembra-se da última vez? — E os dois caíram na risada.

Silvia era uma mulher doce e amorosa, que não sabia falar "não" a ninguém. Artur conseguia tudo o que queria com ela, até ganhar um cavalo, ou melhor, Naná, a égua puro-sangue que o garoto insistira em ter.

Na cozinha, Artur conversava com Rita, que tentava esconder a emoção que se instalara quando o garoto iniciara a conversa.

— Rita, a mulher disse que eu podia confiar em você. Falou que você continua a ser a pessoa maravilhosa que sempre foi. Será que ela te conhece? — O menino sorria.

— Quem sabe, meu querido! O que mais ela contou? — indagou Rita com os olhos marejados.

— Ela disse que todos estão bem desde o início. Que assim tinha que ser! E que você já sabia que seria daquele jeito!

Rita sonhara com o acidente de carro de Célia e Adolfo, os pais das meninas, e alertou-os sobre isso. Porém nunca relatou isso às meninas. Apenas o esposo de Rita soubera de sua premonição. Quando a notícia chegou, seu coração ficou angustiado. Por que eles não tentaram evitar essa tragédia?

— Disse que não se pode contrariar o destino, quando ele já está traçado. — Rita ouvia Artur narrando com tanta propriedade o sonho que ficou atônita. O menino devia ser como Marina, dotado de muita sensibilidade. Enquanto ele falava, era como se estivesse em transe, falando cada palavra com precisão, mesmo não compreendendo o contexto. — Ela contou que mamãe ainda está dormindo e, quando acordar, eu ficarei sabendo. — Um sorriso puro se delineou em seu rosto. — Onde ela está? Nesse lugar, ela ainda dorme? Não entendo o que significa isso! — A curiosidade imperava. — Ah, ela me pediu que não falasse nada ao papai. Mas por quê?

— Porque seu pai ainda está muito triste com a perda de sua mãe. O tempo vai se encarregar de transformar seu coração, mas ainda não é hora, meu bem. Se ficar falando sobre a mamãe, ele não conseguirá afastar a tristeza que o domina.

— Entendi. É que eu não gosto de esconder nada dele. Isso é o mesmo que mentir?

— Não, Artur, isso não é mentir. Aposto que sonhará novamente com ela e vai dizer que já pode contar para o papai. O que acha?

— Pode ser! Ela disse que voltaria a me encontrar. É tão bonita, Rita! Eu adoro os abraços que ela me dá. Me sinto tão feliz!

— Tenho certeza, meu querido. Agora, vá perguntar ao papai e à tia Lu se eles querem um café fresquinho? — O garoto correu para fora, deixando-a entretida em seus pensamentos. Célia queria lhe passar essa mensagem e usou Artur para isso. Lágrimas de saudade assomaram. E de felicidade! Sabia que eles estavam bem e que Marina também ficaria. No tempo certo!

Na terça feira pela manhã, decidiram retornar a São Paulo. Leonardo não conseguiu voltar e pediu à esposa que retornasse com Miguel.

As despedidas do casal, Rita e Francisco, foram afetuosas.

— Chico, cuida bem de Naná. — Havia preocupação no olhar do garoto.

— Confie em mim! — E abraçou o garoto com carinho.

— Rita, não conte a ninguém aquele segredo — cochichou Artur em seu ouvido.

— Quando você voltar, vai me relatar tudo o que sonhou, combinado? — E beijou-o com ternura.

— Obrigado por tudo, Rita. Voltaremos assim que possível. Isso aqui me faz muito bem. — Miguel beijou Rita e apertou a mão de Francisco.

Luciana se despediu com todo carinho dos amigos queridos e os três iniciaram o caminho de volta à São Paulo. A vida retomava seu caminho... Assim tinha que ser...

Entrar no apartamento foi mais doloroso do que esperava. O filho entrou correndo e foi para cozinha, pois sabia que Dora lá estava. A senhora o abraçou com carinho e disse:

— Já estava morrendo de ciúmes de Rita! — Fingia ares de magoada. Artur deu uma gargalhada gostosa.

— Dora, a Rita falou a mesma coisa. Que iria morrer de ciúmes de você! Eu estava morrendo de saudades. Papai, Dora já chegou! — Miguel entrou na cozinha e ofereceu um sorriso triste para a senhora.

— Que bom que pôde vir, Dora! Preciso muito de você! — Ela se compadeceu do olhar do jovem viúvo e pensou como a vida era injusta.

— Sabe que pode contar comigo, meu filho. Vocês são a minha família. — Ele a abraçou e se sentiu amparado nesse abraço. Sentia falta da mãe, que jamais fora presente em sua vida. Ela estava em seu terceiro ou quarto casamento e pouco vinha para o Brasil. O pai morrera há anos, mas também não eram tão próximos como ele gostaria. Era um homem rude, que vivia no campo, ou na roça, como ele gostava de dizer. Visitou-o algumas vezes no sul do país, onde morava e conhecera Marina, a quem ele dissera ser uma mulher excepcional. Nisso o pai estava com a razão. Os dois se deram muito bem. Aliás foi a última vez que o visitou, pois, alguns meses depois, ele teve um infarto fulminante. Sentiu muito a sua perda e percebera que, agora, estava definitivamente órfão. A mãe pouco se importava com ele e jamais estabeleceu laços mais significativos com ela. Sem pai, sem mãe, estava sozinho no mundo. Tinha Artur e isso era o que o confortava. E procuraria ser presente em sua vida, para que ele nunca sentisse esse vazio no coração tão presente naquele momento.

Dora ficou com eles até o final do dia e avisou que retornaria no domingo à noite. Paula também já a contatara e chegaria na tarde do dia seguinte. Tudo precisava estar sob controle, caso contrário Miguel não sabia se daria conta de todas as responsabilidades. Artur e ele pediram uma pizza e ficaram vendo televisão, até que o garoto exausto adormeceu. Miguel foi para a sala e lá ficou remoendo sua culpa. Ainda não se perdoara por ter ido viajar e não se despedir de Marina. Não falara sobre isso com ninguém, nem com Luciana, sua fiel amiga. Sentiu-se culpado por não estar ao seu lado quando ela mais precisou. As lágrimas vertiam incontidas e uma dor aguda em seu peito o oprimia a ponto de sufocá-lo. Olhou para o bar à sua frente e não se conteve, sorvendo várias doses de bebida. Conforme aquele líquido parecia anestesiá-lo, a ferida em seu peito doía ainda mais. Não sabia o que fazer para que aquilo cessasse! E continuou a beber até que tudo escureceu à sua frente. Foi despertado pelo som insistente do telefone! Acordou assustado, com a cabeça doendo terrivelmente. Sentia-se enjoado, mas levantou-se e atendeu à ligação.

— Miguel, o que aconteceu? — Era a voz assustada de Luciana.

— Nada — foi o que conseguiu responder.

— Como está Artur? — Neste momento, toda a bebedeira desapareceu e seus sentidos ficaram em alerta. Correu para o quarto do filho e o encontrou deitado encolhido na cama. Parecia apresentar algum tipo de dor e entrou em desespero. Largou o telefone e chamou o filho:

— Artur, o que está sentindo? Fale comigo! — O menino chorando olhou para o pai com o semblante assustado:

— Eu chamei por você tantas vezes! Tive muito medo! — E abraçava o pai com toda força. — Você prometeu que ficaria comigo!

— Eu estou aqui, querido. Me desculpe! Está sentindo alguma dor?

— Ele disse que você também vai embora e vou ficar sozinho! — Miguel ainda estava zonzo em função do excesso da bebida ingerida, mas conseguiu raciocinar após muito esforço.

— Acalme-se, não tem ninguém aqui. Foi só um pesadelo! — Lembrou-se da cunhada que estava ao telefone. — Você ligou para tia Lu?

O garoto assentiu ainda assustado com o que ocorrera. Pesadelo ou não, aquilo havia sido muito real.

— Eu fui até a sala, chamei você tantas vezes, mas não acordava! — Novas lágrimas molharam seu rosto. — Pensei que você também tinha me deixado. Assim como a mamãe! — O pai não sabia o que dizer a não ser abraçá-lo, procurando encontrar a palavra certa.

— Já disse que não irei te deixar! Você não confia em mim? — E segurou o rosto do garoto com toda delicadeza.

— Mas eu te chamava e você não respondia! Desculpe, papai! Fiquei com muito medo! Foi aí que liguei para tia Lu. — As feições de Miguel se contraíram. — Está bravo comigo?

— Não, meu querido. Vamos ligar para tia Lu e dizer que está tudo sob controle. — Tentou ligar, mas ela não atendeu. Miguel foi até a cozinha com o filho e pegou um copo de água, oferecendo para ele. Os dois permaneceram em silêncio até que a campainha tocou insistente.

Quando Miguel abriu a porta, os tios entraram apressados. Foram direto ao encontro do menino, que parecia mais calmo, e o cobriram de perguntas.

Conforme o garoto falava, Miguel se encolhia na poltrona. Foi inevitável que os dois reparassem no copo sobre a mesa ao lado de uma garrafa quase vazia. As feições de Leonardo se endureceram e, antes que ele proferisse qualquer palavra, Miguel iniciou a conversação.

— Artur teve um pesadelo e já está bem, certo garoto?

— Desculpe te assustar, tia Lu. Mas fiquei com muito medo. E papai não me respondia.

— Estava num sono pesado, por isso não acordei — defendeu-se Miguel.

— Eu posso imaginar o quão pesado devia estar seu sono. — Havia uma crítica mordaz nas palavras de Leonardo que irritaram Miguel.

— Não preciso de sua opinião, Leonardo. E se já constatou que está tudo em ordem, pode ir embora. Agradeço a preocupação e peço que me perdoe por tê-los feito vir até aqui a esta hora da noite.

— Não creio que esteja em condições de dizer o que devemos ou não fazer. — As palavras ásperas já haviam elevado o tom da discussão.

Luciana sabia que a situação poderia se complicar e decidiu intervir.

— Por favor, parem vocês dois. Artur se acalmou e é o que importa. Vamos dormir, meu querido? Você viu que o papai está bem, certo? — O filho foi até o pai e o abraçou com toda força, dizendo:

— Dorme comigo? Estou com medo!

— Eu já vou. Luciana vai com você até o quarto e logo irei atrás. — O menino abraçou Leonardo e sussurrou:

— Não brigue com o papai! Por favor! — Havia súplica em suas palavras que o comoveu.

— Não vou brigar, confie em mim! — Beijou-o e ele saiu.

Miguel estava em posição de ataque, esperando que o cunhado se pronunciasse. E ele assim fez:

— Escute o que vou te dizer, Miguel. Faça algo comprometedor e se verá comigo, entendeu bem? Largue essa muleta que o tem acompanhado todos esses anos. Esse é um caminho tortuoso, mas, se quiser segui-lo, vá sozinho. Deixe Artur fora disso! Não vê que isso só fará seu filho sofrer? — Ele falava de forma firme e direta. — Já pensou no que poderia advir? Não seja irresponsável. Cuide para que nada de mal aconteça ou... — Calou-se, pois poderia adentrar um caminho sem volta.

— Ou o quê? Está me ameaçando? Quem pensa que é? Não lhe devo satisfações acerca de minhas condutas! Agora, se já falou tudo o que queria, boa noite! — Estava de pé perto da porta numa atitude ofensiva.

— Quando vai assumir as responsabilidades da sua vida? Já é hora de crescer! Não estou ameaçando, somente lembrando-o de que você é pai. Seu filho o ama, não se esqueça disso! Boa noite! — Abriu a porta e saiu.

Luciana estava atrás e ouviu parte da discussão.

— Por favor, Miguel! Contenha seus ânimos! Cuidado com a bebida, ela é sempre um perigo a rondar sua vida. Vai se entregar a ela de forma covarde? Marina não está mais por perto para livrá-lo das confusões. Procure ajuda, eu lhe peço! Não quero imaginar um futuro mais sombrio do que esse! E se algo, realmente, tivesse acontecido com Artur? Já pensou nisso? Imaginou o desespero dele quando não o atendeu? Por favor, meu amigo, há muito mais a observar do que a sua própria dor! Todos estamos sofrendo! Artur precisa de você! — Leonardo a chamou e ela se despediu, saindo em seguida, deixando Miguel com seus fantasmas parado na porta.

E, mais uma vez, ele chorou! Sentou-se no chão e permitiu que as lágrimas vertessem com toda fúria! De repente, sentiu as mãozinhas do filho sobre ele:

— Papai, eu estou aqui e nunca vou te deixar. — O garoto fechou a porta e ajudou o pai a se levantar, conduzindo-o para seu quarto. Como um adulto faria, ele colocou-o na cama, cobriu-o e disse: — Vou cuidar de você, papai. Essa foi uma das tarefas que mamãe pediu que eu fizesse. Naquela hora, não entendi. Agora, sei que precisa de mim! Vou ficar acordado até você dormir, certo? — prometeu o menino com carinho.

Miguel não conseguiu falar nada, senão chorar, até que adormeceu. Quando constatou que o pai dormira, o garoto sorriu e concluiu:

— Obrigado, vovó.

A entidade do plano espiritual sorriu perante a atitude do garoto e manifestou-se:

— Não tenha medo, meu querido. Estarei sempre ao seu lado. Sua mãe contou que você é um garoto valente e estou vendo a sua determinação. Aquele ser que te assustou nada tem contra você, portanto não o tema. Ele ainda é muito infeliz e quer que todos sejam assim.

— Ele falou que papai também vai embora! — lembrou o garoto.

— Seu pai tem tarefas a realizar, portanto ficará com você por muito tempo — esclareceu com um sorriso. — Agora, vá dormir, que eu estarei por aqui.

— Como já sei que é minha avó, vem me visitar outras vezes? — pediu ele.

CAPÍTULO 7

NOVOS PROBLEMAS

— Sempre que me for permitido, Artur. Boa noite! — O garoto sorriu e fechou os olhos, abraçado ao pai. Desta vez, não teve medo.

Célia observava a cena com imenso carinho. Amava tanto aqueles dois seres à sua frente! Estava lá por sua solicitação, porém sabia que nada poderia fazer para alterar a programação que haviam realizado. Adolfo estava ao lado da filha, velando seu sono. E Célia solicitara permissão para visitá-los. Sabia que seria um recomeço difícil, porém contava com as bênçãos do Pai Maior, atento a cada filho e oferecendo a lição necessária para que o aprendizado pudesse ser efetivado. Miguel era detentor de muitos delitos, mais por sua invigilância do que propriamente por desvio moral. Prejudicara muitos com sua postura desleal e por seu ciúme desmedido, causando sérios comprometimentos a vários espíritos, que ainda abrigavam em seu íntimo o desejo de vingança. A figura de Artur ao seu lado havia sido providencial, pois o garoto detinha muitas qualidades morais que lhe conferiram créditos na atual encarnação. Sabia, no entanto, que nada disso valeria se Miguel não se dispusesse a encarar com coragem e serenidade a oportunidade que lhe fora concedida, com o intuito de quitar os débitos de outrora. Dependeria exclusivamente dele! Teria que recomeçar nas condições impostas pela vida, procurando reverter o quadro sombrio que ora se apresentava. Teria forças para os embates em seu caminho? A dúvida a atormentava, sentindo que precisava se fortalecer um pouco mais. Deixaria os seus queridos sob os cuidados de Deus, que jamais desampara um filho seu! Em nenhuma condição!

Artur era um garoto dotado de muita sensibilidade, o que lhe propiciava a condição de observar as duas realidades de forma natural. É certo que, até a idade dos sete a oito anos, é comum que as crianças estejam em contato com a realidade espiritual que ainda se encontrem conectadas. Isso tende a se reduzir conforme for crescendo. Ele estava com seis anos e essa condição de adentrar à realidade extrafísica era, para ele, algo espontâneo. O tempo diria se essa sensibilidade permaneceria ou se era de caráter provisório. Célia sorriu ante a perspectiva de ver Artur como médium no futuro, o que dependeria somente de suas disposições e sua própria aceitação da tarefa.

Quando percebeu que ambos estavam profundamente adormecidos, saturou o ambiente de fluidos sutis e equilibrantes, o máximo que poderia fazer no momento. Com um sorriso, deixou-os, pedindo a Deus que cuidasse de seus afetos queridos.

Na manhã seguinte, Miguel despertou com uma enxaqueca terrível, causada pela ingestão exagerada da bebida. Artur ainda dormia e ele se levantou com cuidado. Tomou um remédio e foi para a cozinha. O dia amanhecera cinzento e frio, deixando-o ainda mais depressivo. Lutou para não se abater, lembrando-se de que Artur estaria acordando e que ele precisava estar bem. Preparou um café e sentou-se na cozinha, olhando a cadeira vazia de Marina, que sempre o acompanhava naquele momento. Suspirou e procurou afastar as lembranças melancólicas. Olhou seu telefone e mensagens do trabalho o resgataram para a realidade. Respondeu a algumas de forma profissional, dizendo que estaria de volta na manhã seguinte. Preparou a mesa do café com esmero e foi com isso que Artur se deparou logo que acordou:

— Nossa, papai! Que mesa linda! De fazer inveja a Rita e a Dora! — exclamou o garoto cobrindo-o de beijos.

— Não precisa exagerar — proferiu o pai sorrindo. — Venha, vamos comer tudo!

Os dois ficaram rindo e brincando na cozinha, tentando se esquecer da dura realidade que se defrontava à frente. O telefone tocou e o próprio Artur atendeu.

— Oi, tia Lu. Está tudo bem! Papai preparou um café que a Rita ia ficar com inveja. — E ele dava gargalhadas. — Espera aí, vou perguntar ao papai. Ela quer saber se queremos almoçar na casa do vovô.

Miguel não estava com a mínima disposição para encontrar Leonardo, mas os olhares do filho o convenceram. Ele deu gritinhos de felicidade e disse:

— Vamos, sim, tia Lu. Até daqui a pouco.

O domingo foi tranquilo, até quanto isso era possível. Leonardo ficou somente para o almoço, saindo em seguida, com a aparência sisuda e tensa. Carlos conversava com Miguel e abordou o assunto:

— Não gostaria de estar na pele de Leonardo. Há muitos interesses envolvidos e creio que nem toda a diplomacia do mundo vai livrá-lo dos problemas que irão advir. Tudo vai depender dele. Releve seus comentários, Miguel. O clima não está dos melhores. — Ele parecia ter conhecimento de tudo o que ocorrera na noite anterior, e o jovem sentiu-se envergonhado pela própria atitude. O homem percebeu que ele estava incomodado e acrescentou: — Meu filho, não estou aqui para julgá-lo. Não sei o que faria em seu lugar, peço, contudo, que tenha mais cuidado com os exageros que possa cometer. A linha é muito tênue, se é que me entende. Não quero ver Artur sofrendo mais do que já está.

— Leonardo foi invasivo e fez ameaças. Aliás não compreendi o que ele pretendia dizer.

Carlos o encarou com o semblante sério e concluiu:

— Ele é um juiz, Miguel. Conhece a lei profundamente e sabe o quanto pode ser inflexível, se assim o desejar. Eu imagino o que ele teve a intenção de insinuar, mas prefiro me abster de falar. Esqueça isso! Conversarei com ele e pedirei que se mantenha à margem disso. — As feições do jovem se contraíram perante as palavras de Carlos.

— O que está me dizendo? Ele teria coragem de fazer algo contra o próprio sobrinho?

— Não, estaria fazendo contra você, Miguel. Lembre-se de que fomos testemunhas daqueles eventos dolorosos do passado, quando você se excedeu em todos os aspectos.

— Isso jamais ocorreu novamente e você sabe! Eu estava completamente fora do meu controle e tinha minhas razões — justificava.

— Eu sei, por isso estou tendo essa conversa com você. Sei que jamais faria aquilo novamente em condições normais. Mas o que está vivendo atualmente não é uma condição normal. Está a um passo de perder o equilíbrio, Miguel. Concordo com Luciana, você precisa de ajuda. Que seja apenas para mantê-lo incólume durante este período tenso e doloroso. Faça isso por seu filho! — As feições dele estavam sérias.

Miguel sentiu-se frágil mais uma vez. As lembranças daquele infeliz evento assomaram e o perturbaram. Queria esquecer que aquilo ocorrera, mas ninguém o deixava. As imagens foram passando em sua tela mental e ele se encolheu na poltrona. Sentiu-se mal mais uma vez e o ar lhe faltou. Os olhos ficaram marejados e ele só conseguiu pronunciar:

— Será que Marina jamais me perdoou? Todos sabem que tudo foi uma armação, na qual fui uma vítima daquela tresloucada. Tudo foi forjado! Consegui as provas de que necessitava para me inocentar. — Ele relembrou todas as cenas abjetas e sentiu-se mal.

Carlos se compadeceu do jovem à sua frente e expressou com carinho:

— Marina nunca o culpou disso, Miguel. Sempre soube que foram artimanhas de seres desprezíveis que o levaram a agir daquela forma. Porém os fatos estavam lá e vimos do que foi capaz. Você quase matou aquela jovem e quando Marina se colocou à sua frente, você, simplesmente, se esqueceu de quem ela era.

— Sabe que foi um acidente, pois jamais tocaria num fio de cabelo de meu amor. Ela tentou me conter e estava cego de indignação. Eu apenas a empurrei! — As cenas retornavam como se aquilo acabasse de ocorrer. O saldo havia sido lastimável!

— Esse episódio ficou no passado, meu filho. De que adianta remoer essas lembranças? Marina nunca o culpou, sabe disso. Contudo a bebida, ou o excesso dela, achava-se presente naquela etapa lastimável. E se estivesse sóbrio, não faria o que fez.

— Ela foi sórdida, movida a interesses escusos e desprezíveis. Armou para que Marina me flagrasse e me deixasse. Nunca perdoei aquela miserável! — Suas feições estavam endurecidas, carregadas de ódio.

— Só quero alertá-lo de que a porta de entrada foi sua fragilidade e sabe disso. Nada teria acontecido se... — Carlos se calou, não queria recordar aqueles fatos tão indecorosos, que tanto mal causou a todos eles. — Miguel, pare de se martirizar. Somente, lembre-se de que a bebida não irá resolver suas frustrações, em especial o fato de Marina não estar mais aqui. A doença dela nada teve a ver com punição ou o que possa idealizar. A morte faz parte do ciclo da existência humana. Todos nos submeteremos a ela algum dia. Você precisa aceitar o fato de que nada a trará de volta, por mais que isso seja doloroso.

— A bebida me entorpece, com ela não sinto tanto minha dor!

— Ela entorpece e te causa muito mal. Você fica tão vulnerável que perde todo seu senso crítico. Antes, Marina o amparava. E agora? — Ele estava sendo direto.

— Entendi o recado, Carlos. Peço que tenha paciência comigo. Vou superar esta fase, mas preciso de tempo.

— Sempre estarei por perto quando precisar. E vou conter nosso amigo. Sabe que ele se preocupa com Artur. Você precisa compreendê-lo.

— Artur é meu filho. Ele não vai ser o pai dele! — Seu olhar se fechou e Carlos achou que a conversa não deveria prosseguir.

Havia uma rusga entre eles que só poderia ser por um bom motivo. Carlos sabia qual era a razão, mas jamais falaria sobre isso com qualquer um dos dois. Preservaria Marina antes de tudo! Ela confiara nele e jamais trairia sua confiança. Sua tarefa seria contemporizar a situação entre eles sempre que fosse necessário. Temia que Leonardo usasse seu cargo e sua influência para impor a Miguel uma situação delicada, colocando-o numa posição conflitante e constrangedora. Sim, ele seria capaz disso, por toda mágoa que carregava contra Miguel. Ficava a imaginar se Luciana desconfiaria das intenções do esposo! Ela parecia viver numa concha, distante de problemas, talvez para se autopreservar. Sentia, no entanto, que ela não era feliz e isso o deixava incomodado. Como as relações humanas eram complexas! Escolhera Silvia justamente por ser uma pessoa simples, pura, dotada de um coração imenso, que só desejava conviver com a felicidade! E a amava tanto por ser como era! Seu remanso em meio à rudeza do mundo que escolhera trabalhar! Era a tranquilidade à qual voltava todas as noites após a rispidez das relações humanas que precisava presenciar todos os dias, entre processos infames e situações isentas de moralidade. Escolhera a mulher perfeita e a amava por ser como era!

Voltou-se para Miguel e viu a tensão ainda imperando. Queria poder lhe dizer que tudo ficaria bem, mas isso dependia somente dele!

— Você retorna amanhã ao trabalho? — perguntou mudando o rumo da conversa.

— Sim. Já organizei tudo. Espero que nada fuja aos planos traçados.

— Tenho certeza de que desempenhará as tarefas com maestria. A organização e o controle fazem parte de sua rotina.

— Só que, agora, é a vida de Artur que está no centro de minhas atenções. — Havia certa apreensão em sua voz que o sogro detectou.

— Pense positivo, Miguel. É a primeira providência para que o êxito ocorra. Sabe isso melhor do que eu — expressou ele com um sorriso afetuoso. — E não se esqueça de que pode contar com sua família sempre!

— É esse meu maior estímulo. Bem, creio que é hora de retornar à realidade. — Procurou Artur com o olhar e viu que ele estava contando sobre Naná, tirando muitas gargalhadas de Silvia.

Foi até o filho e ouviu parte das peripécias que ele comentava.

— Miguel, ele, realmente, deu o nome de Naná àquela égua? — indagou Silvia com um sorriso iluminado. Era uma senhora de sessenta anos, mas de uma jovialidade que a fazia parecer muito mais jovem. — E eu não estava lá para ver essa cena! — O garoto ria do seu jeito de falar. Ele, claramente, conseguia transformar o ambiente num lugar sereno e agradável. Sua alegria era contagiante. — Quando voltaremos lá?

— Quando quiser, vovó. Já estou com saudades de Naná! Pena ela não poder vir para São Paulo — queixou-se ele com um beicinho.

— E onde você a colocaria? No seu quarto? — Silvia brincava com Artur, que não parava de rir. — Ou no quarto do vovô? Não, Naná não ia suportar o ronco dele. — Mais risos.

O clima estava tranquilo e Miguel lamentou ter que levar Artur embora, mas era necessário. Sua rotina profissional e todos os entraves dela decorrentes teriam de recomeçar no dia seguinte.

— Vamos, Artur. Precisamos ir! Dê um beijo em todos e diga que voltará outro dia. — O menino ficou com o semblante triste e disse:

— Ainda está cedo, papai. Tenho tanta coisa para contar para vovó. Me deixa ficar mais um pouco, depois tia Lu me leva.

— E vai deixar o papai ir sozinho para casa?

O menino ficou pensativo lembrando-se das tarefas que a mãe lhe incumbira.

— Verdade, papai. Depois, vai ficar com medo de estar sozinho. — Virou-se para a avó e tia, confidenciando baixinho: — Tenho que cuidar dele, mamãe pediu. — As duas mulheres deram um sorriso triste e assentiram. Ele era sem dúvida um garoto especial.

— Cuide dele direitinho e, se precisar de ajuda, promete me ligar? — perguntou Silvia.

— Fica tranquila, vovó. Dou conta da tarefa. — Deu um abraço apertado com muitos beijos em cada uma e chamou o pai: — Vamos?

O avô acompanhou-os até a porta e despediu-se dos dois carinhosamente.

— Estou por aqui, Miguel. Ligue se precisar e pense sobre o que conversamos.

— Vou pensar! — Abraçou-o e saíram.

Carlos ficou observando os dois com a tristeza estampada no olhar. Imaginava até quando Miguel resistiria à dura rotina de criar um filho sozinho. Sua estrutura emocional era tão frágil! Ele nunca soube o que significava cuidar de um filho! E, a partir de agora, teria que assumir a complexa tarefa integralmente!

Tão logo o carro de Miguel virou a esquina, Leonardo estacionou. Carlos o esperou, notando seu semblante mais tenso do que o normal.

— Já de volta? Veio buscar Luciana? Miguel acabou de sair.

— Assim é melhor — disse ele entrando na casa. — Precisamos conversar. Porém quero que Luciana participe. — Carlos ficou apreensivo com a chegada intempestiva dele. Algo muito grave estava acontecendo.

— Vamos para o escritório. — Chamou as duas mulheres que o acompanharam curiosas.

Luciana olhou o marido e percebeu seu nervosismo.

— O que aconteceu, querido?

— Estou vivendo um momento bastante delicado e vocês têm acompanhado meu trabalho nesses últimos meses. Creio que a tentativa de me intimidar já estava nos planos deles, porém tudo agora eclodiu de forma tão ostensiva que preciso relatar-lhes minhas próximas condutas. Antes, quero que vejam isto. — Entregou seu celular, onde várias mensagens de um número privado traziam frases intimidadoras, com graves ameaças.

Luciana empalideceu e perguntou:

— O que eles pretendem com isso?

— Que eu entenda a mensagem que estão a me enviar — respondeu ele sério.

— Você não pode aceitar esse tipo de provocação! Sabia que alguma coisa poderia acontecer, eu o alertei quando esse caso chegou em suas mãos. Esse amedrontamento não pode ficar sem uma resposta. É uma intimidação a que não deve se render!

— Você sabe a minha resposta. Não vou ceder à chantagem e nem tampouco às ameaças. Continuarei fazendo o meu trabalho, analisando criteriosamente todas as provas, sem descuidar de nada. Porém não posso deixá-la exposta a qualquer perigo. Quero que tenha segurança vinte e quatro horas. Não sei o que são capazes de fazer.

— Não quero me sentir vigiada todo tempo, Leonardo.

— Será para sua própria segurança, eu lhe peço. Provavelmente não seja necessário mais que alguns meses. É o tempo de que preciso para concluir tudo. — Seu olhar era de súplica.

— Já falou com os agentes encarregados dessa investigação? Talvez eles tenham uma ideia mais adequada de como agir — perguntou o desembargador.

— Não gostaria de que essa situação fosse aventada, pois pode comprometer todo o processo. De qualquer forma, nossas vidas serão devassadas e precisamos estar alertas e vigilantes.

— Não tenho nada a esconder! Nem tampouco você! Nossas vidas são um livro aberto.

— Entendo você, Luciana. No entanto, eles são sórdidos, e qualquer fato que esmiuçarem e encontrarem para poder usar contra nós, assim o farão. — Leonardo sabia quem eles eram e a podridão que os acompanhava.

— Não tenho medo, querido. E você também não deveria ter. Não permita que eles te intimidem. Nada vai acontecer, seus temores são infundados. E não aceito escolta, nem segurança. Eu sou livre e vou permanecer nessa condição. Meu tio, fale com ele!

Leonardo olhava para a esposa com preocupação. Ela era teimosa e sabia que adotaria tal atitude. Encarou firmemente Carlos e clamou:

— Eu lhe imploro que fale com ela. Silvia, entende meus temores? — Ele procurava aliados naquele momento tenso.

— Me perdoe, Leonardo. Não entendo dessas questões, não posso opinar. Carlos, você que conhece esse caso tão bem quanto ele, avalie cuidadosamente os riscos.

— Eu concordo com Leonardo, Luciana. Porém são questões que devem ser mais bem avaliadas no decorrer do processo. Essas ameaças podem ser vazias, desprovidas de fundamentos, ou não! O tempo dirá. Somente, acho temerário invalidar essa intimidação. De qualquer forma, a cautela deve imperar em todas as suas ações. Aliás, essa orientação serve para os dois.

Vou discordar de você sobre não relatar essas mensagens aos nossos agentes. Tudo deve ser tratado com o máximo cuidado e nada pode ficar oculto. Nós ainda não conhecemos o poder de fogo desses crápulas. E tampouco desejamos conhecer. Amanhã cedo, quero você na minha sala. Discutiremos essa questão com mais critério. Não aceito recusas. — Seu olhar firme dizia que ele não aceitaria outra atitude que não essa. — Quanto a você, minha filha, acate o pedido de Leonardo. Que a vigilância seja sutil, mas que esteja com você. Isso dará tranquilidade ao seu marido, que irá trabalhar mais sereno. Você sequer perceberá a presença deles ao redor. Quantas vezes não utilizei desse subterfúgio? — E piscou para a esposa. Silvia sorriu ante a confissão do marido, lembrando-se de eventos passados. — Creio que minha opinião deva ser considerada, Luciana. — Ele estava sendo enfático.

A jovem não concordava, mas sabia que não deveria discutir com o tio, que conhecia os meandros desse jogo pérfido e desleal de que se utilizavam. Com carinha de contrariada, disse:

— Tudo bem, vocês venceram. Mas peço que sejam os mais discretos possíveis. Sabe que tenho uma vida intensa e estou sempre em desvantagem com o tempo. — Ela mesma sorriu ante a imagem em sua tela mental. — Espero que eles consigam me acompanhar.

Os dois homens se entreolharam satisfeitos. Havia um longo caminho a percorrer antes que tudo isso terminasse.

CAPÍTULO 8

PERIGO A RONDAR

— Bem, creio que tudo já tenha sido esclarecido. Vamos, querida? — E estendeu a mão para a esposa.

Após as despedidas, os dois saíram. O caminho de volta para o apartamento deles foi silencioso. A tensão estava presente e nenhum dos dois parecia disposto a quebrar a mudez que se instalara. Até que Leonardo iniciou o diálogo:

— Lamento que isso esteja acontecendo, Luciana. Sabia que seria um caso intrincado, mas não poderia recusar essa designação. Não queria causar-lhe problemas, mas, infelizmente, não foi possível. Sabe o quanto você é importante em minha vida e não me perdoaria se algo lhe acontecesse. — Neste momento, pousou sua mão na dela, que apenas manteve a pressão, sentindo que a cada dia a distância entre eles crescia.

— Gostaria tanto de acreditar em suas palavras, Leonardo. No entanto elas me soam vazias. Já não sei se sou tão importante em sua vida. — Seus olhos estavam marejados e ela continha a emoção que queria assomar.

— Por que está dizendo isso? Pare com bobagens! Você é a mulher com quem me casei e que amo! — Nem ele acreditava nas próprias palavras. E se não acreditamos em nosso próprio discurso, como podemos convencer o outro?

— Sei que sou a mulher com quem se casou e, possivelmente, você me ama, sim. Mas não da maneira que eu desejaria. Contudo isso não é sua responsabilidade, meu querido. Me desculpe, não é hora de discutirmos nossa relação. Você tem outras prioridades no momento.

Leonardo parou o carro e disse-lhe:

— Você é mais importante do que tudo, Luciana. Sei que não tenho demonstrado o meu amor, mas procure compreender que vivemos períodos dolorosos com a perda de Marina. Tudo vai se encaixar, acredite. O tempo se incumbirá de alocar cada emoção em seu lugar. Jamais poderia imaginar que a partida de alguém pudesse me perturbar tanto. Sei que ela era sua irmã, mas os últimos dias foram muito tensos e sofridos. Impossível não se envolver. — Ele se calou, sentindo a dor latente que o assunto lhe causava. Ainda não conseguia aceitar tudo o que ouvira de Marina. E, talvez, nunca iria entender as razões daquilo ocorrer. No entanto sua vida devia prosseguir e Luciana era sua esposa. A ela, iria se dedicar com a força do seu amor. Tudo o que ouvira de Marina tinha de permanecer oculto, nunca poderia ser revelado. Esse seria seu segredo! Embora achando-se ainda frágil emocionalmente, deveria seguir em frente. Os problemas profissionais assim o exigiam. Olhava a esposa com carinho. Vendo-a tão triste, de súbito, a abraçou. — Me perdoe, meu amor! Preciso tanto de você! — Os dois se entregaram a esse abraço, sentindo a dor dilacerando seus corações. Precisavam um do outro, essa era a única certeza. Somente juntos conseguiriam reencontrar a paz...

— Estou com você, meu querido! — foi o que ela conseguiu pronunciar. Eles tinham um ao outro! Não em toda plenitude, mas era o que podiam oferecer no momento!

No apartamento de Miguel, Dora e Paula os aguardava. A alegria de Artur ao vê-las deixou o pai mais confiante no futuro que se espreitava. A vida precisava seguir em frente. Combinou todos os detalhes com as profissionais, que seriam o suporte essencial na manutenção do equilíbrio de sua vida. As aulas de Artur reiniciariam somente na semana seguinte e teria que compartilhar com ele estes momentos. Tentaria voltar mais cedo e trabalhar em casa, talvez essa fosse uma alternativa. Paula, porém, disse-lhe que não se preocupasse. Ela sairia com o garoto, levando-o a cinemas, parques, tudo que pudesse diverti-lo e não o deixar pensar na sua dura realidade.

A jovem babá se casara no ano anterior, mas avisou que isso não seria empecilho, caso precisasse dormir fora, numa emergência que surgisse. Miguel comentara que, eventualmente, poderia viajar. Tudo estava acertado e ela se despediu, dizendo que estaria lá na manhã seguinte, conforme combinado.

Dora preparara um lanche e o clima parecia calmo e em harmonia.

E assim a semana se iniciou...

Retornar ao trabalho não foi nada fácil, mediante a infinidade de condolências que teve de ouvir. Fechou-se em sua sala quando pôde, jogando-se ao trabalho com todo empenho, decidindo que essa seria sua única alternativa para driblar a dor que dilacerava seu coração. Dedicaria sua vida ao filho e à profissão.

Os dias se passaram... As aulas de Artur recomeçaram... A vida tentava retornar ao seu ritmo... Miguel se envolveu integralmente em seu trabalho e, gradativamente, tentava reencontrar seu equilíbrio emocional.

Os dois, pai e filho, procuravam ficar juntos o máximo de tempo possível, especialmente nas refeições e aos finais de semana. Luciana estava presente sempre que possível, encontrando, incessantemente, um motivo para visitar o sobrinho amado. Já Leonardo procurava manter-se à distância de Miguel, evitando novos embates. O momento profissional tenso pelo qual passava não comportava um dispêndio desnecessário de energias. As ameaças persistiam, uma forma de intimidação visando deixar claro que teria muita dificuldade em manter a estratégia assumida. Mas ele não se renderia, isso era fato inquestionável. Arcaria com o ônus de suas escolhas. Luciana já se acostumara com a segurança discreta que a acompanhava dia e noite.

Um mês se passara após a partida de Marina. Pai e filho, cada um à sua maneira, procuravam manter a confiança de que dias melhores estavam por vir. Com o reinício das aulas, o garoto ficava ocupado a maior parte do tempo em suas múltiplas atividades. A natação era a grande paixão de Artur e, a cada dia, se aperfeiçoava mais. Já aprendera a nadar e participava de pequenos campeonatos infantis. Miguel e Marina eram seus maiores fãs, assim dizia a mãe para o menino, que se enchia de felicidade. Agora, ela não estava mais presente o que deixara Miguel apreensivo, pois teria que comparecer naquele sábado. O filho intimara o pai no início da semana, mas ele mostrava-se relutante.

— Papai, você precisa estar lá. Vou nadar por você! — disse o menino com a súplica no olhar. — Convidei tia Lu e tio Leo, mas não é a mesma coisa. Você vai me ver?

— Farei o possível, meu filho. Estou vivendo um momento exaustivo no trabalho, com um novo projeto. — Ele era um engenheiro competente e com grandes responsabilidades pela nova área que agora coordenava. E o momento propiciou essa entrega exagerada às tarefas exercidas, mais como um plano de fuga para a realidade que enfrentava. Assumira muitas funções e sentia-se cada vez mais voltado a esse foco. Sua vida emocional estava em ritmo de reconstrução, entre altos e baixos. Na verdade, mais baixos do que altos, o que implicava numa exposição cada vez maior à bebida. Evitava, porém, exceder-se na presença do filho. Artur já o chamara muitas vezes na sala para que ele fosse para sua cama. Nesses momentos, o pai o abraçava com toda energia e dizia incessantemente o quanto o amava. E que ele não contasse a ninguém, pois isso não iria se repetir. O menino sorria e expressava:

— Esse é nosso segredo, papai. — E, na própria semana, novamente, o pai era protagonista da mesma cena.

Numa manhã, antes de Miguel ir para o trabalho, Dora pediu para ter uma conversa com ele.

— Miguel, sei que sua vida está tensa. Marina faz muita falta, todos sabemos. Mas estou muito preocupada com você, meu filho. Há tantos anos nesta família, eu me sinto no direito de alertá-lo. Cuide-se mais! Você tem se excedido com a bebida. Não foi Artur quem me falou, pois sei que ele está atento a tudo o que lhe diz respeito. Não se esqueça de que trabalho aqui. Sou eu que recolho os copos, as garrafas vazias. Jamais falaria sobre isso com alguém, nem mesmo com Paula. Mas receio que ela seja muito esperta e já tenha reparado. Procure ajuda, Miguel. Sua dor só vai passar se você permitir que ela vá embora. Percebo, no entanto, que você insiste em mantê-la por perto. Marina nunca apreciaria essa conduta. Sei o quanto vocês se amavam, mas precisa deixá-la partir. E você deve retomar sua vida. Não da forma como vem agindo, jogando-se ao trabalho, mas seguindo em frente, por mais difícil que possa parecer. — Os olhos do rapaz ficaram marejados e somente balbuciou:

— Ela faz tanta falta, Dora! — A mulher não se conteve e o abraçou com carinho.

— Eu sei, querido, mas essa dor vai passar. Faça a sua parte! E não tenha pudor em pedir ajuda profissional. Converse com alguém que possa te esclarecer sobre as diversas fases do luto. Viva cada uma delas com toda intensidade. E, depois, siga em frente! Artur é seu filho, não o inverso. Mas não é isso que tenho presenciado. — Era uma crítica velada, retratando a real condição daquela família, agora desestruturada, porém com todas as condições de retornar a sua forma original.

— Obrigado pela preocupação, Dora. Serei mais cuidadoso com Artur. E vou pensar em tudo o que me disse. — Beijou seu rosto e saiu.

Paula chegou no exato instante em que os dois estavam abraçados e, discretamente, foi para o quarto de Artur. Mais tarde falaria com Dora sobre sua preocupação com o menino. Aquele não era o momento. Em seguida, desceu com Artur cuja perua escolar o aguardava.

O dia da competição, enfim, chegara. Quando o garoto acordou, deparou-se com a figura sorridente de Luciana e Leonardo.

— O que fazem aqui? — Ele estava surpreso.

— Seu pai teve uma reunião de emergência bem cedo, mas me ligou pedindo que o levasse para a competição. Vamos tomar um café bem reforçado? — Ela viu a frustração no olhar do menino e tentou explicar: — Ele prometeu que faria de tudo para chegar a tempo de vê-lo nadar. Ele irá, confie! Agora, vamos levantando-se dessa cama, senão se atrasará

— Quero ver o melhor nadador vencer! Não aceito outra coisa que não seja a vitória! — Riu Leonardo, tentando mudar o rumo da conversa.

— Eu não sou o melhor, tio Leo. Tem o Fabinho, o Lucas, eles já me venceram outras vezes — retrucou com o olhar preocupado.

— Você se preparou? — perguntou o tio.

— Treinei muito para esse dia! — respondeu o menino com um sorriso.

— Então vá lá e mostre que todo esforço valeu a pena. A vitória é uma consequência do esforço e do trabalho. Um dia você sairá vencedor, outro não, faz parte do jogo. Mas sempre entre numa competição preparado e, principalmente, confiante de que vai fazer o seu melhor. Para mim, você já é um campeão! — E tirou o garoto da cama, colocou-o sobre os ombros e o levou sob as risadas e apelos para que não o derrubasse. — Quem você pensa que eu sou? Sou bastante forte para levar esse peso leve até a cozinha! Bem, com uma parada no banheiro.

Luciana observava a cena com um sorriso radiante. Ele, realmente, era outra pessoa quando estava com Artur. Jamais entendera sua resistência em ser pai. Talvez, quem sabe, isso não traria mais alegria à vida deles! Ficou a pensar...

E conforme o garoto previra intimamente, o pai não conseguiu chegar a tempo de vê-lo nadar e vencer. Somente os tios lá estavam comemorando a vitória do garoto, cujo semblante era triste, apesar do sorriso que ostentava. Os três saíram de lá para uma lanchonete e avisaram Miguel sobre o local. Ele, porém, só chegou quando já finalizavam o lanche. Ao ver o pai, Artur correu a abraçá-lo.

— Eu ganhei, papai! — E mostrava a medalha pendurada em seu peito. Miguel cumprimentou os cunhados com um cordial sorriso.

— Tentei encerrar a reunião mais cedo, mas não consegui. No entanto sei que fui muito bem representado. — Encarando os dois com a gratidão no olhar.

— Você perdeu nosso campeão derrotando seus competidores — brincou Luciana. — Precisava ver!

— Na próxima, estarei lá.

— Tenho certeza de que Artur irá adorar. — As palavras do cunhado traziam em seu âmago uma certa repreensão pela atitude negligente do pai. Era sábado e, pelo que ele imaginava, poderia ter marcado a reunião para mais tarde ou outro dia. Miguel sentiu-se mal com a provocação e encarou o olhar frio que Leonardo lhe direcionava.

— Infelizmente, era o único horário disponível com um dos sócios da empresa, apesar de que isso não deva ser da sua conta. — Enfrentou o olhar. Luciana percebeu a situação e logo conseguiu desfazer a tensão.

— Artur, querido, acho que as duas crianças aqui precisam de um pouco de doce para adoçarem suas palavras. Vamos pedir um sorvete para eles?

— Um para cada um, tia Lu, senão eles vão brigar e continuar a não se entender. — O garoto sorriu, mas oferecendo a ambos um olhar de crítica.

Miguel ficou constrangido perante as palavras verdadeiras de Artur e decidiu oferecer uma trégua ao cunhado.

— Desculpe minha grosseria, Leonardo.

— Me perdoe a invasão à sua vida, a qual não me diz respeito.

— E, então, aceitam os sorvetes? — Luciana respirou aliviada.

— Eu quero! Eu quero! — comemorava o garoto.

— Preciso comer algo primeiro. Depois a sobremesa! — Riu descontraído o pai.

— Eu aceito! Mas só se for com todas as coberturas — brincou Leonardo.

— Eu também! Vamos, tia Lu, chame o garçom! — O menino estava muito feliz.

Os dois homens respeitaram a trégua pelo resto do período que lá permaneceram, trocando conversas triviais, o que deixou Artur satisfeito. No final do almoço, persistia ainda o clima descontraído, para alegria de Luciana, que não tolerava a rivalidade crescente que se instalara entre eles.

— Não tenho como agradecer-lhes o que fizeram hoje. Foi um contratempo e não saberia como resolver se não fossem vocês. Obrigado! — expressou Miguel com sinceridade.

— Não fizemos nada excepcional. Iríamos de todo jeito, querido. — Luciana o abraçou, assim como ao sobrinho. E perguntou: — Sábado próximo posso levar Artur ao cinema? Ele não parou de falar sobre o filme que gostaria de ver. Isso se você não puder levá-lo, naturalmente.

Miguel sabia o quanto o filho amava as telas, herança da mãe, que o levava sempre que podia. Ele próprio não apreciava muito e adorou a ideia de Luciana.

— Claro, Luciana. Estou numa fase complicada e meus finais de semana serão de intenso trabalho. Além do que irá facilitar minha vida. O que acha, garoto?

— Vou amar! — falou, correndo a abraçar a tia.

— Então está resolvido! Nos falamos durante a semana, Artur. — Beijou os dois e saiu com o marido.

Pai e filho retornaram para casa e, naquela noite, o menino confidenciou ao pai:

— Estive pensando numa coisa, papai.

— O que essa cabecinha está planejando? — perguntou Miguel, curioso.

— Acho que está na hora de cada um de nós voltar ao seu quarto, o que acha? — Seus olhinhos brilhavam intensamente. O pai o encarou com carinho indizível.

— Acha que está preparado?

— Acho que sim, e você?

— Não sei, mas preciso tentar. — As lágrimas assomaram.

— Se você quiser, eu durmo esta noite com você na sua cama. Quer? — perguntou timidamente o menino.

— Você fará isso por mim? Mais uma vez?

— Claro, papai. Você cuida de mim e eu de você. Não foi isso que combinamos? — Havia tanta pureza naquelas palavras que o pai não conteve o choro.

Os dois ficaram abraçados por muito tempo até que o menino sussurrou:

— Sinto tanto a falta da mamãe!

— Eu também, meu querido! Mas Dora disse que, em algum momento, essa dor vai passar.

— Ela sempre fala a verdade, papai. Vamos acreditar?

— Vamos!

Naquela noite, pai e filho dormiram juntos mais uma vez. A cena era comovente e companheiros do plano espiritual lá se encontravam, procurando saturar aquele ambiente de fluidos sutis e equilibrantes.

— Uma fase ainda muito difícil, Adolfo. Espero que, em breve, essa situação possa se alterar. Sei que Marina está prestes a despertar e creio que tudo se modifique no decorrer dos dias.

— Porém ela nada poderá fazer para modificar o que compete a Miguel. Suas condutas repreensíveis o estão desequilibrando e sabemos onde isso pode culminar.

— Confiemos! Ele terá que despertar para as cobranças inevitáveis cedo ou tarde. Precisa reorganizar seu mundo íntimo, hoje em total descompasso. Reerguer-se perante as fatalidades da vida e exercer seu direito de escolher o melhor caminho. — Olhou para os dois já adormecidos e finalizou: — O caminho será longo, mas produtivo. — Em seguida, os dois seres espirituais deixaram o local rumo a outras paragens.

A semana foi intensa, conforme as previsões de Miguel. No sábado, Luciana levou Artur ao cinema. Leonardo não os acompanhou, o que deixou o garoto triste.

— Tio Leo e papai trabalham demais, não acha, tia Lu? — reclamou enquanto saíam do cinema. — Infelizmente, perderam o filme. Eu adorei! E você?

— Imperdível, pena que esses dois tolos não conseguiram vir conosco. Vamos comer um lanche? Papai não vai se importar que cheguemos mais tarde, vai?

— Não, ele disse que eu podia aproveitar.

No caminho de volta ao apartamento de Miguel, porém, um incidente aconteceu. Uma moto se aproximou do carro de Luciana e, quando estavam parados no sinal, o motorista fez menção de assaltá-los, batendo no vidro com fúria, apontando uma arma. Tudo foi muito rápido. Uma outra moto emparelhou com o carro, ostentando também uma arma. Luciana, antes mesmo que o pânico se instalasse, bradou:

— Querido, deite-se no chão. Agora! — E, de súbito, ela passou com seu carro entre as duas motos numa arrancada, ouvindo o zunido das balas disparadas. A escolta que fazia segurança somente percebeu quando o carro de Luciana saiu em disparada. E uma perseguição se iniciou pelas ruas, até que cada uma das motos foi em direção contrária. Luciana dirigiu até seu apartamento, mais próximo de lá. A escolta a acompanhou e, quando chegaram, o agente responsável conversou com ela.

— Foi uma temeridade o que fez. Eles tinham armas! Estávamos atrás da senhora, nada iria acontecer.

— Eles atiraram em mim! — Artur permanecia calado, assustado e a primeira coisa que fez ao sair do carro foi abraçar a tia. — Você está bem, querido?

— Vou acompanhá-la! — avisou o segurança, mesmo com a recusa dela.

Leonardo se encontrava no escritório quando ouviu a porta abrir com toda fúria. A esposa pálida, agitada, trazia Artur com ela. O policial estava ao seu lado.

— O que aconteceu? — questionou, já imaginando algo.

— Tentaram me assaltar ou fazer parecer que se tratava de um assalto.

CAPÍTULO 9
REDUZINDO A DISTÂNCIA

Leonardo empalideceu. Eles eram mais ousados do que imaginava! Esse pretenso assalto mostrava que conheciam todos os seus passos. Agora nada acontecera, mas poderia ter sido diferente. Lembrou-se da última mensagem recebida, dessa vez através de um bilhete anônimo que apareceu sobre sua mesa. O atrevimento deles denotava que acreditavam que nada lhes aconteceria. Ledo engano! Mais do que nunca, iria até o fim. Nada o demoveria de seus propósitos. Tudo estava claro e a prudência deveria acompanhar cada passo dessa jornada. E isso dizia respeito a todos que estavam ao seu lado. Olhou a esposa, que ainda tremia de nervosismo, e Artur, que parecia em choque.

— Vocês estão bem? — Abraçou-os com toda energia. E voltando-se para o encarregado da segurança da esposa, perguntou: — Não poderiam ter evitado? — O homem relatou todos os fatos e, se por um lado, ficou admirado com a coragem da esposa, por outro, viu a temeridade do seu ato. — Luciana, o que fez foi muito perigoso. Eles estavam atrás de você!

— No momento, a única coisa que pensei foi fugir deles. Agi por impulso, apenas isso. Sei que fiz uma loucura, principalmente quando ouvi os tiros. Artur foi mais corajoso, não é, meu querido?

— Tio Leo, fiquei abaixado como a tia Lu mandou. Ela saiu bem rápido! — E mostrou como tinha sido, tirando risos de todos. — Vou ser policial quando crescer. Adoro aventuras! E vou prender esses bandidos que querem tirar algo que não é deles.

— Seu pai não vai gostar de saber dessa sua aventura. Vamos, vou levá-lo para casa. — Despediu-se do homem, pedindo que redobrassem a vigilância. No dia seguinte, conversaria com o chefe da segurança sobre o ocorrido.

— Está mais calma, querida?

— Não foi uma tentativa de assalto, não é? — perguntou a esposa.

— Conversaremos sobre isso depois. Vamos levar Artur para casa.

O garoto chegou contando sobre a sua aventura, deixando o pai completamente perturbado. Ele olhou para os cunhados procurando entender o que se passara.

— Duas motos tentaram assaltar a tia Lu, mas ela fugiu em disparada. — Ele se divertia com o feito, sem compreender a gravidade do que acabara de acontecer.

— Vocês estão bem? — Abraçava o filho com todo amor. Viu a expressão tensa de Leonardo e percebeu que havia alguma coisa oculta. Pediu a Dora que levasse o garoto para o banho, enquanto conversava com ele.

— Tia Lu, adorei a tarde de hoje! — Dando um sonoro beijo nela.

Assim que o garoto saiu da sala, Miguel questionou:

— O que realmente aconteceu? — Mostrava-se tenso.

— É uma longa história, mas procurarei ser breve. — E relatou sobre os últimos eventos, inclusive sobre a escolha a que ambos estavam se submetendo por precaução. Conforme ele falava, as feições de Miguel se contraíam.

— E quando pretendia me contar? Após uma tragédia acontecer? Tudo poderia ter sido diferente!

— Luciana se precipitou, apenas isso. Os vigilantes encontravam-se atrás dela, cuidando da sua segurança e de Artur. Não estavam desprotegidos.

— Uma fatalidade poderia ter ocorrido e a responsabilidade seria exclusivamente sua! — O tom de voz dele já se alterara significativamente e o olhar de Leonardo pousou sobre o copo deixado na mesinha.

— A situação era contornável, Miguel. E a responsabilidade indireta, efetivamente, seria minha. Porém devo adverti-lo de que existem outras formas de eventos traumáticos ocorrerem e esses, certamente, não seriam de minha autoria. Vou encerrar essa discussão, pois está tomando um caminho perigoso. Além do que não discutirei com você nessas condições. Sinto muito o que aconteceu. É o que posso dizer! Artur está bem e é o que importa.

A simples menção à condição em que Miguel se encontrava foi suficiente para despertar toda ira no rapaz, que se colocou à frente de Leonardo de forma intimidadora.

— O que pretende dizer com isso?

— Nada, Miguel. — Já arrependido de ter iniciado a provocação. — Não pretendo dizer nada. Vamos, Luciana. Artur está entregue. — E virando-se novamente para Miguel, expôs: — Espero que nos perdoe o que aconteceu. Sinto muito mesmo. Jamais me perdoaria se algo acontecesse com eles. Cuide-se! — E Luciana se despediu também.

Ambos saíram, deixando Miguel sozinho na sala. Olhou o copo e pensou em beber mais, porém alguma coisa o conteve. A simples lembrança do episódio ocorrido o fez estremecer. E se algo tivesse ocorrido com Artur? Ele era sua única motivação para prosseguir nesta vida vazia e sem propósito! Sentiu uma dor lancinante em seu peito, uma vontade de gritar, a raiva e a revolta apoderando-se dele! Deus seria capaz de lhe tirar também o filho? As lágrimas escorriam e ele deixou que o pranto lavasse toda dor que o corroía. Após alguns minutos, mais calmo, pegou o copo e levou-o para cozinha. Não queria que o filho o visse novamente naquela deplorável condição.

Dora e Artur chegaram instantes depois, e o menino perguntou:
— Tia Lu já foi embora?
— Sim, querido. Foi um dia e tanto, não? Deve estar cansado. Que tal uma pizza e depois uma cama bem acolhedora?
— Então já vou, Miguel. Precisará de mim amanhã?
— Não, Dora. Você merece um descanso! Aproveite o domingo! Tenho planos para amanhã com esse garotão.

Enquanto isso, no caminho de volta até seu apartamento, Luciana perguntou:
— Era necessário dizer tudo aquilo para Miguel? Sabe que ele estava nervoso com o que acabáramos de contar. Às vezes, você é um tanto cruel. Ainda não entendo as razões.
— Eu vi o copo e era óbvio que ele estava bebendo! Você não percebeu como ele estava agitado?
— Natural, depois do que poderia ter acontecido com Artur. Ele acabou de viver uma experiência traumática e a simples possibilidade de uma nova tragédia ocorrer tira-o do prumo. Vi o copo, sim, mas não significa que ele estava se embebedando. Talvez quisesse somente relaxar. Não seja tão inflexível com Miguel!
— Você e Marina sempre agiram assim com ele, justificando todos os seus atos inadequados. Eu não sou o pai dele, nem mais amigo sou, por razões que não vou aqui discutir... — Ela o interrompeu neste instante.
— É exatamente isso que não consigo compreender. Como uma amizade tão antiga seguiu um caminho tão tortuoso! Existe alguma coisa que não enxergo? O que motivou essa separação

de forma contundente? Pois sinto que existe algo oculto. Marina jamais me revelou e você sempre arranja uma desculpa estúpida, ou será que eu sou a idiota que não observo o que está bem à minha frente? — O tom de voz dela se elevara significativamente e ele apenas respondeu:

— Você está nervosa, o que é compreensível por tudo que acabou de ocorrer. Fala coisas que não procedem e prefiro me abster de prosseguir com essa conversa.

A esposa ficou ainda mais furiosa com a reação do marido:

— Escute aqui, não sou um caso seu. Pare de falar comigo como se estivesse num tribunal, julgando um processo, o que o faz com precisão e maestria, porém sem permitir que isso invada sua vida. Como consegue ser tão frio e controlado quando estou falando de coisas importantes para mim? Sei que existe algo entre você e Miguel! E a última coisa que ouso pensar é se você, algum dia, avançou um passo que seja na relação com Marina. Seria fácil de entender as razões de Miguel tratá-lo com tal frieza. — Ela própria se arrependeu das palavras já pronunciadas, sabendo que não poderia voltar atrás. Leonardo ficou impassível, com o semblante tenso e a indignação parecia tê-lo tomado por completo.

— Você ouviu o que acabou de dizer? É isso que sua mente doentia consegue supor? Acredita que eu a trairia com sua própria irmã? É inconcebível que essa desconfiança esteja presente. Marina faria isso com você? Eu seria capaz disso? Pare e pense! Você me ofende! — E permaneceu o resto do percurso calado.

As lágrimas molhavam o rosto de Luciana, lamentando sua impulsividade. Estaria sendo tão injusta assim? Essa dúvida sempre a rondou, mas nunca teve coragem de ir em frente na busca por uma resposta. Chegaram em casa e Luciana foi direto para seu quarto. Leonardo não dormiu ao seu lado naquela noite.

Os dias se passaram...

Leonardo decidiu relatar o evento do suposto assalto com Carlos, que ficou indignado e muito mais preocupado com o rumo que aquilo estava tomando.

— A situação fugiu ao controle. Terei que tomar algumas atitudes e não aceito que você contrarie minhas decisões. Continue com seu trabalho e tentarei qualquer coisa que possa deixá-lo agir com mais liberdade. Tenho meus trunfos. Quanto a sua segurança e de Luciana, não quero nenhum descuido, entendeu bem? Falarei com Tavares sobre intensificar a vigilância sobre nossos réus. Possivelmente, encontremos novas evidências que contribuam para a nossa investigação. E Luciana? Como reagiu perante o pretenso assalto?

— Ela ficou muito irritada, afinal, Artur a acompanhava e tudo poderia ter saído do controle. Luciana não vive um bom momento desde que Marina se foi. — Suas feições se contraíram à menção da cunhada.

— Tenha paciência com ela. Primeiro, foram os pais, agora, a irmã. Elas eram muito unidas e a separação imposta ainda não foi aceita plenamente. Se está sendo difícil para nós, imagine para ela. Ela precisa muito de você, Leonardo.

— Não sei se ela precisa tanto de mim. Nossa relação está passando por um momento tenso e conturbado. Reconheço que não estou colaborando como deveria. Esse caso está me perturbando além da conta. Sei que não é uma justificativa plausível. — Seu olhar ficou distante e pesaroso.

— Meu filho, nossa profissão pode ser um tanto ingrata e, em alguns momentos, sentimos que todo esforço não valeu a pena, pois a lei consegue subterfúgios que favorecem aquele que não é merecedor e, em contrapartida, impede o acesso àqueles que tanto necessitam de justiça. No entanto não vamos desistir de tentar fazer o que nos compete, não podemos deixar nosso ideal arrefecer. É isso que nos impulsiona a prosseguir: acreditar que a justiça irá imperar. Nem que ela custe a mostrar seus tentáculos poderosos.

— Na prática, entretanto, tudo é muito complexo. E confesso que os últimos meses têm sido um grande desafio, sob todos os âmbitos.

— Um passo de cada vez, meu jovem. Precisa de uns dias de férias. Relaxe um pouco, distancie dessa sordidez, antes que ela o contamine. Seu casamento está por um fio e isso já está acontecendo há um bom tempo, só você ainda não percebeu. Luciana precisa de você! Não a decepcione, eu lhe peço!

Leonardo baixou o olhar, sentindo-se constrangido. Ele tinha razão em tudo o que acabara de dizer. Precisava fazer alguma coisa antes que fosse tarde demais! Se já não fosse... Esse era o seu grande temor.

— Vou pensar em tudo que falou. Prometo tomar uma atitude a esse respeito! — E com um sorriso triste, saiu.

Naquela noite, ao chegar em casa, sentiu todo vazio instalado em seu coração. E, talvez, esse vácuo nunca fosse preenchido, porém precisava seguir com sua vida. Luciana era o sustentáculo de que necessitava para isso e, no entanto, estava a um passo de perdê-la. A esposa não havia chegado e Leonardo decidiu que precisavam conversar naquela noite. As horas passaram e, quando ele percebeu, já passava das onze horas. Adormecera no sofá e nem sabia se Luciana voltara. Foi até seu quarto e viu que ela estava dormindo. Olhou seu rosto e percebeu as semelhanças com a irmã. As lágrimas assomaram! Aproximou-se da esposa, beijando seu rosto suavemente, porém o suficiente para ela despertar.

— Desculpe, não tive a intenção de te acordar. — Luciana ofereceu um sorriso.

— Acabei de deitar-me. Vi você na sala e achei que não devia te incomodar.

— Sabe que jamais me incomodaria. Sinto sua falta, Luciana. — Seu olhar continha tanta dor, que ela o abraçou.

— Eu também! Fique aqui comigo! — Ele se deitou ao lado da esposa e, abraçados, adormeceram.

Tinham tanto a dizer, mas aquele não era o momento. Muita coisa precisava ser revista, essa era a única certeza que ambos tinham. Na manhã seguinte, Leonardo decidiu que a conversa não poderia ser adiada.

— Não quero mais ficar distante de você! Sabe que é tudo que eu tenho nesta vida! Não sei o que está acontecendo comigo, nem tampouco com você. Foi capaz de dizer coisas terríveis, que nunca supus que pudesse. Teve alguma dúvida sobre minha fidelidade nesses anos em que estamos juntos? — A pergunta foi direta.

— Se a sinceridade deve imperar, sinto lhe dizer que muitas dúvidas povoaram minha mente.

— Com base em quê? — Ele a encarava com o semblante triste. — Alguma vez eu lhe dei motivos para isso?

— Talvez! — A resposta lacônica fez com que ele pegasse sua mão, perguntando:

— Tem certeza do que está dizendo? — A esposa baixou o olhar. — Jamais cometi qualquer ato desleal com você desde que nos conhecemos. O que a faz pensar assim?

— Não sei explicar, mas sempre o senti distante de mim, não fisicamente, mas emocionalmente. Existe algo que não consigo definir, é como se apenas parte de você estivesse presente. Sinto-o dividido! — expressou ela com os olhos marejados. — Queria que fosse diferente, talvez seja isso!

— Diferente como?

— Pare de fazer perguntas que não sei responder, Leonardo. Existe uma distância, que, a cada dia, parece aumentar um pouco mais. Infelizmente, sei onde isso pode chegar. — As lágrimas já escorriam livremente. E sussurrou: — Tenho tanto medo de perdê-lo!

O esposo a abraçou com todo o seu carinho, sentindo a fragilidade que ela ostentava.

— Você não vai me perder! — Segurou seu rosto e a beijou. — Precisamos retomar alguns passos que ficaram em descompasso. Essa distância só se reduzirá se nos propormos a caminhar juntos.

— Algum dia você se arrependeu das escolhas que fez em sua vida? — A pergunta o desconcertou, mas sentiu que não poderia negar-lhe uma resposta.

— No que concerne a você, nunca! E você, se arrependeu? — Um filme passou na tela mental dela, lembrando-se das cenas em que a irmã estava feliz ao lado de Miguel e Artur. Em seguida, respondeu:

— Não, querido. Escolhi você para me acompanhar.

— Mas eu fui sua segunda opção, nunca me esqueci. — Quando ele proferiu essas palavras, Luciana sentiu um nó na garganta. Ele se recordara de uma discussão logo no início do casamento, que lhe rendera algumas semanas muito infelizes. — Sinto o mesmo que você em relação ao fato de não a ter integralmente. Mas contento-me com o que você me dá.

— Já pedi tantas desculpas sobre essa frase totalmente inadequada. Expliquei que estava nervosa e falei muitas bobagens naquele dia. Não era isso que pretendia dizer. Você apareceu em minha vida no momento certo.

— Após uma desilusão amorosa, a qual nunca revelou quem tenha sido.

— Não faria diferença alguma, sabe disso. — Ela tentava desconversar, mas ele insistia.

— Deve ter sido alguém muito especial, pois, até hoje, o mantém prisioneiro em seu coração. É tão nítido! — Havia uma mágoa contida.

— Pare com isso, Leonardo. Não me faça sentir mais culpada do que já estou. Eu o amo e isso é o que mais importa. Escolhi você! — Desta vez, foi ela que o beijou de forma apaixonada. — E vou encurtar a distância que se fez entre nós, prometo.

— É isso que você realmente deseja? — Havia uma certa dúvida em seu olhar.

— É! E você, ainda quer tentar? — Ele a beijou com todo amor.

— Essa é a minha resposta! — Um sorriso emoldurou seu rosto. — Precisamos de um tempo só para nós e você não vai declinar de meu convite.

— E qual seria? — Ela também sorria.

— À noite nos falamos. Agora, preciso ir. Se quiser ficar fora alguns dias, tenho que colocar muita papelada em ordem. E você, mocinha, resolva todas as suas pendências. Vamos viajar! Merecemos isso!

— Não sei se posso me ausentar agora.

— Pode e vai! Até mais tarde! — Beijou-a e saiu. Percebeu que alguma coisa se modificara após aquela conversa. Estava em paz como há muito não sentia! Será que eles se entenderiam? Era o que desejava...

A mesma sensação ocorria com Luciana, que parecia mais leve. Sabia que seria um longo caminho, mas pressentiu que ambos estavam dispostos a percorrê-lo. Possivelmente, seu casamento não estava perdido! Um sorriso assomou em seu rosto e iniciou suas atividades com mais alegria do que nas últimas semanas. O tempo se encarrega de colocar cada coisa em seu lugar, essa era a mais pura verdade. Mas cada um necessita fazer a parte que lhe compete, caso contrário tudo fica do mesmo jeito...

Naquela noite, Leonardo chegou com duas passagens de avião para um lugar que haviam visitado outras vezes, e reservas de hotel.

Viajaram no dia seguinte. Foram poucos dias num lugar paradisíaco, onde ambos se sentiram renovados, mais próximos e mais apaixonados. Chegaram da viagem radiantes! Leonardo sequer se lembrou do processo que teria de julgar, apagando de sua mente tudo o que pudesse perturbar aquele momento idílico. Luciana parecia uma recém-casada, feliz e ansiosa para todas as emoções que iria experimentar. O casal retornou com as energias recarregadas, como se pudessem antever os contratempos que se colocariam em sua trajetória.

Os nossos caminhos já foram traçados muito antes de aqui chegarmos. E assim ocorreu com Leonardo e Luciana. Algumas pendências do passado precisavam ser retomadas, dívidas teriam que ser quitadas, pois, só assim, seguiriam sua caminhada evolutiva. A programação que ambos efetuaram consistia em seguirem juntos, sendo cada um a sustentação de que o outro necessitava. Era imperioso, portanto, que se entendessem e se unissem, superando os entraves que estavam previstos. No entanto, às vezes, não temos a dimensão exata do que teremos e iremos enfrentar! Nem sempre, suportaremos o jugo sobre nossos ombros, deixando escapar a oportunidade de aprender novas lições. Aqui, quando estamos encarnados, somos o tempo todo testados. Vencerá os obstáculos do caminho aquele que tiver se fortalecido na fé e trabalhado para sua iluminação interior. E que venham as tribulações...

CAPÍTULO 10

UMA DOR QUE NÃO PASSA

Enquanto Leonardo e Luciana reduziam a distância que existia entre eles, Miguel ainda se fixava na dor, aumentando a cada dia a tristeza que fizera morada em seu coração.

Sua única alegria era o filho, que conseguia amenizar a mágoa e a infelicidade que o acompanhava. Sua vida se resumia ao trabalho e ao filho, as únicas motivações, desde que Marina se fora.

Após o incidente do assalto, Luciana evitara pegar o sobrinho para um passeio. Quando queria vê-lo, visitava-o em sua casa. Leonardo, atarefado e envolvido no difícil processo, pouco tempo tinha disponível e, aceitando a orientação da esposa, evitava encontrar Miguel. Por conseguinte, estava saudoso do sobrinho amado e queria muito vê-lo, manifestando seu desejo à esposa.

— Você acha que ele permitirá que o levemos para um passeio no sábado? — perguntou Leonardo enquanto jantavam.

— Vou tentar! Falarei com Miguel amanhã. Você sente muita falta dele, não?

— Esse garoto é especial e você sabe! Espero que Miguel tenha esquecido aquele infeliz incidente e permita que Artur saia conosco. Faça isso, querida!

— Você tem tanto carinho por Artur, por que reluta em ter seu próprio filho? — Uma sombra pairou em seu olhar.

— Não sei se estou preparado para essa função. Vamos deixar esse assunto para outro dia, está bem? — Era nítido que ele ficara desconfortável e Luciana, mesmo não entendendo sua resistência em ser pai, decidiu encerrar a conversa.

— Não o estou pressionando, querido, só fiz um comentário. E o trabalho? Tem voltado tão tarde!

— A situação está crítica e esperamos novas ações desses indivíduos, que tudo farão para comprometer minha avaliação. É um momento complexo. — Havia muita tensão em suas palavras. Leonardo não entraria em detalhes para lhe poupar dissabores.

Eles eram realmente sórdidos e desprezíveis, capazes de ações abjetas para conseguir seus objetivos. Temia pela segurança da esposa e já conversara com a equipe responsável pela segurança dela, pedindo que reforçassem a escolta. Não queria correr mais riscos, além dos inevitáveis.

Miguel, por sua vez, também se encontrava num momento crítico em seu trabalho. Um novo projeto estava em andamento, cabendo a ele a responsabilidade de toda a implantação. Paula já precisara ficar várias noites com Artur, pois ele se estendera no trabalho, retornando tarde da noite. A cada dia, a situação se tornava mais delicada, com os prazos decrescendo e a urgência em finalizar o projeto pressionando-o. Ele sabia que podia contar com a fiel babá em seus serões infindáveis. Porém não contava com um marido ciumento, que implicava todas as vezes que ela ficava até mais tarde ou precisava pernoitar na casa do garoto.

Numa manhã cinzenta, Paula pediu para falar com Miguel. Ele estremeceu, temendo ouvir o que ela tinha a dizer:

— Antes de mais nada, quero que saiba que, se dependesse de minha vontade, não teria essa conversa com o senhor. Infelizmente, meu marido não está muito feliz com meu trabalho. Sei que é um momento delicado, mas meu casamento passa por um momento difícil. Não poderei estender mais meus horários. Sinto muito. Se ainda necessitar de meus serviços no horário determinado, continue a contar comigo. Mas vou entender se precisar me dispensar.

As palavras de Paula causaram forte impacto em Miguel. Naturalmente, não iria demiti-la, pois Artur a amava demais. Contudo teria que arranjar uma alternativa para o momento. Decidiu que Paula permaneceria em sua função, mesmo que isso lhe causasse inevitável transtorno.

— Preciso de você, Paula, no horário que puder. Artur a conhece desde sempre, não sei se ele iria se habituar com outra pessoa que não fosse você. Fique, por favor! Darei um jeito! Quanto a seu marido, peça desculpas em meu nome. Não quero prejudicá-la em hipótese alguma. Me perdoe se causei problemas em sua vida! — Seu olhar a comoveu.

— Não é sua culpa. É claro que ficarei! Amo trabalhar aqui! Eu que peço desculpas. Espero que me compreenda! — E saiu sentindo-se constrangida com a situação.

Miguel entrou em pânico, pois, certamente, naquela noite não poderia contar com os préstimos da competente auxiliar. E precisaria trabalhar até tarde. Talvez existisse uma alternativa, a qual, até então, evitava recorrer, pois não queria invasões na sua vida pessoal. Teria de trabalhar em casa com suas assistentes de escritório. E assim fez!

Logo que ele chegou com Claudia, sua assistente, Paula saiu. Artur estava na sala e curioso, queria saber quem era aquela jovem, que se adiantou a se apresentar:

— Oi, você deve ser Artur. Trabalho com seu pai. Sou Claudia. Eu o conheci quando nasceu e, hoje, já está tão crescido! — expressou ela com um sorriso.

O garoto a encarava firmemente e permaneceu calado. O pai apressou-se a falar:

— Meu filho, Paula não poderá ficar aqui com você e preciso trabalhar. Não está na hora de você dormir? — indagou ele.

— Não, papai. Paula costuma deixar que eu fique até mais tarde. — E sentou-se na sala disposto a ficar.

— Acho que não entendeu, querido. Papai precisa trabalhar e não poderá ficar conversando com você. — Miguel já se mostrava impaciente com o filho, que cismara em permanecer lá.

— Mas, papai, ainda é cedo! — insistiu a criança.

Miguel tinha urgência nos prazos e, a cada minuto discutindo com o filho, seria um tempo que estaria desperdiçando. Olhou para o menino, que parecia muito confortável sentado na sala de estar sem a mínima disposição para de lá sair, e disse com a voz enérgica, coisa que raramente utilizava.

— Artur, por favor. Vá para seu quarto, não posso ficar conversando com você. — Foi até ele e o pegou pela mão. — Quando estiver pronto para dormir, me chame. — O garoto ia retrucar, mas ele foi incisivo. — Eu não estou brincando. Vamos!

Artur fitou o pai, que nunca falara com ele naquele tom, e levantou-se, saindo da sala calmamente, sem dizer uma palavra.

Claudia observava tudo em total silêncio, mas a carinha triste do garoto a comoveu.

— Miguel, não era necessário. Poderíamos esperar um pouco. Flávia ainda não chegou.

A outra assistente de Miguel recém-contratada parecia ter excelentes indicações. Era também engenheira, vinda de outro estado, estabelecendo-se em São Paulo há poucos meses. Demonstrava ser uma profissional competente, mas Miguel tinha suas restrições. Dera preferência a um homem, contudo a empresa insistira em que ela seria uma contratação de peso e bastante confiável. Com Claudia, a situação era diversa, pois trabalhavam juntos há muito tempo na mesma empresa e o relacionamento entre eles foi sempre cordial, com a amizade prevalecendo. Também era engenheira e, assim como ele, formada há algum tempo, com grande experiência profissional. Os laços de amizade fizeram com que acompanhasse todo o processo doloroso pelo qual o chefe, e amigo, passara há tão pouco tempo. Sabia que ele vivia uma fase muito instável emocionalmente, reparando em sua disposição para trabalhar intensamente como forma de fugir à sua dura realidade. Ele estava distante, com poucas palavras, tendo como foco principal o projeto. Dedicava-se a ele integralmente, como se nada mais existisse à sua frente. Era uma fase que teria de passar logo, pois sua vida não se resumia a isso. Apesar da amizade que os unia, ela se restringia ao âmbito profissional.

Miguel a respeitava como uma profissional talentosa, além do que a discrição e a postura íntegra eram virtudes que a acompanhavam, tornando-a a parceira ideal para as tarefas que desempenhavam. Era uma mulher bonita e competente, gerando interesses escusos por parte dos homens e certa inveja por parte das mulheres. Mas ela sabia driblar isso com toda a sua competência.

Como Miguel, não aprovara a contratação da outra assistente, Flávia. Não sentia sinceridade, nem tampouco integridade em suas posturas, mas isso eram avaliações que guardava somente para si mesma. Certa vez, comentara com Miguel que não conseguia confiar inteiramente nela e percebeu que ele também tinha suas restrições. Como estava passando um momento delicado com a doença de Marina, ela decidiu encerrar essa conversa, deixando para outra ocasião. Flávia era jovem, ambiciosa e, certamente, deveria ser competente, caso contrário a diretoria não a teria contratado. Ela procurava ser prestativa, trabalhava incansavelmente e, aos poucos, Claudia percebeu que possivelmente suas suspeitas fossem infundadas. O tempo diria...

Estavam os três reunidos neste projeto há vários meses, chegando agora na reta final, o que demandava todo o tempo deles para execução e implantação. Precisavam concluir uma fase importante e tinham um prazo diminuto para isso. Daí a necessidade de intensos serões, muitas vezes varando a madrugada. Naquela noite, teriam que avaliar detidamente todos os pontos pendentes.

— Artur está um lindo garoto — disse Claudia enquanto separava o material que iriam utilizar.

— É verdade. E, a cada dia, mais parecido com Marina. — Uma sombra pairou em seu olhar.

— A semelhança é grande mesmo, tenho que admitir. — Claudia não sabia o que lhe falar quando o assunto se voltava para a esposa falecida. — Sei que está sofrendo, meu amigo. — Calou-se, pensando que não era uma boa ideia adentrar nesse terreno. Claudia compreendia o que significava perder alguém importante. Acontecera com ela há alguns anos, e sabia que essa dor somente cessaria quando ele assim decidisse. Miguel ainda a retinha em sua vida, sofrendo pela separação, revoltado com Deus por tê-la levado tão cedo. Ela passara pelo mesmo processo e entendia o que ele estava vivenciando. Queria dizer-lhe que, em algum momento, isso iria cessar. Miguel conhecia a sua história e havia sido um amigo leal e solidário. Claudia queria poder ajudá-lo, mas ele impedia que qualquer um se aproximasse emocionalmente dele. Respeitava sua dor e sua reclusão. Mas desejava que ele soubesse que estaria lá para qualquer coisa. — Estou por aqui sempre que precisar! — E tocou sua mão com carinho. O olhar que ele lhe endereçou disse tudo. As lágrimas assomaram e Miguel expressou apenas:

— Agradeço o carinho, Claudia. Sei que posso contar com você. — Neste instante, o interfone tocou anunciando a chegada de Flávia. — Bem, o trabalho nos espera.

Os três trabalharam intensamente e Miguel só foi até o quarto do filho quando ele já estava adormecido. Beijou-o e retornou ao seu trabalho.

Momentos antes, Artur já deitado, com algumas lágrimas no olhar, pensava alto:

— Mamãe, sinto muito sua falta. Papai não tem tanto tempo para mim. Queria ficar com ele, mas precisa trabalhar. — Estava triste como há muito não acontecia. Foi quando Celia aproximou-se de sua cama e disse:

— Olá, meu querido. Por que essa cara tão triste? — O garoto se voltou para ela e sorriu.

— Oi, vovó. Faz tempo que não vem me visitar.

— Me perdoe, meu amor. Mas hoje estou aqui e ficarei até você dormir. Podemos conversar. — A entidade sentou-se ao seu lado na cama e iniciou a conversa como se respondesse as suas dúvidas. — Papai está muito atarefado, o que não significa que ele não se preocupe com você. Sei que sente muito a falta da sua mãe, mas ela precisou partir para uma viagem. Não foi assim que você e seu pai decidiram? Ela viajou para um país distante, assim como vocês dois combinaram. Realmente isso aconteceu e fui eu que soprei em seu ouvido sobre a viagem, querido. — A expressão do garoto mostrou que ele compreendera a mensagem que ela lhe passava.

— Então aconteceu de verdade? Mamãe está mesmo viajando?

— De certa forma, posso dizer que sim. Se ela não pode estar aqui, é dessa forma que sucedeu. O que não significa que vocês não possam se reencontrar.

— Vou poder ver a mamãe como estou vendo você? — Seus olhos se iluminaram.

— Logo que for possível. Mas terá que ser nosso segredo! — expressou a entidade com um radiante sorriso.

— Não posso contar nem para o papai?

— Por enquanto fica sendo só nosso segredo. Posso confiar em você?

— Claro que pode! E quando ela vem me visitar?
— Quando lhe for permitido. No mundo de cá, temos que seguir muitas regras. Na verdade, não é muito diferente daí, apenas que, em seu mundo, muitos não seguem as orientações necessárias e acabam sofrendo pelos atos indevidos que cometem.
— Tio Leo falou que as regras devem sempre ser cumpridas, mas pensava que ele dizia isso porque é um juiz.
— Não, meu querido, as regras servem nos dois planos da vida: este que você vive e neste em que eu vivo. Todos devemos ser obedientes às regras. E você, obedece a seu pai?
— Sim, vovó, mesmo que não aprecie a ordem que ele dá. Hoje, por exemplo, tive que vir para meu quarto, pois ele tinha que trabalhar com aquela moça. Alguém mais chegou, mas não sei quem, pois ele me pediu para ficar no meu quarto. E eu obedeci. Mas não gosto de ficar sozinho, pois acabo me lembrando da mamãe. Fico muito triste por ela não estar mais aqui para me dar um beijo de boa noite. — Seus olhinhos ficaram marejados. Em seguida, completou: — Mas hoje você veio fazer a tarefa da mamãe de me dar um beijinho, certo, vovó?
A entidade quase foi tomada pela emoção, mas se conteve:
— Exatamente! Hoje, sou eu que vim lhe dar boa noite! E agora vamos dormir?
— Sem nenhuma história? — insistiu o garotinho.
— Vou contar a história da estrelinha então. — E começou a narrar uma das muitas que a filha adorava ouvir quando tinha a mesma idade que ele. No meio da narração, Artur já adormecera, com um lindo sorriso no rosto.
— Durma bem, meu amor! Que os anjos o protejam! — Beijou seu rosto e partiu, deixando uma energia sutil e amorosa por todo o ambiente.
Quando Miguel entrou no quarto, encontrou-o dormindo e a culpa se instalou. Ele avisara que iria fazê-lo dormir. Porém o trabalho o impediu de tal gesto. Saiu com a consciência pesada, retornando à sala e a seus afazeres.

Passava das três horas da manhã quando decidiram encerrar a exaustiva tarefa.

Na noite seguinte, novamente os três trabalharam até a madrugada. Na sexta-feira, Luciana decidiu conversar com Miguel, pedindo-lhe para sair com Artur, e ligou.

— Miguel querido, tudo bem? Faz tempo que não nos vemos — cumprimentou ela, cordial.

— Você sabe que pode ver Artur quando quiser. Faz muita falta a ele — observou Miguel.

— Eu o visitei algumas vezes, Dora não te contou?

— Claro que sim. Sabe o quanto Artur precisa de vocês. — A simples referência no plural a incentivou a prosseguir.

— Por esse motivo mesmo, gostaria de lhe pedir um favor. Eu e Leonardo desejamos passar o sábado com ele. Imagino que aquele incidente ainda não foi esquecido, mas saiba que ampliamos a segurança e não há mais risco algum. E então? — O silêncio perdurou alguns instantes, como se ele estivesse avaliando a solicitação.

— Onde pretendem ir? — indagou ele.

— Passear em algum parque, depois o almoço de sempre, que você já sabe. E possivelmente um cinema depois. Leonardo não o encontra desde aquele dia. Por favor, Miguel, pense com todo carinho. Sabe que Artur vai adorar!

— Ele está muito carente, tenho trabalhado bastante e Paula não consegue mais ampliar seus horários. A situação está quase caótica.

— Por que não me ligou, querido? Já avisei que pode contar comigo em qualquer situação.

— Sei, Luciana, mas preciso viver dentro de minhas possibilidades. Não poderei usar muletas pelo resto da vida ou, pelo menos, até que Artur cresça. — Ela percebeu a dor que ele ainda abrigava em seu coração.

— Concordo com você, porém esse é um momento especial em que seu trabalho o está requisitando excessivamente. Posso te ajudar! É só me pedir!

— Obrigado, Luciana. Quanto ao passeio, venham buscar Artur amanhã cedo.

— Obrigada, Miguel, por confiar em nós mais uma vez. Amanhã, estaremos aí lá pelas dez horas, combinado?

— Fechado. Vou dar a notícia para Artur. — Assim que desligou o telefone, Miguel voltou ao trabalho e só foi lembrar de falar com o filho no final do dia. O garoto ficou exultante com a notícia, já fazendo planos para o dia seguinte.

Naquela noite, novamente o trio se reuniu, porém, quando faltava pouco para meia-noite, conseguiram concluir uma etapa essencial do trabalho.

— Precisamos comemorar! — disse Flávia com euforia.

— Com certeza! — Miguel foi pegar uma garrafa de vinho, oferecendo uma taça para cada uma. — Brindemos a nós! Finalmente, terminamos a etapa programada.

— Trabalhamos arduamente e este foi o resultado! — Brindou Claudia com um sorriso radiante. Ao término da taça, ela disse:

— Bem, não sei vocês, mas estou exausta. Preciso de pelo menos dez horas de sono e vou fazer isso sem demora. — Pegou seu material e, olhando para Flávia, inquiriu: — Vamos, nosso chefe precisa descansar também.

A jovem, no entanto, permaneceu sentada com a taça na mão.

— Eu não estou de carro, Claudia. Vou tomar mais uma taça. Naturalmente, se Miguel me acompanhar. — E olhou para ele, que apenas respondeu.

— Fique, Claudia. A garrafa ainda não terminou. — Era nítido que ele não desejava ficar sozinho com a insinuante jovem. Claudia pensou rapidamente e decidiu que deveria ir.

— Sinto muito, Miguel. Deixemos para o final do projeto. Quando isso acontecer, prometo que tomaremos não somente uma garrafa, combinado? — Foi até ele e o abraçou com carinho: — Esse mérito é seu, pois foi você quem idealizou esse projeto. Sua competência me inspira, nunca se esqueça disso.

— Ele sorriu e disse:

— O mérito é nosso. — E a acompanhou até a porta.
— Se cuida, Miguel — expressou ela sem entender a razão.
Assim que Claudia saiu, Flávia estendeu a taça.
— Estou esperando.
Na segunda garrafa de vinho, Flávia sentou-se bem próximo de Miguel, e comentou:
— Não gosto de vê-lo tão triste como nas últimas semanas. — E se aproximou ainda mais.
— Por favor, Flávia. Estamos bebendo como bons amigos. Não espere nada de mim — advertiu ele com a expressão séria.
— Nós dois estamos aqui sozinhos, qual o problema? — Ela se levantou e ficou frente a ele, encarando-o. — Você tem olhos lindos e inquisidores, sabia?
Miguel sorriu perante o comentário.
— Flávia, vá para casa. Estou muito cansado e você também deve estar. Temos uma semana intensa pela frente. Os prazos nos perseguem. Você é uma mulher muito bonita e interessante, mas...

CAPÍTULO 11

AÇÕES INDÉBITAS

— O que significa "mas"? — Ela estava tão perto que podia sentir a respiração dele.

— Significa que você vai embora agora. — Ele se afastou e ela continuou insistindo.

— Você precisa seguir em frente, Miguel. Sabe a que me refiro. Ou será que vai virar celibatário? Seria um desperdício — enfatizou a jovem dando um sorriso insinuante.

Antes que fizesse algo de que pudesse se arrepender, ele pegou a jovem pelo braço e, conduzindo-a para a porta, expressou com firmeza:

— Não estou interessado em você. Aliás, não quero me interessar por ninguém. Será que é tão difícil entender? — Ele não conhecia essa faceta da sua funcionária e já estava irritado com sua postura extremamente inconveniente.

— Não sabia que você era tão grosseiro. Posso ao menos chamar um táxi? — Ele soltou seu braço e ela fez uma ligação. Em seguida, pegou sua bolsa e proferiu: — Não costumo ser ignorada dessa forma. Não sabe o que perdeu! Fique com suas lembranças mórbidas, pois é só isso que lhe resta. Boa noite!

Miguel ficou parado observando a cena, sentindo-se péssimo. Ela era sua funcionária e jamais se interessaria por ela. Na verdade, apesar de todos os predicados da jovem, ela não o atraía fisicamente. Nem ela, nem nenhuma outra mulher! Queria ficar sozinho com sua dor, com suas lembranças! Olhou a garrafa de vinho e decidiu que ela ficaria vazia rapidamente. Sentou-se no sofá e deixou sua dor extravasar, acompanhado por goles e goles de bebida. Lá mesmo adormeceu.

Miguel foi despertado pelo toque insistente do filho ao seu lado. Uma dor de cabeça lancinante o incomodava e tentou se levantar, mas sentiu-se zonzo.

— Papai, você está bem? — O garoto parecia aflito.

Miguel procurou se lembrar da noite anterior e, aos poucos, as recordações assomaram. Lembrava-se de que estavam os três reunidos em cima do projeto, depois fizeram um brinde após concluírem uma etapa essencial. Recordou-se da insistência de Flávia em seduzi-lo e as infindáveis taças que bebericara em seguida. Olhou para a mesa repleta de papéis e se levantou, caminhando até ela. Tentava concatenar as ideias, mas tudo parecia muito confuso. Artur estava calado, porém parecia extremamente preocupado. E perguntou:

— O que está sentindo? Quer um café? Eu já aprendi a usar a cafeteira. A Dora não vem hoje, lembra? Daqui a pouco, vou sair com a tia Lu e o tio Leo. Ela ligou dizendo que está a caminho. Contou que tentou falar com você, mas que não conseguiu. Não ouviu o telefone, papai? — Eram tantas perguntas sem respostas que só fazia a dor de cabeça aumentar. Olhou o filho que já estava pronto para sair e questionou:

— Quando você acordou, veio até aqui me chamar?

— Sim, papai. Chamava e você não me respondia. Achei que tinha sido igual àquela vez, lembra-se? Então fui tomar banho e me aprontar para o passeio. A tia Lu não vai nem saber que você bebeu demais. — As últimas palavras foram sussurradas como se ninguém as pudesse ouvir. Miguel sentiu-se tão enjoado e zonzo que precisou se sentar. Neste exato instante, a campainha tocou. Artur foi correndo atender e se deparou com Luciana e Leonardo, abraçando-os efusivamente.

— Estava com saudades de vocês! Vamos? — Era como se o garoto não quisesse que os tios entrassem no apartamento, constatando o estado do pai. Mas ambos entraram e encontraram Miguel sentado no sofá muito pálido.

Luciana foi até ele e perguntou:

— Você está bem? — Miguel não teve tempo para responder, pois correu para o lavabo e lá permaneceu até que se sentiu melhor.

Leonardo olhou as garrafas ao lado do sofá e concluiu a razão do estado debilitado dele.

— Já sabe o que aconteceu! — Seu olhar ficou sério e o inquiriu assim que retornou à sala. — Miguel, não pode continuar desse jeito. Já lhe disse, procure ajuda! Artur não precisa passar por isso.

Quando os dois se encararam, Leonardo viu algo que jamais esperaria ver. As pupilas de Miguel estavam muito dilatadas. Não era mais somente a bebida, pensou ele. Miguel estava se drogando também. A indignação assomou e ele proferiu com firmeza e num tom quase inaudível:

— Você está se drogando? — A pergunta deixou Miguel perplexo.

— Não! — respondeu de forma enfática.

— Não é isso que seu olhar está dizendo. Bem, a vida é sua e fará dela o que lhe aprouver, mas não leve seu filho junto nesta viagem. Eu não vou permitir, entendeu? E, se for necessário, tomarei as medidas cabíveis. Não brinque comigo, Miguel. — Já estava quase na porta e bradou: — Luciana, Artur, vamos?

Miguel ficou parado, sem saber o que dizer a Leonardo. Não tinha condições de refletir com sensatez. Sua cabeça estava a ponto de explodir, sentia-se ainda enjoado, zonzo e agora Leonardo dizia que ele se drogara. Que disparate! Nunca utilizou droga alguma em sua vida. Queria rebatê-lo, mas sentia-se exaurido. Nem as ameaças que Leonardo pronunciou conseguiram fazer com que Miguel respondesse alguma coisa. Tudo era confuso demais!

Artur passou pelo pai, percebendo que ele não se sentia bem e expressou:

— Papai, se quiser que eu fique, tudo bem! O passeio pode ser outro dia. Você não parece bem e Dora não vem hoje. — O garoto estava disposto a renunciar ao passeio para ficar com o pai e Miguel não poderia permitir. Com todas as forças que lhe restavam, respirou fundo procurando as palavras certas e disse:

— Não vai decepcionar seus tios que planejaram o dia com você. Logo ficarei bem, confia em mim. Quero que se divirta bastante. — Abraçou o garoto. — Pode ir, querido!

— Tem certeza? E se precisar de mim? — Luciana se comoveu com Artur e desviou o olhar.

— Não irei precisar. Já disse, pode confiar. Divirta-se. — E os acompanhou até a saída.

Leonardo encarou-o fixamente e assegurou:

— Nós o traremos no final do dia. Espero que esteja recomposto. — Não esperou a resposta e saiu. Luciana olhou o cunhado com pesar e nada emitiu. Somente Artur abraçou o pai e se despediu.

Assim que fechou a porta, Miguel sentou-se e lá permaneceu, tentando entender as razões de Leonardo dizer que ele se drogara. Ele só bebera, e muito. Nada mais! Neste instante, lembrou-se do remédio que tomara para ficar acordado e suportar as infindáveis horas de trabalho a que se submetia. Esse medicamento o manteria atento e focado nos últimos dias, caso contrário não conseguiria suportar as exigências no trabalho. Provavelmente fosse o motivo da reação de Leonardo. Não deveria ter bebido tanto depois. Isso explicaria o mal-estar e a enxaqueca! Uma mistura nada convencional, passível de causar muitos danos. A cabeça ainda latejava e o enjoo se tornava cada vez mais forte. E só de pensar que teria que se explicar ao cunhado o deixou ainda mais debilitado. De súbito, uma forte dor no peito o fez perder o ar. Começou a ficar preocupado com seu estado. Estaria tendo um infarto ou coisa parecida? E se ele morresse lá sozinho naquele apartamento? A respiração começou a ficar ofegante e ele sentiu que poderia desfalecer a qualquer instante. Nisso, a figura de Claudia veio em sua mente e decidiu ligar para ela.

Uma sonolenta voz atendeu o telefone dizendo "alô".

— Claudia, preciso de você. Logo que puder, venha até meu apartamento.

— Miguel, o que aconteceu?

— Venha aqui e conversamos. Por favor! — A voz tenebrosa que ele ostentava a assustou.

— Daqui a meia hora chego aí. Fique calmo. — E desligou.

Miguel tomou um banho, mas a sensação aterrorizante persistia. A cabeça continuava latejando, a sensação de náusea desaparecera e a dor no peito cessara. Conforme prometera, meia hora depois, o interfone anunciou a chegada da amiga.

Quando ele abriu a porta, a jovem levou um susto.

— Sua aparência está horrível.

— Sinto-me péssimo. Entre!

Ela viu as garrafas sobre a mesa e deduziu que ambos haviam bebido excessivamente. Bem, mas isso não seria motivo para chamá-la. Que ele estava perturbado era fato.

— Quer que eu lhe faça um café bem forte? — indagou ela.

A simples menção ao café fez com que os enjoos voltassem e ele correu para o banheiro, lá ficando por alguns minutos. Quando retornou, parecia melhor.

— Me desculpe! Não quero nada, mas sinta-se em casa.

— Não consigo pensar sem antes tomar uma xícara de café. Posso? — E se dirigiu à cozinha. Miguel a acompanhou, mostrando os apetrechos, depois voltou para sala. Minutos depois, Claudia saboreava uma xícara de café.

— Agora podemos conversar. O que aconteceu para me chamar tão cedo?

— Quero que faça uma coisa para mim. Olhe bem nos meus olhos! O que vê?

A jovem começou a rir, nada entendendo.

— Vejo bonitos olhos verdes — respondeu ela rindo.

— Nada mais? — insistiu ele. — Olhe bem e me diga se vê algo estranho neles.

Ela se aproximou e fixou seu olhar no dele. Foi quando percebeu as pupilas muito dilatadas. Ia falar alguma coisa, mas se conteve. Apesar da amizade que ela prezava muito, Miguel era seu chefe. Não iria adentrar uma intimidade a qual não fora convidada. Se ele queria usar qualquer coisa, não era problema dela. E, a cada instante, entendia menos o que estava fazendo lá. Mas iria responder à pergunta.

— Suas pupilas estão dilatadas, deve saber as razões, Miguel! — afirmou ela séria.

— Não é o que você está pensando. Nunca usei qualquer tipo de droga ilícita. — Novamente, lembrou-se daquele remédio que tomara.

— Apenas as lícitas — expressou ela apontando para as garrafas.

— Em nenhuma circunstância usaria droga. Você me conhece há tanto tempo. Eu não utilizaria essas coisas, principalmente aqui em casa, com meu filho a poucos metros de distância. Eu realmente pareço ter consumido alguma droga?

— Sim, Miguel. Você pediu que fosse sincera. Por que está assim então?

— Possivelmente uma mistura indevida possa ter causado isso. Bebidas associadas a um estimulante potente. Precisava ficar bem desperto nesses últimos dias. Eu te chamei aqui, pois pensei que iria morrer. Uma forte dor no peito, uma sensação muito ruim.

— Pois deveria ter ligado para a emergência, não para mim. Onde está com a cabeça utilizando essas drogas? Elas são perigosas e deveria saber! — Claudia estava tensa olhando as condições em que ele se encontrava.

— Já estou melhor, mas com medo de que as dores voltem. — Miguel ostentava um ar tão frágil como nunca ela pudera observar.

— Quer que eu te leve para um hospital? — perguntou Claudia preocupada.

— Só não desejo ficar sozinho. Você foi a única pessoa em quem pensei. Talvez só agora tenha me dado conta de que não tenho amigos. — Havia tanta tristeza em seu olhar que ela se comoveu. — Mas se não puder, vou entender, minha amiga.

— Não tinha plano algum para hoje, pois não sabia se iria trabalhar todo final de semana. Agora me responda: você e Flávia beberam a noite toda? — questionou ela com um sorriso.

— Não! — respondeu ele, enfático. — Bebi sozinho!

— Como assim? Eu a deixei aqui com você, ela estava tão à vontade dizendo que não tinha pressa para ir embora.

— Ela não queria só beber, se é que me entende — expressou ele sem jeito.

— E você a rejeitou? Meu amigo, será a notícia da semana. Como pôde fazer isso com ela? Sabia que Flávia é assediada pela maioria dos homens? E você a desprezou! — advertiu dando uma risada. — Isso não se faz!

— Pare com isso. É claro que eu não iria ter um caso justo com ela que trabalha comigo. Além do que não quero me relacionar com ninguém. Não estou pronto e não sei quando estarei. Flávia é uma bela mulher, mas não aprecio as táticas dela.

— Você não gosta de ser assediado, é o que quer dizer? — Ela estava se divertindo com o amigo. — Sei que tudo é recente, Miguel. Mas chegará o dia em que terá de seguir em frente. Todos nós agimos assim em algum momento. — E se calou.

— Você já fez isso, Claudia? — Com essa pergunta, ela baixou o olhar.

— Não! Mas porque ainda não apareceu ninguém no meu caminho. — Seu olhar ficou distante e ele percebeu que as lembranças do noivo haviam assomado.

— Me desculpe, minha amiga. Não tive a intenção de trazer de volta tudo o que viveu.

— Não precisa se desculpar, Miguel. Você está hoje na mesma posição em que estive há dois anos. Sei o quanto foi difícil superar a dor. A saudade continua imensa e não sei se um dia se acalmará. Bem, como está se sentindo, Don Juan?

— Pare com essas brincadeiras. A cabeça ainda dói, mas os outros sintomas desapareceram. — Foi aí que se lembrou de que não tinha comido nada desde o dia anterior. — Quer almoçar comigo?

— Se você me prometer que vai tomar apenas água, eu vou — brincou ela.

— Não quer dar uma repassada naqueles cálculos antes? Ficamos de verificar depois.

— Não, chefe. Não estou com disposição de encarar esse projeto hoje. Podemos deixar o trabalho para segunda-feira? Prometo que faço na primeira hora.

— Combinado! Vou colocar uma roupa mais apresentável. Me espere!

Claudia caminhou pela sala e foi até a varanda, local onde se via uma paisagem repleta de arranha-céus, pouca área verde, mas tudo era encantador. Assim definia Marina, e Claudia sabia o quanto ela apreciava ficar por lá. Era uma mulher excepcional e a conhecera desde que Miguel começou a trabalhar na mesma empresa que Claudia. Não conviveram muito, mas sabia o quanto era especial. Miguel a encontrou lá, olhando a cidade, e expressou:

— Lugar preferido de Marina. Não consigo mais vir aqui. — Seus olhos ficaram marejados.

— Isso vai passar, meu amigo. Vamos?

Enquanto isso, Leonardo e Luciana conversavam a respeito do cunhado.

— Miguel extrapolou todos os limites. Não tem competência para cuidar do filho. Temos que tomar uma providência! — Seu olhar frio a perturbou.

— Que providência pretende tomar? — perguntou, já imaginando onde ele queria chegar.

— Ele não tem condições de cuidar de uma criança. Seu emocional instável não o favorece e você já teve mostras suficientes disso. Ele pode causar muitos danos a Artur.

— Não termine seu raciocínio, Leonardo, pois não pretendo ouvir as suas ideias absurdas. Miguel é pai de Artur. Passa por um momento difícil, mas logo vai se equilibrar.

— Você sempre o defende! Não pensa em seu sobrinho?

— Penso e por isso mesmo não vou compactuar com essa sua ideia. E você não fará nada nesse sentido. Tirar Artur de Miguel é sentenciar ambos a um eterno sofrimento. Podemos dar o suporte de que ele precisa neste momento, não tirar aquilo que lhe é mais caro. Pode imaginar a dor de ambos? Por favor, não faça isso com eles. É muita crueldade separar um pai de um filho.

— Eu pediria a guarda, aliás, você seria a opção como a irmã de Marina. Na impossibilidade dos pais, a guarda irá para o parente mais próximo. — Artur vinha chegando com um sorriso radiante.

— Jamais eu farei isso, entendeu bem? E agora chega dessa conversa, por favor! Vamos nos divertir um pouco? Não era o que desejava para este dia?

— Você tem razão. Mas não me esquecerei dessa nossa conversa. — Seu olhar denunciava uma frieza que ela nunca observara. Leonardo não era aquele ser frio e insensível que demonstrava. Perseguir Miguel neste momento era tudo do que Leonardo não necessitava.

Artur a tirou dos seus devaneios, sugerindo uma brincadeira. E assim o dia correu célere e os tios o levaram de volta à casa do pai. Luciana insistiu em que ele não subisse para evitar novos contratempos. O que ela desejava era impedir que a tensão entre os cunhados aumentasse. Leonardo, no entanto, não acatou sua sugestão.

Logo que entraram, o garoto pediu que a tia o acompanhasse até seu quarto, com o intuito de mostrar-lhe alguma coisa. Os dois homens ficaram frente a frente. Miguel almoçara com Claudia e, depois, dormira quase a tarde toda. Seu semblante se mostrava mais sereno.

— Agradeço o que fizeram por Artur — disse Miguel tentando entabular uma conversa. O encontro da manhã havia sido desastroso. Leonardo estava sério e com olhar de poucos amigos.

— Espero que a cena de hoje cedo não se repita. Já avisei que você precisa de ajuda. Faça isso antes que tudo fuja do controle. É um caminho sem volta, se é que me entende.

— Não sei do que está falando, mas agradeço sua preocupação.

— Não seja cínico, Miguel. Impossível que ainda me considere um idiota. Sei muito bem o que vi e não quero ter que tomar medidas drásticas.

A fúria acometeu Miguel, que sentiu seu sangue ferver.

— Do que está falando? Essas suas insinuações não procedem. Sei que pensa que usei drogas, mas isso não aconteceu, não como supõe.

— Eu vi seus olhos e sei muito bem do que estou falando. Sabe que posso utilizar artifícios legais para contê-lo. Não gostaria, no entanto, de chegar a esse ponto. Não pretendo magoar Artur, mas, se for necessário, tomarei as atitudes cabíveis. Vá se tratar antes que perca a afeição do seu filho. Não sei como Marina suportou viver ao seu lado.

No mesmo instante, Miguel foi em direção do cunhado e deu-lhe um soco, tentando aplacar a fúria que o consumia. Leonardo caiu no chão pelo forte impacto, mas imediatamente se levantou e estava prestes a revidar quando Artur e Luciana entraram na sala. Os dois nada entenderam do que havia acontecido. O menino correu e segurou o pai implorando:

— Pare com isso, papai. Não vá brigar com o tio Leo.

Leonardo se conteve e foi em direção à porta. A esposa o acompanhou ainda atônita com o que acabara de presenciar. Tudo parecia fugir do controle. Ela se virou e pediu a Artur:

— Cuide do papai, querido. Depois nos falamos! — E saiu sem olhar para Miguel.

O menino ainda abraçava a perna do pai e as lágrimas já escorriam livremente no rosto de ambos. O pai não sabia o que dizer ao filho e o inverso também acontecia. Até que Miguel se abaixou e suplicou:

— Me perdoe, meu filho. Não sei o que aconteceu!

— Você diz que não devo brigar com meus amigos, mas brigou com tio Leo. O que foi que ele fez? Estava tudo tão bem! — Havia frustração no olhar do garoto que deixou o pai desolado.

— Você vai conseguir me perdoar? Se quiser, eu ligo para seu tio e peço desculpas, mas não me olhe desse jeito, por favor! — Miguel não sabia o que fazer.

— Mamãe dizia que nada se resolve brigando. E você parece que não aprendeu!

— Eu sou assim, um pouco cabeça dura. Mas vou aprender. Se você me ajudar...

— Sabe, papai, não gosto quando você fica desse jeito. Sinto como se uma sombra muito feia surgisse ao seu lado.

No mesmo instante, Miguel estremeceu, sentindo como se alguém passasse por ele. Seu coração ficou em total descompasso.

CAPÍTULO 12

ASSÉDIO DAS SOMBRAS

Miguel sentiu profundo mal-estar e sentou-se. Artur ficou parado, com o olhar fixo, como se estivesse hipnotizado por alguém. O pai chamou seu nome e ele não respondeu.

Uma entidade espiritual se aproximou do menino e disse com um sorriso de escárnio:

— Desta vez, não adianta tentar defendê-lo, ouviu bem? Não vai conseguir protegê-lo! Eu não o perdoei e não vou perdoá-lo! Vai pagar por todos os seus crimes. — E deu uma gargalhada sinistra. No mesmo instante, uma entidade luminosa adentrou o local e envolveu o garoto com seus fluidos sutis. O companheiro vingativo e infeliz correu de lá, ainda gargalhando e dizendo: — Eu voltarei! Me aguarde!

Celia aproximou-se de Artur e o tranquilizou com um sorriso radiante:

— Não tenha medo, meu menino. Estarei sempre protegendo-o. Ele já se foi! Acalme-se! — As palavras tocaram o coração do garoto que, aos poucos, foi se acalmando e, só depois de alguns instantes, ouviu a voz do pai que o chamava já em pânico.

— Fale comigo, meu filho. O que está acontecendo?

O garoto encarou o pai com seus magnéticos olhos verdes e o sossegou com um sorriso:

— Nada, papai. Estava só pensando. — Levantou-se e se sentou no sofá. — Não gosto quando você fica desse jeito. Eu tenho medo! — Miguel num ímpeto o abraçou e pronunciou:

— Jamais tenha medo de mim, querido. Eu o amo mais do que tudo. Não sei o que seria de minha vida sem sua presença. Me perdoe! — A culpa, o arrependimento e outros sentimentos afins estavam presentes no coração daquele angustiado pai. O garoto permaneceu abraçado ao pai, até que expressou:

— Sabe, papai, eu já lhe prometi que vou cuidar de você, mas precisa me ajudar. Tio Leo fica preocupado comigo, mas você é meu pai. E é com você que vou ficar! Sempre!

Miguel sentiu um aperto no peito, lembrando-se das palavras de Leonardo acerca de tomar as providências cabíveis. Seria ele capaz de algum gesto arbitrário? Seu coração acelerou novamente, fato esse que estava ocorrendo com muita frequência nos últimos dias. Seria o remédio que tomava? Precisava ter cautela. No entanto passava por momentos tão angustiantes, com suas emoções em desalinho, quando mais precisava ter foco no seu projeto. Na verdade, estava sendo uma tarefa inglória manter-se no equilíbrio mental e a droga parecia surtir efeito positivo, deixando-o no controle de seu intelecto. Porém a combinação com a bebida era uma ação temerária e já estava sentindo os efeitos disso.

Aquela sensação angustiante, como se alguém o observasse todo o tempo, deixava-o confuso e tenso ao mesmo tempo. O filho era sua responsabilidade e precisava cuidar dele, antes que alguém decidisse fazê-lo. Só a possibilidade de Leonardo tentar algo contra ele o deixou em pânico. Falaria com Carlos sobre isso e, quem sabe, com Luciana. Provavelmente, ela saberia alguma coisa. O filho o tirou de suas divagações:

— Papai, quer comer algo? Eu já comi um lanche e você?

— Não estou com fome, meu filho. Como foi seu dia? — Tentava tirar o foco do ocorrido. E ele, sorridente, contou todas as peripécias do dia. Parecia que esquecera do incidente momentos atrás. Os dois ficaram conversando até que decidiram ir para a cama com direito a uma história, que o próprio garoto queria narrar, porém a dúvida imperava em seus olhinhos atentos.

— Gostaria de contar uma história, mas não sei o final dela — proferiu o menino com ares de seriedade.

— Então conte uma que já saiba como termina.

— Você conhece a história da estrelinha que caiu na Terra? — Ao dizer essas palavras, o coração do pai se enterneceu. Marina dizia que essa era sua história favorita na infância e costumava brincar com ele sobre ela própria ser uma estrelinha que um dia teria que retornar para o céu, sua verdadeira morada.

— A mamãe nunca contou toda história? — perguntou ele com os olhos marejados.

— Acho que dormi todas as vezes. — Sorriu ele timidamente. — Você sabe como termina?

Miguel tentava controlar a emoção, coisa que parecia impossível, mas disse com a saudade corroendo suas entranhas.

— Sei, querido. Na verdade, essa é a historinha da mamãe. Ela é uma estrela e seu lugar não é aqui na Terra, mas no céu. Por esse motivo, ela teve que partir.

— Mamãe fez uma longa viagem, não lembra, papai?

— Exatamente! Ela fez uma longa viagem, retornando para o lugar de onde saiu. E como estrela que é, e sempre será, iluminará nossas vidas, certo?

— Concordo com você, papai. Então me conte outra história para que eu possa dormir. Estou muito cansado. — Não foi preciso mais que alguns minutos até que o filho dormisse. Miguel ficou observando o garoto adormecido com o temor a rondá-lo.

— Ninguém nunca vai separá-lo de mim! — Beijou o filho e saiu do quarto.

Aquela noite seria longa, pois não conseguia parar de pensar nas palavras de Leonardo.

Naquele dia, quando saíram do apartamento de Miguel, Luciana não se conteve:

— O que está acontecendo com você? — inquiriu ela.

— Comigo? Ele é um destemperado, age como um troglodita e eu tenho algum problema? Caso você não saiba, foi ele quem me socou, não o inverso. — A indignação assomara.

— Mas era exatamente o que planejava executar. Estou enganada? Você estava indo na direção dele e ia revidar! Não acredito que isso esteja acontecendo!

— Ele ultrapassou todos os limites, Luciana. Sinto lhe dizer que temo pela segurança emocional de Artur. E você, como tia zelosa que é, deveria também se preocupar.

— Você disse-lhe algo, caso contrário, ele não teria feito o que fez.

— Para você, eu sou o responsável pelo que aconteceu, devo entender assim? — A pergunta irônica a perturbou. — Você ouviu o que acabou de dizer? — Faltava muito pouco para que uma nova dissenção ocorresse e Luciana decidiu que falariam em outra ocasião, quando os ânimos não estivessem tão alterados.

— Pare com isso, querido. Acalme-se, é só o que peço. — E viu que seu lábio ainda sangrava. — Você está bem? — Tocou com carinho seu rosto. Ele não respondeu e começou a dirigir para casa deles. — Leonardo, não entendo as razões dessa sua implicância com Miguel, mas não será dessa forma que irá resolver. Quer passar em alguma farmácia? — perguntou ela com doçura.

— Não será necessário. Não foi a primeira vez que entrei numa briga. — Ele tentava sorrir, mas fez uma careta. — Confesso que a mão dele é pesada. — Pegou a mão dela e se desculpou: — Me perdoe. Não sei como isso foi acontecer. Possivelmente tenha falado coisa que não devesse.

— Tente conversar com Miguel quando estiverem na posse do equilíbrio. Vocês não são mais dois adolescentes irracionais. — Havia uma certa censura que Leonardo percebeu. E não tinha a intenção de prorrogar a conversa, pois sabia onde ela chegaria.

— Farei isso. — Mas, em seu íntimo, essa possibilidade ainda se encontrava muito distante. A ideia inicial imperava, mas não era momento de conversar sobre o assunto.

O domingo foi tranquilo para todos e a semana começou com as atividades rotineiras. Miguel estava na reta final do projeto, o que exigia atenção constante dele. O reencontro com Flávia foi mais perturbador do que supunha. Ela manteve-se distante dele, com poucas palavras e pouca interação. Claudia percebeu o clima tenso entre eles e tentava amenizar a situação o máximo possível. No meio da semana, um fato estranho ocorreu. Alguns dados foram questionados e ele se deparou com um possível equívoco que iria demandar tempo extra de trabalho. Chamou Claudia e mostrou o que ocorrera.

— Isso era tarefa de Flávia. Por que não a chamou aqui? — questionou Claudia.

— Por incrível que pareça, ela levou a informação a Marcondes, alegando que essa falha foi de minha inteira responsabilidade — proferiu ele com a expressão séria. — E, ainda, complementou que havia me alertado, mas que eu insisti.

— Flávia está tentando prejudicá-lo e não vou permitir! — A indignação dela o fez sorrir.

— Calma, minha amiga. Marcondes me procurou hoje cedo, questionando-me sobre os dados que Flávia lhe passou. Ele me conhece há muito tempo e quis alertar-me acerca da postura dela, a seu ver, completamente antiética. No entanto ela tem padrinhos aqui dentro, se é que você não sabia. — Sua expressão cansada a sensibilizou.

— E o que podemos fazer quanto a isso? — perguntou ela com a preocupação estampada.

— Acelerar o processo, o que significa mais horas dispendidas no projeto. Sei que estou lhe pedindo ainda mais empenho e calculo o quanto está cansada, porém é necessário.

— E quanto a Flávia? O que pretende fazer?

— Vou pedir-lhe para executar tarefas de pouca monta dentro do projeto e que não interfira no bom andamento dele. Na atual conjuntura, creio que Flávia tem a intenção de prejudicar o que já fizemos e não posso permitir. Não a quero por perto além do necessário. E, daqui em diante, somente nós dois teremos acesso às informações privilegiadas. Acompanharei de perto tudo. Não quero mais surpresas desagradáveis, que já são inúmeras, no atual momento da minha vida. — Suas feições se entristeceram e Claudia conteve o ímpeto de lhe perguntar a que se referia. Quando quisesse confidenciar-lhe algo, ele o faria.

— Flávia não vai gostar nada de ter sido colocada para escanteio — falou rindo.

— O que ela pensa não me interessa. Quem sabe consiga perceber o caminho escuso que está tomando. Nesta altura da minha vida, não consigo compreender alguém jogar de forma inescrupulosa com seus próprios companheiros. A intenção dela é me colocar em situação delicada. Talvez pense que poderá arcar com os louros do sucesso às nossas custas. Esse projeto é nosso! — afirmou ele com energia.

— Não, Miguel. Esse projeto é obra exclusivamente sua e sei o quanto trabalhou para poder viabilizá-lo. Não será uma novata desleal e ambiciosa que irá se apossar dele. Bem, vamos trabalhar. Onde estão os dados que ela, certamente, digitou errado só para prejudicá-lo? Estou furiosa com essa infeliz! — Claudia tinha uma ética ilibável, não admitindo posturas desleais, muito menos com quem Flávia se indispusera, seu chefe e amigo. Sabia a fase difícil que ele enfrentava e não era necessário intensificar ainda mais sua penosa situação.

— Não dispenda energias com ela, Claudia. Vamos responder com nosso trabalho. Busquemos a excelência! É o que importa!

Flávia terá que me procurar e vou confrontá-la. Espero que tenha ao menos a decência de dizer que se equivocou.

— Eu avisei que sua rejeição aos seus encantos teria uma represália, mas não imaginei que fosse tão rápida. — Ela deu um sorriso maroto. — Da próxima vez, faça diferente.

— Pare com gracinhas, não haverá próxima vez. — Ele estava sério, lembrando-se daquela fatídica noite. Não deveria ter bebido tanto! Teria evitado tudo o que depois sucedeu. Lembrou-se do soco desferido no cunhado e sabia que agira de forma impetuosa e exagerada. Não imaginava o que Leonardo poderia fazer para prejudicá-lo, mas agora providenciara as armas que o cunhado utilizaria. Tentaria algo contra ele? Olhou os papéis a sua frente e retornou ao foco. Claudia estava lá aguardando suas orientações. Era imperioso no momento que todos os seus esforços fossem direcionados para o projeto tão importante para ele! — Posso contar com você? Possivelmente, tenhamos de trabalhar em casa. Estou com problemas com a babá de Artur. Não está nada fácil!

— Tudo vai se ajeitar, confie! — Ela colocou sua mão sobre a dele e ofereceu um sorriso acolhedor. — Conte comigo, meu amigo.

Assim que Claudia saiu, ele voltou seu olhar para o trabalho, mas a dificuldade de se concentrar era latente. Sua mente ágil parecia não conseguir focar para o que realmente era essencial. Abriu sua gaveta e tirou de lá um vidro de remédios, ingerindo um comprimido. O medicamento iria ajudá-lo por ora.

Os dias se passaram e o trabalho de Miguel se intensificara ainda mais. Somente conseguiu sobreviver graças ao estimulante que passara a tomar diariamente, algumas vezes além do necessário.

Luciana só foi procurá-lo na sexta-feira, quando ligou pedindo para ver o sobrinho. Ele relutou, mas fez a pergunta:

— Você virá sozinha?

— O incidente precisa ser esclarecido por vocês dois, Miguel. Leonardo se excedeu, porém você não precisava fazer o que fez. — A repreenda o atingiu em cheio.

— Eu também me excedi e espero que ele me desculpe.

— Então quem sabe não seja a oportunidade de vocês dois passarem uma borracha nisso tudo? Pense bem, querido. Sabe o quanto Leonardo gosta de Artur. Não vá impedi-lo de vê-lo por mero capricho. — Um silêncio se fez presente e Luciana aguardou que Miguel retomasse a conversa.

— Sabe o que ele me disse? — Sua voz parecia mais um sussurro.

— Eu posso imaginar, mas nada irá acontecer. Confie em mim! Não permitirei que ele utilize sua condição de juiz para perpetrar qualquer ato reprovável contra você ou Artur. E as suspeitas dele a seu respeito procedem? — A pergunta direta o deixou atônito.

— Não procedem, Luciana. Posso afirmar categoricamente que não sou usuário desse tipo de droga a que ele se refere. Nunca faria isso! Por Artur! — respondeu Miguel.

— Artur é um excelente incentivo. Contudo vou insistir. Leonardo não diria tamanho absurdo apenas por presunção indevida. Algo o conduziu a essa constatação. — Novo silêncio.

— Tenho trabalhado excessivamente. Estamos finalizando um projeto de minha autoria e os prazos se tornam cada vez mais reduzidos, exigindo maior empenho. Noites em claro, café em abundância e um estimulante para completar, caso contrário, não teria condições de manter esse ritmo — confessou Miguel incomodado. Desta vez, foi Luciana que ficou calada, refletindo nas palavras do cunhado.

— Provavelmente, seja esse o motivo das suspeitas de Leonardo. Alguma coisa não estava como deveria e ele percebeu. Além disso, prevendo muitos riscos para sua saúde. Tenha cautela na ingestão desse tipo de medicamento. Espero que esteja informado sobre o uso conjunto com a bebida. Pode ser uma combinação perigosa.

— Agradeço a preocupação, Luciana. Estou atento, fique tranquila. Explique isso a seu marido, pois ele deve pensar que sou um viciado, além de bêbado. — Havia amargura em sua voz que ele não pretendia ocultar.

— Me perdoe, Miguel. Confesso que também tive suspeitas impróprias acerca disso. Fico mais sossegada, porém não menos apreensiva com sua saúde. Cuide-se, meu querido. Artur precisa de você. Quanto ao sábado, posso passar em sua casa para vê-lo?

— De maneira nenhuma impedirei sua presença e sabe disso. Você é muito especial em nossas vidas e espero que continue sendo. Quanto a Leonardo, não colocarei impedimentos, mas que ele cuide das palavras.

— Obrigada, Miguel, sabia que era generoso. Estaremos aí no sábado à tarde.

E o sábado chegou com Artur ansioso para reencontrar os tios amados. Miguel e Claudia trabalharam praticamente todas as noites, varando a madrugada. E mesmo assim ainda havia muito a ser feito. Na sexta-feira, decidiram descansar, retomando as atividades no sábado à tarde. Dora adoecera e Paula precisara da folga. Mais problema para ele enfrentar!

Logo pela manhã, o garoto acordou com um brilho novo no olhar. Ele irradiava muita paz e alegria e o pai, curioso, quis saber o motivo.

— Essa alegria toda é só porque está com saudades de seus tios? — perguntou ele.

— Não, papai. Sonhei com a mamãe. Ela estava tão linda! Igual a quando não estava doente, lembra? — Seus olhinhos brilhavam.

Miguel olhou a foto em cima de um móvel e disse:

— Como quando ela tirou aquela foto? — Seus olhos ficaram marejados.

— Isso mesmo, papai. Sabe o que ela me disse? Que está com muitas saudades e que essa viagem será longa mesmo. Viu, até ela fala como nós!

O pai continha a emoção que insistia em predominar. O garoto parecia tão feliz e ele não iria estragar sua alegria.

— Ela está bem?

— Contou que está quase curada. Em breve, ela poderá nos visitar. — Neste momento, o garoto se retraiu, pois ela pedira que esse fato não fosse falado ao pai. Ele poderia não compreender.

— Creio que isso não possa acontecer, Artur. Ela viajou para um país muito distante e não é tão simples retornar.

— Verdade, papai, já tinha me esquecido. Mas adorei saber que ela está melhorando. Não gostava de vê-la sofrendo.

— Eu também, querido. — E tentou mudar de assunto. — O que iremos pedir para o almoço?

Os olhinhos do garoto ficaram sérios subitamente.

— Papai, tia Lu e tio Leo queriam me ver e você falou que viriam no fim da tarde. Mas eu liguei para ela e disse que você tinha deixado eu almoçar com eles. — As feições dele ficaram também sérias.

— Você deveria ter conversado comigo antes a esse respeito. Nunca escondemos nada um do outro. — Miguel não gostara da atitude do filho por não o consultar. Mas, por outro lado, teria mais tempo para retomar seu trabalho. — Da próxima vez que decidir algo sem me avisar, não permitirei que faça o que pretende, combinado?

— Achei que, se pedisse, você não iria deixar, pelo que aconteceu na outra vez. — Lembrou-se novamente da situação constrangedora pela qual havia sido responsável.

— O que não o impedia de falar comigo, não é mocinho? — Expressou com ares sérios.

— Me desculpe, papai. Se quiser, ligo para tia Lu e aviso que já tenho outros planos.

— Não será necessário. Vá com eles. Pelo menos irá sair um pouco de casa, o que eu não poderia fazer com você. O papai está com muito trabalho e sei que tenho deixado você de lado nessas últimas semanas. Mas logo esse projeto será concluído e poderemos até tirar uns dias de descanso, o que acha? — Os olhinhos dele se iluminaram novamente. Artur deu pulos de alegria e pediu:

— Podemos ver a Naná? Estou com tanta saudade dela.

— Claro, querido. — A campainha tocou e o garoto foi correndo atender, sabendo que eram os tios. Abriu a porta e eles entraram timidamente. Os dois homens se olharam fixamente e Miguel foi o primeiro a se manifestar.

— Peço que perdoe meu gesto irrefletido na semana passada. — E estendeu a mão para cumprimentá-lo.

— Eu não deveria ter falado aquilo. Me desculpe também. — E cumprimentou-o de forma contida. Mas foi o suficiente para Luciana se felicitar com tal gesto.

— Bem, agora que todos são amigos novamente — disse ela piscando o olho para o menino que estava muito feliz —, podemos ir? Não quer vir conosco, Miguel?

— Agradeço, mas o trabalho me espera. Divirtam-se! — Beijou o filho que o abraçou efusivamente.

Antes de os três saírem, os olhares dos dois homens se cruzaram mais uma vez e ambos sentiram a animosidade ainda presente.

CAPÍTULO 13

ENCONTRO FELIZ

Os dias se passaram... O projeto tomava, a cada instante, maior atenção de Miguel... Leonardo estava tão envolvido com seu trabalho que até se esqueceu dos seus intentos contra o cunhado. Luciana conversara sobre os estimulantes que Miguel fazia uso, deixando-o mais preocupado ainda. Porém Leonardo tinha preocupações mais urgentes. Encontrava-se numa situação muito delicada, com algumas ameaças e intimidações ainda ocorrendo, daí a vigilância ser mantida.

A vida seguia seu curso... Cada um com seus problemas e questões pessoais ou profissionais para administrar.

Miguel continuava trabalhando muitas vezes em sua casa, coisa que Artur não apreciava, afinal, o pai não conseguia dar-lhe a atenção devida. Por diversas vezes, o menino ficou no quarto sozinho, pensando numa forma de chamar a atenção do pai. Numa noite, fingiu sentir dores de barriga, obrigando Miguel a interromper o trabalho e permanecer ao seu lado até que adormecesse. Noutra, disse que estava com medo e não queria ficar sozinho. Miguel procurava atender a todas as suas necessidades, porém sentia-se exaurido e a paciência quase inexistia. Certa noite, em que ele e Claudia finalizavam uma nova etapa, necessitando de todo foco possível, o garotinho chegou na sala e reclamou que estava com fome. Miguel olhou para o filho, percebendo seu jogo de manipulação, e disse com seriedade:

— Artur, impossível você estar faminto após todo o jantar que Dora preparou. Creio que isso seja manha e não vou mais cair. Agora, vá para o seu quarto! Tenho de concluir uma tarefa muito importante.

— Mas papai, e se eu morrer de fome? Faça um lanche para mim!

— Não tem "mas", não tem lanchinho, tem somente cama. Não quero falar mais uma vez!

Miguel mostrava uma expressão séria e não parecia aberto para negociações. O garoto baixou o olhar e seguiu para seu quarto com os olhos marejados. O pai nunca falara assim com ele! Lá chegando, jogou-se na cama e começou a chorar baixinho. E assim ficou por alguns instantes, até sentir o toque suave de uma mão acariciando seus cabelos. Pensou que o pai se arrependera da bronca e estava lá. Ao se virar, deparou-se com a figura radiante da mãe que lhe sorria.

— Mamãe! — E a abraçou com todo amor. Assim permaneceram até que o garoto perguntou: — Eu estou sonhando ou você está aqui? Contou que estava muito longe! Como conseguiu chegar?

— A força do seu pensamento, querido. Quanta saudade de você, meu filho!

— Sinto tanto a sua falta também! Papai está tão distante de mim e não tenho mais você ao meu lado — expressou o garoto com os olhos marejados.

— Eu sei, meu amor, mas você precisa ser mais compreensivo com ele. Seu trabalho está sufocando-o, porém isso é passageiro. Logo ele voltará a lhe dar mais atenção.

— Ele não está bem, mamãe. Eu tenho medo de que ele me deixe também. Aquele homem feio falou que vai levar o papai para bem longe. E aí, o que vou fazer sozinho? — Marina abraçou-o com todo seu amor.

— Isso não vai acontecer, eu te prometo. Ele não fará nada disso, acredite em mim. Esse homem está muito infeliz, bravo com coisas que o papai fez e acredita que magoando seu pai, ele possa ficar em paz e feliz. O tempo irá auxiliá-lo a entender que não é dessa maneira que as coisas funcionam.

— A vovó disse que vai me proteger, mas é o papai que precisa de proteção. Você promete cuidar dele também?

— Claro, meu amor. Mas o papai tem de fazer a parte que cabe a ele. Lembra o que conversamos? Cada um faz o que sabe e pode, confiando que Deus está cuidando de todos.

— Você vai falar com o papai também? Garanto que ele ficará muito feliz.

— Não, meu querido, ainda não posso falar com ele. — Marina não sabia como explicar que somente ele conseguia vê-la. Artur não entenderia.

— Posso contar que você esteve aqui?

— Esse será nosso segredo. Eu sei que você tem segredos com o papai. Esse é o nosso! Não diga nada do que aconteceu aqui ou eu não poderei voltar para te ver. — Neste instante, Celia e Adolfo adentraram o quarto e disseram:

— Vamos, minha filha. É hora de retornarmos. Artur, esse é seu avô Adolfo. — A entidade se aproximou e tocou carinhosamente o rosto do garoto.

— Você é um lindo rapazinho! Muito prazer!

— Agora eu conheço a vovó e o vovô. Vocês moram onde?

— Num lugar muito distante daqui, por isso não podemos vir a todo momento — respondeu Adolfo com um sorriso.

— Eu posso visitar vocês qualquer dia desses? — A ingenuidade do garoto era algo tão comovente que emocionou o grupo.

— Ainda não, meu filho. Talvez algum dia! Mas podemos vir visitá-lo quando nos for permitido. Está bem assim? — Marina o abraçou mais uma vez e se despediu dizendo: — Agora fique bem quietinho que o sono já vai chegar. Eu o amo, meu querido.

— Eu também te amo, mamãe. Volte outras vezes! — Ele já estava deitado quando se lembrou de perguntar: — Posso contar para tia Lu, mamãe?

Os três se entreolharam e Marina respondeu:

— Ainda não é o momento. Posso confiar em você? — perguntou ela.

— Sim, mamãe. Te amo! — Fechou os olhos e, em segundos, adormeceu sob o olhar atento do grupo.

— Miguel precisa de muita ajuda! — Marina estava apreensiva com a situação do esposo.

— Acalma teu coração, caso contrário poderá se desestabilizar. E não conseguirá permissão para voltar aqui. Confie em Deus, filha. Ele está atento a todos os seus filhos e, se Miguel persistir por esses caminhos tortuosos, será inteiramente dele a responsabilidade por seus sofrimentos. Ele sabia que não seria tarefa fácil, mas aceitou a incumbência, aqui retornando com vistas à quitação de extensos débitos. Terá que rever suas escolhas, senão contrairá mais débitos aos já existentes. Dias de tempestade ainda assolarão seu campo mental, mas será também capaz de higienizar seu mundo íntimo, atento aos valores que necessita conquistar. Confie!

— Ele era tão dependente de mim!

— Mas está na hora de caminhar com seus próprios recursos. Você ensinou lições preciosas e esperemos que tenha assimilado cada uma delas.

— E Leonardo e Luciana? Como ficarão? — Havia tensão em suas palavras.

— Sua irmã tem um coração generoso, capaz de compreender, relevar e mesmo perdoar as ações indébitas do esposo. Os laços que parecem ainda frágeis se fortalecerão ao sabor das intempéries que terão de vivenciar, compreendendo que o amor é muito mais do que hoje idealizam.

— Não deveria ter falado tudo aquilo a Leonardo. Eu errei e sei que posso ter comprometido seu caminhar. Sabe que nunca o esqueci, minha mãe. Porém também precisava estar ao lado de Miguel, nem que fosse pelo pouco tempo que tivemos a nossa disposição. Ele necessitava de mim e, desta vez, integralmente. Eu o amei tanto! Espero ter realizado minha programação conforme as expectativas.

— Somente você poderá nos dizer isso. Agora, deixemos as divagações para depois. Vamos saturar este ambiente de muita luz e partirmos.

— Posso vê-lo uma vez mais? — Adolfo segurou a mão da filha com carinho e perguntou:

— Conseguirá vê-lo sem que a emoção a envolva?

— Não sei, meu pai. Mas queria vê-lo! Venha comigo! — E antes que ele a impedisse, Marina caminhou até a sala e viu o marido debruçado sobre o trabalho, as feições contraídas, a aparência cansada lhe conferia um ar de mais seriedade. A vivacidade não parecia mais presente e seu coração se encheu de tristeza. Começou a sentir-se fraca e amparou-se no pai. — Você tinha razão, ainda não estou preparada. — No mesmo instante, Miguel pediu licença a Claudia e foi até o quarto ver o filho. Conforme ele caminhava e se aproximava de Marina, seu coração começou a acelerar e uma emoção inexplicável passou a dominá-lo. Ela o viu frente a frente e disse simplesmente: — Eu o amo, meu querido. Quero que siga em frente e seja feliz!

Miguel sentiu uma vontade imensa de chorar, sem entender as razões. Talvez, a culpa pela conduta ríspida com o filho. A verdade é que ele se sentia triste com tudo!

— Vamos, minha filha. Sua presença causa intensa perturbação nele. E isso não podemos permitir que ocorra. Não agora! Venha comigo! — Neste momento, Celia também se aproximou e ambos a ampararam, partindo dali para outras paragens.

Miguel foi até o quarto do filho e beijou seu rosto. As lágrimas escorriam. Quando retornou à sala, continuava sensibilizado.

— O que aconteceu? Você brigou com Artur? — indagou Claudia.

— Ele já estava dormindo. Fui duro demais com ele. — Sentou-se no sofá e, com as lágrimas escorrendo, disse: — Estou tão cansado! Não sei se vou suportar! Dói demais!

Claudia foi até ele e o abraçou. Nada disse, apenas ficou ao lado dele até que o choro cessasse.

— Me desculpe. Está muito difícil, minha amiga. A pressão forte demais me aniquila! Tem momentos em que penso se não seria mais fácil largar tudo!

— Não diga isso, Miguel. Sei o quanto sofre, mas posso lhe garantir que tudo vai passar. Acredite em mim! Sabe que jamais falaria algo em que não acredito. Viva um dia de cada vez. Esse é o segredo. Não pense no dia seguinte, na semana ou no ano que virá. Tente caminhar um passo por vez.

— Sinto-me tão sozinho!

— Eu estou aqui, meu amigo. Conte comigo quando precisar! Vamos deixar o trabalho para amanhã. Penso que o dia já foi bem produtivo, podemos descansar um pouco. Seu poder de concentração parece nulo e não vai render se continuarmos.

— Preciso terminar isso, Claudia. Vamos fazer uma pausa. É sua vez de preparar o café, a não ser que queira ir embora. Eu entenderei!

— Acha que vou deixá-lo sozinho neste estado? De forma alguma! Enquanto faço o café, fique bem quietinho aí no sofá. — Com um sorriso, Claudia caminhou para a cozinha.

Miguel foi até sua pasta e de lá tirou mais um comprimido, ingerindo rapidamente antes que ela retornasse com o café. Sabia que essa seria a dose extra, mas precisava sentir-se no controle, coisa que não mais estava.

O trabalho se prolongou até tarde da noite. Exaustos, decidiram dar por encerrada a tarefa. Teriam que comparecer logo cedo para uma reunião e precisavam descansar algumas horas.

No dia seguinte, toda a diretoria se reuniu para as considerações finais, avaliação do projeto e viabilização de sua implantação. Para espanto de Miguel, Flávia lá se encontrava, mesmo sem ter sido convocada.

— Bom dia, Miguel. Surpreso com minha presença? Participei ativamente desse projeto e creio que mereça estar aqui — afirmou com o olhar fixo no dele.

— Precisamos conversar, mas esse não é o momento. Gostaria que fosse para minha sala logo que terminarmos a reunião. — Claudia observava os olhares que ambos trocaram, sentindo uma energia intensa entre eles. Ela era uma mulher sedutora, tinha que admitir. E, certamente, usaria de todo seu poder de sedução para conquistar seus objetivos.

A reunião foi mais favorável do que supunha. A viabilização seria a próxima etapa a ser executada, e as palavras proferidas pelo acionista majoritário da empresa perturbaram imensamente Miguel.

— Creio que a parceria entre vocês foi mais que eficiente. Você, Miguel, é um gestor capacitado e não tiraria essa função de seu departamento. Claudia o acompanha há alguns anos e teve um excelente professor, temos que admitir. Nada mais justo do que lhe darmos a gerência de outra área pelo excelente desempenho mostrado. Ela mudando de área, gostaria que procedesse com Flávia da mesma forma que fez com sua assistente. Prepare-a para assumir novas tarefas. Bem, a fase de implantação sempre acaba sendo mais morosa e Flávia tem um perfil dinâmico, o que será essencial na nova etapa. Conto com você para prepará-la adequadamente. Essa jovem tem um grande futuro. O mesmo que visualizamos quando você aqui iniciou. Parabéns à equipe! Parabéns, Claudia, essa promoção foi mais do que merecida e justa. Flávia, você estará ao lado do nosso mais competente engenheiro, aprenda tudo o que puder com ele. — O semblante de Miguel permaneceu fechado todo tempo, o que fez o acionista perguntar: — Não parece satisfeito, pensei que ficaria feliz com a promoção de Claudia.

— E estou! Entretanto a sua presença seria fundamental na etapa que iremos iniciar. Poderia contar com ela ao menos alguns dias da semana até que Flávia esteja integrada às funções?

— Creio que não será empecilho desde que não a impeça de cumprir suas novas tarefas. Bem, espero que seu protótipo esteja pronto e viabilizado no menor tempo possível. Investimos muito nisso. — Cumprimentou a todos e saiu.

Claudia estava feliz com a promoção, mas preocupada com o amigo.

— Parabéns! Apesar de ter sido uma surpresa, sua competência, enfim, foi valorizada.

— Obrigada, Miguel. Precisamos definir os dias em que ficarei com vocês. — Neste momento, Flávia apareceu e a abraçou.

— Você mereceu, Claudia. — Virou-se para Miguel. — Prefere conversar agora?

— Sim, por favor. — E os dois saíram após os cumprimentos gerais.

Assim que estavam a sós, Miguel foi direto ao ponto:

— Concordo que você tem um grande futuro na empresa, desde que paute com ações dignas e retas. Creio ter ficado claro e entendido que não aprecio condutas com caráter dúbio. Se pretende uma vida longa na empresa, repense suas posturas, Flávia. Trabalharemos juntos e não gosto de trapaças, muito menos que utilize de artimanhas para comprometer trabalho alheio. — Ela ficou rubra com as palavras de Miguel, sentindo-se incomodada. — Marcondes trabalha comigo há muitos anos e sabe reconhecer um gesto calculado com intenções menos dignas, digamos assim. Começamos mal nossa parceria, espero que esteja disposta a repensar e recomeçar. Isso se pretende trabalhar comigo. Caso não esteja disposta, falarei com ele. E vou compreender seus motivos. — Calou-se, fixando seu olhar no dela.

— Me perdoe, saiba que não tive a intenção explícita de prejudicá-lo. Digamos que agi de maneira impulsiva, apenas isso. Quero muito trabalhar com você, pois sei o quanto poderei me aprimorar ao seu lado. Sua competência é reconhecida por todos e será um privilégio acompanhar a implantação do projeto. Não tenho a experiência de Claudia, mas posso aprender e colaborar. Confie em mim! — Ela fez uma pausa e, em seguida, complementou: — Gostaria que se esquecesse daquela noite. Estava empolgada com nosso trabalho quase concluído, posso ter misturado minhas emoções. Isso não se repetirá mais.

— Assim está melhor. Este seria o assunto seguinte, mas creio que não seja mais necessário adentrar esse terreno delicado. Não costumo confundir meus papéis, Flávia. Eu sou seu chefe, somente isso. Qualquer ideia diferente, procure abortar. — A seriedade imperava, não dando margens a qualquer intimidade que pudesse surgir. — Bem, iniciaremos a nova fase daqui a dois dias, que é o tempo hábil para que tudo possa ser efetivado. Claudia continuará conosco alguns dias, conforme você ouviu, inclusive para lhe repassar suas funções. Aproveite para assimilar tudo o que for necessário com ela. — Marcondes, naquele instante, entrou em sua sala e pediu licença a Flávia para conversar com Miguel a sós. — Então estamos alinhados, certo?

— Sem dúvida! Com licença! — E saiu da sala.

— Vim dizer que não foi ideia minha! — explicou Marcondes sentando-se.

— Claudia era a engenheira perfeita para a nova fase. A mudança de parceria irá requerer ainda mais tempo meu, tão escasso nas últimas semanas. Meu filho tem sido deixado de lado e pouco tempo fico com ele. Conhece a minha vida!

— Sei, Miguel. Tenho acompanhado todos os seus passos e sei o quanto está sendo extenuante. A indicação de Flávia veio de cima, se é que me entende. E, se não fosse por minha insistência, Claudia não teria a promoção. Digamos que foi uma negociação justa. A intenção era transferi-la de área apenas. Disse que ela só sairia de seu comando com um bônus. Pelo menos nisso, sei que está satisfeito.

— Claudia merecia essa promoção há muito mais tempo. Agradeço seu empenho. Quanto a Flávia, não gosto das atitudes dela. Já a enquadrei no meu esquema! Caso perceba qualquer atitude suspeita, ela está fora! — A firmeza das palavras de Miguel tirou um sorriso do seu diretor.

— Depois disso, nada mais tenho a lhe dizer. Peço somente cautela com ela. Sei o quanto esse projeto é importante para você. Esteja atento! E não caia na rede dela. É ardilosa e joga com a sedução. Não sei por que necessita desses recursos, pois parece ser competente e inteligente.

— Deve desejar o poder ou o controle. Não sei e não vou pagar para ver.

— Bem, estou aqui para uma outra tarefa. Preciso que viaje para nossa matriz e apresente esse projeto na próxima semana. É viável? — Conhecia as dificuldades que ele enfrentava com os cuidados do filho.

As feições de Miguel se contraíram, embora soubesse que, em seu trabalho, isso era mais do que natural. Pelo menos até Marina partir...

— Quando você combinou com eles? — O profissional ditava as regras da empresa.

— Na próxima semana. Provavelmente, uns cinco dias sejam suficientes. A boa notícia é que irá sozinho. — E deu uma risada. — Assim não corre o risco de ser seduzido por sua assistente recém-promovida. Garanto que ela ficará frustrada.

— Pare com isso, Marcondes. Não fale isso nem por brincadeira. Essa mulher é perigosa!

— Posso confirmar?

— Sim. Vou deixar minha assistente colada em Claudia. Quero ver se ela é tão competente como dizem. — Em seguida, o chefe de Miguel saiu, deixando-o divagando em suas opções para a próxima semana. A primeira sempre seria Luciana, pois ficaria bem mais tranquilo. Além do que Artur iria adorar. No mesmo instante, ligou para a cunhada, expondo seu problema.

— Você me disse para contar com você. Mas caso não seja possível, irei entender.

— Naturalmente que cuido de Artur! Pode viajar tranquilo que ele ficará bem.

— Não tenho dúvida acerca disso. Viajo na segunda bem cedo. Se pudesse deixá-lo aí no domingo, facilitaria minha vida.

— Se preferir, eu mesmo passo em sua casa. Não se preocupe. Vou preparar o quarto para ele. O mesmo que ele ficou... — E se calou.

— Quando Marina foi internada e eu não estava aqui.

— Não quis dizer isso, me perdoe. — Luciana ficou incomodada.

— Não se preocupe! — A emoção tentava assomar, mas ele conteve. — Não sei como agradecer sua ajuda. Viajarei tranquilo.

— Estarei sempre aqui para ajudá-lo, Miguel. — E desligaram.

CAPÍTULO 14

INCIDENTE PERTURBADOR

Artur ficou radiante com a notícia. E o domingo chegou rapidamente.

Já era noite quando Luciana e Leonardo passaram para pegar o garoto. Após as despedidas chorosas do filho com o pai, como acontecia quando ele viajava, os três saíram deixando Miguel sozinho no apartamento. Jamais se sentiu tão só como nas últimas semanas. Chegava a doer, pensava ele. Sentia imensamente a falta da esposa! E, como sempre, olhou as garrafas! Sua ideia inicial foi a de ingerir vários e vários copos, só assim ficaria anestesiado, esquecendo sua sombria realidade.

Chegou a pegar o copo, mas algo o impediu de beber desta vez. Era como se uma voz íntima lhe dissesse que isso não resolveria sua dor. E largou o copo. Terminou de arrumar sua mala e se dispôs a dormir, pois acordaria muito cedo para pegar o avião.

Logo que adormeceu, Miguel se viu no próprio quarto próximo ao seu corpo. Olhava ao redor e sentia-se extremamente incomodado, como se alguém mais lá estivesse. Tudo parecia escuro ao seu lado e queria correr dali, como se fosse possível. Estava muito confuso! Uma gargalhada o fez estremecer. Em seguida, ouviu as palavras provenientes de algum ser que lá se encontrava:

— A bebida sempre foi seu fraco! Nesta oportunidade, eles me impediram, mas não estarão todo tempo protegendo-o. Eu jurei que me vingaria de você e causaria todo sofrimento que merece. No entanto há muitas maneiras de fazê-lo sofrer. — Nova gargalhada.

— Quem é você e por que me persegue? Apareça! Não seja covarde! — Não entendia como conseguira pronunciar aquelas palavras com tanta força.

No mesmo instante, um ser aproximou-se dele, encarando-o com um olhar carregado de fúria e prepotência:

— Não tenho medo de você! Covarde é quem age como você agiu, sorrateiramente e pelas costas! Eu disse que me vingaria e é isso que eu pretendo! — A entidade estava à sua frente e Miguel tentava reconhecer quem era aquele ser. Suas feições lhe pareciam familiares, mas não tinha a mínima ideia do que pretendia fazer com ele. Estava sonhando? Provavelmente sim; um pesadelo do qual queria acordar. — A cada dia, me fortaleço mais e conseguirei meus intentos. Aguarde-me!

Miguel, neste momento, acordou sobressaltado. Estava gelado e suado ao mesmo tempo. Havia tido um pesadelo apavorante. Levantou-se e bebeu um pouco de água, caminhando pelo quarto como se quisesse se certificar de que nada estava acontecendo. Olhou o relógio e viu que muito era cedo. Tinha algumas horas de repouso pela frente. Porém foi difícil conciliar o sono, só acontecendo no meio da madrugada.

Celia lá se encontrava desde o momento em que Miguel contivera o impulso de beber por sugestão dela. Durante o encontro entre ele e a entidade vingativa, ela só observava, sem que pudesse ser detectada. Miguel tinha seus desafetos e esse era um deles. Sentiu-se sensibilizada, lembrando-se de todas as ações indignas que ele praticara, quando ainda desconhecia valores imprescindíveis ao bem viver. Porém a responsabilidade de seus atos lhe pertencia e teria que rever todos eles. Nesta atual encarnação, recebera todos os subsídios para pautar suas condutas dentro da ética e da dignidade. Mas nem sempre se comportou adequadamente! E contraiu muitos débitos mediante o que ofereceu a muitos espíritos que, ao seu lado, se encontravam. Pierre era um deles!

Celia procurou envolver aquele local em fluidos equilibrantes e sutis. Quando Pierre foi embora, Miguel se sentia em total perturbação, com uma sensação de temor inexplicável. A dificuldade em conciliar o sono era mostra disso. Celia tentou envolvê-lo em todo seu amor, mas havia uma barreira energética impedindo que essa ação fosse plena. Olhava-o com carinho, fruto dos laços que os uniam de muitas encarnações. Havia sido seu filho muito amado, no entanto escolhera caminhos tortuosos, esquecendo-se do essencial.

— Que Deus possa se apiedar de ti, meu querido! Nunca se esqueça de suas atuais responsabilidades e esse será seu escudo contra as ações indébitas daqueles a quem tanto mal perpetrou. Eleve seu pensamento! Nada mais posso fazer senão orar para que compreenda seu papel nesta vida. — Envolveu-o em fluidos sutis e partiu para outras tarefas. Imediatamente, Miguel sentiu a paz dominá-lo e conseguiu, enfim, adormecer.

Na manhã seguinte, acordou mais sereno e viajou. Seriam dias intensos e necessitava de toda paz. Artur ficaria bem e era o que o tranquilizava.

Os dias se passaram e, para o garoto, foram momentos de muita alegria. Luciana e Leonardo se desdobraram em cuidados, satisfazendo todas as vontades dele. As atividades do menino não foram alteradas, apenas que retornava para a casa dos tios depois da escola. Tudo parecia bem até que, na noite de quinta-feira, ele retornou da escola com o olhar tristonho.

— Por que essa carinha triste, meu querido? — perguntou Luciana assim que o pegou na escola. — Aconteceu alguma coisa? — Ele respondeu abatido:

— Não, tia Lu. Só estou com saudades do papai. Quando ele volta? — Parecia que algo o preocupava.

— No sábado pela manhã. Não está gostando da estadia? — brincou ela.

— Claro que estou, sabe o quanto amo vocês dois. — Como ele aparentava esconder algo, Luciana prolongou a conversa.

— Artur, seu pai voltará em dois dias. Passa muito rápido. O que quer fazer hoje? Leonardo deseja sair para jantar. O que acha da ideia?

— Acho bom! — Seu olhar ficou distante novamente e Luciana preferiu não insistir mais. Ele, certamente, sentia falta do pai e não podia se esquecer de que ele tinha apenas seis anos.

O jantar foi repleto de brincadeiras dos tios, tentando animá-lo, coisa que parecia difícil, pois os sorrisos que Artur oferecia não condiziam com os seus olhos, que continuavam carregados de tensão. Assim que chegaram em casa, disse que estava cansado e queria dormir. Quando ele foi para o quarto, Leonardo perguntou:

— Artur não me parece bem. Percebeu seu semblante fechado durante todo jantar?

— Ele está com essa aparência desde que voltou da escola. Amanhã, falarei com sua professora. Ele não costuma ficar assim, nem mesmo quando Marina morreu — expressou ela com pesar.

— Por isso estou preocupado. Existe alguma coisa que ele não nos contou. Estejamos atentos. — E ambos foram dormir.

No meio da noite, Leonardo acordou como se alguém o chamasse. Luciana estava dormindo. Ele pretendia voltar a dormir, mas algo o impeliu a se levantar e ir até o quarto de Artur. E assim fez. Ao abrir a porta do quarto, deparou com uma cena apavorante. O garoto estava apoiado na janela aberta, olhando para o vazio. Leonardo não fez gesto algum que pudesse assustá-lo. Aproximou-se silenciosamente e pegou-o em seus braços. Fechou a janela ainda abraçado a Artur, que chorava baixinho.

— Meu querido, o que pensava fazer? — A tensão em sua voz trouxe o menino de volta à realidade. Ele olhou o tio com lágrimas nos olhos, externando:

— Ele disse que essa era a única maneira de eu ver a mamãe de novo. — Estava visivelmente muito assustado.

Leonardo o abraçou com todo amor, assim permanecendo até que o garoto se acalmasse. Uma tragédia poderia ter acontecido e ele jamais se perdoaria. Jamais!

— Quem falou isso a você? Alguém na escola? — O menino olhava para o tio, analisando se poderia confiar nele.

— Não, tio Leo. Aquele homem com cara de mau. Ele não gosta do papai e avisou que vai fazer mal a ele. Hoje, ele me disse que, se eu quisesse ver a mamãe, precisava apenas segui-lo. Estava com um sorriso no rosto e pensei que poderia ir com ele. Tenho tantas saudades da mamãe!

Leonardo nada compreendia. O que ele estava falando? Quem era aquele homem? Seu coração batia em total descompasso e sentiu todo seu corpo estremecer, como se alguém, realmente, lá estivesse, além dos dois. Uma sensação estranha o acometeu e abraçou o sobrinho com toda energia, sentindo um pavor inexplicável.

— Não tem ninguém aqui, Artur — insistiu ele, tentando acreditar nisso.

— Tem sim! — declarou o menino olhando para um determinado local. — Ele está de novo com cara brava. Peça para ele deixar o papai em paz, por favor, tio Leo! — O menino começou a chorar. — Ele está avisando que vai fazer algo contra o papai. Não deixa!

Neste momento, vários objetos foram ao chão, deixando Leonardo perplexo. O que estava acontecendo naquele quarto? De repente, sentiu que alguma coisa passou por ele e ficou em pânico.

Em seguida, o garoto disse:

— Agora ele foi embora, pois... — Ia falar mais coisas, mas se conteve. Não sabia se o tio acreditaria nele.

— Pois o quê? — insistiu Leonardo.

— Não sei se você vai acreditar em mim, tio Leo. Ele já foi, pronto! — Decidiu nada falar sobre a avó que acabara de adentrar no quarto. Imediatamente, Pierre foi embora.

— O que está acontecendo, Artur? — Havia tanta confusão no olhar do tio! De repente, Luciana entrou no quarto e fez a mesma pergunta aos dois:

— Ouvi um barulho, o que está acontecendo aqui? — Sentiu arrepios por todo corpo. Ela tinha uma sensibilidade apurada e sua percepção lhe dizia que alguma coisa lá ocorrera.

— Está tudo bem agora, Artur? — indagou Leonardo.

— Sim, mas não quero dormir aqui sozinho. Tia Lu, fica comigo? — O olhar assustado de Artur parecia suplicar sua presença no quarto.

— Claro, querido. Deve ter tido um pesadelo, certo? — perguntou Luciana.

Os dois se entreolharam e sabiam que havia sido muito mais do que isso.

— Fique com ele, Luciana. Artur ainda está assustado. Sua presença o acalmará.

— Posso ir dormir, meu querido? — questionou o tio se aproximando do garoto.

Ele lhe ofereceu um sorriso meigo e agradeceu:

— Obrigado, tio Leo. Boa noite!

Luciana ainda não compreendia o que estava acontecendo, mas seus sentidos permaneciam em alerta. Sentiu a presença de alguém naquele quarto, que lhe trouxe recordações muito especiais de sua infância. E, sem entender a razão, uma saudade imensa de sua mãe assomou. Há muito tempo não tinha uma percepção tão forte dela. Onde ela estaria?

— Estou aqui, minha filha querida, tão próxima de você! Tenho saudades também! Tudo vai ficar bem, acredite. Permaneça com Artur, ele precisa de você. — Deu-lhe um abraço e ela sentiu uma emoção incontida. Em seguida, fez o mesmo com o neto, que, mentalmente, agradeceu:

— Obrigada, vovó. — Ela sorriu e saiu.

— Não sei o que houve aqui, Artur, mas saiba que vou descobrir. Confie em mim. Nunca vou duvidar de você, está bem assim? — Seu olhar estava tão límpido e suave que o garoto a abraçou dizendo:

— Eu sei, tia Lu. Mas, por enquanto, não posso contar tudo. Quando puder, eu falo.

— Por que tanto mistério? O que está receoso de me contar?

O menino ficou pensativo, lembrando-se das palavras da mãe e da avó. Ainda não era o momento. Não entendia a razão, mas ele acataria.

— Tia Lu, fica abraçada comigo? — expressou ele mudando o rumo da conversa. Ela se deitou ao seu lado e o abraçou.

— Claro, meu amor. Agora durma, está bem?

Em seu quarto, Leonardo deitou-se atônito. Não sabia exatamente o que acontecera naquele quarto e isso o deixou em pânico. Aqueles objetos caindo sozinhos, aquela sensação apavorante de alguém próximo a ele. Não acreditava em fantasmas, porém não adentrava esse terreno, temeroso do que iria encontrar. Sabia que Luciana era estudiosa da Doutrina Espírita, mas nunca se interessara pelo tema, nada conhecendo acerca dos seus postulados. Sabia apenas que era algo embasado em teorias científicas e objetivas, entretanto nunca tivera interesse e tempo para uma incursão nesse assunto. Algo sobrenatural ocorrera naquele quarto e Luciana iria esclarecê-lo. Precisava saber se um ser do mundo invisível poderia lá ter estado.

Nesses questionamentos, sua mente divagou em inúmeras possibilidades e o sono o abandonou de vez. Pensava no que poderia ter acontecido ao sobrinho se não tivesse chegado a tempo. Estremeceu só de imaginar. Foi quando teve a nítida impressão de ter ouvido uma voz tão conhecida e há muito não ouvida: "Obrigada, meu querido! Sabia que poderia contar com você! Nunca me decepcionou! Durma em paz, o perigo foi afastado!". As lágrimas assomaram e a lembrança de Marina não lhe saía de seus pensamentos. Ele ouvira a voz dela! Como isso seria possível? A emoção passou a dominá-lo e sentiu a saudade quase explodir em seu peito.

As palavras confusas de Marina, momentos antes de dormir para não mais acordar, ainda soavam tão nítidas! Não conseguia esquecer o que ela lhe dissera. Era inegável que Marina havia sido o grande amor da sua vida, mesmo sem nunca o viver plenamente. Porém ela sempre seria seu grande e inesquecível amor! Como a amara! As lágrimas vertiam de forma incontida e agradeceu ao sobrinho por pedir a presença de Luciana. Ela jamais entenderia sua explosão de emoções! Mesmo sem ter vivido seu amor, a simples presença de Marina por perto era suficiente para que ele usufruísse as migalhas de sua presença. Tinha tanta inveja de Miguel que pôde viver em toda plenitude o amor que ele não conseguira. Afinal, ela o escolhera e tinha que se render à sua decisão, por mais doloroso que fosse. Pensou que aquele sentimento já estivesse sepultado de vez, mas ainda estava vivo. Era algo tão intenso, que não sabia mais como conter. Mas Marina se fora! Quando aceitaria isso? Luciana era sua esposa e, a ela, dedicaria toda sua vida. Assim decidira! As lágrimas persistiam quando o sono o arrebatou.

Marina presenciara todas as emoções lá vividas com o coração sensibilizado. Adolfo, seu pai, a acompanhava temeroso pelo que poderia lhe suceder:

— Papai, algum dia Leonardo irá compreender meus atos? — perguntou ela.

— Ele é um homem compreensivo, sabia das programações que todos teriam que efetivar e aceitou, sabendo que isso iria redimi-lo de alguns débitos. Ele e Miguel terão que refazer os laços que foram desfeitos naquela ocasião. Você não poderia estar presente, caso contrário isso seria impossível de se concretizar. Acalma seu coração, minha menina. Tempo chegará que tudo irá se resolver. Dependerá só deles!

— Eu sei, meu pai. E é isso que me deixa tão tensa. Ambos acolhem em seu coração emoções confusas, dolorosas, mágoas e não aceitação da realidade com que ora terão de conviver. Quando se renderão aos desígnios do Pai Maior?

— Cada um tem seu tempo — afirmou ele.

— Entendo por que desejava que me mantivesse distante deles — expressou ela com um sorriso.

— Então vamos? Celia nos espera. — E os dois espíritos foram embora.

Na manhã seguinte, Artur acordou sorridente, como se nada tivesse ocorrido. Tomou seu café e Luciana o levou para a escola. Antes de sair, perguntou ao marido:

— Podemos almoçar, querido? — Ele entendeu o que ela pretendia.

— Com certeza! Marque o restaurante.

Na hora marcada, os dois iniciaram a conversa.

— O que realmente aconteceu, Leonardo? Vocês dois estavam muito estranhos.

À medida que o marido relatava o que ocorrera na noite anterior, as feições de Luciana iam se contraindo. Seus olhos ficaram marejados e Leonardo segurou sua mão.

— Imagine meu desespero quando o vi debruçado na janela! Não sei o que me despertou e me fez ir até lá. — O semblante dele estava tenso.

— Posso até imaginar! — E se calou, pois sabia que o esposo talvez não aceitasse suas ideias.

— O que quer dizer com isso?

— Leonardo, querido, tenho mais familiares do lado de lá do que aqui. Meus pais, Marina, meus avós, enfim, certamente eles cuidam de nós. Isso se estiverem em condições de assim proceder. Você foi acordado para ir até lá e auxiliar Artur. Quer você acredite ou não! — Leonardo ficou pensativo, sem saber se faria ou não a tal pergunta. Decidiu que sim, pois precisava entender a sensação apavorante que vivenciou.

— Você acredita que um espírito possa nos fazer mal? — indagou ele, baixinho. Luciana sorriu.

— Muito me admira ouvir de você essa pergunta. Nunca se interessou por esses assuntos.

— Não brinque com coisa séria, Luciana. Algo aconteceu naquele quarto, por mais improvável que possa parecer.

— Por que improvável? Estamos rodeados de espíritos! Esses dois planos, material e espiritual, interagem a todo instante. Nem sempre, no entanto, atraímos para nosso lado apenas irmãos que vibram em faixas superiores. Respondi à sua pergunta?

— Talvez, mas gostaria que fosse mais direta. Acredita que um espírito poderia fazer mal a uma criança inocente? Que mal Artur fez para alguém nesta vida?

— Você disse tudo: nesta vida. Essa não é a primeira encarnação de Artur e, certamente, não será a última. Entendo que você o veja como um ser puro, frágil, inocente, incapaz de fazer mal a alguém. Porém ele já viveu outras vidas. E pelo que você falou, a entidade tem o firme propósito de fazer mal a Miguel. Não foi isso que Artur disse?

— Sim, mas ele é uma criança criativa e pode ter inventado essa história. Sua vida não está sendo nada fácil, temos que convir.

— Entretanto você sentiu uma energia perturbadora naquele quarto, ou não estaria me fazendo todos esses questionamentos — argumentou ela com um sorriso afetuoso. — Sabia que um dia você se renderia as minhas convicções.

— Não coloque palavras em minha boca. Não disse isso. — Leonardo continuava perturbado com o que sentira naquele quarto. Ele não relatara sobre a voz que ouviu nitidamente, pois, com certeza, foi ela que o acordara e pedira para ir até Artur.

— Ora, querido, deixe de ser tão inflexível! Não quero convencê-lo de nada! Só peço que abra seu coração para aquilo que não consegue observar com os sentidos físicos. Tente compreender com seu outro sentido, o espiritual. Você se surpreenderá com o que irá constatar. Não creio que Artur esteja inventando, mas ficarei atenta. Ele me falou algo curioso sobre ainda não ser o momento. Sei que a pressão sobre ele tem sido grande e talvez seja interessante ele conversar com uma psicóloga, para termos a certeza de que está bem. No entanto isso não impede que ele esteja sendo contatado por um ser do mundo espiritual. Não me olhe com essa cara, pois conhece minhas crenças acerca disso. Além do que não estaria tendo essa conversa comigo se não estivesse ao menos um pouco confuso com o que presenciou.

— Continuo achando que Miguel é o responsável por seu estado. — Suas feições se endureceram.

— De novo vai culpar Miguel? Quando tudo isso cessará? Você sabe que algo aconteceu naquele quarto, no entanto insiste em responsabilizá-lo pelo que ocorreu. Miguel está muito distante daqui. Que mal poderia ter feito?

— Todo mal possível. Imagine a pressão que Artur está vivendo. Naturalmente, ele deve estar confuso, frágil, com sua mente imaginativa tentando defender o pai apesar de tudo. — Luciana o olhava com seriedade.

CAPÍTULO 15

O QUE OS OLHOS NÃO VEEM

— Leonardo, deixe Miguel em paz. Ele vai se recuperar do duro golpe que foi a perda de Marina! Se ele conseguirá assumir os dois papéis que hoje lhe cabem, só o tempo será capaz de mostrar. Mas precisamos estar ao seu lado, não contra ele. Já lhe falei que ele não está usando drogas. — Leonardo a interrompeu.

— Estimulantes não deixam de ser drogas, oferecendo grande perigo. Você sabe disso tanto quanto eu. Até agora, não acredito que Miguel esteja preparado para cuidar de Artur. É instável emocionalmente e já deu mostras disso. Ainda penso que deveríamos tomar alguma atitude.

— Pare com essa conversa, caso contrário o deixarei falando sozinho. Não podemos mudar as coisas. O que temos é um pai fragilizado, instável, como diz, porém foi ele que Marina escolheu para ser o pai de seu filho. Por que não aceita esse fato? — Seu olhar firme o desafiava.

— Não é uma questão de aceitar ou não, somente não consigo vê-lo como sendo a melhor pessoa para criar Artur. Só isso!

— E você seria essa pessoa? — A pergunta o desconcertou e ficou calado. — Parece que você está competindo com Miguel, o que é inadmissível. Se ele soubesse dessa nossa conversa, certamente, lhe diria: tenha você seu próprio filho e cuide da maneira que achar mais conveniente. Será que não entende que está invadindo uma vida, expondo as falhas morais que ele tem, como se você fosse o modelo perfeito? Ora, Leonardo, poderia enumerar todos os defeitos que possui, no entanto eu o amo e não farei isso. Creio que você é uma pessoa dotada de lucidez e bom senso, capaz de se ver com os olhos da verdade. Afinal, está acostumado a esse exercício, não é, doutor juiz? — A ironia era contundente e fez Leonardo permanecer em silêncio. Ela levantou-se e disse antes de sair: — Peço apenas que reveja seus próprios conceitos e saiba que nenhum de nós é perfeito. Aliás, essa condição estamos longe de conquistar. Se você se coloca num patamar superior, querido, lembre-se de que é sua responsabilidade colaborar com o mundo em que vive, fazendo a parte que lhe compete. Aquele que mais sabe deve ser aquele que ensina. Jamais aquele que julga! — Saiu sem se despedir, deixando-o na mesa refletindo nas palavras duras que ela acabara de pronunciar. Permaneceu lá alguns instantes, sem vontade alguma de retornar a sua austera rotina. Tão absorto estava que sequer percebeu a mulher na mesa ao lado que observou atentamente a discussão lá travada. Luciana havia sido enfática em seu posicionamento como nunca fora. Ele agia como um juiz implacável com Miguel, esquecendo-se de que o cunhado não estava em julgamento. Ainda não entendia por que a animosidade contra ele só crescia conforme o tempo passava. Era como se alguém o instigasse a isso. Seus pensamentos lhe pertenciam, assim pensava. Ou estaria sendo influenciado? A confusão imperava e ele decidiu retornar ao seu trabalho. O restaurante escolhido era próximo e ele havia ido a pé. Uma caminhada o auxiliaria a colocar as ideias em ordem. Precisava de todo controle, pois a situação do processo estava crítica, demandando todo seu intelecto para as considerações finais. Conforme caminhava, sentiu-se observado como se alguém o acompanhasse. Lembrou-se de que ainda estava sob vigilância e relaxou. E, realmente, isso estava acontecendo. Porém não apenas sua segurança estava atenta aos seus passos de forma cuidadosa, sem ser ostensiva.

A mulher que o seguia parou em frente ao edifício em que ele acabara de entrar, abriu sua bolsa e pegou seu celular.

— Creio que será mais fácil do que pensamos. Me aguarde! — Com um sorriso sedutor, ela desligou o telefone e seguiu seu caminho.

Naquela noite, a última antes de Miguel retornar, o clima não estava muito cordial entre o casal, coisa que até o garoto percebeu.

— Tia Lu, você e tio Leo brigaram? — perguntou ele tão logo Leonardo saiu da mesa e foi para o escritório.

— Por que essa pergunta?

— A cara de vocês está muito estranha. Vai lá falar com ele.

— Seu tio está trabalhando, querido. Não quero incomodar. Ele está apenas preocupado.

— Eu sei, mas você pode deixar tio Leo mais feliz. Não gosto de ver vocês assim. Mamãe me dizia que vocês dois eram as pessoas que ela mais amava no mundo. — E sorriu. — Depois de mim e do papai, claro! Ela falava que poderia ir embora, pois sabia que vocês dois juntos estariam sempre perto de mim. Os dois juntos! — A vozinha dele foi enfática e séria, tirando um sorriso dela.

— Nós dois estaremos sempre juntos, fique tranquilo! Não tenha dúvida disso, querido. — Neste momento, os dois se viraram e viram que Leonardo estava parado na porta com um sorriso. Ele foi até a esposa e deu um beijo.

— Eu amo sua tia, nunca esqueça!

— Tio Leo, acho que é ela que não pode esquecer. — E abraçou os dois com força. — Preciso muito de vocês e juntos!

— Seu tio está ficando muito rabugento, mas eu o amo! — afirmou ela beijando-o também.

— Sua tia tem uma palavra afiada que mais parece um juiz, mas eu a amo demais!

Os dois se entreolharam e a paz foi selada, pelo menos por hora. Eles amavam intensamente Artur e desejavam que ele nunca duvidasse de que estariam sempre por perto. E juntos!

Miguel chegou no sábado e Artur o encontrou com o coração cheio de saudades. Luciana e Leonardo foram buscá-lo no aeroporto e notaram a sua aparência cansada. Mas quando viu o filho, seu semblante ficou radiante.

— Quanta saudade, meu querido! — Abraçando-o com todo seu amor. Luciana observou a cena e seu olhar foi em direção ao do marido, como se para confirmar a conversa do dia anterior. O momento era complexo, mas eles iriam superar, pois o amor imperava naquela linda relação. Pensou se seria a hora de contar sobre o incidente com o garoto, entretanto percebeu que eles só queriam ficar juntos. — E aí, garotão, você se comportou bem na minha ausência? — indagou o pai com o filho nos braços.

— Senti muita saudade de você! — assegurou em tom incisivo.

— Eu sei, filho. Mas o papai precisava viajar. — E direcionou o olhar ao casal. — Tudo bem?

— Sim, Miguel. Terá o final de semana livre? — questionou Luciana. — Vamos almoçar com meu tio, ele está muito saudoso e pediu que os chamasse.

O garoto respondeu por ele:

— Claro que vamos, não é, papai? — pediu ele com aquele seu jeito que tornava impossível recusar.

— Faz tempo que não vamos lá.

Miguel analisou o convite com critério e aceitou em função da súplica do filho. Na verdade, o que ele mais desejava era um final de semana sem atividades, estava exausto e suas feições denunciavam seu estado. No entanto faria qualquer coisa por Artur.

— Amanhã, estaremos lá então. — falou, rendendo-se ao pedido.

Após as despedidas, o casal foi embora, ficando somente pai e filho.

— Correu tudo bem, Artur? — indagou Miguel.

O garoto pensou bem antes de responder. E devolveu com uma pergunta:

— Por que me perguntou isso, papai? — As feições dele estavam sérias.

— Porque me preocupo com você e não tive um bom pressentimento enquanto estive fora. Além do que alguns pesadelos me perturbaram. — Neste instante, recordou-se do sonho angustiante que teve, no qual ele tentava segurar o filho, mas alguém o levava para longe dele, impedindo-o. Acordou sobressaltado e ligou para Luciana, que disse que estava tudo bem. — Vai me contar o que aconteceu?

— E você, papai, ficou bem esses dias? — Novamente, ele rebateu com outra pergunta. O pai olhou-o sorrindo, lembrando-se de Marina, que adorava agir dessa forma com ele quando queria fugir às suas inquirições. Até nisso eles se pareciam. Havia acontecido alguma coisa e ele iria descobrir.

— Primeiro, quer parar de responder as minhas perguntas assim? Está querendo esconder algo de mim e pensei que não existissem segredos entre nós. Não confia em mim? Eu te conheço muito bem para perceber que alguma coisa aconteceu — insistia.

Por outro lado, Artur analisava se o pai o compreenderia. Aquele ser horrendo lhe disse coisas muito feias sobre o pai. E se o pai não acreditasse nele?

— Artur, eu sei que nossa vida não tem sido fácil. Sua mãe faz muita falta, mas, na ausência dela, somos só nós dois. Confie em mim! — Miguel dizia isso olhando o garoto nos olhos. — E, então, o que o aflige?

— E se você não acreditar em mim? — A indagação ingênua o fez sorrir.

— Algum dia você mentiu para mim? — perguntou o pai.

— Você quer mesmo saber? — enfatizou ele receoso.

Miguel assentiu e o garoto começou:

— Papai, tem um homem que disse que vai fazer muito mal a você. — E parou, esperando a reação do pai.

Miguel estremeceu, lembrando-se dos pesadelos que povoavam suas noites e o acordava em sobressalto. Acreditava que eram sonhos perturbadores, em função de seu estado de total prostração frente a sua realidade. Sentia-se deprimido, apático, sem vitalidade, coisa que estava sendo difícil superar. Pensou que isso era decorrência dessa sua condição deplorável. Agora, o garoto lhe dizia coisas confusas, mas que exprimiam o que ele sentia. Como se alguém quisesse prejudicá-lo, impondo-lhe mais sofrimentos aos já existentes. O que Artur pretendia dizer?

— E por que esse homem quer me fazer mal?

— Ele falou que você fez algo muito errado para ele e, agora, quer se vingar, causando todo mal que puder. Eu tenho medo dele, papai. — Seus olhinhos estavam assustados. Miguel o abraçou com força e assegurou:

— Ele não vai fazer nada de mal, compreendeu? Onde ele está? Como você o encontrou?

Artur olhou em volta e deu um sorriso ao pai.

— Agora, ele não está aqui, mas ele vem em casa. — Artur viu a confusão no olhar do pai e tentou explicar: — Ele não é deste nosso mundo, se é que me entende.

Miguel pensou que, novamente, teria de encarar os mesmos questionamentos com que Marina, por tanto tempo, queria que ele se deparasse. O garoto estaria se referindo ao mundo espiritual? Como ele sabia dessas coisas? Marina lhe avisara que não conversaria com o filho sobre o assunto antes que ele tivesse condições de assimilar esses conhecimentos. Mas lá estava Artur a falar de sobrenatural, de espíritos vingadores, tudo aquilo de que ele, sempre, fora descrente! Afligiu-se! E as sensações que vivenciava ultimamente? Seriam causadas pelo excesso de estimulantes de que estava fazendo uso? Encontrava-se muito confuso e não sabia o que dizer ao filho!

— Quem está lhe contando acerca desses assuntos espirituais? Sua tia Luciana? — Só poderia ser ela a estimular essas ideias na mente dele.

— Não, papai, tia Lu nunca me falou nada disso. Nem foi a mamãe. Você está bravo comigo? — perguntou ele com os olhos marejados.

— Não, querido, só estou confuso com o que acabou de relatar. Diz que existe um homem, mas, na verdade, é um espírito, o que significa que ele já morreu, certo? — O garoto assentiu com a cabeça. — Como esse "espírito" quer me fazer mal se ele não está mais aqui? Não vê que isso é impossível? Se ele já morreu, não pode fazer mais nada!

— Papai, você não acredita em mim, mas é isso que está acontecendo. Ele me assusta e avisou que vai fazer você sofrer! E eu não quero que isso aconteça! — Foi até o pai e o abraçou com toda força de seus bracinhos frágeis.

Miguel sentiu a emoção invadi-lo e não sabia como tranquilizar o filho. De que valeria questionar as suas crenças, se é que elas assim poderiam ser definidas? Só agora se dera conta de quão frágil emocionalmente o filho se encontrava! A perda da mãe causara muitas sequelas o que era esperado. Estaria sua imaginação superexcitada, capaz de criar um mundo à parte? Mas e as sensações angustiantes que enfrentava? Também seriam fruto de sua mente invigilante e instável? Não conseguia concatenar suas ideias e isso o perturbava excessivamente. A mesma coisa acontecia no trabalho, daí fazer uso dos estimulantes que o ajudavam a reencontrar seu equilíbrio. Os dois precisavam de ajuda com certeza. Custou a admitir que isso era necessário. Não queria ver o filho sofrendo por não aceitar sua realidade, tendo de usar subterfúgios para se manter no domínio das suas emoções. Não sabia o que falar ao filho, mas o olhar que ele lhe direcionou o comoveu, decidindo deixar as coisas como estavam. Pelo menos, até encontrar uma alternativa mais razoável.

— Artur, quero que saiba que esse homem "mau" não vai fazer nada contra mim. Vou ficar atento e não permitirei que ele se aproxime de você. Está bem?

— Mas você não acredita em mim! — A dor contida em seu olhar o fez sentir-se mal.

— Tudo isso é muito complicado para mim. O que posso lhe garantir é que ficarei vigilante e não vou deixar que nada de mal aconteça comigo ou com você. Tenha paciência com o papai também! Não entendo todas as coisas, há muitas delas que não sei como acontecem. Mas prometo que vou procurar entendê-las, assim fica melhor para você? Quem sabe nós dois juntos consigamos compreender? — A firmeza das suas palavras o convenceu.

Naquele momento, Dora entrou na sala e abraçou Miguel com genuíno carinho.

— Fez boa viagem?

— Um tanto cansativa, mas já estou de volta. Isso é o que importa. Tirou uns dias de férias? E Paula? — Dora contou sobre a semana que ele passara fora e avisou que ambas estariam, a partir de segunda-feira, em tempo integral.

— Fiz o almoço para vocês. Quando quiserem! — E saiu da sala, deixando os dois a conversar animadamente. O pai retirou da mala um embrulho e disse:

— Aquilo que você me pediu! — O garoto pulou em cima do pai e ambos passaram o dia em razoável paz e harmonia.

Na manhã seguinte, Luciana lhe telefonou confirmando o almoço com Carlos e Silvia.

Foi um domingo tranquilo, com os dois cunhados em relativa calmaria, apenas com conversas triviais, com temas leves e desprovidos de seriedade. Artur era a animação da casa, o centro das atenções. Depois do café, Luciana chamou Miguel para um passeio no jardim, enquanto o menino contava suas histórias aos avós e Leonardo.

— Gostaria de falar com você sobre Artur — anunciou ela, séria.

— Aconteceu algo em minha ausência? — Seu olhar ficou tenso.

— Sim, Miguel. Creio que alguma coisa esteja acontecendo e não podemos fingir que não. — Ela contou-lhe sobre o incidente naquela noite, deixando-o em total perturbação. Ele procurou se conter, com vistas a ouvir tudo o que Luciana tinha para lhe falar. — Sei que vai parecer que somos responsáveis por isso, mas não se atente somente aos fatos que consegue ver. Pois existe muito mais que precisamos observar. — E continuou falando sobre a tal entidade que Artur dizia querer fazer-lhe mal e coisas assim. Quando ela terminou o relato, Miguel a encarava com seu olhar ainda mais confuso.

— Artur teria feito algo se Leonardo não tivesse chegado? — O pânico estava em seu olhar.

— Não quero crer, pois sei o quanto estamos amparados pelos nossos protetores. Mas é um fato que devemos estar atentos. Não comentei nada com ele, se isso o tranquiliza. Esse assunto é você quem deve abordar, quando achar que é apropriado.

— Como vou falar-lhe que isso é somente fantasia da sua cabeça?

— Você acredita nessas suas palavras? Ora, querido, pode não admitir as crenças que Marina e eu professamos, mas que elas contêm todas as explicações para esse caso, você não pode desprezar. Marina via espíritos desde menina e isso, para ela, era absolutamente natural. Meus pais aceitavam suas visões e, por esse motivo, a levaram a um centro espírita. Só muito mais tarde, quando eles morreram, eu e ela voltamos a frequentar o local. Sei que é um cético como Leonardo, desprezando os sinais que estão bem à frente de vocês. Não quero convencê-lo de nada, mas, em minha humilde opinião, acho conveniente você levá-lo a um centro espírita, pelo menos para tomar um passe, restituindo o equilíbrio que Artur está perdendo com a proximidade dessa entidade.

— Você admite que seja isso que está acontecendo?

— Sim. Por que a surpresa? Sabe que sou espírita e acredito na existência dessas duas realidades interagindo, podendo aqueles dotados de uma sensibilidade apurada ter a percepção da realidade extrafísica, como ver, ouvir ou até sentir. Artur é uma criança, mas é muito sensível. Pela pouca idade, que pode chegar até os oito anos aproximadamente, os canais ainda se encontram abertos, facilitando o acesso ao mundo espiritual, o que ocorre de maneira natural e espontânea. Ele pode perceber a realidade espiritual como nós percebemos a nossa realidade material. De qualquer forma, existe um desgaste energético que necessita ser recomposto. Por isso o passe é recomendado. Aliás, você também precisa dessa transfusão energética, pois parece muito desgastado. Sei que os últimos meses foram difíceis, o que seria mais um motivo para você procurar uma casa espírita.

Miguel a encarava com seus profundos e tristes olhos verdes e expressou:

— Pensei que fosse me falar que Artur estaria precisando conversar com uma psicóloga e você chega com essa ideia!

— No início, era essa a intenção, mas refleti melhor e concluí que ele necessita de uma assistência espiritual apenas — declarou ela, convicta. — Devo salientar, no entanto, que Leonardo desconhece o teor dessa conversa e acredita que estou sugerindo consultar um terapeuta. Nem imagina que estou falando tudo isso! — Ela ostentava um sorriso maroto. — Infelizmente, ele só consegue ver o que os seus sentidos físicos apresentam.

— O que, tenho de admitir, talvez seja um ponto em que concordamos. Não sei se gostaria de enveredar por esse caminho. Sabe o que penso acerca desse assunto. Marina nunca me forçou a nada e eu jamais me indispus com ela sobre essas questões. Creio que irei buscar o caminho tradicional. Acho importante que ele se abra com um profissional especializado para ouvi-lo. Depois...

— Saiba que esse especialista pode inibi-lo ou adentrar um caminho complexo, acreditando que Artur esteja criando esses fatos como forma de defesa ou mesmo para tentar superar a perda da mãe. Procure alguém não tão inflexível pelo menos.

— Você pretende dizer: "procure um psicólogo espírita". Certo? — Desta vez foi ele a sorrir.

— Não disse isso! Acho apenas que seria bom um profissional não tão rígido demais, aberto a novas ideias. No entanto quero que saiba que estarei à disposição quando quiser falar sobre o assunto. Creio que, até hoje, isso o atemorize! — Ela deu uma risada.

— Não é que me amedronte, só não consigo encarar essas ideias como algo que traduza meus anseios. Provavelmente, não esteja pronto! — brincou ele.

— Aposto que essa fala era de Marina! — lembrou ela com tristeza no olhar.

— Era! Ela dizia que um dia eu estaria pronto. Acho que não chegou a hora.

— Ou será que você não quer admitir que seu tempo chegou, pois isso implicaria rever todos os conceitos nos quais acredita? — retrucou Luciana.

— Pode ser! Quem sabe? Agradeço sua preocupação. — E os dois entraram.

CAPÍTULO 16

TRAMA SÓRDIDA

Na sala, Carlos e Leonardo conversavam sobre Artur. Miguel pôde ouvir parte da conversa.

— Estamos muito preocupados com o garoto. Temo que Miguel não esteja dando-lhe o suporte de que ele mais necessita neste momento. Assim aconteceu com Marina. Ele, também, não estava aqui quando ela mais precisava dele. Seu trabalho sempre foi sua prioridade. Ele... — E se calou, pois Carlos pediu. Miguel lá se encontrava, ouvindo a parte final do discurso, o qual incluía uma crítica ao cunhado, pela sua ausência nos momentos derradeiros de Marina.

Os dois homens se encararam friamente. Miguel somente proferiu:

— Você está sempre me julgando, desconhecendo a verdade dos fatos. Lamento que, até hoje, você persista nessa acusação. Mas a sua opinião, para mim, pouco importa. — Procurou o filho que não estava atento ao que acontecia. — Artur, vamos. — O menino tentou negociar com ele mais alguns minutos, mas Luciana o pegou pela mão, dizendo:

— Querido, o papai está cansado. Nos falamos durante a semana.

Miguel acompanhou a movimentação e saiu, despedindo-se do grupo secamente. A cunhada os acompanhou, juntamente com Carlos, ambos constrangidos com a situação.

— Miguel, você só ouviu parte da conversa. Não nos julgue, eu lhe peço — expressou Carlos. — Leonardo foi infeliz no comentário. Estávamos falando de Artur e dos nossos temores acerca de algumas condutas.

— Não vou me aborrecer com as considerações de Leonardo. Quanto a Artur, estou fazendo tudo o que posso. Boa tarde, Carlos!

— Não faça julgamentos precipitados, Miguel — proferiu Luciana.

— Esse encargo não é meu e creio que todos já perceberam. Esqueça! Visite Artur quando quiser. Sabe que é sempre bem-vinda. — Beijou a cunhada e saiu com o garoto.

Artur estava atento ao que acabara de ouvir e perguntou ao pai:

— Vocês brigaram de novo?

— Não, meu filho. Ninguém brigou com ninguém. Fique tranquilo!

— Não me engane, papai. Você falou que não haveria segredo algum entre nós. Eu sei que estavam brigando, você e tio Leo.

— E o que o faz pensar assim?

— Aquele homem mau estava perto do tio Leo. Eu vi!

— Então ele ainda está lá com seu tio? — perguntou o pai.

— Não sei, papai. Nós fomos embora, como vou saber? — A simplicidade das palavras do garoto o fez sorrir e desanuviar a tensão.

— O que acha de comer aquele lanche delicioso de que tanto gosta? — Miguel tentava relaxar e estar com o filho era uma das poucas maneiras que tinha para isso.

— Vamos! — O garoto deu muitas risadas, apreciando o convite.

Enquanto isso, Luciana confrontava o marido:

— O que deu em você? Por que insiste em falar com Miguel dessa forma? Por que o julga tanto? — A esposa estava com os olhos marejados.

— Eu falei alguma mentira? — E olhou para os demais, não obtendo nenhum apoio. — Todos sabem que essa é a verdade. Ele não estava presente quando ela mais necessitou dele. O que falei demais?

— Essa é a verdade na qual acredita, Leonardo. Sabe muito bem que não foi isso que aconteceu realmente. Ele viajou por insistência de Marina. Eu fui testemunha de que ele preferiria estar ao lado dela. Por que sempre é tão mordaz e cruel com ele? Já se colocou no lugar de Miguel ouvindo todas essas críticas infundadas? O que pretende? Que ele se afunde ainda mais em sua própria dor? Quer que ele se sinta mais culpado do que já se sente? Você é muito insensível!

— Ele é instável demais e me preocupo com Artur. — A expressão dele era de seriedade.

— Pois, a cada ataque seu, sua instabilidade se amplia um pouco mais. Sei o que pretende e não compactuo com suas ideias. Vou para casa! — Beijou os tios e saiu. Leonardo se despediu dos dois e a seguiu apressado.

— Me espere, Luciana — expressou ele tentando segurar a mão da esposa. Ela se desvencilhou e disse com a tristeza estampada em seu olhar.

— Não gosto dessa sua versão, Leonardo. Eu me casei com outra pessoa, mais sensata, generosa, amorosa, compreensiva. Essa sua frieza me perturba! — Ela entrou no carro, desejando que a conversa lá finalizasse.

— Me desculpe, querida. Não vamos brigar por causa dele novamente. Esqueça o que eu falei. Provavelmente você tenha razão sobre alguns pontos. Vamos parar de falar de Miguel.

— Eu quero falar de Miguel — revidou ela, resoluta. — Não suporto mais esse discurso ofensivo, truculento e perverso. Não percebe o quanto ele está sofrendo? Cada vez que toca o nome de Marina, vejo a dor dilacerando seu coração! Não é o homem que quero ao meu lado. — As lágrimas já eram abundantes, sensibilizando Leonardo.

— Não faça isso! Me perdoe! — Ele tentava pegar sua mão, porém ela não permitia. Quando ela se acalmou, disse ao marido:

— Preciso de um tempo, Leonardo. Aceitarei o convite de uma amiga para um congresso fora da cidade. Viajo amanhã à tarde. — Manteve-se calada e distante o resto da viagem até sua casa.

Enquanto isso, Miguel e Artur se deliciavam com o suculento lanche.

— Está muito gostoso! — afirmou o garoto com a alegria estampada no olhar.

— Estou percebendo. Creio que vou comer o meu depressa, caso contrário vai querer o meu também.

— Não, papai, já estou satisfeito. — Os dois conversaram bastante sobre as atividades realizadas em sua ausência. Miguel procurava se inteirar de toda a rotina da semana. Quando chegaram em casa, Artur estava já quase adormecendo. O pai levou-o para o quarto e acompanhou todo o ritual antes de ele se deitar. — Papai, se não quiser contar uma história, vou entender. O dia foi longo.

Miguel sorriu com a frase do menino, parodiando as suas próprias.

— Então o dia foi longo?

— Foi, papai, e quero dormir logo. Quem sabe sonho com a mamãe. Tenho tantas saudades dela! — Beijou o pai e se deitou. — Quer ficar aqui comigo hoje?

— Não, querido, tenho que revisar alguns documentos. Não quer mesmo que eu leia para você? — questionou o pai, torcendo para que ele dissesse que não.

— Pode ir trabalhar, papai. — Em poucos instantes, ele já adormecera. Miguel saiu silenciosamente do quarto e foi para a sala.

Tentou olhar alguns documentos, mas as palavras de Leonardo martelavam em sua mente, impedindo-o de se concentrar. Uma raiva incontida o dominou e quase jogou ao chão tudo o que tinha em sua frente. Controlou-se, pois o filho estava dormindo e não queria despertá-lo. As lágrimas vertiam sem que pudesse contê-las. Por que Leonardo o odiava tanto? Qual a razão de o acusar de forma tão veemente, como se ele fosse responsável pelo fato de estar ausente? Foi ela que o incentivou a viajar. Como poderia saber que Marina iria piorar em tão pouco tempo? Tentou retornar a tempo, mas não mais a encontrou consciente! Não teve tempo de se despedir de seu grande amor! Era sua maior culpa, sendo que nunca iria se perdoar. E, quando a culpa o assolava, a bebida se tornava a única companheira que o fazia se esquecer de sua miserável condição.

Olhou as garrafas à sua frente e ficou tentado a bebê-las. No exato momento em que ele pegou um copo, ouviu uma gargalhada satânica. Olhou ao redor e não havia ninguém mais naquela sala. Seu corpo estremeceu e o pânico o dominou.

— Quem é você? — E nova gargalhada se fez ouvir. — Por que está fazendo isso comigo? O que quer de mim? — Nenhum outro som se ouviu. Pelo menos Miguel não conseguiu escutar o que aquela entidade tinha a lhe dizer.

— Vou me vingar de você! A loucura seria a represália perfeita! Quem sabe! Você é um fraco, falido, incapaz de resolver sua própria vida! — E nova gargalhada.

Miguel permanecia atônito, acreditando estar realmente enlouquecendo. Foi quando se lembrou de Luciana. Ela lhe dissera tantas coisas, mas não se ateve a nenhuma delas. Porém o que estava acontecendo poderia ser obra de espíritos? Ficou confuso e a sua cabeça doía intensamente. Não sabia em que pensar! Queria dormir e não mais acordar! Mas o que aconteceria a Artur? Ele só tinha o pai para protegê-lo, não poderia fugir dos encargos que a vida lhe estava ofertando. Sentou-se no sofá e chorou até adormecer! Desse jeito, o filho o encontrou na manhã seguinte. Artur olhou as garrafas e estavam intactas. Deu um sorriso de satisfação e expressou:

— Obrigado, vovó. Eu disse que papai faria a coisa certa. Ele vai ficar bem!

Enquanto isso, na casa de Leonardo, antes de sair para o trabalho, ele se aproximou da esposa, segurou sua mão com carinho e a beijou:

— Pensei em tudo o que disse, querida. Me perdoe! Tenho sido grosseiro demais, insensível ao extremo, implacável juiz de um ser que, talvez, não mereça. Não viaje com ressentimentos por mim! Eu lhe peço! Sabe que você é a mulher que escolhi para viver e, mesmo que não pareça, acato plenamente suas ideias. Eu a amo! — E beijou seus lábios docemente. — Vou tentar manter minha boca fechada, não fazendo considerações inadequadas, eu prometo. — Nesta hora, ela sorriu.

— Não faça promessas que não conseguirá cumprir, Leonardo. Vou pensar em tudo que disse, prometo. Ligarei assim que chegar. — Ela levantou-se e o abraçou. Neste momento, sentiu um aperto no coração, sem saber a razão. Uma angústia assomou e o apertou em seus braços, como se assim a inquietação se dissipasse. Ele sentiu o mesmo que Luciana e a aconchegou bem perto de si com todo seu amor:

— Não fique assim, por favor. Mais uma vez, me perdoe, querida. A última coisa que pretendo nesta vida é fazê-la sofrer. Tenha uma boa viagem! — Beijou-a com amor e saiu.

Ela ficou parada vendo-o se distanciar, com uma sensação estranha a envolvendo.

Os dias se passaram... Miguel retornara a sua exaustiva rotina... Leonardo estava na finalização do processo... Luciana só retornaria no final da semana.

Na quinta-feira, terminado o expediente, o juiz Leonardo, enfim, estava nas considerações finais, permanecendo no escritório até tarde da noite. Apenas seu segurança lá se encontrava no aguardo de novas instruções. Por volta das nove horas, ele bateu na porta:

— Doutor, surgiu uma emergência e preciso sair. Espero retornar no máximo em duas horas. Quer que eu chame alguém para me substituir? — Ele parecia preocupado.

— Não, pode ir tranquilo. Não pretendo ir embora antes de terminar minha tarefa. Quando retornar, possivelmente, ainda esteja aqui. — E voltou-se para seu trabalho.

Uma hora depois, decidiu comer algo. Saiu do edifício, esquecendo-se de que estava sozinho. Iria no pequeno restaurante ao lado, não havia motivos para preocupação. E assim fez. Sentou-se numa mesa discreta e iniciou sua refeição. Instantes depois, um tumulto ocorreu na mesa ao lado da sua. Um homem segurava o braço de uma bela mulher, que procurava a todo custo se libertar. Ele alterara a voz e ela tentou sair da mesa, quando o homem a reteve utilizando sua força, pressionando-a a lá permanecer. A mulher olhou ao lado e viu que Leonardo observava a deprimente cena. Ficou embaraçada e baixou sua cabeça. A cena durou poucos instantes até que Leonardo decidiu interferir.

— Peço que mantenha o respeito. O senhor está num local público, não esqueça! — proferiu de forma enfática.

— E eu peço que não se intrometa. Não lhe devo satisfação! — O homem parecia profundamente incomodado com a intromissão de Leonardo.

— Eu concordo com o senhor, mas creio que está sendo indelicado com sua acompanhante.

— Por que não cuida da sua própria vida? — O homem se levantou, preparando-se para uma possível investida contra ele. Virou-se para a mulher e disse em tom firme: — Vamos embora daqui! — Novamente, pegou com firmeza o braço dela.

— Não vou embora com você! Não entendeu que está tudo terminado! Espero que tenha a decência de devolver a chave do meu apartamento. — Ela tentava se desvencilhar, mas o outro não permitia.

Leonardo não se conteve ao perceber que a situação estava caminhando para um desfecho desfavorável. Levantou-se e o enfrentou. Eram quase da mesma altura e não se intimidou com o covarde agressor.

— Ela já disse o que deseja. Por favor, é melhor o senhor ir embora, caso contrário chamarei a segurança.

— Fique com essa vagabunda. — Soltou o braço da mulher, jogou as chaves na mesa e saiu a passos firmes.

A mulher manteve-se sentada, mas já chorava copiosamente. Leonardo ficou calado, esperando que ela se acalmasse.

— Peço que me perdoe por essa lastimável cena. Ele é um ser repugnante, sórdido. — As lágrimas continuavam a verter. — Eu não o suportava mais. Escolhi um local público, pensando que evitaria uma discussão, mas não deu certo.

— Não se culpe. Ele, certamente, não a merece. Fique calma, ele já foi. — Leonardo estava para voltar à sua mesa quando ela segurou delicadamente seu braço.

— Só tenho que lhe agradecer. Nem sei o seu nome. O meu é Bruna, muito prazer.

— Meu nome é Leonardo. Muito prazer!

— Fique comigo mais alguns instantes. Ainda estou tremendo. Sente-se, por favor!

Ele estava incomodado com a situação e desejava sair de lá, mas ela continuava muito nervosa e achou mais conveniente ficar.

— Estou com medo de voltar para casa. E se ele estiver me esperando? — A mulher demonstrava certo temor o que o sensibilizou. Já julgara muitos casos semelhantes ao dela, com homens que não aceitam o fim de um relacionamento e acabam por cometer crimes contra suas companheiras. Ele poderia estar esperando-a, preparando-se para um contra-ataque.

— Onde você mora? Quer que eu chame a polícia?

— Não, será muito vergonhoso chegar acompanhada da polícia. Agradeço sua preocupação, mas irei sozinha. — Ela pediu a conta, pagou e se levantou. Mas teve uma vertigem e Leonardo a segurou prontamente. Naquele momento, tomou uma decisão que implicaria em graves consequências.

— Eu a acompanho até sua casa. — E pediu-lhe o endereço.

— Não quero lhe causar mais problemas. Já estraguei seu jantar.

Leonardo pensou que tudo seria resolvido no máximo em uma hora, coisa que não comprometeria a finalização de seu processo. Estaria de volta rapidamente.

Os dois saíram do restaurante, sob o olhar atento do acompanhante violento de Bruna. Ela morava num flat, próximo de onde estavam, a pouco mais de quinze minutos. Lá chegando, Bruna pediu que ele a acompanhasse até seu apartamento. Era um lugar bem decorado, com certo requinte e acolhedor.

— Bem, está entregue. Sugiro que procure a polícia ou um advogado para certificar-se de que ele não voltará a incomodá-la. Alguns homens têm muita dificuldade em aceitar a rejeição. Cuide-se, Bruna. Preciso voltar para meu trabalho.

— Posso lhe oferecer um café? É o mínimo mediante tudo o que fez por mim. Por favor, aceite! — Leonardo não se sentia muito confortável naquela situação, no mínimo, inusitada. Nunca ocorrera algo semelhante com ele. Mas não poderia ser omisso, fingindo que nada estava acontecendo no restaurante. Queria ir embora dali, porém o olhar de súplica que ela ofereceu o fez ficar.

— Aceito uma xícara de café.

— É uma forma de agradecimento pelo que fez por mim. Sente-se, volto já.

Leonardo sentou-se, sentindo-se incomodado em lá estar. Sua intuição queria dizer algo, mas não conseguiu entender. Alguns minutos depois, Bruna chegava com a bandeja com duas xícaras de café. Enquanto tomavam o café, conversaram sobre amenidades. Leonardo percebeu que ela estava calma demais após tudo o que vivenciara momentos antes. Um sorriso enigmático emoldurava seu rosto. Quando terminou o café, decidiu que deveria sair dali o mais rápido que pudesse. Porém, quando tentou se levantar, percebeu que seu corpo não respondia. Sua vista começou a ficar turva e o pânico se instalou.

— O que você fez? — O sorriso de Bruna foi a última coisa que viu antes de tudo escurecer.

— Pronto, querido! Tenha bons sonhos, pois, quando acordar, sua vida se tornará um pesadelo. — Tocou nele e viu que estava desfalecido. Dirigiu-se até a porta, abriu-a e disse: — Venha, não consigo fazer o trabalho sozinha. — O mesmo homem do restaurante lá estava e pareciam bons amigos. Tudo havia sido uma farsa com um propósito.

Na manhã seguinte, Leonardo abriu os olhos, tentando entender onde se encontrava. Olhou ao redor e estava deitado numa cama. Sua cabeça doía intensamente. Levantou-se com dificuldade e viu uma mulher próxima a uma janela falando ao telefone:

— Tudo feito! Já recebeu as fotos? Ficaram ótimas! Agora, tenho que desligar, ele está acordando. — E virando-se para Leonardo, perguntou: — Tudo bem?

— O que estou fazendo aqui? Não consigo me lembrar de nada. — Ele estava confuso.

— Acho melhor você ir embora — respondeu ela com um sorriso.

— O que aconteceu comigo? O que você fez? — Ele foi até ela e a segurou com energia.

— Já disse que acho melhor você ir embora. Terá muitos esclarecimentos a oferecer e precisa estar em seu equilíbrio perfeito.

— Exijo explicações! — retrucou ele em tom firme.

Bruna pegou o celular dela e entregou-lhe. Conforme ele via as fotos lá expostas, ele empalidecia e seu coração entrava em total descompasso.

— O que significa isso? — falou em tom quase inaudível. — Não fiz nada disso!

— Isso é o que você está dizendo, querido. Agora, vá para sua casa e tente resolver esse imbróglio. Meu tempo se esgotou. Vamos? — E o acompanhou até a porta. — Lembranças a sua esposa! — Leonardo tentava pensar em algo, como prendê-la ou mesmo chamar a polícia, mas o que diria? Não se lembrava de absolutamente nada do que acontecera. Aquelas fotos poderiam ter sido forjadas, o que era o mais provável, mas como provar que estava lá sob coação? As fotos pareciam ser reais. Precisava pensar rápido. Saiu de lá e foi direto para o escritório. Passava das oito horas e deveria estar com uma aparência péssima. Assim que chegou, deparou-se com sua secretária, acostumada a ser discreta e não fazer perguntas. Ela o cumprimentou como sempre e ele falou:

— Bom dia! Quero que chame essa pessoa aqui. — E estendeu um papel, que ela, surpresa, assentiu. — Pegue uma camisa limpa, por favor. — Ela saiu sem fazer qualquer comentário, a fim de realizar a tarefa que ele lhe passara.

CAPÍTULO 17

GOLPE INESPERADO

Meia hora depois, um homem entrou na sala de Leonardo com o semblante curioso. Antes que ele perguntasse qualquer coisa, o juiz pediu em tom firme:

— Quero que analise um sangue e verifique se contém alguma droga.

— E de quem seria? — indagou o homem.

— O meu! — E estendeu o braço. — Não faça perguntas, meu amigo. Tudo vai depender do resultado deste exame. Preciso saber com urgência. Espero o mesmo sigilo de sempre.

Minutos depois após realizar o exame, ele saiu prometendo uma resposta até o final da tarde. Leonardo tentava manter-se apresentável, mas ainda se sentia enjoado, com a cabeça latejando. Era fato inquestionável que ele havia sido drogado e temia imaginar as razões para isso. Caíra numa armadilha bem engendrada, era o que sua razão lhe orientava. Só não entendera como havia sido tão ingênuo a ponto de se deixar envolver por uma bem urdida trama. Tomou um remédio com o intuito de amenizar seu estado, mas, na metade da manhã, recebeu um telefonema que fez com que ele quase desfalecesse novamente.

— Bom dia, senhor juiz! Espero que esteja bem! — A voz era conhecida, mas jamais poderia supor que ele se dignasse a contatá-lo. Se fez isso, era por uma boa razão, que ele estava prestes a descobrir. — Gostaria que analisasse meu pedido com cautela, mediante a nova situação que se apresenta. Existem duas hipóteses a escolher e acredito que fará a escolha mais adequada, afinal, é um homem de um intelecto impressionante e sabe reconhecer uma situação complexa. — Leonardo não sabia se ele estava sendo irônico, mas estremeceu só em pensar o que ele tinha a barganhar. E, especialmente, o que teria que lhe oferecer.

— Não creio que haja algum assunto para conversar com o senhor. Aliás, não seria ético de minha parte manter qualquer relacionamento. — Ele tentava manter o controle, mas suas mãos suavam e seu coração batia em total descompasso.

— Creio que o senhor ainda não compreendeu e peço sua atenção por alguns minutos. Preciso de um favor seu, naturalmente dentro das suas possibilidades. Em contrapartida, possuo algo em meu poder que lhe diz respeito. Receio que o senhor terá muito a perder caso essas imagens sejam divulgadas. A propósito, creio que conheceu minha filha ontem. Ela me falou coisas maravilhosas a seu respeito. Sem dúvida, um juiz impoluto, capaz de defender um ser fragilizado com todo empenho. Agradeço sua consideração, mesmo que tudo aquilo tenha sido uma farsa.

A cada palavra daquele homem, Leonardo empalidecia e se afundava na cadeira. Fora pego numa armadilha muito bem arquitetada. Havia sido invigilante ao extremo, mas não seria uma presa tão fácil quanto o outro supunha.

— Farsa ou não, fiz o que qualquer um faria em meu lugar. Mas não entendo onde pretende chegar com essa conversa. — Sua voz ainda mantinha o controle necessário para que soubessem como ele era e que não se submeteria a nenhuma chantagem.

— O doutor sabe exatamente onde pretendo chegar, pois é um homem inteligente e cônscio de seus deveres. Essas fotos que lhe enviarei em seguida provam que eu estou falando sério, afinal, não perco tempo com mediocridades. Bem, como nosso tempo é precioso, não vou mais perturbá-lo. Pense bem em tudo o que conversamos e, no final do dia, falarei novamente com o senhor. Um detalhe, não tente gravar nossa conversa, pois não irá obter êxito. Tenha um bom dia! — E desligou o telefone.

Alguns segundos depois, as fotos foram enviadas para o celular de Leonardo, que já estava em total inquietação. Se aquelas fotos vazassem, o risco de ser afastado do processo era altíssimo. Perdera vários meses nesse trabalho, empenhando-se em realizar uma análise séria, fundamentada em provas irrefutáveis do comprometimento daquele com quem acabara de conversar. Tratava-se de uma fraude impressionante! Ele foi escolhido por ser isento de qualquer forma de manipulação, não se submetendo a nenhum tipo de intimidação. Era tido como um juiz implacável, com uma carreira sólida e digna. E, agora, poderia colocar tudo a perder. Sentiu uma raiva incontida contra esse sórdido ser, capaz de atos ignóbeis para desestabilizá-lo e desacreditá-lo perante seus superiores. Caminhou pela sala como fera enjaulada, buscando uma saída que talvez não existisse. Poderia, no entanto, dividir isso com alguém. Saiu da sala e foi ao gabinete de Carlos, tio de Luciana, que era desembargador, com quem sempre buscava orientações em qualquer âmbito. Leonardo sempre procedia formalmente, pedindo que a secretária o anunciasse, mas, desta vez, a impaciência o fez se esquecer das regras e do cargo que ele ocupava. Sua situação era crítica.

— Desculpe a invasão, mas preciso conversar com você! — A maneira como Leonardo se portou evidenciava que o assunto era pessoal.

— Aconteceu alguma coisa com Luciana? — Suas feições se contraíram só de imaginar algum problema com a sobrinha amada.

— Não. Pelo menos, ainda não. — E sentou-se frente ao amigo e confidente. — Tenho que lhe mostrar algo. — Entregou o celular e Carlos ficou rígido em sua cadeira, sem entender o que aquilo significava. Ao término, olhou com dureza explícita para Leonardo.

— O que significa isso? — Sua voz estava gélida e alterada.

— Não é o que está pensando — defendeu-se.

— As fotos mostram você e outra mulher em clima de muita intimidade. Vai negar que seja você? Explique-se! Está traindo Luciana?

— Nunca trairia Luciana e mostraria a você fatos que comprovassem a minha infidelidade. Fui vítima de uma armadilha e não sei como sair dela. Tudo isso foi uma trama bem urdida e você sabe por quem. Falei com essa pessoa a poucos instantes e ele avisou que esse material está em suas mãos. O que irá fazer com isso dependerá somente de mim.

— Conte-me tudo, Leonardo. Quero todos os detalhes até os mais sórdidos.

Por alguns minutos, ele narrou sua rotina da noite anterior, pretendendo finalizar o processo. Conversando com Carlos, achou suspeito o fato de o segurança precisar sair por algumas horas, coisa que passou despercebido no momento. Tudo parecia estar arquitetado de forma que Leonardo estivesse sozinho naquela noite. Saberiam que sua esposa estava viajando? Conforme ele relatava os eventos, sentia-se cada vez mais irritado com sua displicência. Mas tamanho era seu cansaço que ignorou os sinais estranhos bem a sua frente. A raiva só se expandia, sentindo-se um perfeito idiota, capaz de cair numa armadilha que, em qualquer outro momento, não cairia. Entretanto ele se fragilizara demais com tudo que vinha acontecendo: a exaustão pelo excesso de trabalho nas últimas semanas, seu relacionamento estremecido com a esposa, a preocupação excessiva com Artur e a implicância cada vez mais ostensiva com Miguel. Tudo isso o tirara do prumo, essa era a verdade. Porém nada justificava que ele comprometesse seu trabalho, quiçá sua carreira profissional! A indignação era a emoção predominante, mas precisava agir rapidamente para resolver a situação. Esperava que Carlos pudesse vislumbrar uma saída para esse intrincado problema que ele próprio criara com sua invigilância.

— Como pôde ignorar os sinais a sua frente? Eu o orientei a ficar com seus sentidos aguçados, pois eles tentariam qualquer coisa. — O desembargador se levantou e ficou frente a frente com o jovem juiz. — E agora? O que pensa fazer?

— Estou aqui, pois preciso de ajuda.

— Tem alguma prova de que foi dopado?

— Fiz um exame de sangue assim que cheguei. Espero que o resultado seja positivo e me favoreça. É uma prova de que as ações seguintes não tiveram minha anuência.

— Será? Ora, Leonardo, isso pode ser uma justificativa que está usando para se defender e creio que até possa ser um argumento a ser utilizado. Mas como irá provar que não ingeriu a substância de forma consensual? Quantos se utilizam de drogas para estimular os sentidos? Já vi de tudo nesta vida e você também. Num confronto entre vocês dois, será sua palavra contra a dela. Sinto lhe dizer que está muito encrencado. A situação é de extrema complexidade. A indignação, no entanto, me obriga a ajudá-lo. Não vou me perdoar se ele e seus comparsas tiverem um julgamento fora dos trâmites legais, o que se subentende que possam se safar. Tudo vai depender de quem assumir o processo. Infelizmente, nem todos são isentos e apartidários como você. Estou chocado com a vilania desses seres. A ousadia deles superou minhas expectativas. Não podemos permitir que você seja execrado e afastado por uma trama odiosa.

— Pegou o telefone e pediu: — Chame Tavares aqui à minha sala. — Voltou-se para Leonardo. — Ele me deve algumas explicações pela ação de seu subalterno na noite anterior. — Minutos depois, o homem entrava em sua sala, colocando-se à disposição.

— Preciso de informações acerca do homem que fazia a segurança do juiz Leonardo.

— Aconteceu algum incidente? — questionou com uma ruga no olhar.

— Creio que sim. Leonardo, conte-lhe tudo. Confio nele como em minha sombra. — Tavares ofertou um sorriso de gratidão ao desembargador.

Toda história foi novamente relatada, desta vez para alguém que conhecia como ninguém o submundo desses políticos. Ao término, ele proferiu:

— Uma farsa bem engendrada. E, se me perdoe, o senhor estava bem desatento, pois esse golpe é velho. Além do que a orientação era estar acompanhado de um segurança vinte e quatro horas por dia, e o senhor quis crer que seria desnecessário. O guarda-costas, talvez, impedisse a ação desses marginais, se assim posso denominá-los. Porém não vou deixá-lo se sentir mais culpado do que já se encontra. Quanto ao homem de ontem à noite, vou conversar com ele. No seu relatório, somente escreveu que, ao retornar, não o encontrou mais em sua sala. Tentou contatá-lo, mas seu telefone dava caixa postal. Quero saber os detalhes do que aconteceu para ele se ausentar por esse período, o que pode ter sido premeditado por alguém que quisesse se aproximar livremente do senhor, o que, realmente, aconteceu. Vou investigar com mais cuidado. Quanto ao exame de sangue, gostaria que me informasse qual o tipo de droga que foi utilizada. Tenho alguns meios de saber onde obtê-la. Quanto a gravar o próximo telefonema, lamento lhe dizer que ele deve ter algum bloqueador que não permite qualquer gravação. Podemos, no entanto, rastrear o número e identificar a pessoa. Isso já é algo útil para ser usado em sua defesa se for necessário. Recomendo que, de hoje em diante, sua segurança seja ainda mais ativa. Seus movimentos estão sendo observados atentamente e não sabemos se eles podem usar outro artifício, caso se recuse a aceitar essa chantagem. Sua esposa já retornou da viagem? Peço-lhe que a oriente sobre as possíveis abordagens desses desprezíveis seres. A vigilância deve ser constante e qualquer movimentação estranha precisa ser comunicada. Poderia me fornecer o endereço do local onde o senhor esteve? É um dado importante. — Assim fez Leonardo. Em seguida, Tavares perguntou: — Há mais alguma coisa que queira me relatar, senhor?

— Sim, aquele homem disse que a mulher com quem estive é sua filha. O nome que ela me deu é Bruna, mas, certamente, não irá conferir. Procure saber o que puder sobre ela.

— Se a moça o contatar de novo, preciso ser informado. Vamos encontrar uma saída. — E retirou-se da sala. Os dois homens lá permaneceram com o semblante tenso.

— Leonardo, o que pensa responder-lhe quando ligar novamente?

— Não sei o que pretendem com essas fotos. Podem querer alegar que eu não posso julgar esse processo, pois tenho ligação íntima com a filha desse senhor. É uma possibilidade! De qualquer forma, eles desejam que eu fique de mãos atadas, o que jamais ficarei. Sou inocente nessa história e irei provar que não tenho medo deles.

— Estarei ao seu lado, caso seja necessário. Cuidemos para que isso não passe de uma intimidação. Minha intuição, no entanto, pede que tenha cautela. Há muito em jogo e você tem consciência de que não podemos colocar tudo a perder.

— Estou com tanta raiva de mim! — enfatizou Leonardo com o semblante carregado.

— Sua ira não vai alterar o que já aconteceu. Precisa manter a serenidade e o controle de suas emoções. Isso está só começando, lamento dizer. Relaxe um pouco.

— O que preciso aprender com tudo isso? — perguntou o jovem juiz, como se pensasse alto.

— Estamos sempre aprendendo uma lição nova a cada dia. Possivelmente seja o momento de rever algumas posturas suas, o rigor com que trata Miguel, por exemplo. Desde aquele dia, tenho controlado meu impulso em conversar com você a respeito dele. Não acha que tem sido duro demais com ele? Não entendo a animosidade que existe entre vocês dois. Essa situação tem feito muito mal a Luciana, que me confidenciou não mais suportar seus julgamentos implacáveis. Quer colocar em risco seu casamento por causa disso? O que Miguel lhe fez para que sinta tanta raiva dele? Era o esposo de Marina e fez tudo para deixá-la feliz todos esses anos. E com relação a ele não estar presente, você sabe que a viagem só ocorreu por insistência de Marina. No entanto, você sempre o acusa de negligência quando uma oportunidade aparece.

— Naquele dia, não foi intencional — expressou ele, tentando se justificar.

— Ora, meu jovem, a quem pretende enganar? Você tudo faz para colocá-lo em situação delicada perante as pessoas que o amam. Isso é ou não perseguição? Miguel não está sendo acusado de nada, Leonardo. Por que não o deixa em paz?

Leonardo baixou o olhar, sentindo-se constrangido perante as verdades que ouvia. Carlos estava certo em suas colocações sempre objetivas e diretas. Nunca ousou questioná-lo, ainda mais neste momento em que se sentia frágil e angustiado. Miguel era agora o menor dos seus problemas. Sim, tudo o que Carlos dissera era a mais pura verdade e não poderia revelar os motivos que o levavam a ter essas posturas com o cunhado. Estava tudo confuso demais! No momento, tinha questões muito mais complexas a resolver. O que mais temia era que aquelas fotos chegassem até a esposa. Não sabia se ela seria tão compreensiva quanto Carlos. Seu casamento, aí sim, estaria por um fio!

— Me perdoe, Carlos.

— Não é a mim que deve desculpas. Quando essa situação se abrandar, procure-o. Sei da amizade que existia entre vocês dois desde a adolescência. O que de tão grave ocorreu para comprometer a relação de vocês? Essa pergunta está sempre em meus pensamentos. Mas, para dizer a verdade, tenho certo receio do que irei ouvir. Prefiro manter-me à distância. Ele não tem ninguém nesta vida, Leonardo. Somos sua família! Porém, se continuar agindo assim, irá afastá-lo de todos nós, sabe disso! Contenha-se, é o que eu lhe peço. Preocupe-se em resolver suas pendências com Luciana. Sabe o quanto ela o ama! Pense em tudo o que conversamos! Quer almoçar? É um convite! — E sorriu.

— Agradeço, mas vou ficar aqui. Depois peço alguma coisa para comer. — Saiu da sala de Carlos e foi para a sua. Não conseguiu se tranquilizar até que o amigo lhe telefonou.

— Estou enviando o resultado pelo seu e-mail. Precisa de mais alguma coisa?

— Apenas mantenha a discrição como sempre! Obrigado. — Assim que desligou, acessou o resultado. Não teve nenhuma surpresa, pois sabia que alguém colocara algo em seu café, a única bebida que ingeriu na casa daquela mulher. Realmente, havia sido drogado, permanecendo por muitas horas lá. O que mais o perturbava era não se lembrar de nada do que ocorrera. Olhou mais uma vez as fotos e percebeu que estava passivo em todas elas. Isto é, somente Bruna, ou qual fosse o seu nome, aparecia sobre ele em posições sensuais. Mas tinha de admitir que havia sido um trabalho espetacular. Sentiu nojo de ver o que eles eram capazes de fazer.

O dia custou a passar e, no final da tarde, recebeu o esperado telefonema. Novamente, seu coração entrou em descompasso, sentindo a tensão envolvê-lo.

— E então, doutor? O que achou das fotos? — A voz sarcástica o perturbou e seu desejo era desligar o telefone sem ouvir o que ele tinha a dizer.

— Impressionantes! Qualquer profissional competente poderá aventar a possibilidade de terem sido forjadas — respondeu Leonardo, irônico.

— Resta saber se o senhor irá pagar para ver! — O homem continuava impertinente, sentindo que estava dominando a situação.

— Creio que tenho trunfos suficientes nas mãos para não ceder a sua chantagem. Vou pagar para ver conforme suas palavras. — E se calou, esperando a reação que viria.

— É um homem de coragem, tenho de convir. Não sei até quando durará a sua empáfia. Essa é sua última palavra?

— Não vou me submeter a sua chantagem. Creio que ainda não me conheça.

— Possivelmente o senhor não me conheça. Voltamos a nos falar. Em breve!

Quando desligou o telefone, suas mãos estavam geladas, seu corpo tremia e uma sensação amarga na boca se fez presente. Não sabia o que esperar dali em diante, mas era essa sua decisão. Enquanto tentava lidar com as consequentes emoções, o telefone tocou novamente. Era Luciana. Respirou fundo, tentando se controlar ao máximo antes de atendê-la.

— Desculpe a demora, querida. Como está o congresso? — indagou Leonardo.

— Uma chatice, mas o lugar é deslumbrante. Precisamos vir aqui em outra ocasião. Tenho certeza de que vai adorar. Volto no domingo à tarde. Tentei antecipar, mas não consegui. E você, tudo bem?

— Com muitas saudades! Aproveite ao menos os dias livres e se divirta com sua amiga.

— Impossível, querido. Ela arranjou companhia. Tentarei o voo do sábado. Estou com saudades também. Tem notícias de Artur? — Ele pensou antes de responder.

— Sabe que ele só liga para você, Luciana. Não que esteja com ciúmes, mas...

— Pare com tolice. Ele te ama tanto quanto a mim. Quando parar de amolar tanto o pai dele, verá como tudo ficará mais tranquilo. — Não perderia a chance de cutucá-lo.

— Seu tio conversou comigo a esse respeito e creio que vocês têm razão. Tenho sido severo demais com Miguel. Vou procurar agir com mais benevolência — afirmou ele.

— Aconteceu alguma coisa? — perguntou ela, sentindo-o tenso.

— Não, querida. Estava trabalhando no processo. Preciso terminar esse trabalho o mais rápido possível.

— Só isso mesmo? — Ela o conhecia muito bem para perceber que havia algo mais.

— Sim, volte logo. — Leonardo ficou tentado a lhe contar o grave problema que ele teria que enfrentar, quando precisaria de todo apoio possível. Especialmente dela. Mas não falaria pelo telefone. Decidiu que tão logo ela retornasse, contaria tudo acerca da sórdida chantagem a que estava sendo submetido. Mas não seria naquele momento. Conversaram alguns minutos e ele retornou ao seu suplício. Não sabia qual seria a próxima investida do seu réu. A única coisa certa era ele ser capaz de tudo!

Longe dali, Luciana desligou o telefone e estava se aprontando para jantar, quando seu telefone sinalizou que uma mensagem havia sido enviada. Pensou no marido e foi olhar.

Conforme abriu a mensagem, seus olhos ficaram fixos nas imagens recebidas. As lágrimas escorriam e não conseguia acreditar que aquilo estava acontecendo. Acabara de falar com Leonardo! Seu estomago doía, sua cabeça latejava, sua indignação crescia a cada segundo. Seu desejo era desaparecer! Ligou para a portaria e conversou alguns instantes, em seguida, arrumou sua mala. Conseguiu um voo para aquela noite e apressou-se para chegar até o aeroporto. Pensou em como ele pudera fazer aquilo com ela! As fotos mostravam seu marido com outra mulher! E chorou como há muito não fazia!

CAPÍTULO 18

REVENDO ESCOLHAS

    Leonardo ficou até tarde no escritório, analisando com mais critério os documentos do processo. Não poderia deixar passar absolutamente nada. Quando olhou o relógio, passava das dez horas da noite. Necessitava de uma cama com a maior urgência, caso contrário adormeceria lá mesmo. Reuniu as forças que lhe restavam e foi para casa. Assim que lá chegou, tomou um banho e rendeu-se ao sono restaurador. Tudo acompanhado por companheiros do mundo espiritual, atentos aos eventos ocorridos nas últimas horas. Marina e Adolfo observavam os passos de Leonardo desde a noite anterior, sem que nada pudessem fazer. Cada um de nós é responsável pelo que nos acontece. O fato de ele cair nessa armadilha mostrava o quanto estava invigilante, necessitando cuidar um pouco mais de sua existência.

— Papai, preciso falar com ele! — expressou ela.

— Minha filha, ele sabia que esta encarnação seria sua oportunidade de mostrar que seu ideal não fora relegado ao esquecimento. Os valores que ele ora defende não correspondem aos anseios da maioria. Isso ele já presenciou em sua vida pretérita, não conseguindo tocar os corações daquele grupo. Nesta atual oportunidade, tudo deveria ser planejado com critério, articulando todos os recursos disponíveis. Sabia, no entanto, que aqueles que lá estavam, capazes de sepultar todos os ideais de liberdade, justiça, fraternidade, ainda insistiriam com suas posturas déspotas e indignas, colocando como prioridade seus próprios interesses. A cautela deveria ser sua companheira dileta e ele se esqueceu desse detalhe. A perseguição contra aqueles que pensam no bem-estar de uma coletividade, deixando de lado os interesses pessoais, sempre existirá, em qualquer tempo e local, pois esses invigilantes irmãos ainda não assimilaram as lições necessárias acerca de qual papel cada um deve exercer na obra conjunta do bem e da paz. Ele terá que se fortalecer na mesma fé que o animou e o estimulou a lutar bravamente em que acreditava. Em síntese, nada se modificou desde então. O ser humano continua o mesmo, detentor de muitos defeitos, entre eles o egoísmo, que o torna refratário ao bem comum. Como um jurista, Leonardo se programou a ser, nesta atual encarnação, defensor da justiça que abarca a todos, sem distinção. Sabia que colheria os frutos amargos dessas escolhas, provenientes dos mesmos que lá estiveram e o julgaram como um traidor. A morte do corpo físico não sepultou seus ideais, que permanecem vivos e atuantes. Precisa somente reorganizar suas emoções, pautar suas ações no que, efetivamente, acredita e terá a companhia de muitos que lhe são solidários. A lição necessária o fortalecerá, tenha fé. Os percalços pelo qual está passando tem como intuito lembrá-lo de que jamais poderá se descuidar de seu equilíbrio íntimo.

— Luciana irá acreditar em suas palavras? — questionou Marina, temerosa.

— É um espírito generoso, trazendo em seu íntimo todos os recursos para isso. Dependerá do quanto a dúvida se instalou em seu coração e sabe a que me refiro. — Havia certo pesar em suas palavras.

— Leonardo e ela planejaram isso juntos. Ela se esqueceu?

— O véu do esquecimento ainda a envolve plenamente, mas isso, certamente, está com os dias contados. Ambos têm muito a resgatar e o destino se incumbirá de reuni-los pelos laços do afeto, compreensão e, principalmente, do amor. Os dois ainda carregam emoções desconexas, acerca de arrependimentos e mágoas, impossibilitando-os de viverem o verdadeiro amor em sua plenitude. Acreditam ser vítimas de desencontros, quando, na realidade, tudo foi tecido por sábias mãos, as do Pai Maior. O reencontro dessas almas ocorreu no momento em que se encontraram pela primeira vez, mas ainda não se deram conta. Você, minha filha, foi a responsável — disse isso com um sorriso.

— Uma grande ironia, meu pai. Leonardo e eu não pudemos viver nosso amor em plenitude e ainda teci os fios desse reencontro.

— Uma atitude nobre que a tornou merecedora de todo auxílio, ou tem alguma dúvida?

— Não! Contudo, olhando-o sofrendo como está, penso que tudo poderia ter sido diferente.

— E Miguel? E seu compromisso assumido tempos atrás? Tudo está certo, ou melhor, tudo é como deve ser, mesmo que ainda não compreendamos as razões.

— Me perdoe, não estou lamentando nada. Sou grata ao Pai por permitir que eu estivesse ao lado de Miguel pelo tempo que me foi concedido. E fui muito feliz ao seu lado! Tanto que, ao vê-lo sofrendo por minha ausência, meu coração se enche de ternura. Ele aprendeu a amar verdadeiramente e essa era a proposta. Ele ainda não sabe, mas aprendeu uma importante lição. Falta, contudo, entender o que significa desapego.

— Isso, minha filha, talvez seja a lição mais complexa para todos nós. Daí a necessidade das sucessivas encarnações, com oportunidades desse aprendizado se tornar real. Temos grande dificuldade em aceitar as separações, mesmo que, inconscientemente, saibamos que elas serão provisórias. Você e sua irmã aprenderam muito cedo essa lição, quando o Pai Maior nos chamou de volta. Porém tudo aconteceu no tempo certo, pois Deus não comete erros. Essa condição nos pertence e não a Ele! O mesmo ocorreu com você, retornando ao mundo espiritual quando sua tarefa se encerrou.

— Será que consegui realizar tudo aquilo que me propus antes de aqui chegar? Em certos momentos, sinto que poderia ter feito mais e melhor.

— Você fez o que podia e sabia fazer. Ninguém dá aquilo que não conquistou. Nossa meta é a perfeição, porém sabemos que esse tempo custará a chegar, pois ainda nos prendemos a dúvidas, incertezas, falta de fé em nosso potencial. Por isso é tão importante nosso estágio aqui na matéria, pois é o lugar onde poderemos, realmente, provar se aprendemos as lições. E se precisarmos refazer caminhos, que Deus nos permita retornar. Hoje você tem acesso a muitas informações que nossos amigos encarnados não possuem. Sua visão é ampla, a deles é parcial. Mas a programação escolhida está no íntimo de cada um e é isso que os impulsiona a seguir por esse ou aquele caminho. Você conheceu Miguel e Leonardo juntos. Sabia, no entanto, que só um deles poderia ser objeto de seu amor, mesmo que a afeição fosse por ambos. O que a fez efetuar a escolha por Miguel? — perguntou o pai com um sorriso.

— Senti que era com ele que desejaria caminhar nesta vida. Foi algo inquestionável, como se não tivesse dúvida alguma.

— Mesmo sabendo que Leonardo também a amava, você fez uma escolha motivada pela programação que realizou antes de encarnar. Parece complicado, mas é simples. Tudo tem um propósito nesta vida e, se aqui estamos, é porque assim escolhemos.

— Sabia que Leonardo compreenderia e seguiria em frente. Miguel precisava de mim e eu dele para que pudéssemos possibilitar que Artur reencarnasse. Entendíamos que ambos precisavam estar juntos como pai e filho novamente. Uma relação que o tempo irá firmar cada dia mais. Como é gratificante vê-los juntos, conhecendo tudo que já viveram em outras vidas. Sinto-me gratificada por permitir que isso ocorresse. Deixemos Leonardo descansar e organizar suas ideias. Ele encontrará uma solução! — Aproximou-se dele e tocou seu rosto suavemente.

— Vamos, Marina. Temos muito trabalho a fazer! Tempestades estão previstas e mesmo que saneiem o ambiente emocional de todos eles, causará forte impacto que os levará a repensar muitas das suas condutas. Como sabemos, tudo ocorre dentro de uma dinâmica cujo controlador jamais poderemos contestar! — Em seguida, deixaram o local.

Na manhã de sábado, pouco mais de dez horas da manhã, a campainha do apartamento de Miguel tocou. Dora estava por lá, enquanto pai e filho tomavam o café na sala, e foi atender. Voltou com Luciana, que parecia tensa.

— Tia Lu, você não estava viajando? — perguntou Artur correndo para um abraço.

— Meu voo antecipou e, como estava morrendo de saudade de você, não quis ir para casa direto sem antes encher meu sobrinho de beijos! — E assim ela fez, até que o garoto já rindo indagou olhando fixamente para ela:

— E onde está tio Leo? Ele não foi buscá-la?

— Ele nem sabe que eu cheguei, vou fazer uma surpresa. O que acha da ideia?

— Acho que ele vai adorar! Sente-se e tome café com a gente.

— Por favor, Luciana, desculpe minha pouca educação. Não sei o que faria em minha vida sem meu inteligente filho.

— Acho que faria pouca coisa se eu não estivesse aqui! — afirmou Artur com ares superiores.

— Olha que este pirralho está ficando muito convencido! — Levantou-se e cumprimentou Luciana com carinho. Nesse simples gesto, sentiu que ela estava angustiada. — Foi bem de viagem? — indagou ele.

— Aquelas viagens que se espera muito e não se obtém nada — respondeu ela.

— Entendo! Mas já está de volta e tudo vai ficar bem. — Ao dizer isso, seus olhares se cruzaram e ele percebeu que alguma coisa acontecera.

— Eu não entendo uma viagem assim! — Artur era uma criança de apenas seis anos e muitas das metáforas eram incompreensíveis para ele.

— Vou explicar, querido. São viagens inúteis, ou seja, poderiam ser dispensadas. Entendeu? Ou melhor ainda, aquelas viagens que você pensa que vai se divertir e chove o tempo todo! — Ela mesma riu das próprias palavras.

— Mas choveu de verdade? — insistiu ele, já colocando na boca um pedaço de bolo.

— Uma tempestade que abalou quem lá estava. — Nova troca de olhares significativos.

— Que triste, tia Lu! Aqui não choveu, certo, papai? — disse o garoto.

— Não, querido. Agora, termine seu café, pois Paula vai levá-lo até a casa de seu amigo. Lembra-se de que hoje é o aniversário dele? A festa será na hora do almoço, então não coma tanto, Artur.

— Eu queria ficar com a tia Lu, papai. Quero que ela me conte tudo sobre sua semana.

— Nada disso, querido. O seu amigo vai ficar triste com sua ausência. E se papai permitir, amanhã passamos o dia juntos. — E olhou para Miguel.

— Vou ficar imensamente grato, assim posso trabalhar um pouco.

— Miguel, amanhã é domingo, dia de descanso para todos os mortais — expressou ela.

— Acho, então, que já estou na categoria dos imortais. Talvez um super-herói, quem sabe?

— Vou encontrar um para você, papai. Mas tia Lu tem razão, Gustavo vai ficar triste se eu não for. Seu avô está doente e ele acha que vai morrer, como a mamãe. Mas eu contei para ele que ninguém morre, só viaja para um país distante. Ele adorou a ideia e parou de chorar. — Os dois se enterneceram com a pureza do menino que, mesmo com sua recente dor, ainda conseguia consolar outros que estavam na mesma situação que ele. Artur era um ser muito especial, disso não tinham dúvida. No mesmo instante, Paula entrou na sala e avisou que ele precisava se arrumar. — Eu vou, mas você promete vir aqui amanhã?

— Venho sim. Pode me esperar. Quem sabe não vamos comer aquele lanche de que você tanto gosta? — O menino abriu um sorriso radiante e acompanhou Paula.

Os dois permaneceram sentados na sala. Luciana voltou a ficar séria e Miguel estava curioso para saber o que acontecera. Leonardo não a acompanhara, o que, fatalmente, sugeria que eles haviam brigado. Porém a vida era deles, que resolvessem suas pendências, pois já estava atolado de problemas para assumir outros. Esperou que ela se manifestasse, mas ela se manteve calada e tristonha. Ele não se conteve:

— Por que retornou antes do tempo previsto? Aconteceu alguma coisa por lá? — Ele percebeu que seus olhos ficaram marejados.

— Não, aconteceu por aqui. — E mostrou-lhe as imagens em seu celular. Conforme ele via as fotos, suas feições iam se contraindo.

— Como ele pôde fazer isso com você? — Ela não mais conteve as lágrimas, permitindo que toda a dor extravasasse. Miguel a abraçou com carinho até que ela se acalmasse e pudesse contar o que significava aquilo. — Quando te enviaram isso?

— Ontem à noite. Não poderia continuar lá nem mais um minuto e consegui a antecipação de meu voo. Cheguei a São Paulo às cinco horas da manhã e não sabia o que fazer da minha vida. Permaneci no aeroporto até decidir vir para cá. Você foi a única pessoa em que pensei, meu amigo. Não tenho vontade de ir para casa e não sei o que fazer. Estou tão confusa! A única coisa que sei é que não quero olhar para a cara de Leonardo nunca mais! Posso ficar alguns dias aqui? A presença de Artur me acalma e sei que você passa a maior parte do tempo fora de casa, não vou te perturbar, eu prometo. Se for até a casa de meus tios, terei que contar tudo a eles e não tenho coragem. Mas vou entender se achar que minha presença pode atrapalhar vocês. Preciso de alguns dias para refletir em tudo!

— Luciana, fique aqui o tempo que desejar. Você é minha amiga e nunca a decepcionaria, sabe disso. Artur vai adorar a ideia. Mas acho que precisa ter uma conversa com Leonardo. Ele pode ser um crápula, um canalha, um ser abominável capaz de fazer isso com você, contudo deve ouvi-lo ao menos uma vez.

— Não quero explicações! As fotos dizem tudo! E não vou encontrá-lo! Preciso de um tempo para alinhar minhas ideias. Estou me sentindo um lixo! — Novas lágrimas.

— Pare com isso! Você não merece sofrer por um homem desprezível! Nunca imaginaria que ele fosse capaz disso! — Na verdade, era tão improvável que, se Miguel não visse as fotos, duvidaria de Luciana. Porém as imagens lá gravadas o denunciavam. Teria ele argumentos para se defender? Poderia ser uma armação? — Bem, acalme-se. Pelo visto, não dormiu absolutamente nada, deve estar muito cansada. Venha comigo! — E a conduziu para o quarto de hóspedes, que, durante um tempo, havia sido o quarto dele e do filho. Colocou a mala sobre uma cômoda e disse: — Tome um banho, relaxe e procure dormir um pouco.

— Obrigada, Miguel. Sabia que podia contar com você! Só peço que não avise Leonardo que estou aqui, por favor. Quero que ele fique sem saber notícias minhas!

— Você não é assim, está somente nervosa. Tenho certeza de que algumas horas de sono lhe trarão sensatez. — E a abraçou com carinho.

Ela acordou à tarde, após algumas horas de sono, encontrando-o debruçado sobre o projeto. Ele sorriu e perguntou:

— E então? Mais calma?

— Um pouco! Trabalhando? Não quero perturbar sua rotina.

— Preciso parar um pouco. Está com fome? Dora deixou uma refeição pronta para nós!

— Não comeu até agora? — indagou ela.

— Não tenho muito apetite ultimamente. — Luciana verificou que ele, realmente, estava mais magro, o que justificava o que acabara de dizer. — Mas, quando estou com Artur, não posso me dar ao luxo de fazer jejum, pois o garoto é comilão. — Os dois sorriram mediante o comentário sobre o filho. — Vamos?

Os dois sentaram-se à mesa e degustaram a saborosa refeição que Dora preparara.

— E Artur? Como vai voltar? — questionou ela, preocupada.

— Os pais de outro garoto combinaram de trazê-lo para casa e eu aceitei de bom grado. Minha vida se já estava um caos, agora se confirmou uma perfeita babel. Não tenho tempo para mais nada a não ser terminar esse projeto. Nunca trabalhei tanto em minha vida. Artur é quem se ressente disso, pois meu tempo com ele que era escasso, atualmente, está quase nulo. Mas isso tem prazo para acabar. Em breve, meu projeto estará concluído.

— Já lhe disse que estou por perto. Quando precisar de mim, é só chamar. Sabe que farei tudo ao meu alcance para minorar suas preocupações com Artur. — De súbito, o celular sinalizou uma mensagem. Luciana olhou a mensagem e nada fez.

— Precisa falar com ele — falou, deduzindo que Leonardo a procurava.

— Não estou preparada — foi a resposta lacônica. — Bem, não vou perturbar seu trabalho, voltarei para o quarto e, quando Artur chegar, ele fica comigo, combinado?

Por sua vez, Leonardo começou a se preocupar com a ausência de notícias da esposa. Já ligara incessantes vezes, mas ela não atendeu. Teria conseguido retornar e ainda estaria voando? Quando passava das quatro da tarde, decidiu ligar para o hotel. Seu semblante se contraiu perante as informações da recepcionista. Ela conseguira antecipar seu voo e já deveria estar em São Paulo. A aflição passou a dominá-lo. E se alguém a estivesse esperando no aeroporto? Teria acontecido algo? Seu coração ficou em descompasso. Ligou para Tavares e expôs suas preocupações.

— Fique calmo, mandarei alguém verificar. Continue tentando falar com ela. — E desligou.

Passava das seis horas, quando Tavares lhe telefonou:

— O agente que enviei verificou que o voo dela pousou de madrugada e não houve incidente algum por lá. De qualquer forma, vamos continuar investigando. Quanto ao senhor, peço que seja cauteloso em suas ações. Deixe conosco. — Ele sentiu a tensão já beirando ao desespero do juiz e disse com a voz pausada. — Eles não fariam nada que pudesse comprometê-los ainda mais. Ela pode ter ido para a casa de alguma amiga. Vamos encontrá-la. — Tavares pensou por alguns instantes, temeroso de fazer a pergunta, mas era importante saber: — O senhor conseguiu falar com ela acerca das fotos?

— Esse é um assunto que preciso conversar pessoalmente. Estava aguardando seu retorno.

— Acredita que eles se anteciparam? — perguntou ele. Leonardo entrou em pânico. Sim, havia essa possibilidade. Seriam sórdidos demais!

— Possivelmente — foi a resposta lacônica dele. — Continuem a procurá-la, por favor.

— Faremos de tudo, senhor. — E desligou.

Leonardo tentou ligar mais algumas vezes, sem sucesso. Em seguida, seu telefone tocou. Quando olhou, viu novamente a mensagem "número privado".

— Boa noite, doutor.

— O que fizeram com minha esposa? — questionou ele, aflito.

— Nada do que o senhor esteja imaginando. Não sou bandido, apesar de estar sendo julgado como tal. Já encontrou sua esposa?

— Pare com esse jogo! O que você fez? — insistiu.

— Acalme-se, primeiramente. Gostaria de lembrá-lo de que estou com as cartas do jogo. Sabe muito bem que tenho muitos aliados e poderia utilizá-los se assim fosse necessário. Porém creio que possamos nos entender, se é que isso ainda seja possível. Bem, para encurtar nossa conversa, pois tenho um compromisso inadiável em alguns instantes, vou lhe dar o paradeiro de sua esposa. Ela foi para a casa de seu cunhado. Não posso imaginar o motivo. — Deu uma gargalhada que fez com que Leonardo estremecesse. — Provavelmente, ela esteja muito magoada com algo que chegou até seu celular. — Fez uma pausa e depois prosseguiu: — Cuidado comigo! Eu não estou para brincadeiras. Há muito em jogo e não será o senhor que irá comprometer tudo o que conseguimos. Boa noite e repense suas decisões. Isso não é uma ameaça, somente um aviso. — E desligou.

Luciana recebera aquelas fotos e deveria estar imaginando o pior. Qualquer uma que as visse pensaria o mesmo. Ela deveria estar sofrendo muito e ele não estava por perto para dar as devidas explicações. Sabia que seria uma tarefa árdua convencê-la de que tudo havia sido uma armação. E tomou uma decisão!

CAPÍTULO 19

CONFLITOS PENDENTES

Miguel trabalhara durante toda a tarde e sua mente já não respondia mais a qualquer estímulo. Precisava descansar, porém restavam algumas avaliações a realizar, coisa que jamais deixaria nas mãos de Flávia, sua nova assistente. Ela parecia estar integrada ao esquema dele, numa convivência harmoniosa, mas com relativa distância. Não iria permitir que nenhum envolvimento além do profissional pudesse ocorrer. Ele percebia, no entanto, os olhares que ela lhe endereçava, os quais, simplesmente, ignorava. Era assim ou ela iria para outra área, conforme decidira com Marcondes. Flávia se mantinha discreta o suficiente para que ele se tranquilizasse. Demonstrava empenho profissional e ele apreciava seu trabalho. Era o máximo que ela obteria dele: o seu respeito. Artur já chegara e estava com Luciana em seu quarto. O que Leonardo fizera era muito sórdido. Ele, o juiz impoluto, honesto, digno, capaz de trair de forma tão abjeta a esposa, com uma mulher que havia sido capaz desse ato tão vil! Devia ser da mesma estirpe que ele. Luciana não merecia uma coisa dessa! Mas nada tinha com isso! Cabia a eles resolverem essa questão. Ela ficaria em sua casa pelo tempo que desejasse, afinal, para uma amiga muito querida, era o mínimo a fazer naquele momento doloroso.

De súbito, a campainha tocou. Ele achou estranho não avisarem, então já sabia quem era. Abriu a porta e se deparou com Leonardo, com a aparência preocupada.

— Boa noite, Miguel. Posso falar com minha esposa? — E fez menção de entrar, quando Miguel se colocou à sua frente.

— Não sei se ela deseja falar com você! Depois de tudo... — E se calou. Vê-lo naquelas condições o deixava satisfeito, tinha que admitir. Ele que sempre o julgava e condenava, mesmo sem se certificar de que as acusações eram fundamentadas na verdade, agora, estava recebendo o que merecia.

— Por favor, Miguel. Eu preciso conversar com Luciana! Tenho muito a esclarecer!

— Não creio que esclarecer seja a palavra mais adequada. — Um sorriso se delineou no rosto dele. Estava adorando vê-lo naquela condição!

— Se não quiser que eu entre, irei entender. Afinal, eu não tenho sido a pessoa mais amigável em nossos últimos encontros. Não sei se este é o momento, mas peço que me perdoe as palavras duras que tenho dirigido a você. Por favor, me desculpe!

— Engraçado, não sinto que esteja falando a verdade! Não confio em você! Principalmente, depois do que sei que fez. Ainda não entendo como teve coragem, envolvendo-se com gente da pior espécie. São essas as suas companhias? — Ele, agora, adentrava um terreno mais do que perigoso. Estava sendo sarcástico e cruel, assim como Leonardo o fora tantas vezes. Devolvia na mesma medida e se comprazia em vê-lo naquela condição deplorável.

— Miguel, por favor, não fale o que não sabe! — Sua postura se tornara imponente.

— Estou agindo como você sempre fez! Como é estar sendo massacrado? Quantas vezes tentei lhe explicar o que acontecia e você fez o quê? Me ignorou! Agora, quer minha complacência? Bem, ainda não aprendi essa lição. Sinto muito! E, por favor, ela não quer falar com você. Deixe-a em paz! — Neste momento, Luciana surgiu na sala e, com os olhos marejados, somente proferiu:

— Não desejo falar com você! Pelo menos, não hoje! Vá embora! E parem de falar alto, não quero que Artur saiba dessa discussão. — Leonardo tentou entrar, porém Miguel o impediu. Eles se entreolharam e a mesma animosidade ainda permanecia. Leonardo encarou Luciana com os olhos de súplica.

— Por favor, meu amor, precisa me ouvir. É só o que lhe peço. Tudo foi uma armação. Nada disso aconteceu de fato. Me escute!

— Não pretendo escutar mais nada. Por favor, vá embora! Não quero saber de suas mentiras e artimanhas. Conheço você mais do que imagina. Certamente, irá me dobrar com seus argumentos lógicos e indiscutíveis. Me deixe em paz! — Virou-se e foi para dentro.

— Eu lhe disse que você iria experimentar o gosto amargo da derrota algum dia! Creio que esse dia chegou! — Havia um brilho no olhar de Miguel que perturbou Leonardo. Mostrava-se radiante perante a dor que ele experimentava. Como poderia ser tão insensível?

— Fale com ela, eu lhe peço. Preciso explicar o que aquilo significa — insistiu ele.

— Eu penso que ela já entendeu tudo, meu caro. Você a traiu e sua amante, da pior laia possível, decidiu terminar com seu casamento. Isso acontece todos os dias... — A ironia conduzia suas palavras e Miguel se deleitava com o sofrimento dele.

— Você é vingativo, Miguel. Tenho tanta pena de você! Conviveu com uma pessoa tão iluminada como Marina e não conseguiu aprender nada! Ela fez a escolha equivocada quando ficou com você! — Virou-se e foi embora, sem esperar que o outro retrucasse.

Essa era a maneira que encontrava de feri-lo. Sabia que falar de Marina o atormentava e aproveitava toda ocasião possível. E conseguia atingi-lo como desejava! Miguel fizera o mesmo com Leonardo, tentando perturbar seu casamento, alimentando em Luciana a mágoa e outras emoções inferiores. Leonardo nunca teria um aliado em Miguel, isso ficara claro há muito tempo. E o inverso, também, era verdadeiro.

Leonardo saiu de lá com o coração apertado, sentindo quanto mal estava causando a Luciana. Realmente, ela não merecia passar por isso. Sentiu-se um crápula por fazê-la sofrer dessa forma. Mas ela sequer se dispunha a ouvi-lo! Falaria com Carlos, ele precisava tentar dissuadi-la de sua decisão. E tudo era sua culpa! Como pudera ser tão estúpido a ponto de deixar-se enganar daquela forma? Nunca se perdoaria!

Miguel tinha razão em tripudiá-lo, acusando-o de ser leviano e canalha. Era assim que ele se sentia! Não sabia o que fazer, nem para onde ir. Sua vontade era deitar e dormir até que tudo se resolvesse. Seu telefone tocou e viu que se tratava de Tavares. Contou-lhe tudo que acontecera e o outro recomendou que ele tivesse mais cautela ainda. Enviaria uma equipe para cuidar de Luciana e que ele fosse para seu apartamento.

— O senhor deve ter notado que o homem não está brincando. Tentará uma ofensiva e precisamos antecipar seus movimentos. Sinto muito o que está acontecendo com sua vida pessoal, porém creio que tudo seja passível de ser devidamente esclarecido. No entanto, sinto lhe dizer que isso está só começando. Quanto tempo ainda necessita para finalizar sua avaliação?

— Estou nas considerações finais e creio que o desfecho não será satisfatório para eles. Haverá mais problemas em minha vida? Acredita que possam divulgar essas fotos e causar-me problemas com meus superiores?

— É uma possibilidade que não podemos descartar, doutor Leonardo. Aliás, eles são capazes de tudo! O senhor já teve uma prova disso. Eles não estão acostumados a ter inimigos que os confrontem e o senhor já deve estar na lista negra deles. Cuidaremos de sua segurança e da sua esposa, porém termine logo seu trabalho. É o que eu recomendo. Faça a denúncia e aguarde as possíveis represálias. Por hora, vá para casa e descanse.

Leonardo, ainda no carro, partiu em direção a seu apartamento. Viu o veículo que saiu logo atrás, deduzindo se tratar de sua segurança. Não suportava mais essa vida nada privada, tendo pessoas observando-o todo o tempo. Na verdade, parecia ele ser o criminoso e não aquele que era objeto do processo. Sentiu o peso do mundo sob seus ombros e dirigiu para casa.

Em seu apartamento, Miguel experimentava mais uma vez a dor do remorso! Leonardo sabia como feri-lo, falando de Marina. Quando aceitaria que ela o escolhera? Por que o provocava dessa forma? Já não se casara com Luciana? Certo era que ele não merecia nenhuma das duas, com seus atos escusos e indignos!

Novamente, a saudade assomava, dilacerando seu coração. Sua vontade era fugir da realidade, o que sempre conseguia com um estímulo extra. Olhou as bebidas ao canto e foi direto ao seu encontro. Enquanto ingeria um copo de uma só vez, Luciana entrou na sala e olhou-o com pesar.

— Se fazendo isso eu esquecesse meu sofrimento, me uniria a você. Mas sabe que nada vai se alterar com essa atitude! — As palavras dela o tocaram profundamente.

— Ele sabe como me atingir! Sempre foi assim! Conhece meus pontos fracos! Por que ele insiste em falar de Marina e suas escolhas? — As lágrimas vertiam de forma incontida.

— Você disse tudo! Ele sabe como atingi-lo e você permite! Minha irmã o amava e isso é que deve prevalecer em seu coração. Se Leonardo se ressente das escolhas dela, não é problema seu. Vocês dois a disputaram em algum momento? —

Luciana jamais adentrara nesse assunto tão íntimo, mas, desde que ele iniciara, queria saber mais. Uma vez questionara a irmã e ela lhe dissera que Miguel era a pessoa com quem passaria sua vida. Só não sabia que seria tão curta!

— Leonardo a apresentou para mim e, quando nos encontramos, tive a certeza de que ela era a mulher que estava esperando. Foi algo inesperado e tão intenso! — Um sorriso triste se delineou em seu rosto. — Amei demais sua irmã, quero que saiba disso. Não me despedir dela corrói meu coração. Não poderia imaginar que isso fosse acontecer. Foi ela que insistiu para que eu viajasse!

— Não precisa se justificar, Miguel. Eu acompanhei tudo o que aconteceu. Marina me disse que essa viagem era muito importante para você e que já adiara inúmeras vezes. Você a conhecia tanto quanto eu, sabe como ela era capaz de nos convencer de qualquer coisa apenas com algumas palavras. — Seus olhos ficaram marejados. — Mas não respondeu a minha pergunta.

— Não sei se posso chamar de disputa, mas creio que isso tenha acontecido de alguma forma. Leonardo sempre foi reservado e pouco falava acerca de seus sentimentos. Lembro que, quando comecei a namorá-la, nossa amizade estremeceu e nunca mais foi a mesma. Eu desconhecia que ele gostava de Marina até aquele dia... — E se calou. Não apreciava recordar aquela discussão em que ambos disseram coisas que jamais se deve falar a alguém. Foi quando ele, realmente, conheceu o amigo e tudo o que ele represava em seu coração.

— O que aconteceu naquele dia? — Luciana insistiu.

— Nós dois bebemos demais e dissemos coisas que não deveríamos expressar. Mas foi quando senti que eu, provavelmente, tenha furado a fila, se é que me entende. Ele estava empenhado em conquistá-la e eu, simplesmente, apareci, conturbando tudo. Nunca saberemos o que teria acontecido, mas não creio que essa paixão juvenil tenha prevalecido. Tínhamos somente vinte e poucos anos, quando tudo parece definitivo em nossa vida. Contudo, naquele dia, percebi que havia perdido uma amizade. Nosso relacionamento nunca mais foi o mesmo! Aliás, desnecessário falar isso para você, que tem testemunhado tudo o que ocorreu ao longo desses anos. Parece que ele me odeia!

— A mesma coisa ele pensa a seu respeito, Miguel. Creio que um dia terão de resolver essas pendências, pois a vida é curta e não podemos partir deixando coisas para solucionar depois. A isso minha doutrina denomina obsessão. Vocês dois se perseguem desde já, posso imaginar o que acontecerá quando um de vocês partir! — Miguel olhou curioso para Luciana, tentando entender a que ela se referia.

— Você está dizendo que, mesmo depois de morto, podemos continuar perseguindo alguém de que não gostamos ou tenhamos algum ressentimento? — Ele estremeceu, lembrando-se subitamente dos pesadelos dos últimos meses, inclusive da preocupação de Artur quanto a um ser que lhe desejava fazer mal.

— Infelizmente, sim. Nossos atos definem nossas escolhas. Somos responsáveis pelo bem que fazemos, como pelo mal também. Certamente que, ao longo das muitas encarnações, nem sempre realizamos somente boas ações. Fazemos muito mal, cometemos muitas infrações às leis divinas e adquirimos sérios débitos, que teremos de ressarcir em algum momento. Hoje, é nossa melhor oportunidade para isso! — Seus olhos brilhavam intensamente, transmitindo toda energia que ela trazia em seu íntimo.

— Pode, então, Artur estar certo no que se refere a seus temores? Ele diz que tem um homem que quer me fazer muito mal. Pensei que fosse uma invenção dele, que tem passado por momentos muito delicados desde que Marina se foi.

— Artur é um garoto especial e tem uma sensibilidade muito apurada. Em sua idade, digamos que isso é relativamente natural, pois ele ainda se mantém conectado à realidade espiritual de onde veio. Pode ter acesso a ela da mesma forma que temos com o que nos rodeia. As realidades material e espiritual são muito próximas, se é que me entende. Ele pode ver esse espírito próximo a você e se perturbar com ele. Não se esqueça de que Artur tem seis anos. Tudo é muito complicado, temos de convir.

— E como podemos afastar esses espíritos?

— Com nossas atitudes de humildade, compreensão e, principalmente, perdão. Eles foram magoados, maltratados, ou seja, todas as coisas que fizemos contra eles, e o intuito é o de nos ferir, sendo a vingança o seu foco. Querem que soframos, isso é o que os move. Escolhem a perseguição, acreditando que dessa maneira toda amargura que carregam em seu coração possa ser eliminada. Só que não é assim que acalmarão a dor, pois, após concretizarem seus planos maléficos, irão constatar que o sofrimento ainda persiste. O perdão é a única opção que libertará a ambos, pois dessa forma cada qual continuará a seguir o rumo de sua evolução. Desta vez, com o coração em paz. — Celia lá estava, inspirando-a a falar com tanta propriedade um assunto de máxima importância para Miguel: o perdão. Somente ele seria capaz de libertá-lo, fato que ainda desconhecia.

— É tudo muito complicado, Luciana. Mas, enfim, o que pretende me dizer é que eu e Leonardo precisamos acertar nossas diferenças nesta existência, certo?

— Exato — afirmou ela com um sorriso.

— Devo lembrá-la de que esse mesmo discurso pode ser aplicado a você! — expressou ele em tom solene. — Apesar de todos os problemas que eu e ele precisamos administrar, tenho de admitir um fato. Leonardo sempre foi íntegro com você. Eu saberia se ele tivesse agido mal em algum momento. Leonardo realmente procedeu dentro dos padrões de comportamento. E você o conhece tão bem quanto eu. Ele mencionou sobre uma armação, ou coisa assim. Creio que você deve pelo menos escutá-lo. Não daria esse conselho antes de conversarmos sobre perseguição e vingança. Mas acredito que isso seja algo muito complexo e precisamos estar atentos. — Encarou o copo ainda em sua mão e colocou-o sobre a mesa. — Todas as vezes que olho para a bebida, sinto como se alguém me dissesse: vá, encha a cara, esse é seu fraco, acabe com sua vida. Possivelmente, seja o que o tal homem deseja: acabar com minha vida por algo que eu deva ter cometido. Como não me lembro de nada, fica difícil.

— Peça perdão! Com tal ato, vai tocar o coração desse irmão, desde, é claro, que esse gesto seja sincero. Você não é mais o mesmo que era no passado.

Neste momento, ambos perceberam algo estranho no local. Uma energia intensa os envolveu e eles sentiram a tensão lá presente. Celia observava Pierre, porém ele não detectava sua presença, pois sua vibração de baixo teor não permitia.

— Você vai pagar muito caro por tudo que me fez! E não adianta buscar auxílio dessa tola que acredita na remissão de um pecador! Você continua o mesmo! Pode estar em um outro corpo, ter um novo nome, mas sua essência não se modificou: é um fraco, covarde, traidor! — E passou perto de Miguel, que estremeceu, ficando zonzo a ponto de precisar sentar-se. A sua palidez impressionou Luciana, que perguntou:

— O que aconteceu? Não parece bem! — E segurou suas mãos que estavam frias.

— Não sei, esse mal-estar tem ocorrido com frequência. Creio que terei de procurar um médico.

— Miguel, continua tomando aquele remédio? — A pergunta direta o perturbou. Claro que continuava, caso contrário não conseguiria realizar metade das tarefas que sua função exigia. Sabia não ser a melhor escolha, contudo era a única que tinha a sua frente. Sua mente sempre tão ágil parecia fraquejar nos últimos meses e o estimulante o auxiliava a manter-se alerta.

— Sim. — Foi o que ele respondeu. Não adiantava dar explicações.

— Não gostei do que acabei de ver e, se isso está se tornando frequente, precisa mesmo procurar um médico. É perigoso o uso constante desse recurso, deve fazer muito mal.

— Possivelmente, mas, no meu caso, faz um grande bem. Desde que Marina se foi, não sou mais igual ao que era antes. O meu rendimento decresceu e não consigo ter o mesmo desempenho. O projeto está em sua fase final. Até lá, tenho que dar tudo de mim. Quando isso finalizar, vou procurar um médico. Prometo!

— Não faça promessas que não irá cumprir. Eu o conheço, Miguel. Desejo apenas que se lembre de que Artur precisa de você. — Neste momento, o garoto entrou na sala.

— Papai, chega de trabalhar. Vamos ver um filme? Eu, você e tia Lu? — Olhou para a tia e perguntou: — Não ia fazer uma surpresa para o tio Leo? Ele vai ficar muito feliz!

— Amanhã farei a surpresa. Hoje ele está trabalhando e não quero importuná-lo.

— Então vamos assistir um filme? — O sorriso genuíno no rosto do garoto contaminou a todos, que não conseguiram recusar. Miguel lembrou-se da esposa e do seu sorriso cativante quando desejava alguma coisa. Os dois eram tão parecidos!

— Vamos, filho. Sua tia escolhe o filme!

— Tia Lu, quero algo divertido para afastar a tristeza de vocês dois. — O olhar profundo que ele ofertou sensibilizou a ambos. Como ele conhecia tudo?

— Eu escolho e o papai faz a pipoca. — O garoto deu uma gargalhada gostosa.

— Não, tia Lu, o papai não sabe fazer pipoca. É melhor você vir comigo e o papai escolhe o filme — disse ele puxando a mão da tia para a cozinha, enquanto Miguel e Luciana se sentiam mais relaxados. Definitivamente, Artur era um garoto especial!

Celia a tudo observava! A ideia do filme havia sido dela e Artur acatava com facilidade. Sabia que aquele local precisava ser higienizado, pois estava carregado de fluidos inferiores, tudo em função da presença de Pierre. Antes que o garoto pudesse percebê-lo, Celia o convidou a se retirar de lá.

— Sinto muito que até agora insista nesta conduta — expressou ela fazendo-se visível para Pierre.

— Vocês não me demoverão do propósito de vingança. Sei quem são! Posso não visualizar a todo instante, mas sei quando estão por perto. Você e Celine! Pena que ela se foi, agora tudo fica muito mais simples! Chegará o momento em que conseguirei dobrá-lo de tal forma que, mesmo com todas as suas súplicas, não o deixarei sair ileso. Ele me deve a vida! Por culpa dele tudo aquilo aconteceu!

— Tudo a que se refere foi obra sua, meu irmão. Sabiam que a situação estava por um fio e nem assim desistiram de suas ações. Sei que vai me dizer que ele é um traidor e possivelmente tenha razão, mas isso não tira a sua responsabilidade nisso tudo.

— Você sabe que ele poderia ter feito diferente, mas preferiu agir com intenções indignas o que o torna culpado! Não vou esquecer o que ele fez a todos nós...

CAPÍTULO 20

RETORNANDO AO PASSADO

François entrou em seu pequeno palácio próximo a Paris e perguntou ao filho Marcel:

— Onde está sua mãe?

Marcel era um jovem adolescente, na faixa dos treze anos. Estava debruçado sobre livros e levantou-se logo que o pai adentrou o salão.

— Boa tarde, meu pai. — O respeito e a formalidade imperavam na relação entre pai e filho.

François, um homem maduro com pouco mais de quarenta anos, tinha postura austera e a sobriedade era seu traço mais marcante. Esse nobre possuía muitas terras produtivas e explorava com taxas exorbitantes os camponeses que viviam à míngua com o pouco que lhes restava. Eram tempos difíceis, dizia François, e todos precisavam oferecer sua quota de sacrifício. A mesma abnegação, entretanto, ele sequer se dispunha a fazer. Herdara as terras dos pais e conseguira enriquecer ainda mais seus bolsos aumentando taxas, impondo aos explorados uma situação cada vez mais funesta. Aquele que não estava contente que se aventurasse a outras paragens, outras tarefas, pois a caridade não era sua palavra de ordem. Casara-se com a doce Celine, filha de um nobre. O pai de Celine praticamente a negociara em troca do pagamento de uma vultosa dívida. Foi um casamento como tantos outros, em meio à crise que se instalara na França.

Celine era bem mais jovem que o esposo, porém aceitara o matrimônio imposto pelo pai, para que ele pudesse sair da bancarrota que o rondava. François, apesar da postura rígida e inflexível, nutria reais sentimentos pela esposa, fazendo todos os seus caprichos. O filho Marcel nasceu meses após o enlace, tornando-o um homem pleno e realizado. A diferença de idade entre eles, no entanto, era motivo de intenso ciúme. Celine era uma exuberante mulher, vivendo reclusa em seu lar, por insistência do zeloso marido. Com exceção dos passeios efetuados ao lado do esposo, sua vida se resumia a cuidar do filho, que já não lhe solicitava mais tanta atenção. Desejava outro filho, porém não conseguira mais engravidar após a gestação de Marcel. Sua amiga e confidente era Nicole, sua aia, que a acompanhara desde que se casara. Uma profunda amizade selava o relacionamento entre as duas mulheres.

François era muito próximo à realeza, tendo acesso livre ao castelo do monarca e seus súditos mais leais. Tinha grande ascendência sobre nobres influentes nas decisões de porte, e os tempos atuais requeriam que todos aqueles que desejassem manter o estado ora vigente estivessem atentos a qualquer manifestação contrária à monarquia. E ele assim conduzia sua vida, observando qualquer fato que pudesse contribuir para que sua reputação cada vez mais se solidificasse. Acabara de retornar de uma reunião no palácio real e inquirira o filho a respeito da esposa.

— Ela está passeando pela propriedade, meu pai — disse o jovem que não gostava da expressão que ele ostentava. Alguma coisa não estava bem, pensava ele. A mãe lhe pedira que mantivesse sigilo sobre seu destino e ele obedecera. Mas a expressão grave do pai o orientava a permanecer em estado de alerta.

— Nicole a acompanhou? — perguntou o pai com desconfiança.

— Não sei, senhor. — Era mais conveniente manter-se fora da questão, para que a ira do pai não recaísse sobre ele.

Neste momento, Nicole, a aia de Celine, entrou na sala e proferiu:

— Madame foi somente dar um passeio, logo estará de volta. O senhor precisa de algo?

— Por que não a acompanhou? — inquiriu de forma ríspida.

— Ela avisou que não demoraria e estaria pelas redondezas. — A aia baixou a cabeça.

— Eu não lhe ordenei que não a deixasse um minuto sequer sozinha? — gritava com a serva, que já temia pelas consequências.

— Eu não sou sua prisioneira, meu esposo — enunciou Celine, adentrando a sala e ofertando um sorriso cativante ao marido. — Por que tanta preocupação?

— Celine, minha querida, os tempos são perigosos e não quero que nada lhe aconteça.

— O que tanto teme? Represálias por algo que anda praticando? — indagou ela, alfinetando o marido. Ela sabia que François estava mancomunado com aqueles que desejavam manter a situação dominante, tentando abafar rebeliões, oferecendo as cabeças de alguns líderes dos camponeses. — Eu tenho minha consciência em paz. E você? — Ela era direta.

François teria respondido no mesmo tom, se seu discurso fosse direcionado a qualquer outra pessoa que não fosse Celine, a amada companheira.

— Ora, querida, naturalmente que tenho a consciência em paz. Fico somente apreensivo com suas saídas. Quero preservá-la dos perigos que rondam a todos aqueles que, como eu, insistem em preservar as regras atuais. Existem muitos saqueadores, rebeldes de toda ordem, e você é uma donzela indefesa.

— Uma donzela, sim, indefesa, jamais. Eu não tenho medo, meu marido. E nunca faria qualquer coisa que pudesse comprometer minha segurança. Fui apenas visitar Augustine, a quem você conhece. Ela não nos enviou seus maravilhosos queijos e queria saber o que estava acontecendo. Mas já estou de volta. — Dirigiu-se até o esposo e o beijou recatadamente no rosto. Suas feições descontraíram e ele a abraçou.

— Sabe o quanto a amo e não suportaria se algo lhe ocorresse. Da próxima vez, vá acompanhada de Nicole e Gaston. Já lhe disse, a situação anda muito delicada e algumas rebeliões ocorrem em terras de outros nobres muito próximos a nós. Paris está sendo severamente aviltada por essa corja de insatisfeitos. É inadmissível que esses revolucionários cheguem ao poder! Iremos impedir! — Seu semblante se tornou frio e as palavras cáusticas dominaram seu discurso inflamado.

— François, creio que não esteja entendendo a proposta desses que julga revolucionários. Você sempre viveu na pompa e na riqueza, desconhece a degradação humana em que vive a maioria da população. Sabia da condição deplorável de existência dos camponeses de suas próprias terras? A fome e a miséria imperam e muitos não conseguem sequer o mínimo para sua subsistência. Você ainda impõe a eles taxas cada dia mais exorbitantes. Não é isso que Deus espera de você!

— Ora, minha esposa está com a língua muito afiada. Deduzo que tenha estado a conversar com Pierre e seus mancomunados. Onde esse marginal se encontra? Preciso lhe falar! — Seu olhar se encheu de curiosidade.

— Para que possa entregar sua cabeça? Não creio que ele lhe conceda essa honra. — Ela ofereceu um sorriso franco. — Pierre pertence a sua família. Vocês são primos! Seria capaz de traí-lo? François, você precisa rever seus conceitos ultrapassados acerca dos valores que assimilou durante toda sua existência. A vida é muito mais que bens materiais, títulos, nobreza, influência. Seus pais eram mais generosos que você. Acredita que tudo o que hoje possui irá acompanhá-lo além-túmulo? Não, meu querido, tudo aqui permanecerá e só levará consigo todo bem que oferecer a seu próximo.

— Estou sentindo também a influência de frei Edmond. Ele tenta seduzi-la com palavras vãs acerca da nossa destinação. São ideias dele? Começo a ficar deveras preocupado com as suas companhias. Deve-me respeito e obediência. — Seus olhares se encontraram e ele se assustou com o que viu no olhar dela.

— Sou sua esposa, sim. Devo-lhe respeito, consideração, afeto e outras obrigações que me cabem. Porém não lhe devo obediência cega, pois meu pensamento não está atrelado ao seu. Sou livre para pensar e acreditar naquilo que minha consciência me orienta. Não posso ficar insensível e omissa perante tudo o que tenho visto, especialmente, dentro de nossas próprias propriedades. Frei Edmond e Pierre têm igualmente o direito de pensar com suas próprias cabeças e efetuar as escolhas que considerarem as mais adequadas. Nem você, nem ninguém, poderá obrigá-los a aceitar a realidade que se defronta. Contudo, se o tranquiliza, François, não tenho aptidão alguma para ser revolucionária ou me unir a esses grupos, por mais que os considere legais e dotados de intenções dignas e justas. Sou covarde, infelizmente. — E saiu da sala com os olhos marejados. Subiu as escadas e foi para seu quarto. Conseguiu ouvir a fúria do marido atirando um vaso ao chão.

— Meu pai, mamãe nunca irá fazer algo que o desabone ou o desmoralize. Ela apenas tem ideias próprias — expressou Marcel tentando apaziguar os ânimos.

— Volte a seus estudos e não desejo ouvir mais nada acerca do que aqui ocorreu. — Virou-se para Nicole e completou: — Não quero que esse assunto saia desta sala, compreendeu?

Em seguida, subiu as escadas e foi confrontar a esposa, não satisfeito com o discurso inflamado que ela acabara de proferir. Abriu a porta com ímpeto e assegurou:

— Não permito que me afronte perante meu filho e os empregados, ouviu bem? — afirmou ele segurando os braços dela com toda força.

Ela o encarou fixamente com seus profundos olhos verdes e expressou:

— Largue meus braços! — E com um safanão os retirou da pressão que ele exercia. — Não faça isso novamente! Já lhe falei, não lhe pertenço. Sou livre para pensar!

Ele se aproximou e disse com um sorriso sarcástico:

— Você sabe que não foi assim! Seu pai implorou para que eu pagasse suas dívidas! A única coisa que aceitei como barganha foi você. Então me pertence, sim! E fará tudo conforme minhas ordens! Está proibida de sair deste castelo sem minha orientação expressa! Não irá encontrar mais esse padre que coloca caraminholas na sua cabeça. Quanto a Pierre, ele que se cuide. Sua cabeça já está a prêmio e não me custa nada agilizar sua prisão. Porém ainda não é isso que desejo.

— Sou sua prisioneira? — inquiriu ela com coragem.

— Não, minha querida, mas tenho que preservá-la de você mesma. Estou cuidando para que esteja segura. Assim faria qualquer marido zeloso. Você está com ideias muito liberais e isso pode se tornar um problema nos tempos em que vivemos. Há espiões da corte por toda parte e podem confundi-la com esses que ora defende.

— François, como pode ser tão desprezível? — As lágrimas escorriam livremente por seu belo rosto. — Não vê que o caminho escolhido não trará a paz da sua consciência? Você está cada dia mais insensível ao sofrimento do povo, trata seu filho com rispidez e ausência de afeto. O que pretende? Afastar a todos do seu convívio? Somente se importa com o que poderá adquirir, conquistar, usufruir! Quando irá aprender o valor de um sentimento verdadeiro?

— Você diz isso? Já me falou inúmeras vezes que o que sente por mim é uma grande estima. Sabe que não é isso que desejo de você! Quero seu amor! — Seu olhar carregava profunda mágoa. — Será que algum dia irá me amar? — A pergunta direta a deixou sensibilizada. — Pois, até hoje, só recebi seu desprezo.

Celine se aproximou e tocou em seu rosto com delicadeza, encarando-o com tristeza.

— Me perdoe, François. Tenho muito afeto por você, respeito-o pelo valoroso homem que é, mas sabe que não o amo. Quando aceitou se casar comigo já sabia disso e outras coisas mais. No entanto submeteu-se as minhas condições, caso eu me tornasse sua esposa. Essas atitudes suas me fazem cada dia mais ficar distante de você. Eu sempre o admirei, o que sinto ser imprescindível num relacionamento! Contudo isso não está mais ocorrendo e sinto um vazio imenso em meu coração. Temos um filho maravilhoso que o ama e respeita acima de tudo. Entretanto isso parece pouco importar para você. Ele está sempre a rastejar por um elogio seu, uma palavra carinhosa, um gesto de amor. Por que é assim tão inflexível em demonstrar seus reais sentimentos? Por que reluta tanto em admitir que a vida é dinâmica, que os valores que ora te dirigem podem estar em seu tempo de finalização? Coloque-se no lugar desses a quem chama de revolucionários e observe o que os motiva nessa luta tão desigual! O que pretendem obter com isso? Meu querido, eles somente desejam ser respeitados e tratados com dignidade. Nada mais! Por que isso o fere tanto? Por que os julga tão destituídos de razão? Não sou partidária de derramamento de sangue e nunca iria compactuar com quem acredita que essa é a única maneira de obter alguma coisa. As guerras até hoje só causaram sofrimento, desarmonia, miséria. Acho que tudo pode ser resolvido com palavras. É nisso em que acredito e, se você ainda crê em minha capacidade de discernimento, pare de tentar me manipular. É o que lhe peço! Já lhe disse que não farei nada que possa constrangê-lo.

Jurei fidelidade a você quando nos casamos e tem sido assim desde então. Ou tem alguma dúvida disso? — Novamente, seus olhares se cruzaram e havia tanta sinceridade nela, que num ímpeto ele a abraçou.

— Me perdoe, meu amor! Tenho tanto medo de perdê-la. Sabe os motivos dessa minha insegurança.

— Jamais seria capaz de qualquer atitude que o colocasse em situação constrangedora, pois o respeito acima de tudo. Porém suas ações nesses últimos meses têm me mostrado uma outra faceta sua que desconhecia. Não sabia que a ganância o acompanhava. Já conseguiu manter sua fortuna, com suas mãos enérgicas e hábeis, por que insiste em ganhar cada vez mais, submetendo seus trabalhadores a tal escravidão? Sim, o regime se assemelha à escravidão.

— Se eu não agisse dessa forma que tanto reprova, não estaríamos na condição em que nos encontramos. Os tempos são difíceis, sabe disso. Não ganhamos tanto quanto no passado. Assim preciso agir para que nosso patrimônio se mantenha. Faço isso por você e Marcel. — Ao falar o nome do filho, as palavras saíram engasgadas.

— Você faz isso por mim e seu filho? — Ela o encarou com doçura no olhar. — Ele é seu filho que o ama mais do que tudo. Nunca duvide de seu amor. O que fez por mim, nunca esquecerei. E espero que cumpra com sua palavra até o fim dos meus dias. — Desta vez, era ela que falava baixinho, como se assim seu segredo fosse preservado.

— Nunca a trairia, Celine. Mas sinto não termos tido o nosso filho. — Havia mágoa em suas palavras.

— Marcel é e sempre será nosso filho! — Ela foi até ele e o abraçou. — Conseguiu ser tão generoso naquela ocasião, por que esse sentimento não está mais presente?

— Sabe que fiz tudo aquilo porque a amava. Faria qualquer coisa para tê-la em meus braços. Tinha consciência de que seu coração pertencia a outro, mesmo assim nutria esperança de conquistá-la no decorrer dos anos. Mas isso nunca aconteceu. — Celine viu os olhos do esposo marejados e a culpa assomou.

— Não mandamos em nosso coração, François. Sou sua esposa e sempre serei. Gosto de você, sou sua amiga e confidente, quero a sua felicidade mais do que tudo, isso não é suficiente? — perguntou ela, timidamente.

— Não para mim! — respondeu ele de forma lacônica.

— Sinto muito decepcioná-lo, sabe o quanto sou sincera. Poderia enganá-lo, mas não aceitaria viver uma mentira, especialmente com aquele que tanto fez por mim.

— É isso que me faz a cada dia me apaixonar mais por você. Sua honestidade pode me ferir falando a verdade, mas, por outro lado, me tranquiliza, pois sei que nunca faria algo que comprometesse essa confiança.

— Insisto que me perdoe, mais uma vez.

— Sabe que nunca a julguei em seus atos. Com relação ao que está ocorrendo, peço que me compreenda. Tenho muitos interesses a zelar e não permitirei que tudo isso me seja retirado. Não posso perder o que já conquistei.

Celine achou melhor dar por encerrada a discussão, que ficaria acalorada novamente e nada obteria. Mas surpreendeu-se com o que ele lhe disse:

— O que conhece das ações de Pierre? Sua situação está crítica e seus discursos perturbam a muitos. Sabe onde ele está escondido? Nós crescemos juntos, fomos amigos por tanto tempo, só agora me dei conta de que ele pode ser entregue a qualquer momento. Não o vejo há meses e nosso último encontro não foi muito cordial, se assim posso dizer. Ele e suas ideias revolucionárias!

— Ideias inovadoras para muitos e, simultaneamente, trazem em seu cerne conceitos que não deveriam ter sido desprezados por tanto tempo, pois se constituem regras que a civilização nunca poderia esquecer-se de preservar. Na verdade, um conceito de cidadania, em que o respeito aos direitos do indivíduo deveria ser resguardado a qualquer custo. Toda criatura merece viver em condições de igualdade perante seu próximo. Não é a quantidade de moedas em nossos cofres, não é a cor da nossa pele, não é a condição social que irão definir quem somos em essência. Somos todos iguais perante Deus e assim deveria ser perante nosso monarca.

François jamais ouvira a esposa falar de um assunto com tamanha propriedade e sentiu o quanto a desconhecia, mesmo após anos de convivência. Era uma mulher de um coração puro, sincero e generoso, aliado a um senso de justiça como nunca havia visto. Como ela tivera acesso a todas essas ideias? Pensou em Pierre, o idealista que desprezou sua condição de nobreza para seguir seus amigos revolucionários, lutando por uma causa que julgava justa. Seu coração estremeceu só de imaginar se algum dos espiões que o rei determinou que se infiltrassem nesses movimentos, com o intuito de conhecer seus líderes, pudesse ouvir sua pregação. Ela seria presa como rebelde e traidora do rei!

— Sabe onde posso encontrá-lo? — indagou François.

— Você vai denunciá-lo? — Suas feições se contraíram. — Seria capaz disso?

— Gostaria de conversar com ele e quem sabe demovê-lo dessas ideias rebeldes.

— Não perca seu tempo, pois ele está convicto de que faz a coisa certa — acrescentou ela com o coração acelerado. Seria ele capaz de tão sórdido gesto? A dúvida pairou.

— Mesmo assim, gostaria de falar-lhe. Tenho meus informantes e posso descobrir a qualquer momento o local onde ele se refugiou. Mas se tem conhecimento de seu paradeiro, eu lhe peço que me diga. Se ele tiver a mesma capacidade de convencimento que você acabou de demonstrar com suas ideias, então o perigo ainda é maior do que supunha. Assim que descobrirem onde ele está, será preso e condenado. Sua cabeça está a prêmio e a um valor considerável. Sei que o respeita e admira, peço que o ajude.

Celine ficou pensativa por alguns instantes e, após muito refletir, disse:

— De modo algum esconderia alguma coisa de você, pois sou leal e verdadeira. Sabe que ele é muito importante ao movimento e sua prisão seria uma tragédia. Posso confiar que somente estará lá como seu primo zeloso?

— Naturalmente que sim! Você irá comigo. Não a colocaria em perigo!

Celine desceu e falou com Nicole por alguns momentos. Em seguida, a aia saiu. François acompanhou a movimentação das duas mulheres e perguntou à esposa, logo que a aia a deixou:

— Há quanto tempo estão envolvidas com esse movimento? — A questão direta a desconcertou. — Tudo isso ocorria bem debaixo do meu nariz?

— Não se aborreça, François. Somente expanda sua capacidade de percepção do mundo à sua volta. Existe muito mais do que julga conhecer! Não quero que faça nada contra Nicole, que apenas me fazia companhia nessas reuniões secretas.

— Isso é muito injusto, Celine. Sabia que eu estava do outro lado dessa luta, mesmo assim decidiu seguir sua consciência, ficando contra mim. — Sua voz era um sussurro.

— Não existem lados, meu querido. Apenas um: aquilo que é certo e justo!

CAPÍTULO 21
FATÍDICA DECISÃO

— Infelizmente, não é assim que as coisas são consideradas, Celine. Se você acoberta esse movimento, será tão rebelde quanto todos eles. Isso serve para mim. Percebeu a situação complicada em que nos meteu? Não pensou que poderia ser prejudicial aos meus negócios? Cogitou pensar que colocava a vida de todos em risco? — As palavras diretas e contundentes a deixaram perturbada. — Tudo isso é muito sério e complexo. Temos que pensar na segurança de vocês em primeiro lugar.

— O que pensa fazer? — Suas feições estavam contraídas.

— Nada, por enquanto. Preciso falar com Pierre o mais rápido possível. Pedirei que se afaste desta propriedade, pois poderá comprometer vocês dois. O rei está sendo implacável, porém quem mais me preocupa são aqueles que estão perdendo privilégios, ou teme que assim aconteça. Estão furiosos com os movimentos e o julgamento está sendo imediato, com a morte já determinada. Você e Marcel correm perigo. Vou enviá-los para a casa de meus pais, assim estarão distantes desse tumulto.

— Vamos encontrar com Pierre primeiramente. Nicole foi avisá-lo sobre seu pedido. Espero que ele aceite se encontrar com você. Aguardemos!

Naquela noite, o encontro foi providenciado e, em lugar seguro, os dois primos se reencontraram. Pierre estava mais magro e seu olhar, ainda mais desafiante. Os dois apertaram as mãos e Pierre disse com sarcasmo:

— Muito me estranhou você desejar conversar comigo. Nunca me deu ouvidos.

— Sua situação é crítica, Pierre. Toda corte sabe acerca de seus discursos inflamados e carregados de ódio por tudo o que hoje representa o nosso sistema.

— E você, o que deseja que eu faça? Que me amedronte ou me submeta a esses déspotas? Eu jamais faria isso. Quer que me afaste de suas terras? Um pedido a ser considerado levando-se em conta que Celine pode correr perigo. Tem uma mulher admirável ao seu lado, de uma fibra inquebrantável. Pena que não possa participar ativamente de nosso grupo. Ela só nos fornece os recursos de que precisamos para manter nossa chama acesa. Tem cuidado de nossas mulheres e crianças, como faria ao próprio filho. Quando vinha nos visitar, trazia as informações de que necessitávamos para não deixar nosso movimento à míngua. Mas reconheço que, a cada dia, o clima se torna mais sombrio e carregado. Estamos somente aguardando a chegada de um novo membro e, então, decidiremos nossas próximas ações. Ele estava fora do país e acaba de retornar, trazendo ânimo novo ao movimento. Posso dizer que é um membro de peso, reconhecidamente um idealista e abastado, o que torna tudo mais fácil.

— Eu o conheço? — indagou François.

E antes que Pierre respondesse, o novo membro entrou na pequena cabana, com um sorriso capaz de iluminar tudo a sua volta.

— Veja com seus próprios olhos — respondeu Pierre.

Quando François e Celine se viraram, depararam-se com um rosto familiar, cujo semblante nenhum deles poderia esquecer. A mulher sentiu as pernas bambearem e François a segurou com firmeza, antes que ela desfalecesse. O visitante os encarava com atenção e curiosidade.

— Celine? É você mesma? — Foi a primeira coisa que conseguiu balbuciar. Viu que ela estava acompanhada de outro homem, que lhe parecia conhecido, porém não se lembrava de quem se tratava.

François estendeu a mão em gesto cordial e proferiu:

— Há muito não visita nossa região, Patric. Por onde andava? — questionou, tentando manter o controle da delicada situação.

— Meus pais me enviaram para um lugar distante, com o intuito de acalmar meus ânimos, porém eles se expandiram ainda mais. Nada se modificou em todos esses anos e creio que o momento seja de luta. Mas o que fazem aqui? Compartilham dos nossos ideais?

— Não, Patric. Celine é só uma colaboradora e seu esposo, caso não saiba, é meu primo François, dono de todas estas terras. Lembra-se deles?

Era nítido o incômodo que Patric experimentava. Celine, seu grande amor, estava à sua frente e sentiu que todo o tempo que estivera fora não fora capaz de arrefecer a paixão que sentia. Aproximou-se de Celine e olhou fixamente para ela. A chama não se apagara, porém nenhum deles poderia denunciar a emoção ora reinante. Cumprimentou-a com um aceno de cabeça.

— Continua exatamente como há pouco mais de treze anos, Celine. O tempo lhe foi grande aliado. Como está? — E virou-se para François, sentindo a tensão que ele irradiava. — Sua esposa é uma velha amiga. E, pelo que Pierre acabou de relatar, uma pessoa inteligente, partidária da nossa causa.

— Uma causa que eu não professo e é sobre isso que aqui venho lhes falar. Peço que procurem um novo local distante daqui para suas reuniões ou seja lá como a denominam. Não compactuo com vocês os mesmos ideais e penso que a cautela, se não os acompanha ainda, deva ser objeto de suas preocupações. Pierre, não quero que sua vida acabe de forma funesta e imploro que reavalie suas condutas.

— Entendo sua preocupação, solicito somente alguns dias para que possamos encontrar um lugar seguro. Agora, com a presença de Patric, creio que nos organizaremos de forma mais hábil. Celine, agradeço todo auxílio que nos ofereceu. — Percebeu a palidez que ela ostentava e perguntou: — Está tudo bem?

— Sim, apenas uma vertigem, mas já vai passar. Desejo que seu caminho seja iluminado, meu bom amigo. — E o abraçou. Olhou para Patric e expressou: — Cuide-se também, Patric. Os tempos estão sendo muito difíceis, espero que tenha conhecimento de tudo antes de abraçar essa causa. — Virou-se para o marido e disse: — Creio que já deu seu recado a Pierre. Podemos ir?

— Pierre, não poderei interferir por você caso a situação se complique. Recomendo que tome cuidado com elementos estranhos à causa nas reuniões do grupo. São espiões que se infiltram com a finalidade de expor todos vocês. Como já lhe falei, está tudo muito complicado. Teremos tempestades pelo caminho. Cuide-se! — Novo aperto de mãos e, com um aceno a Patric, ambos deixaram a pequena cabana bem escondida e distante da movimentação de pessoas, e que servia de abrigo a Pierre.

O caminho de volta para casa foi silencioso. Celine parecia em choque pelo encontro inesperado, que lhe trouxe lembranças que há muito tentara sepultar. Já no quarto, François não se conteve.

— Você ainda não o esqueceu? — A esposa torcia as mãos em desassossego. — Vi os olhares que trocaram. — Ela baixou a cabeça, mas ele sabia que as lágrimas estavam presentes.

— Nunca imaginei um dia revê-lo. Foi só a surpresa do reencontro — expressou ela já altiva, tentando manter o controle da situação. — Não se preocupe, François.

— Naturalmente que devo me preocupar! — afirmou ele já exasperado. — Um fantasma que sempre assombrou nossa relação, agora, reaparece e você pede para não me preocupar? O que pensa que eu sou, Celine? Sou um homem torturado que não conseguiu que sua esposa o amasse como desejaria e, de repente, seu grande amor volta e conturba de novo seu coração. Por que ele voltou? — Sua voz já estava alterada e trêmula.

— Por favor, François, esqueça-o, eu lhe peço. Jamais irá acontecer nada entre nós novamente. Não confia em mim? Ele logo terá partido como da outra vez, sem se preocupar com o que aqui deixará. — A dor estava em cada palavra que ela pronunciava.

— Ele a deixou naquela situação há treze anos. Nunca se dignou a lhe escrever ou dar notícias! Foi sórdido demais com você! Como consegue manter a chama do amor tão viva em seu coração? Eu vi os olhares que trocaram! Não sou tolo, Celine.

— Pare com essa tortura, François. Ele não me terá novamente, se é isso que tanto o atemoriza. Você é meu marido! — disse ela segurando sua mão.

— E se ele quiser reaver o tempo perdido?

— O tempo que se perdeu nunca terá volta, querido. — A insegurança que ele portava a deixava extremamente sensibilizada. — Vamos dormir. Amanhã será um novo dia.

Celine não conseguiu dormir um instante sequer! Pensava em Patric, seu grande amor, que a abandonara com um filho na barriga! Não teria ele lido a carta que ela lhe enviara relatando toda a situação? Por que ele foi embora sem ao menos se despedir ou mesmo sem uma explicação? Isso a perturbara todos esses anos, porém o amor falou mais alto e, ao vê-lo, todas as desilusões pareciam ter se extinguido, como num passe de mágica. Ele estava à sua frente com o mesmo sorriso encantador e sedutor de anos atrás. Sua vontade era correr e abraçá-lo, mas isso jamais aconteceria. François não merecia essa vileza! Nunca soube notícias dele até aquele dia e sua vida seguira em frente!

Na manhã seguinte, ela e Nicole foram dar um passeio pelas redondezas, sem perceber que François as acompanhava à distância. Ele temia que Patric a procurasse e isso não iria permitir. Perto da cabana da noite anterior, as duas mulheres foram surpreendidas pela presença inesperada de Patric.

— Precisamos conversar, Celine — expressou ele colocando-se à frente dela. Nicole não sabia o que fazer e inquiriu a ama com um olhar.

— Fique por perto, minha amiga. Creio que essa conversa seja inevitável. — Quando ela se distanciou um pouco, Celine olhou o homem à sua frente, que seria pouco mais velho que ela, ostentando uma jovialidade que lhe conferia mais juventude. — Por que você foi embora sem sequer se dignar a falar comigo? Não recebeu minha carta? — Patric lhe enviou um olhar confuso.

— Que carta? Eu mandei-lhe um recado dizendo que meu pai insistiu para que eu fosse estudar fora do país. Não recebeu meu bilhete? — Desta vez, foi ela que ficou atônita.

Uma sucessão de eventos desastrosos impediu-os de se encontrarem. Quem estaria por trás disso, nunca saberiam. Talvez, a família dele que se opunha ao relacionamento entre eles, ou quem sabe seu pai, temeroso pelo envolvimento com um rapaz idealista, perturbador da ordem e dos valores? Quem saberia? O fato era que o desencontro ocorreu, causando mágoas e ressentimentos de ambos os lados. Ele nem tomara conhecimento, então, da sua gravidez! As lágrimas vertiam incontidas e Celine não sabia se, agora, valeria contar sobre Marcel. Não, o tempo deles passara, mesmo que o amor ainda imperasse. Com o coração dilacerado, sabia que nada que fizesse naquele instante alteraria o rumo de sua vida. Era uma mulher casada, um fato inquestionável. Nada mudaria isso!

— Celine, os desencontros nos afastaram por treze anos, mas podemos retomar de onde paramos. Jamais amei alguém como você! E ao seu lado neste momento, parece que o tempo parou, pois tudo está como antes. Fique comigo! Fujamos juntos! Merecemos a felicidade. Não vá me dizer que não me ama, pois seu olhar diz que sim! — E, de súbito, ele se aproximou dela tentando beijá-la, porém ela se afastou, por maior que fosse o sacrifício desse gesto.

— Não, Patric. Não podemos retomar de onde paramos. Isso não é mais possível! Eu segui com minha vida e você deveria ter seguido com a sua.

— Mas e o amor que nos une? O que fazer com ele? Simplesmente ignorar que ele não está presente? Agora, que eu a reencontrei, não posso deixá-la ir embora novamente. — A aflição o consumia e estava à beira das lágrimas.

— Pare com isso! Não se torture mais, Patric. Nosso tempo já passou e tem consciência disso. Não podemos fingir que nada aconteceu todos esses anos. Eu tenho um casamento a zelar, um filho para criar, não posso simplesmente largar tudo em nome de um amor do passado. Não posso, querido! Por mais doloroso que isso seja para mim, tenho de seguir com minha vida.

— Deixando seu grande amor para trás? — insistiu ele.

— Não, esse amor sempre estará comigo, pois assim tem sido todos esses anos. Mas não sou capaz de acompanhar seus passos. Siga o seu caminho e seguirei o meu. É só isso que temos em nossas mãos hoje. Adeus, meu querido. — Havia tanta dor em seu coração, que ela apenas levantou-se e seguiu seu caminho com as lágrimas embalando seus passos. Não olhou para trás, não quis se despedir dele mais uma vez.

Ao longe, François observava a cena que se desenrolava com o coração em total descompasso. O ciúme o corroía por dentro e a simples possibilidade de Celine e Patric ficarem juntos o transtornava. Patric não a tiraria dele! Não, isso jamais aconteceria. E tomou sua decisão. Aquela que seria a causadora de todo o sofrimento desta e das vidas subsequentes. Quando nosso orgulho fala mais alto, abafando nossos princípios éticos e morais, as consequências são lastimáveis.

François caminhou de volta para seu castelo com a mente em ebulição, arquitetando um plano infalível que separasse definitivamente o casal apaixonado, desconhecendo que Celine já tomara sua decisão. Encontrou-a no quarto e disse:

— Creio ser melhor que você e Marcel saiam deste lugar até que tudo se acalme.

— Tem certeza de que será necessário? Estamos seguros aqui — proferiu ela enfática.

— Sei o que estou fazendo. Prezo a segurança de vocês mais do que tudo nesta vida. Fiquem fora algumas semanas e, depois, envio Gaston para buscá-los. Eu lhe peço! Permita que eu siga meus instintos que ora me alertam sobre a necessidade de se precaverem. — A súplica no olhar do esposo a comoveu e ela concordou em partir naquele mesmo dia.

Afastar-se de todas as recordações de seu passado se tornava a atitude mais louvável no momento. Seria salutar esse afastamento, colocando em ordem as emoções desconexas que insistiam em dominá-la. François estava agindo com bom senso, pensou ela. O que não imaginava era o plano pérfido que o animava, desde que a vira conversando com Patric.

No meio da tarde, Celine, Nicole e Marcel partiram de lá com destino ao castelo dos pais de François. As despedidas foram breves, afinal, seria por poucos dias. O suficiente para colocar seu plano em ação.

Três dias depois da partida de Celine, Pierre, Patric e outros membros do grupo foram presos e, após o julgamento sumário, condenados à morte.

No julgamento, Pierre pôde comprovar quem o delatara e seu coração se encheu de ódio contra aquele que agira dessa forma. Encarou François assim que a sentença havia sido decretada e disse-lhe:

— Você não só traiu a mim e a meu grupo, mas foi capaz de trair tudo aquilo em que Celine acreditou. Ela nunca irá perdoá-lo!

— Ela saberá apenas o que eu quiser que saiba! — retrucou François com sarcasmo.

— Era somente a mim que desejava destilar seu veneno? Ou estava temeroso de perder sua esposa para outro homem? — provocou ele no mesmo tom, demonstrando que tinha conhecimento do caso do passado.

Patric estava ao lado ouvindo tudo. Encarou François com pena e expressou:

— Foi uma atitude desnecessária, pois Celine já tomou sua decisão. Você é digno de piedade! Comprometer uma causa nobre e justa por interesses pessoais e mesquinhos. Que Deus possa um dia perdoá-lo! — Neste momento, os guardas se aproximaram e o conduziram para seu destino.

Pierre, ao passar por François, completou com a ira estampada no olhar.

— Vou persegui-lo por toda eternidade! Pode apostar que um dia eu me vingarei de tudo o que foi capaz de praticar! — E foi levado também.

François sentiu uma fisgada em seu peito, denunciando todo mal-estar que estava sentindo após as despedidas funestas e carregadas de ódio.

A sentença foi consumada na manhã fria do dia seguinte. Pierre, Patric e outros membros tiveram suas vidas ceifadas pela ação desprezível de François.

Uma semana depois, Celine e Marcel retornaram de sua viagem e a recepção não foi calorosa como ela esperava. François estava com as feições sérias, denunciando que algo acontecera em sua ausência.

— O que aconteceu, meu marido? — indagou ela com a expressão preocupada.

— O grupo de Pierre foi descoberto! Foram todos julgados e condenados à morte. — Ele trazia o semblante carregado e havia um sentimento confuso que ela não conseguira decifrar.

— Todos foram mortos? — questionou ela lívida.

— Sim. Todo o grupo. — Em seguida, baixou a cabeça para não denunciar seu desconforto.

Celine sentou-se e assim permaneceu. Não sabia o que pensar, nem tampouco o que dizer, mas seu coração gritava dentro do peito. Uma dor profunda assomou e as lágrimas verteram de forma incontida.

— Sinto lhe dar essa trágica notícia, mas as notícias correm e logo teria acesso a essa informação.

— Como isso aconteceu? — Foi só o que conseguiu dizer.

— Alguém os denunciou e isso já era esperado. Por isso pedi a Pierre que fosse cuidadoso e refreasse seus ânimos, sendo mais cauteloso em suas ações. Porém ele não me deu ouvidos. — Neste momento, Celine o encarou e fez a pergunta cuja resposta ela já conhecia:

— A denúncia partiu de você? Por favor, François, preciso saber toda a verdade. Foi capaz desse gesto abominável? O que pretendia com isso? — Ele nada respondia. Ela foi até ele e começou a bater em seu peito com toda fúria. — Como teve coragem? Você é um crápula, um ser desprezível!

— Você está assim em função da morte de seu amado? Pois foi exatamente por causa dele que agi dessa forma! Quer ouvir toda a verdade? Então saiba que fiz isso por ciúme, por me sentir desprezado por você, por saber que nunca irá me amar como o amou! Sim, sou um ser miserável, capaz desse ato tão vil, traindo Pierre e seu grupo por me sentir rejeitado por você! — Ele gritava a altos brados em completo descontrole. Marcel nada entendia daquela conversa e percebeu que havia muita coisa que ele desconhecia acerca de seus pais. Ficou parado onde estava, até que Nicole pegou sua mão com carinho:

— Deixe-os conversarem, Marcel. Vamos sair daqui!

— E se meu pai fizer algo contra minha mãe? — Trazia o temor em seu rosto juvenil.

— Seu pai a ama e jamais faria qualquer coisa contra ela. Confie em mim! — E saíram da sala, deixando o casal resolvendo suas pendências.

Celine nunca sentiu tanta dor em seu peito. Olhava o marido em total desequilíbrio, entendendo suas razões mesquinhas. Ele agira para se preservar, apenas isso. No entanto comprometera tantas vidas com essa atitude! Como fora capaz?

— Me perdoe, eu lhe peço! Depois que os delatei, percebi o absurdo de meu gesto, mas já era tarde para voltar atrás! Não me odeie, por favor! Não conseguirei viver sem seu perdão! Eu a amo mais que a minha própria vida. Não sei como fui capaz disso. Foi num impulso! O medo de te perder! Vi vocês dois juntos naquela manhã e entrei em desespero! Tente me entender!

— Naquela manhã, eu disse a Patric que nada mais seria como antes. Que eu tinha um casamento, um filho com meu esposo e não abriria mão de tudo por um amor juvenil. Jamais trairia você, François. Não havia necessidade de ter feito isso!

CAPÍTULO 22

LIÇÃO APRENDIDA

François sentou-se e seu olhar perdeu-se no vazio. Sentiu naquele momento que cometera o maior erro de toda sua vida. Celine não o perdoaria por seu gesto impetuoso, causando a morte de tantos inocentes. Ele não confiara em sua fidelidade! No entanto, quando ele os viu juntos, o temor de perdê-la conduziu suas ações.

— Você vai me perdoar algum dia? — perguntou ele com a voz baixa.

— Não sou eu que tenho de perdoá-lo! Nada cometeu contra mim, meu querido! — Ela não mais continha as lágrimas. — Peça perdão a Deus!

— Ele não irá me absolver por tudo que fiz! E você?

— Preciso pensar! — Subiu lentamente as escadas e foi para seu quarto. E a partir daquele dia, seu olhar se entristeceu, permanecia reclusa a maior parte do tempo, sem disposição para nada, até que adoeceu meses depois.

François presenciava a vida da amada se esvaindo e sabia que era o responsável. Tentou de tudo para trazê-la de volta à vida, oferecendo todos os estímulos possíveis, mas ela se entregou passivamente ao seu destino.

Nicole acompanhou todo o sofrimento que a família vivenciou por meses a fio, sem conseguir que a amiga dileta combatesse o desânimo que a dominava. Nem o filho amado era incentivo para que a vida pulsasse novamente em seu corpo.

O médico saiu do quarto e chamou o esposo para conversar. A situação dela era crítica e ela não mais reagia aos medicamentos. Celine partiria nas próximas horas. O desespero acometeu François, que chorava inconsolavelmente. Marcel se aproximou dele e o abraçou. Nada mais poderia ser feito. O garoto ainda não compreendia por que tal tragédia se abateu sobre eles.

— Meu pai, faça alguma coisa. Não podemos perdê-la! Não a deixe partir! — E abraçava fortemente o pai. Essa súplica o feria como se uma adaga entrasse em seu corpo, dilacerando seu coração. Ele era o único responsável por essa fatalidade!

— Acalme-se, meu filho. Não há mais nada que possamos fazer. Seu corpo não mais reage à medicação alguma. Fiquemos ao lado dela!

Nicole velava o sono de Celine, que permanecia a maior parte do tempo nessa condição. Quando pai e filho entraram, ela ajeitou os travesseiros da amiga e sussurrou algo em seu ouvido. Celine abriu os olhos, viu os dois homens à sua frente e esboçou um sorriso.

— Meu filho querido, não chore, eu lhe peço. A morte é uma separação provisória, já conversamos sobre isso. Um dia, iremos nos reencontrar. Imagine que farei uma longa viagem para um país distante e não sei quando irei retornar. — Cada palavra era acompanhada de uma pausa. — Faça isso por mim, seja feliz!

Cuide de seu pai, ele precisa muito de você. — E direcionou o olhar para François. — Prometa que terá uma vida repleta de muitas alegrias!

— Prometo, minha mãe. Devo, então, dizer até breve? — perguntou o garoto com as lágrimas escorrendo por seu rosto, segurando a mão da mãe com todo carinho.

— Sim, querido! Até breve! Nós nos veremos de novo algum dia! — Ele a abraçou e chorou toda a dor que seu coração represava. — Posso falar com seu pai? — O garoto sorriu e saiu do quarto, acompanhado de Nicole.

— François, aproxime-se. — Ele estava distante, num choro convulsivo. — Pare com isso, dê-me sua mão. O que eu disse a Marcel se aplica a você também. Será uma separação provisória, apenas isso. Não quero que pense que desejei que fosse assim. Simplesmente, tinha que ser dessa forma. A doença do meu coração atingiu meu corpo e não soube lidar com isso. É minha a responsabilidade, não sua. Uma tristeza imensa se apoderou de mim e não soube expulsá-la de meu íntimo. Me perdoe!

— Eu sou culpado por tudo que está acontecendo. Se não tivesse feito o que fiz, você estaria saudável e feliz ao nosso lado. Algum dia irá me perdoar? — A súplica estava em suas palavras.

— Já lhe disse meses atrás que nada tenho a perdoar. É você quem mais está sofrendo pelo que fez. O remorso dilacera nosso coração e lamento que você tenha que conviver com esse sentimento todos os dias de sua vida. Não o culpo por ser inseguro, duvidar de suas potencialidades, não confiando em sua própria capacidade de amar. Lamento tanto por você! A paz somente retornará a sua vida quando conseguir se libertar dessa culpa que o corrói.

— Nunca terei paz! Sonho todos os dias com Pierre e ele jura vingança, dizendo que irá me perseguir por toda eternidade! — Sua voz era um sussurro.

— Não acredite nisso, François. Ele somente ficará ao seu lado se você permitir que a culpa acompanhe os seus passos. Mas, neste momento, sou eu que quero lhe pedir perdão. Será que algum dia irá me perdoar por nunca o ter amado como desejaria? Lamento tanto não o ter feito feliz! Me perdoa? — Sua voz estava cada vez mais fraca. François segurava a mão dela e a beijou com ternura.

— Sabe que eu sempre a amei e, mesmo quando partir, nunca deixarei de amá-la! E quem ama não precisa perdoar! Que mal você fez? Nunca conheci uma mulher mais digna, reta, nobre e generosa. Fui muito feliz ao seu lado, quero que saiba! E nada tenho de perdoá-la, meu amor. Um dia nos reencontraremos, como disse a Marcel? — Uma esperança brilhou em seu olhar.

— Acredito que nada finaliza com a morte deste corpo físico. Deve haver muito mais! Nosso espírito é eterno e sobrevive, mantendo sua essência, seus conhecimentos, todo aprendizado adquirido e um dia retornará numa nova roupagem carnal. É nisso que creio e, portanto, não tenho medo do que irá acontecer quando daqui partir. — Um sorriso radiante emoldurou seu rosto.

— Se nos reencontrarmos em outra vida, em outro corpo, como você acredita, prometa que, desta vez, irá me amar? — A pergunta a sensibilizou.

— Prometo, meu querido. Só peço que reconsidere suas condutas. Você sabe a que me refiro. O orgulho o fez tomar decisões equivocadas até então, porém sempre é tempo de reescrever sua história, refazendo seus passos. Faça isso por mim. E cuide de nosso filho, ele também precisa muito de seu amor.

— Prometo que farei tudo diferente. Lamento que não possa ver esse novo homem! Não estará mais aqui ao meu lado. — E a abraçou com todo amor. — Fique comigo! Preciso tanto de você! Não sei o que será de minha vida sem a sua presença amorosa! Não me deixe, meu amor! — Percebeu que seu corpo foi se soltando de seu abraço e pousou-a delicadamente na cama. Chamou por ela, mas sentiu que a vida já se extinguira.

Deitou-se ao seu lado e chorou como nunca fizera em toda sua existência.

Marcel ouviu o choro convulsivo do pai e entrou no quarto, abraçando a mãe, que mais parecia dormir profundamente. Suas feições estavam serenas e mesmo a palidez intensa não foi capaz de comprometer a beleza que seu rosto portava.

Pai e filho se abraçaram, chorando a partida prematura de Celine. Nicole acompanhou-os nessa tristeza. Ela permaneceu no castelo, mesmo após o desencarne de Celine. Marcel e François pediram que ela ficasse ao lado deles, pois, juntos, seria mais fácil a superação da tragédia que se abatera sobre eles.

E conforme prometera a Celine em seu leito de morte, François pautou sua vida em condutas dignas, permeadas de generosidade, justiça, compreensão. De forma discreta, passou a financiar os grupos partidários dos ideais nobres de liberdade, igualdade e fraternidade, tudo em que Celine, realmente, acreditava. Tornou-se um pai amoroso, companheiro e jamais contou a Marcel que ele não era seu filho. Havia feito uma promessa e não iria descumpri-la até o dia em que partisse ao encontro de Celine! Tentou se redimir perante seus graves erros, no entanto a culpa sempre o acompanhou. E a paz que tanto ansiou nunca foi sua companheira. Era perseguido por Pierre, que clamava vingança e o atormentava todos os momentos. François rendeu-se à bebida, pensando assim fugir ao assédio implacável de seu obsessor, porém isso só o instigava cada vez mais. Marcel ainda jovem passou a cuidar dos negócios do pai, por insistência dele, que já não mais pensava com clareza e discernimento. Até que François adoeceu alguns anos depois, finalizando sua existência dez anos após a morte da esposa.

Em seu leito de morte, a tortura em que vivia se intensificou, com Pierre ameaçando aguardá-lo quando desta vida se despedisse. O temor se instalou em seu íntimo e não mais dormia, receoso do que poderia lhe acontecer. Marcel e Nicole não sabiam o que fazer perante tal situação, rendendo-se à oração que acalma e fortalece, único recurso que tinham em mãos para aplacar toda a dor que vivenciavam.

Numa manhã cinzenta e fria, François chamou os dois. Estranhamente, estava sereno, com o semblante em paz, e expressou:

— Minha amiga Nicole, vou partir em breve e peço que continue ao lado de meu filho, que a vida colocou em meu caminho como um filho dileto do coração. Quando eu partir, conte-lhe a história de nossas vidas. Celine avisou que virá me buscar em breve e não tenho mais medo do que irá me acontecer. Ao lado dela, tudo será mais tranquilo. Assim ela me revelou. Agradeço tudo o que fez por nossa família e será recompensada por isso.

— O senhor não me deve nada — disse Nicole com os olhos marejados. — Vocês se tornaram a minha família e os amo com todo meu coração.

— Eu sei que seu sentimento é verdadeiro e agradeço sua dedicação a todos nós. — Olhou o filho, já um homem feito com vinte e três anos, que se mostrava confuso com as palavras do pai. Possivelmente, ele estivesse delirando. O que aquelas palavras significavam? Sonhara com a mãe também, e ela o avisara sobre a partida do pai, mas que estaria ao seu lado quando isso ocorresse. — Marcel, meu filho amado, não partirei desta vida sem lhe contar um segredo que me corrói por dentro. Mesmo não sendo meu filho pelo sangue, o é pelo coração. Jamais imaginei que pudesse amá-lo tanto e, agora, acredito nas palavras de sua mãe. Os verdadeiros afetos nem sempre são constituídos pelos laços consanguíneos. A mais pura verdade! É o meu filho querido, o maior amigo que pude ter em minha miserável existência. Sei que me ama verdadeiramente, aceitando-me como sou, essa criatura imperfeita, capaz de tantos gestos ignóbeis. Esse é o amor sincero e incondicional! Peço que nos perdoe por nunca lhe ter revelado isso! Continue a ser esse homem exemplar que hoje é! Me perdoe se não correspondi ao que esperava de um pai! Mas posso afirmar que fiz o meu melhor, meu filho! — Estendeu os braços e Marcel o acolheu amorosamente em seu peito.

— Eu o amo, meu pai. Nada tenho a perdoá-lo! Você é meu pai! Isso me basta! — François ofereceu um sorriso carregado de gratidão. Olhou para o lado e sussurrou com a felicidade estampada:

— Celine está aqui! Ela veio! Como me prometeu! — Estendeu os braços para o vazio e, em seguida, cerrou os olhos, desta vez definitivamente nesta existência.

— Vamos, meu querido, eu te acompanharei! — Celine lá estava, amparada por companheiros espirituais que a auxiliariam no desligamento de François. Ela passou pelo filho e envolveu-o num abraço. — Fique em paz, meu filho querido! — Em seguida, envolveu a amiga Nicole. — Obrigada, minha irmã de coração! — Foi até François, que lhe sorria. — É hora de partir, ninguém lhe fará mal, se você não permitir. — Ela sabia que Pierre estava presente, porém sem conseguir ver as entidades espirituais que lá se encontravam. Apenas, gritava para o invisível:

— Ele é meu! Não sabem as coisas que ele foi capaz de fazer? Não merece ajuda! — François foi conduzido pelas mãos amorosas daqueles irmãos, deixando seu desafeto a bradar por justiça. — Vou persegui-lo até o fim dos meus dias! — disse isso e saiu de lá. O ambiente se pacificou, Marcel e Nicole se abraçaram, sentindo a dor da partida de François.

— Somos só nós dois agora! — expressou o jovem, chorando.

— Eu sempre estarei contigo, meu menino. — Nicole o abraçava com toda ternura.

Após o sepultamento, Marcel perguntou acerca das palavras do pai.

— É uma longa história... — E contou tudo o que Celine lhe confidenciara, com todos os detalhes que ela julgou necessários. Ao fim do relato, o jovem estava com os olhos marejados e compreendeu todas as palavras do pai.

— Nunca poderia imaginar uma história assim. Porém eu não julgarei os atos daqueles que me deram a vida e a oportunidade de aqui estar. Serei eternamente grato por tudo que me concederam, especialmente o amor que me acompanhou por toda esta existência. Onde todos estiverem, que possam também se perdoar e seguir em frente. François errou muito, no entanto fez tudo o que pôde para recompensar aqueles a quem feriu. Quanto ao meu pai de sangue, Patric, assim você disse que ele se chamava, espero um dia nos reencontrarmos para que eu possa, também, agradecê-lo por tudo. Mamãe me ensinou uma preciosa lição, a qual levarei comigo por todas as oportunidades que o Pai me conceder: "tudo é como deve ser, e se ainda não conseguimos compreender, sinal que temos muito a aprender". Peço a Deus que todos possam encontrar a paz de suas consciências e que o perdão os acompanhe. — Havia tanta luz em seu olhar que Nicole se comoveu. Marcel era um jovem muito especial, assim como Celine sempre lhe falou. Capaz de gestos de compreensão e perdão com tal naturalidade, o que demonstrava ser dotado de muita sensibilidade. Talvez, o mundo não o compreendesse e Nicole lá estaria para protegê-lo de toda maldade que ainda perdurava.

— Marcel querido, não poderia esperar outra atitude que não essa. Seus pais devem estar radiantes com o que você se tornou. Porém preciso adverti-lo de que as pessoas talvez não aceitem suas ideias e convicções. Cuide de seu falar e de seu agir. E saiba que estarei sempre ao seu lado. — Os dois se abraçaram, selando um pacto de amizade eterna.

Nicole, na vida atual, é a nossa querida Luciana, assim como Marcel é o pequeno Artur.

François reencarnou outras vezes, tentando aplacar a culpa que o dominava, nem sempre com êxito, e uma nova oportunidade lhe fora concedida, sendo Miguel nesta atual encarnação. Celine, a doce Marina, que novamente partiu precocemente, mas sempre conforme a programação escolhida, cumpriu sua promessa retornando ao lado de François, ou Miguel, e, desta vez, nutrindo um amor verdadeiro e sincero. Patric retornou como Leonardo, um jurista defensor da justiça e da verdade, tentando agora cumprir sua tarefa, fato que lhe foi impedido naquela ocasião. Talvez nesta oportunidade, Miguel e Leonardo possam compreender a intensa animosidade que os envolve, o que significa que ainda precisam exercitar com mais dedicação a lição inestimável do perdão, pois só assim se libertarão definitivamente do passado que os assombra. Já Pierre permanece no mundo espiritual após algumas experiências frustradas na matéria, trazendo o ódio e o desejo de vingança incrustados profundamente em seu coração. Continua assediando Miguel, julgando-o responsável pela sua desdita, coisa que se deve exclusivamente a ele, que não se dispôs a prosseguir sua jornada evolutiva. Efetuar uma nova escolha depende só dele!

Celia contemplava Pierre com o olhar triste. Ele se mantinha inflexível.

— François poderia ter feito diferente, mas preferiu agir com intenções indignas o que o torna culpado! Não esquecerei o que fez a todos nós...

— Ele tentou se redimir de seus erros, mesmo você não lhe dando chance de mostrar a transformação pela qual tanto ansiava. Você sabe que o prejudicou também!

— Ora, não me venha falar que sou responsável pelo desfecho daquela ocasião!

— Você nunca deixou de persegui-lo, comprometendo suas ações que poderiam ser mais efetivas. Sabe muito bem que tudo poderia ser diferente! — Havia força em suas palavras, porém ele parecia totalmente refratário aos apelos que Celia lhe fazia.

— Se ele é um imprestável, não tenho culpa alguma! A bebida sempre foi seu ponto fraco.

— E você se utilizou disso de forma covarde. Deixe-o em paz, Pierre. Faça isso por si mesmo e não por ele. Estamos aqui prontos a ampará-lo quando assim se dispuser. Mas peço que repense seus atos e deixe o garoto em paz. Que mal ele lhe fez?

— É defensor de François e, sendo assim, é meu inimigo também! — Seu olhar era carregado de fúria. — Acaso se esqueceu do que ele foi capaz? Sua traição pérfida me impediu de dar seguimento a uma causa nobre e justa! Estávamos prontos para o confronto! Patric nos trouxe os recursos de que não dispúnhamos anteriormente. Além de trair a mim e ao grupo, sei que ele fez tudo isso com objetivos mesquinhos. Foi um ato deplorável o qual culminou com o fim de nossa luta. E sabe que nos enfrentamos novamente em outros papéis, numa outra experiência carnal, em que ele foi capaz de comprometer, por sua fraqueza moral, todo um trabalho de anos.

— Você sempre está envolvido em conflitos, Pierre, procurando a força armada e a violência para resolvê-los. Ao contrário de Patric, que procura através da palavra, sua maior aliada, solucionar as questões que pareçam impossíveis. Ele conseguiu seguir em frente, perdoando François. Teve uma nova oportunidade de estarem próximos com o intuito de provarem que o perdão habita seus corações. — Neste momento, Pierre deu uma gargalhada.

— Não fale o que não sabe! Os dois ainda mantêm a chama da vingança acesa em seus corações. Ou não tem observado a conduta de Patric, ou Leonardo, hoje? Eu os acompanho a todo instante e, quando posso, faço-o lembrar-se de quem Miguel é em essência. Tenho obtido êxito ao despertar emoções que ele julgava sepultadas definitivamente. Ele está sendo um aliado de peso. Sabe por quê? Porque ainda não o perdoou por ter ficado com Celine, ou Marina. E Leonardo, hoje, sabe como feri-lo! O garoto é o elo entre eles, já que Marina também se foi.

— Você a respeitava tanto, Pierre! Na ocasião, Celine foi sua aliada e sabe disso! Compartilhava seus ideais e tudo fez para ajudá-lo enquanto pôde. Não a faça sofrer! — Neste instante, ele ficou confuso e pensativo. Mas durou pouco.

— Ela tem que seguir seu caminho! Não está mais aqui para defendê-lo!

— Deixe-os em paz! Eu lhe peço! O sofrimento que Miguel experimenta já é a punição por todos os seus débitos! — A palavra amorosa de Celia tocava seu coração, mas, até este momento, não estava pronto para esquecer o passado.

— Ainda é pouco perante o que ele merece! — E saiu de lá. Celia ficou pensativa, tentando encontrar uma forma de sensibilizá-lo, demovendo-o de sua vingança. Envolveu o ambiente em fluidos salutares e partiu.

Naquela noite, Miguel, Luciana e Artur assistiram a uma comédia infantil. Um bom programa para se distraírem dos inúmeros problemas que rondavam suas vidas.

Antes mesmo de terminar o filme, Artur adormeceu e os dois decidiram levá-lo para seu quarto. Miguel cobriu-o com todo carinho e apagou a luz.

Já na sala, os dois ficaram calados e foi ela quem quebrou o silêncio.

— Artur é um garoto apaixonante! Não sei o que seria de minha vida sem ele!

— Imagine, então, o que eu sinto! — Seus olhos ficaram marejados.

CAPÍTULO 23

REENCONTRO

— Você é um pai maravilhoso, Miguel — expressou ela, levantando-se e aproximando-se dele.

— Não sei se sou tudo isso, minha amiga. — Luciana estava tão próxima dele que podia sentir sua respiração. — Diz essas coisas porque gosta de mim.

— Muito mais do que imagina! — A proximidade com ele fez com que seu coração ficasse em descompasso. Ele era sua primeira paixão nesta vida e, agora, estavam frente a frente, desta vez sem impedimentos. Ela colocou a mão em seu rosto de forma suave e amorosa, sentindo que algo acontecera naquele momento.

Miguel, por sua vez, deixou que ela o acariciasse, sentindo o quanto precisava desse afeto. Porém, quando ela estava prestes a beijá-lo, ele segurou suas mãos, beijando-as com carinho.

— Sabe que essa seria uma vingança incontestável? Eu e você juntos! Seria tudo o que eu adoraria fazer, porém não posso, Luciana. Não está certo e não devo me aproveitar de você nesta condição. Está ferida, magoada, mas não é o que você quer fazer. Eu a conheço tão bem! — A jovem baixou o olhar e as lágrimas escorreram. Miguel levantou seu rosto com delicadeza e limpou cada uma delas. — Não faça isso, eu lhe peço. É Leonardo que você ama, não eu!

— Você sempre soube? — indagou ela com a expressão triste e cansada.

— Sim. E Marina também. A propósito, foi ela que um dia me contou sobre sua paixão de adolescência. Você sonhou com uma pessoa que jamais existiu. Lamento tanto que essa sensação tenha perturbado parte de sua vida. Nunca demonstrei nada que não fosse amizade. Aliás, jamais senti tanto carinho por alguém em minha vida como sinto por você. E é tudo o que posso lhe oferecer. Sinto muito! — Seu olhar estava límpido.

— Marina não está mais aqui! Por que não podemos tentar? — Havia tanta dor em seu olhar que o comoveu.

— Marina está aqui e sempre estará! Sinto-a todos os dias, todos os instantes, como se ela me observasse a todo momento. Nunca trairia sua memória.

— Ela se foi, Miguel. No tempo certo! Não a retenha por aqui, querido. Deixe-a seguir sua nova vida. Ela foi uma pessoa excepcional, contudo não está mais entre nós.

— Talvez para vocês! Para mim, ela está viva em minhas recordações. Você acredita que planejamos nos reencontrar com alguém e viver uma vida plena de amor? — Seus olhos estavam marejados.

— Sim, acredito — respondeu ela.

— Pois, então, foi isso que nos aconteceu. Quando a vi pela primeira vez, percebi que ela era a mulher que estaria ao meu lado para todo sempre. Infelizmente, foi por tão pouco tempo, mas sei que era o que precisava acontecer. Estava fadado! Fui tão feliz ao lado dela que não considero viver outro amor nesta existência. Me perdoe, minha amiga, não posso corresponder ao que espera de mim. Sinto muito! — As lágrimas escorriam por seu rosto. Desta vez, foi ela que se sensibilizou e o abraçou.

— Me perdoe, Miguel. Não queria colocá-lo nesta situação. Não sei o que deu em mim! Desculpe e esqueça tudo o que falei, eu lhe peço! Quero sua amizade, seu carinho, isso já me basta. Quem sabe, um dia, eu possa compreender tudo o que eu sinto em meu coração. Desejo tanto estar ao seu lado, perto de você e Artur. Sou uma idiota! Provavelmente, a vida não tenha me ensinado a aceitar as coisas como elas são e não como eu gostaria que fossem. — Ela estava envergonhada e queria sair daquela situação. — Acho melhor ir me deitar. Prometa que vai esquecer esta noite!

Ele a abraçou novamente e cochichou em seu ouvido:

— Nunca irei esquecer esta noite. Você é uma mulher maravilhosa e seria o homem mais feliz do mundo se a tivesse comigo. Mas não posso amá-la da forma que deseja.

— Eu sei e por isso estou pedindo desculpas. Por ser uma tola!

— Leonardo é um homem de sorte por tê-la ao seu lado. Sabe que o invejo? — brincou ele.

— Não sei se ele ainda me terá algum dia! Estou furiosa com ele!

— Mas precisa dar-lhe uma chance de se explicar — expressou ele pouco convicto.

— E você acha que aquilo tem explicação? Ora, seria uma perfeita idiota se aceitasse que se trata de uma armação. Tenho tanta raiva quando olho para aquelas fotos! Como ele pôde fazer isso comigo? Eu o odeio! — As lágrimas escorriam.

— Pare com isso, Luciana. Você pode até estar com raiva agora, mas vai passar. E quando perceber que está mais serena, converse com ele.

— Prefere que eu vá embora?

— Não, quero que você resolva essa pendência. Nada justifica sofrer assim! Esta casa é sua! Pode permanecer o tempo que desejar! Mas creio que ficar aqui não solucionará esse impasse.

E pare de ver essas fotos, eu lhe peço! Vamos dormir? — Ele pegou a mão dela e a beijou com carinho. — Sabe o que eu acho?

— O quê? — disse ela, oferecendo um tímido sorriso.

— Que você veio nesta vida para me acompanhar, estando sempre por perto, ofertando este carinho que ninguém me ofereceu de forma tão despojada! Você confundiu seus sentimentos, atribuindo a esse cuidado especial algo além do que uma amizade. Tenho a sensação de que nos conhecemos há tanto tempo e que você tem cuidado de mim, acolhendo-me em seus braços como faria a um irmão querido. Gosto muito de você!

As palavras doces tocaram o coração da jovem que pronunciou:

— Possivelmente, possa ter confundido as coisas em todos esses anos, mas sei que, em momento algum, deixarei você sozinho em sua vida. Amigos? — perguntou ela estendendo a mão com um sorriso radiante.

— Por toda a eternidade! — afirmou ele, sorrindo também.

A amizade é um sentimento que o tempo fortifica, deixando de lado interesses mesquinhos e superficiais. Moldada na fornalha do respeito mútuo, da sinceridade exigente, da cumplicidade solidária, solidifica-se. E suas raízes profundas penetram cada dia mais no solo fértil desses corações, unindo-os e fortalecendo-os, tornando-os a cada gesto mais fraternos, desejosos que a felicidade acompanhe a jornada de cada um. Era assim com Luciana e Miguel!

Em seu apartamento, Leonardo andava de um lado a outro, em total impaciência. Como permitiu que aquilo tivesse acontecido com ele? Por que se deixara engendrar naquela teia sórdida que eles haviam tecido de forma sutil e impactante? Sempre se julgara sagaz o suficiente para não ser envolvido nas pérfidas manipulações que seus réus poderiam lhe infligir! E caíra de forma magistral nas mãos deles! Num ímpeto de fúria, jogou tudo o que encontrou sobre sua mesa ao chão. A raiva estava impregnada em cada gesto seu e isso o corroía intimamente!

Passava das quatro horas da manhã quando conseguiu conciliar o sono, o que só foi possível pela exaustão em que se encontrava. A culpa o dilacerava e somente ele poderia resolver essa questão!

Assim que adormeceu, viu-se fora do corpo e uma voz tão conhecida lhe dizia:

— Venha comigo! — Ele se deixou conduzir por caminhos sombrios até que chegaram a um lugar em meio a natureza, onde pôde visualizar uma pequena construção. A porta estava entreaberta e eles adentraram o local. Foi quando ele avistou a figura radiante de Marina lhe sorrindo.

As lágrimas escorriam livremente e ele não sabia o que dizer perante ela.

— Meu querido, por que está se punindo tanto? — questionou ela com a voz macia, a mesma que Leonardo ouvira tantas vezes. — Aceite que ainda é uma criatura imperfeita, passível de erros. A sua desatenção lhe proporcionou essa áspera condição, que, no entanto, sabe que solucionará, desde que a sensatez volte a acompanhá-lo. Acalma teu coração em primeiro lugar!

— É você, Marina? Sinto tantas saudades suas! Parece tão viva! — A surpresa o dominava e ele a olhava com curiosidade.

— Não lhe disse inúmeras vezes que a morte não existe? Não da forma como sempre encarou, como o fim de tudo. É unicamente uma mudança de dimensão, se assim posso dizer. Permaneço a mesma, apenas não mais percebo os sintomas que antes me acometiam. Não possuo mais um corpo físico, denso, pois esse ficou aí, como bem observou. Mas continuo tão viva quanto antes e as emoções que me acompanham são as mesmas que conduziam minha existência terrena. — Seu olhar se entristeceu. — E por isso continuo a sofrer pelas condutas que vocês têm oferecido um ao outro. Quando vão seguir em frente, esquecendo o passado?

Leonardo se aproximou de Marina e pegou sua mão.

— Ele me impediu de tê-la comigo! Acha isso pouco significativo?

— Quem lhe disse que estava programado que ficássemos juntos nesta existência, meu querido? Tinha pendências a resolver e essa foi minha proposta: acompanhar Miguel e dar-lhe a oportunidade de aprender a amar verdadeiramente.

— Em detrimento do nosso amor? — A pergunta a fez sorrir.

— Um amor que, algum dia, iremos viver em sua plenitude, mas não era desta vez. Precisava estar ao lado dele por uma infinidade de razões. Você, no entanto, não aceitou minha escolha e decidiu manter essa mágoa em seu coração. Sofreu, fez Luciana sofrer e, caso não desperte para sua real condição, colocará toda sua programação em risco. É isso que pretende para sua vida? — Leonardo baixou o olhar refletindo nas palavras de Marina.

— E como fica nosso amor? Pendente? — A pergunta foi acompanhada de muita emoção.

— Sim, querido! Assim deve permanecer até que possamos dar continuidade a ele, desta vez sem nada que possa interferir. Já falamos tanto acerca disso e todos aceitamos a programação como forma de nos redimir de muitos de nossos equívocos.

— Ele foi mesquinho, capaz de fazer o que fez! — Seu olhar se endureceu.

— Todos nós erramos naquela ocasião. Como podemos nos outorgar juiz quando ainda carregamos tantos delitos a expiar? Acredita que está isento de julgamento, Leonardo? A vida nos ofereceu a oportunidade sublime de revermos nosso passado e refazer os caminhos que trilhamos de forma equivocada. Cada um de nós sabe o que fez e o que poderia ter realizado quando estávamos de posse da vida! Entretanto falhamos. E o desfecho daquela vida foi o que nos motivou a revermos nossas escolhas.

— Não foi só nessa vida que ele cometeu deslizes. E você ainda o acolheu com seu amor incondicional! Essa foi a maior tortura que pude vivenciar!

— A qual você poderia ter recusado e não o fez! Teve a chance de reencontrar Luciana e saldar os débitos que tinha com ela. E sabe a que me refiro, meu caro! — Leonardo, naquele instante, teve acesso a outra encarnação e pôde visualizar cenas que pareciam estar já sepultadas. Suas feições se contraíram e ele deu um suspiro profundo.

— E ela, mesmo assim, aceitou vir ao meu lado? — Foi-lhe mostrado uma encarnação seguida daquela, em que ambos foram casados e ele a tratou com desprezo, arrogância, numa ausência total de afeto e amor. Era um casamento de conveniência, mas a esposa, Luciana na atual encarnação, nutria reais sentimentos por ele. Teve uma vida de total infelicidade, entretanto ela jamais se revoltou, aceitando sua destinação com resignação. Já ele falhou em sua proposta, que era a de rever suas emoções conturbadas, modificando seu padrão mental.

— Luciana é um espírito dotado de uma generosidade infinita e aceita cada oportunidade de redenção com garra e entusiasmo. Concordou em estar ao seu lado novamente. Esta seria a grande chance de você restituir-lhe a confiança. Parece, no entanto, que não é isso que está ocorrendo com vocês. — Marina o encarava fixamente e acrescentou: — Não sabe que esta é a oportunidade de refazer seu caminho, para que possa construir uma nova estrada, quando, talvez, possamos seguir juntos? Isso irá depender das escolhas que fizer nesta encarnação. Pense em tudo que conversamos, querido. Ela merece a felicidade plena que só você poderá lhe proporcionar. Ainda tem dúvida?

— Sabe que não é bem assim! Minha situação está crítica e, talvez, ela não me perdoe pelo sofrimento que estou lhe causando. — A dor estava em seu olhar.

— Ora, Leonardo, vai depender somente de você encontrar o momento e as palavras corretas. Luciana é generosa e compreensiva, qualidades que estão sedimentadas no solo fértil de seu coração. Aguarde a ocasião certa! Quanto a Miguel, se já o perdoou como preconizou, não pode agir dessa maneira descabida e cruel com ele. As lições que ele precisa aprender não são fáceis, porém, necessárias. Não seja seu antagonista, mas seu amigo. Ele ainda não se perdoou por tudo o que fez quando o ciúme assumiu as condutas de sua existência anterior. O autoperdão, provavelmente, seja uma das lições mais complexas, pois implica em assumir a própria imperfeição, a mesma que foi capaz de conduzir a tantos equívocos e injustiças. Ele tentou pautar aquela vida em ações mais justas, mesmo Pierre o assediando de forma implacável. E essa perseguição ainda persiste, infelizmente. Ele não aceita que Miguel, ou François, possa ter se modificado ao longo das sucessivas encarnações. E você? — Leonardo permaneceu calado. Não sabia a resposta! A dúvida imperava.

— Meu querido, faça o seu melhor e isso já será garantia de um futuro promissor. E lembre-se de que não podemos ser juízes de ninguém, pois essa condição pertence somente ao Pai Maior. Não leve sua profissão ao patamar de julgamentos inapropriados acerca de pessoas que, assim como nós, trazem incrustados em seu íntimo a culpa por seus atos equivocados. Julgue apenas você e faça as alterações necessárias em sua própria conduta, também maculada por erros. Agora, precisa voltar a sua vida. — Um sorriso radiante emoldurava seu semblante angelical.

— Vou me lembrar de tudo o que conversamos? — indagou ele com os olhos marejados.

— Possivelmente fragmentos, mas o suficiente para que a esperança o conduza daqui para frente.

— Iremos nos ver novamente? Tenho tantas saudades!

— Transforme esse sentimento em algo que consiga frutificar em ações nobres e generosas. Luciana é sua companheira e ela necessita de você, assim como você dela. Que ela possa se conscientizar disso. Faça-a feliz! — Não houve tempo para mais nada, pois, em questão de segundos, ele foi reconduzido ao seu corpo, despertando subitamente.

Leonardo olhou ao redor e reparou que estava em seu quarto. Conseguia sentir o perfume suave em que Marina estava envolta e as lágrimas fluíram de forma incontida. Ele sonhara com ela! O que desejava dizer a ele? Tudo parecia confuso, porém tinha a nítida sensação de que ela lhe falara sobre esperança, confiança e amor. O semblante triste de Luciana surgiu em sua tela mental, sentindo a culpa por tudo o que ela sofria, em decorrência da sordidez daqueles crápulas. Precisava fazer algo para que tudo fosse esclarecido. Levantou-se e foi até a janela, abrindo-a e permitindo que os raios do sol pudessem lhe proporcionar as energias necessárias. Conforme a luz adentrava seu quarto, tocando seu corpo, sentiu uma vitalidade que há muito não experimentava. Decidiu que faria tudo para que Luciana voltasse para casa. A primeira providência que fez foi ligar para o desembargador, deixando-o a par dos últimos acontecimentos. O silêncio perdurava no outro lado da linha e ele disse após alguns instantes.

— Creio que isso lhe seja favorável, Leonardo — declarou ele, confiante.

— Como isso pode ser favorável? — A dúvida o deixou atônito.

— Deixe que eles pensem que Luciana o deixou. Isso pode representar a segurança dela.

— Não entendi!

— Ora, Leonardo, analise com frieza e objetividade. Ela está sendo vigiada a todo instante pelo que sabemos. Luciana não será mais objeto de perseguição, pois já o deixou, em função das fotos que lhe foram apresentadas. Deixe-a na casa de Miguel, lá estará em segurança. E não a procure nos próximos dias. Falarei com ela, explicando-lhe que tudo faz parte de um plano. Se o que eles pretendiam era intimidá-lo, conseguiram mais do que isso e Luciana será inútil aos prováveis planos sinistros que estejam arquitetando. A todos que o acompanham, deve dizer, se questionado naturalmente, que estão separados. É uma maneira de preservar Luciana. Vamos aproveitar as cartas que eles colocaram na mesa. Deixe tudo como está.

— Ela continuará a pensar que aquilo realmente aconteceu? — Havia tensão em suas palavras.

— Para todos os efeitos, sim. Eles terão de encontrar algo mais poderoso para atingi-lo do que essas simples e malfeitas fotografias. Já as observou com atenção?

— Não tive esse desprazer.

— Pois deveria, Leonardo. Em todas elas, você parece alheio ao que está acontecendo, o que já suscita a dúvida de uma possível fraude. Não creio que eles queiram divulgar esse trabalho asqueroso a quem quer que seja. Vamos, anime-se. Creio que eles tentaram algo contra você, mas, talvez, não surta o efeito esperado. Faça o seu trabalho, finalize sua avaliação, continue firme e convicto de seu papel como representante da lei. Tem minha total anuência para qualquer ação que queira instalar. Deixe Luciana comigo. Ela irá compreender que tudo não passou de uma ignóbil armação contra você.

— Acredita que ela irá me perdoar?

— Pare com lamúrias, está mais parecendo um adolescente que foi flagrado em seus desvarios juvenis. Luciana é uma mulher sensata antes de tudo. Com certeza, as fotos lhe causaram um profundo desgosto, acreditando que se tratava de uma traição. Provavelmente, isso demonstre o quanto ela o ama, Leonardo. Sei que sempre teve suas dúvidas acerca desse amor e, por esse motivo, tenha essa reação contra Miguel. Meu filho, nada passa despercebido em minha família. Posso até parecer uma pessoa desligada desses problemas, mas conheço minhas meninas melhor do que elas possam imaginar. As relações entre vocês quatro sempre foram carregadas de uma tensão velada, porém irradiava com toda força, apontando e clareando cada emoção lá instalada. Marina escolheu Miguel, que, por sua vez, era desejado por Luciana, que se casou com você, que amava Marina. Tudo complexo demais para um grupo tão pequeno. Percebo que a paz nunca esteve presente em seu coração, mas temos de respeitar as escolhas que os outros fazem, mesmo que não sejam aquelas que nós tanto desejamos. Miguel e Marina se amaram demais e sou testemunha desse amor. Quanto a você e Luciana, observo que cada um vive numa relação desejando outra. Pode imaginar o que isso representa para quem está de fora desse relacionamento? Por diversas vezes, questionei Luciana a seu respeito e ela disse que o amava da forma que sabia amá-lo. Provavelmente, ela queria dizer que o amava não como Marina o faria, simplesmente porque ela não era a irmã. E posso assegurar que, talvez, ela jamais pudesse imaginar o tamanho do seu amor por Marina quando se decidiu a caminhar contigo. Porém sua constante provocação a Miguel durante esses anos, certamente, a fez refletir sobre isso. Garanto, no entanto, que Luciana o ama mais do que ela imagina. Miguel nunca corresponderá ao que ela sonhou no passado. Creio que tudo que estou falando seja de seu inteiro conhecimento, pois sei que Marina conversou com você antes de morrer. — O silêncio se instalou entre eles. — Também sei o que ela lhe disse antes de ser sedada. — Leonardo agradeceu que Carlos não estivesse ao seu lado, pois veria a emoção instalada em seu olhar. — Não quero reviver toda dor novamente, mas ela lhe pediu algo. Você está cumprindo com sua palavra? — As lágrimas, neste momento, escorriam livremente e Leonardo não sabia o que responder ao velho amigo. Não, ele não estava cumprindo o que prometera, continuando com sua implacável perseguição a Miguel e fazendo a esposa sofrer.

CAPÍTULO 24

CONVERSA INTELIGENTE

Um novo silêncio se instalou entre eles, durando alguns instantes.

— Me perdoe, Leonardo, falar essas coisas pelo telefone. Há muito desejo ter uma conversa com você, mas acabo adiando. Assim que você saiu do quarto de Marina, em total desolação, ela me chamou e conversamos alguns preciosos minutos, os últimos em que esteve lúcida. Não sabe o tamanho do amor que eu tenho pelas meninas e passar por aquilo foi a pior coisa que poderia acontecer. Ver a vida dela esvaindo por meus dedos, sem que nada pudesse fazer para impedir, me transtornou e não consegui contar a ninguém o teor de nossa conversa. Nunca imaginei tamanha coragem frente a um momento derradeiro, mas essa era minha filha do coração. — A emoção, agora, o contagiara também. — Em poucas palavras, ela falou com tal propriedade sobre as ações futuras, deixando ao meu encargo a responsabilidade de zelar por vocês três, os amores de sua vida: Miguel, Artur e você. Foi tão direta, sucinta e objetiva, como nunca imaginei que ela pudesse ser. Seu tempo era escasso e ela tinha pleno conhecimento disso. Uma coragem digna dos fortes!

Fez uma pausa e, em seguida, retomou:

— Sabia de todos os pormenores acerca desse triângulo e que Artur seria a ligação amorosa que uniria vocês. Ela confiava em que ele conseguiria remover todos os empecilhos para estabelecer a paz definitiva em seus corações. Com a ausência dela, vocês teriam que se unir. Porém não foi exatamente o que aconteceu e não por influência de Artur, mas pela falta de tolerância que, ainda, habita seus corações. O que ocorre com você é prova de que não está caminhando conforme deveria. Os entraves em seu percurso são para lhe mostrar que algo precisa ser revisto com a máxima urgência, caso contrário teremos, ao término dessa contenda, não apenas Artur infeliz, mas todos vocês. Meu menino não merece isso! Ele é um anjo enviado por Deus para nos trazer alegria, paz no coração e esperança no porvir. Pense sob essa ótica, Leonardo. Deixe seu orgulho de lado e lembre-se de que é tão falível quanto Miguel, ficando assim impossibilitado de efetuar qualquer tipo de julgamento. Quanto a Miguel, ele também precisa retemperar suas ações, lembrando-se de que existe um tesouro ao seu lado, necessitando ser zelado com todo empenho. Ora, vocês dois me enervam, sabia? — O desabafo de Carlos era mais do que uma reprimenda direta, tornou-se uma advertência quanto ao que poderia acontecer com o neto, caso eles persistissem nessa perseguição descabida.

Leonardo estava sem palavras! Carlos havia sido contundente demais, mas merecia aquela reprimenda por todas as ações cometidas! Sentiu-se um completo idiota, mais uma vez!

— Não sei o que dizer, a não ser pedir perdão por tudo que eu tenho feito desde que Marina se foi. Esqueci-me completamente de tudo o que ela havia me solicitado. Pensei somente em minha própria dor, deixando de lado a promessa que lhe fiz. Como pude ser tão egoísta? Não podia imaginar que você tinha conhecimento de tudo! — Pensou em quanto ele havia magoado Luciana, mesmo sem ela perceber. Sentiu-se enjoado e profundamente incomodado.

— Peço que me perdoe também. Não tinha o direito de lhe falar todas essas coisas. Estou muito preocupado com vocês e espero que consiga se harmonizar intimamente, para que possa, ao menos, cumprir a promessa que fez a minha Marina. Ela lhe pediu tão pouco! — O remorso acometeu Leonardo, cujas lágrimas vertiam de forma incontida. — Quanto a Luciana, vou falar com ela. E siga nosso plano, que acredito ser a melhor saída no momento. Se eles ligarem novamente, diga que, agora, não se renderá a eles, afinal, já perdeu a esposa. Amanhã nos falamos melhor. Hoje é domingo e Silvia não aprecia conversas profissionais. — Deu uma risada e completou: — Enfim, é ela quem manda em casa.

— Dê um beijo nela por mim! Até amanhã! Fale com Luciana, por favor.

— Já lhe disse que o faria. Um bom domingo, meu filho! — E desligou.

Leonardo estava inconsolável após a conversa com Carlos. Comeu qualquer coisa e pensou em correr um pouco para aliviar a tensão que o dominava. Definitivamente, não era isso que esperava para sua vida!

Enquanto isso, Carlos tentou falar com a sobrinha durante todo o dia, mas ela não atendeu a suas ligações. Sabia o que ele pretendia e sempre se rendia perante seus argumentos. Desta vez, isso não iria acontecer! Eles conheceriam a nova Luciana que acabara de nascer!

A semana se iniciou com muito trabalho...

Leonardo e Carlos conversaram acerca das estratégias a serem utilizadas no fechamento do caso em questão. O jovem juiz sentia a ausência da esposa, mas ela estava relutante em ouvi-lo, tampouco ao tio. Continuava no apartamento de Miguel, para a curiosidade de Artur.

— Tia Lu, não acha que essa surpresa está demorando muito? Tio Leo deve estar preocupado com você! — A ingenuidade do garoto a fez sorrir.

— Vou contar-lhe um segredo e não quero que fale a ninguém. — Artur se aproximou para ouvi-la: — Tio Leo fez uma coisa muito feia e estou aqui porque não quero encontrar com ele. Mas serão só alguns dias. É para castigá-lo um pouco.

O menino ficou pensativo por alguns instantes e comentou:

— Mamãe dizia que as pessoas fazem coisas feias, nos deixam tristes, mas é porque ainda não sabem agir de outra forma. Papai já fez muitas coisas feias também. — Ele parou e seu olhar se perdeu no infinito. — Já faz muito tempo, acho que ele nem se lembra mais.

Luciana, por um momento, se viu transportada para um outro tempo, outra vida, tudo de forma rápida e sutil. Teria ela estado presente ao lado deles? Seu coração ficou acelerado, mas se recompôs para ouvir Artur e suas explicações.

— Então, tia Lu, tio Leo errou, papai errou, eu já errei e você? — A pergunta a perturbou. Claro que já errara tantas vezes, mas o que Leonardo fizera era muito mais que um simples erro. Foi uma traição! Porém Artur não compreenderia.

— Claro que sim, querido, quem nunca cometeu um erro? — expressou ela sorrindo.

— Então é muito simples. Fale com tio Leo e explique que ele fez algo muito feio. Talvez nem lembre que isso te deixou tão triste. Mamãe dizia que castigar não é a palavra certa. A correta é corrigir. Eu, agora, entendi a diferença entre elas. Quando você castiga, a pessoa somente vai sofrer com a punição, mas se você corrige, vai mostrar onde errou e ajudar a fazer o certo. — Luciana se sensibilizou com as palavras simples e tão sábias do sobrinho, que, apesar da pouca idade, sabia exatamente compreender situações que muitos adultos não conseguiam. Ele era realmente especial!

— Você é muito sabido, viu?

— Mamãe me ensinou muitas coisas. Sabida era ela! Tem dias, tia Lu, que meu coração dói muito de tanta saudade e eu fico bravo por ela não estar mais aqui. Aí eu lembro que mamãe dizia que sempre estaria ao meu lado, então peço para ela deixar meu coração mais feliz. Nessa hora, sinto seu abraço de verdade e a tristeza vai embora. Posso te dar um abraço igual ao dela? — E foi ao seu encontro de braços abertos, apertando a tia com toda força. Luciana já não continha as lágrimas.

— Pronto, agora você não está mais triste, pois meu abraço é poderoso! — afirmou ele, limpando o rosto da tia com suas mãozinhas delicadas.

— Eu também sinto muita falta dela. Usarei essa tática!

— Vai falar com tio Leo e explicar sobre as coisas feias que ele fez?

— Pensarei sobre isso, querido. Acho que você quer que eu vá embora.

— Não, tia Lu, adoro que fique aqui. Mas aí penso que o tio Leo deve estar muito triste com sua ausência. Papai sente a falta da mamãe também e chora todas as noites. Ele não sabe que eu sei, mas eu já ouvi seu choro muitas vezes.

— E por que você não ensina sua técnica? — perguntou Luciana.

— Já tentei, mas aquele homem feio falou que ele vai sofrer muito ainda e que não adianta eu querer ajudar.

— Você o vê sempre ao lado do seu pai? — Sua expressão ficou séria.

— Às vezes. E quando isso acontece, papai chora muito mais. Então a vovó chega e leva o homem embora. — O menino falava de forma tão natural, como se acontecesse sempre. As duas realidades, material e espiritual, pareciam se confundir a todo instante. Era, no entanto, a primeira vez que ele mencionava a avó. Sua mãe o visitava?

— Sua avó? Como sabe que é ela? — indagou Luciana, que já pegava sua carteira tirando de lá uma foto bem manuseada, que guardava consigo desde que os pais partiram para a pátria espiritual.

— Porque ela me disse! — Foi só aí que ele se deu conta que contara para a tia algo que a avó pedira para não falar: sobre suas visitas constantes a ele. — Ela vai ficar triste comigo agora, pois era um segredo nosso.

— Não podia contar nem para mim? — Seus olhos estavam marejados.

— Vovó disse que ainda não era a hora certa.

— É ela quem te visita? — perguntou a tia mostrando uma foto para Artur. Ele sorriu.

— Ela mesma! Igualzinha a que eu vejo! Ela falou que é minha avó, então é sua mãe e da minha mãe. Sabe que ela já é um espírito assim como a mamãe?

— Sei, querido. E você não tem medo dela?

— Não, só daquele homem de rosto feio e mau. A vovó disse que ele não pode causar mal ao papai, mas eu vejo que sim.

— E o que ele faz com seu pai?

— Não sei, mas todas as vezes que ele aparece, papai fica nervoso ou muito triste. Aí você sabe o que acontece, não é? — Artur se referia à bebida. — Eu não gosto quando papai bebe, pois eu fico muito preocupado com ele. Outro dia, até a mamãe me visitou. — Seus olhinhos se iluminaram. — Ela me avisou que ainda precisa se recuperar e não pode vir aqui com frequência. Só a vovó e o vovô.

Luciana não sabia o que dizer sobre o relato do garoto. Suas crenças espíritas lhe orientavam que isso era possível, mas ficava imaginando as consequências se ele comentasse com outras pessoas despreparadas e ignorantes acerca da vida espiritual. Precisava conversar com Miguel a esse respeito, antes que pensassem que o menino estava inventando coisas e necessitando de um tratamento mais específico. Será que ele falava com os amiguinhos na escola? Teria que averiguar! Por outro lado, saber notícias dos pais deu-lhe uma motivação nova para encarar sua vida. Sentia tantas saudades deles, que partiram ainda jovens! Desejava tanto saber dos pais e o sobrinho havia sido encarregado de trazer essas preciosas informações! Sabia, no entanto, que não deveria esmiuçar o assunto para que Artur não ficasse conectado a eles, deixando de viver a vida na matéria, para permanecer todo tempo na dimensão espiritual. Dessa forma, desperdiçaria energias que poderiam ser mais bem utilizadas.

— Agora, que já me contou seu segredo, peço que ele fique só entre nós.

— Tia Lu, eu confio em você! A vovó disse que te acompanha sempre e que está cuidando da mamãe. Falou também que isso a deixaria mais tranquila. — Um sorriso esperto se delineou em seu rosto: — Um dia todos nós estaremos juntos novamente. Todos nós! E ninguém mais vai chorar de saudades! — Ele fez uma pausa e segurou a mão de Luciana com carinho: — Tia Lu, não deixe a mágoa no seu coração. Tio Leo deve estar com muitas saudades. Se você perdoar o que ele fez, seu coração vai ficar em paz. — Luciana abraçou Artur e o cobriu de beijos.

— Sua mãe foi embora, mas deixou um substituto à altura. Todos os dias, agradeço a Deus poder conviver com você, meu querido. Sabe o tamanho do meu amor? — E continuou beijando-o sem parar.

— Para, tia Lu, assim vou sufocar de tanto rir! — Naqueles momentos de paz, ambos aproveitaram para recompor suas energias. Tudo estava sob o olhar de Celia e Adolfo que sorriam perante a cena à sua frente.

— Luciana vai refletir em tudo que ora ocorre. O importante é que ela reencontre seu equilíbrio e possa agir com sensatez — disse Adolfo e, em seguida, saíram de lá, sem serem observados por Artur.

Luciana estava com um grande projeto em suas mãos e desejava manter-se focada nele, decidindo que procuraria o esposo no final de semana. Prometera a Artur que conversaria com ele e o garoto ficou muito satisfeito.

Leonardo envolveu-se todo o tempo com sua avaliação final. Achou conveniente seguir a orientação de Carlos, deixando que todos pensassem que seu casamento estava realmente comprometido. Tavares continuava assessorando-o, concordando com o desembargador que a estratégia poderia ser conveniente. E a segurança se mantinha, tanto para ele, como para a esposa.

Miguel se encontrava na fase final do bendito projeto. A implantação deveria ser nas próximas semanas e nunca trabalhara tanto em sua vida. Por um lado, era tudo o que ansiava, assim sua vida pessoal ficava relegada a segundo plano. Por outro, estava fazendo uso indiscriminado do estimulante. A cada dia, sentia que precisava de mais dose que a do dia anterior para manter o padrão de concentração. Somente ele ainda não percebera que estava dependente de tal medicamento. No meio da semana, Marcondes o chamou a sua sala. Ao ver Miguel, ele ficou preocupado:

— Sua aparência está péssima, rapaz!

— Escravidão dá nisso! — disse, tentando brincar com o chefe.

— Precisa se cuidar mais, Miguel. Uma bela forma de emagrecer pelo visto.

— Nunca trabalhei tanto em minha vida. Colocar Flávia como minha assistente foi a pior decisão que poderia tomar. Ela até se esforça, mas não se compara a Claudia.

— Claudia teve um excelente professor e merecia essa promoção — comentou ele, com a tensão no olhar. — Porém tenho que concordar com você. Veja isto! — E entregou-lhe alguns documentos. — Acabaram de me enviar esses números do departamento responsável pela produção. Pensei que você estivesse cuidando pessoalmente disso. — Havia uma reprimenda em sua voz que perturbou Miguel. A última coisa que poderia acontecer naquele momento era algum cálculo estar errado, comprometendo todo seu exaustivo trabalho.

Miguel olhou atentamente cada número lá destacado, lembrando-se de ter solicitado a Flávia que somente conferisse e entregasse ao setor. Ela fizera alteração nos números.

— Era só para ela revisar os números e levar diretamente ao departamento, pois eu estava em reunião. Por que Flávia alterou o que estava certo?

— Essa é a pergunta que estou lhe fazendo, Miguel. Sei que Flávia não é a melhor e mais competente engenheira, mas estava sob sua responsabilidade gerenciar essa questão. Veja bem, conheço você e sei que jamais se enganaria com esses cálculos. Como resolveremos? Claudia não poderá ajudá-lo, pois está viajando. Não adianta chamar a atenção de Flávia neste momento, porque não resolverá o problema. O tempo está curto e preciso disso pronto até sexta-feira. — As feições de Miguel se contraíram. Seriam horas de trabalho extra que não estavam previstas. Se o tempo já era escasso, agora, poderia afirmar que era inexistente. Só mesmo um milagre para conseguir! E o nome disso era "Miguel trabalhando ainda mais".

— Você está me pedindo o impossível, Marcondes.

— Confio em você, Miguel. Passe para Flávia tarefas fáceis que ela consiga administrar e assume isso, por favor. É um pedido especial! — Suas feições já estavam descontraídas e um sorriso brando surgiu em seu rosto: — Se existe alguém em que confiaria a minha vida, é você. Acredito que fará mais um milagre.

— Bem, o nome de anjo já tenho. E não precisa bajular, sabe que faria tudo ao meu alcance por você. Afinal, tudo o que sei, aprendi com o melhor. — Um aperto de mãos entre os dois selou a amizade, encerrando a reunião.

Fora da sala, Miguel rezou para não encontrar Flávia, **pois** não responderia por seus atos. Era muito despreparada para assumir tal função, entretanto quem havia tomado essa decisão não se baseou na competência profissional. Era quarta-feira e faltavam apenas dois dias para Miguel concluir e entregar os números, desta vez corretos. Deu um suspiro profundo e voltou para sua sala. Pensou em ficar por lá, mas só a possibilidade de Flávia o inquirir e desejar auxiliá-lo, fez com que juntasse suas coisas e fosse para casa. Informou sua secretária onde estaria, caso precisassem dele.

Assim que chegou em casa, pediu a Dora que avisasse Paula para ficar com Artur o máximo que ela pudesse e fechou-se em seu escritório. Horas depois, ele ouviu o filho chegar da escola com sua alegria sempre contagiante e Luciana aconselhando-o que não falasse tão alto, pois o pai tinha uma tarefa urgente para concluir. Passava das dez horas da noite quando Luciana bateu à porta.

— Posso interromper alguns instantes? — Ela permaneceu na porta esperando que ele a convidasse para entrar. As feições sérias de Miguel, no entanto, lhe diziam para lá ficar. Jamais vira o cunhado com um semblante tão tenso. Ele trabalhava a horas sem interrupções e ela decidiu falar. — Sei que não deveria me intrometer, Miguel, mas precisa dar uma pausa. Artur já foi se deitar e pediu que você lhe desse, ao menos, um beijo de boa noite. Só alguns minutos e você retorna. Ele queria te contar algo, fale com ele.

Miguel sentiu a culpa assomar. Estava sendo o pior pai que o filho poderia ter, preterindo-o em detrimento de seu trabalho. Mas não seria sempre assim, iria resolver sua vida e, logo que o projeto finalizasse, teria suas merecidas férias. Olhou os papéis espalhados sobre a mesa, arrumou-os e disse:

— Você tem razão. Vou dar um beijo nele.

— Depois fará uma parada estratégica na cozinha e vai comer algo. Seguirei seus passos!

— Não tenho a mínima fome. — Seu estômago estava doendo, sua cabeça latejava, e precisava concluir aquilo até sexta pela manhã. Respirou fundo e esboçou um sorriso. — Ainda bem que está aqui, Luciana. Acho que é meu anjo da guarda.

— Não exagere, Miguel. Estou preocupada com você. — Olhou a mesa e viu o vidro do tal remédio sobre ela. Pensou em falar algo, mas desistiu. Somente ele sabia acerca da sua vida. — Dê um beijo em Artur e, em seguida, vá para a cozinha que eu lhe preparo um lanche. E não aceito recusas. — Ele assentiu e foi até o quarto do filho.

— Oi, filhão, ainda acordado? — perguntou ele.

— Queria conversar com você — expressou Artur timidamente. Miguel sentou-se na cama e esperou que ele falasse:
— Sabe, papai, não quero ir à festa do final de ano da escola. A professora perguntou se todos iriam participar e eu respondi que não.

— Por quê? Você adora essas festas.

— Adorava. Mamãe não está mais aqui e você vai ficar muito triste de ter que comparecer, pois sei que se lembrará dela todo o tempo. Não quero isso! — A lógica do menino o surpreendeu.

— Filho, eu me lembro da mamãe todos os dias, todas as horas, todas as situações, todas as vezes que você sorri, enfim, em todos os momentos da minha vida. Com festa ou sem festa, vou pensar nela. E sei que ela ficaria muito feliz se você participasse. Lembra-se de suas risadas durante os ensaios?

CAPÍTULO 25

INCIDENTE NOTURNO

Artur deu uma gargalhada gostosa e disse:
— Ela fazia muita palhaçada, lembra?
— Claro, querido. E você vai privar-me disso? Não, você vai participar da festa, sim. Vamos pedir que Luciana ensaie com você.
— Ou o tio Leo. — A simples menção do cunhado o perturbou, mas assentiu:
— O tio Leo também. Agora, vamos dormir. Amanhã escrevo um bilhete para sua professora, contando que vai participar. Combinado? — Beijou-o com carinho e, ao sair, o garoto perguntou:
— Você também está bravo com tio Leo? A tia Lu contou que ele fez algo muito feio, mas ela prometeu conversar com ele. E você, papai?
— Por que estaria bravo com ele? Os dois que resolvam seus problemas, certo?

— Certo! Te amo, papai. E não fique acordado a noite toda. — Sussurrou, como se não quisesse que alguém ouvisse: — Aquele homem gosta de vir aqui de madrugada.

Miguel sentiu seu corpo estremecer. O que o filho pretendia dizer?

— Vou trabalhar só mais um pouquinho, combinado? E pare de me enrolar, hora de dormir! Boa noite! Te amo, querido!

Infelizmente, ele não cumpriu o que prometera ao filho e, na manhã seguinte, quando Dora bateu na porta, encontrou Miguel debruçado na mesa, em total exaustão.

— Miguel, vá dormir na sua cama — expressou ela, com carinho.

Ele despertou assustado. A última vez que olhara o relógio eram quatro horas da manhã, depois não se lembrava de mais nada. Precisava tomar um banho e descansar um pouco.

— Artur e Luciana já saíram?

— Já. Durma pelo menos algumas horas e prometo que vou acordá-lo.

Miguel não conseguia mais raciocinar com clareza. Precisava relaxar um pouco.

— Vou para o meu quarto. Se não acordar até as onze horas, por favor, me chame.

E assim foi... Dormiu poucas horas, o suficiente para recompor parte das energias já tão escassas, em seguida, retornou ao seu escritório, dando início a uma nova maratona de esforço e trabalho.

Passava das onze horas da noite quando Luciana bateu à porta do escritório e entrou. Desta vez, viu que Miguel parecia mais tranquilo, ofertando até um sorriso.

— Vejo que fez progressos — garantiu ela.

— Estou na última conferência dos dados e creio que, daqui a pouco, tudo estará concluído. Acho que hoje Artur já dormiu, certo? — afirmou com certo arrependimento.

— Artur estava cansado demais e dormiu há algumas horas. Não quis interrompê-lo. Fiz mal? — perguntou Luciana.

— Não, eu deveria ter dado uma pausa aqui e ido até seu quarto, mas acabei me envolvendo e nem percebi a hora passar.

— Não quer comer algo?

— Quero finalizar primeiro, mas prometo que vou me alimentar — expressou ele com um sorriso jovial. Miguel percebeu que ela pretendia conversar, mas seu tempo estava tão escasso e desejava encerrar aquela tarefa. — Está tudo bem com você? Prometo que amanhã à noite serei de vocês dois. — Foi até ela e a abraçou carinhosamente. — Sei que tem algo em sua cabecinha! Dá para esperar até amanhã? — Era o sinal evidente de que não conseguiria conversar naquele momento e Luciana percebeu a dica.

— Amanhã você será nosso! Gostei! Vou cobrar! Bom trabalho, Miguel.

— Boa noite, Luciana. E, mais uma vez, obrigado por tudo.

— Sou eu que agradeço você por me deixar ficar aqui todos esses dias. Prometo que resolverei meus problemas até o final da semana.

— Pare com isso! Permaneça o tempo que quiser! — Os dois sorriram e ela saiu.

Passava das duas horas quando, finalmente, Miguel concluiu seu relatório, enviando-o por e-mail para seu chefe. Ele precisava checar e dar continuidade ao processo.

Dirigiu-se até a sala e sentou-se no sofá. Há tempos não se sentia assim tão exaurido. Viu que nem conseguiria chegar ao seu quarto, dormindo ali mesmo. Estava tudo silencioso por lá. De súbito, ouviu um barulho, como se alguém mexesse nas garrafas de seu bar. Levantou-se e foi ver o que poderia ser. Talvez estivesse imaginando coisas, mediante o estado de exaustão em que se encontrava. Mas não deu mais que um passo, quando avistou nitidamente a sua frente a figura assustadora de Pierre.

— Não terá glórias nesta vida, seu traidor! Você não merece a paz! — E deu uma gargalhada sinistra.

Miguel enxergou a figura grotesca a sua frente, assim como ouviu claramente as palavras daquele ser. Ficou estático, totalmente sem ação, como se todo seu corpo estivesse literalmente paralisado. Queria sair de lá, mas seus pés pareciam presos no chão. Foram momentos angustiantes até que ele começou a sentir-se sem ar, as imagens ficaram deformadas, parecendo cenas de um filme de terror. De repente, tudo escureceu e ele desabou. Porém, antes de cair ao chão, encontrou a resistência da mesa de vidro, a qual se quebrou com o impacto do seu corpo sobre ela. E ele lá permaneceu desacordado. O som do vidro se espatifando despertou Luciana que correu para o local de onde provinha tal barulho.

Ao se deparar com Miguel caído, levou o maior susto. Abaixou-se rapidamente, chamando por ele:

— Miguel, o que aconteceu? — Ao colocar a mão em seu rosto, viu o sangue jorrando de um profundo corte. A primeira coisa em que pensou foi ligar para Leonardo. Suas mãos tremiam enquanto discava o número. Ele deveria estar dormindo, pois custou a atender. Ao ver quem fazia a ligação, Leonardo despertou rapidamente.

— Oi, Luciana! Aconteceu alguma coisa? — Ouviu a respiração dela entrecortada, denunciando o quanto estava aflita. — Com Artur? — Seu coração ficou em descompasso.

— Não, com Miguel.

— O que aconteceu? — Ele ia falar algo, mas decidiu aguardar o que ela tinha para contar.

— Venha até aqui, por favor! Tem muito sangue em seu rosto. Ele caiu e bateu a cabeça na mesa de vidro. Não sei o que eu faço!

— Em primeiro lugar, acalme-se. Em segundo, sou advogado e não médico. Não sei como posso ser útil. Já chamou um médico?

— Pensei que pudesse me ajudar, mas, se não consegue, eu mesma resolvo. — Estava prestes a desligar quando Leonardo disse:

— Me perdoe, não quis parecer grosseiro ou insensível. Fique calma e me diga se Miguel está desmaiado. O corte é apenas em sua cabeça?

— Não sei. — Ela já chorava beirando ao desespero.
— Veja a sua pulsação.
— Muito fraca. Será que ele vai morrer? Tem tanto sangue aqui!
— Por favor, Luciana, tente se acalmar. Estou indo para aí. Enquanto isso, procure falar com ele.

Em mais ou menos quinze minutos, Leonardo chegou. Luciana, sentada no chão, tentava despertar Miguel.

— Ele não acordou. — Ela estava em pânico e as lágrimas vertiam de forma incontida. — O corte é bem profundo. Creio que ele caiu e bateu a cabeça. Ouvi um barulho forte e corri até aqui para verificar. Encontrei-o caído. Faça alguma coisa, por favor!

Leonardo viu que o corte era realmente profundo, mas não seria a razão para continuar desacordado. Sua pulsação permanecia fraca, o que era preocupante. Pensou em chamar uma ambulância, mas iria assustar Artur, que, até aquele momento, seguia dormindo.

— Pegue um pano e um pouco de água.

Enquanto ele limpava o ferimento, Miguel acordou.

— O que aconteceu? — Tudo era confuso demais. Tentou se levantar, mas não conseguiu, como se todo seu corpo estivesse preso ao chão.

— Pensei que pudesse nos contar — disse Leonardo calmamente. — Consegue se levantar? Precisamos ir até um hospital. Você precisa de pontos na testa.

— Não quero ir a um hospital. Vou ficar bem! — Uma nova tentativa de se levantar e, novamente, se frustrou. Não conseguia pensar com clareza, tudo parecia rodar, sentia algo quente escorrer por seu rosto e, pela quantidade de líquido, deveria ser um corte profundo.

— Segure este pano em sua testa. Luciana, me ajude a levantá-lo. Vou levá-lo a um hospital e não aceito recusas. Aliás, não fale nada para poupar energias. Assim que tiver notícias, eu ligarei, Luciana. — A esposa o ajudou até o carro e, antes de sair, Leonardo disse a ela: — Não era dessa forma que esperava reencontrá-la. Temos tanto a conversar e você tem consciência disso!

— Meu tio falou comigo, porém é uma história um tanto quanto estapafúrdia. Deixemos para outra hora. Cuide de Miguel. — O marido pegou a mão da esposa e a beijou com ternura.

— Conversaremos mais tarde. Fique calma! — E saiu dirigindo pelas ruas vazias da cidade àquela hora.

Os dois homens permaneceram calados durante todo o trajeto. Miguel parecia dormir e Leonardo não quis perturbar. Logo que chegaram, ele foi conduzido ao pronto socorro para uma avaliação.

Já estava amanhecendo, quando uma médica bem jovem se aproximou de Leonardo.

— Você é parente de Miguel? — questionou ela, com energia. — Sou a doutora Laura.

— Ele é meu cunhado. — Percebeu a expressão séria que ela ostentava e perguntou: — Algum problema além do ferimento?

— Sim, estou enviando-o para uma série de exames, seu quadro é um tanto alarmante. Sabe o que aconteceu com ele?

— Minha esposa me ligou dizendo que escutou um barulho e o viu no chão sangrando. Ele estava desacordado quando o encontrei e parecia muito confuso.

— A esposa dele lhe telefonou, você quis dizer? — Ela olhava com estranheza.

— Não, doutora. A história é complicada, mas não vem ao caso. Luciana, minha esposa, me telefonou em prantos. Pensamos que se tratava apenas de um corte na cabeça.

— Um corte profundo, mas sem gravidade. — Ela o encarava fixamente.

— Então, por que a preocupação? Há a possibilidade de fazer esses exames depois, certo? Podemos ir? Estou aqui há mais de três horas aguardando notícias.

A médica olhou-o exasperada, achando-o um tanto petulante. E ela que estava sem dormir há mais de vinte horas? Mas lembrou-se de que precisava ter paciência, coisa que ainda lhe faltava no trato com os acompanhantes. Laura escolhera a emergência sabendo que seria uma vida repleta de complexidade, porém a parte mais difícil era o que estava fazendo naquele momento. Os anos de experiência lhe conferiram competência profissional, mas ainda não sabia como lidar com situações desse tipo.

— Não, Miguel precisa ficar e realizar alguns exames. Tem algum compromisso agora?

Ele se lembrou de todas as tarefas que o aguardavam e o prazo final que se aproximava. Contudo não podia deixá-lo sozinho no hospital. Planejara finalizar o trabalho naquela manhã e, agora, teria que ficar por lá. E por Miguel! Uma grande ironia!

— Sim, doutora. Tenho muito a fazer, mas, naturalmente, ficarei aqui. Miguel não tem ninguém que possa estar ao seu lado. Sua esposa morreu há poucos meses e seu filho Artur tem apenas seis anos. Minha esposa está com o garoto na casa dele e ansiosa por notícias. Que tipo de exames Miguel necessita realizar?

— Seu quadro clínico está estável, porém os exames laboratoriais demonstraram alguns números preocupantes. É minha responsabilidade investigar com mais critério. Você falou que sua esposa o encontrou no chão. Ele pode ter caído vitimado por um desmaio.

— Isso não consigo responder. Ele está acordado?

— Sim e muito agitado, querendo ir embora. Acompanhe-me, por favor!

Os dois seguiram por um corredor até a emergência. Miguel estava acomodado em uma maca, mas tentava se levantar, sendo contido por um enfermeiro. Quando viu Leonardo, indagou:

— Como advogado que é, consegue me levar daqui? Não podem me manter preso a esta cama. Artur deve estar preocupado comigo. Por favor, Leonardo!

— Acalme-se. Luciana está com ele, fique tranquilo. A doutora Laura precisa saber como aconteceu o seu acidente. — A médica agradeceu a iniciativa.

Miguel ficou calado, procurando lembrar exatamente o que havia ocorrido com ele. Sua mente estava confusa, as lembranças eram esparsas. Sua cabeça doía intensamente e não conseguia pensar com clareza. De súbito, a imagem daquele ser horrendo à sua frente e, em seguida, o nada. Sua mente se apagou completamente e deve ter desmaiado. Não iria contar sobre a alucinação, ou seja lá o que fosse aquilo. Sairia de lá para um hospício com certeza.

— Ouvi um barulho e me levantei para ver o que era. No caminho, senti uma vertigem e acho que caí. Não me lembro de mais nada. — Colocou a mão na cabeça e viu que havia um curativo. — Posso ir embora?

A médica e Leonardo cruzaram os olhares e ela disse:

— Gostaria que fizesse mais alguns exames. Não posso deixá-lo sair daqui sem um diagnóstico claro. — Ela via a aflição dele, mas não podia liberá-lo sem que tudo fosse devidamente esclarecido.

— Foi só uma queda — insistiu Miguel.

— Não foi isso que acabou de mencionar. Por favor, permita que eu faça alguns exames.

— Doutora, minha saúde deve estar um tanto comprometida. Tenho trabalhado exaustivamente, com toda a tensão de final de um projeto. Estou deixando de lado meu filho, imagine a culpa que sinto. Ultimamente, ingeri de forma abusiva estimulantes para ficar focado e conseguir trabalhar no meu rendimento máximo. — Parou e encarou Leonardo, sabendo que ele o estaria julgando. — Uso de bebidas para relaxar e tenho plena consciência de que essa combinação é comprometedora. Então, certamente, devo estar péssimo. Mas concluindo esse projeto, vou relaxar algumas semanas.

— Teve algum problema cardíaco? — questionou ela com a tensão no olhar. — Já fez algum check-up no último ano?

Miguel sorriu perante a pergunta. Marina esteve doente há mais de um ano, sua rotina era visitar constantemente hospitais, mas nunca para cuidar de sua saúde.

— Doutora, tenho trinta e cinco anos e nenhum histórico familiar.

— Sabe que um infarto em sua idade é fatal? — A pergunta deixou ambos em silêncio. — O uso indiscriminado desse medicamento associado ao estresse que tem vivido pode causar algo de extrema gravidade. Estou pedindo apenas para fazer alguns exames! O que vai lhe custar?

— Os dados que coletou confirmam tudo o que eu acabei de relatar, doutora. Sei dos riscos que corro e assumo total responsabilidade sobre minha saúde. Posso ir agora? — Ele já se levantara e a encarava fixamente.

— Miguel, mediante tudo o que a doutora acabou de descrever, não será conveniente fazer esses exames? Ela é a médica e não você. — A firmeza de suas palavras incomodou Miguel.

— Agradeço por me trazer aqui e ter ficado até agora. Não vou incomodar mais, pode ir embora. Eu volto de táxi.

— Pare de ser ingrato, Miguel. Vou levar você de volta para sua casa, mas creio que está sendo negligente com sua saúde. Se ela disse que a coisa pode ser séria, não tente se esquivar do problema. Faça os exames e pense em Artur. — Ele já estava exasperado.

Laura percebeu que o clima esquentava entre os dois e decidiu interferir.

— Por favor, não quero que a discórdia se estabeleça entre vocês. Miguel, prometo que fará os exames pela manhã e, depois, estará dispensado. Assim está bem? Não o prenderei aqui além do necessário. — Olhou para Leonardo e concluiu: — Poderá buscá-lo às treze horas, combinado?

— Por mim, está bem! E com você, Miguel? Vamos, não seja teimoso. É para o seu bem! Não creio que cogite ir para a fábrica hoje, certo? Ficará em casa, então aproveite e faça o que a doutora está sugerindo. — Ele se lembrara da conversa com Carlos, percebendo que precisava fazer a parte que combinara. Tentou ser o mais brando possível, sem os ares de prepotência que usava ao falar com Miguel. Já era tempo de tentarem conviver em harmonia. Ele se esforçaria para cumprir o que prometera a Marina.

Miguel ficou preocupado, pensando o quanto a médica era insistente e persuasiva. Não sabia quais eram as suspeitas que ela tinha, mas algo o impeliu a concordar.

— A doutora venceu. — E encarando Leonardo, disse: — Não precisa me buscar, posso ir embora de táxi. Seu trabalho o espera. Mas agradeço muito você ter ficado aqui comigo. Obrigado!

— Farei o serviço completo e venho buscá-lo. Fique bem e até mais! — Com um aceno, saiu de lá. Ainda era cedo e teria tempo para fazer o que planejara. Antes de sair, ligou para Luciana, que já estava aflita sem notícias.

— Como ele está? Por que a demora? — Leonardo contou sobre as suspeitas da médica e que Miguel permanecera lá para efetuar alguns exames. — Pode ser algo mais grave?

— Os exames dirão, mas não fique apreensiva. A vida que ele tem levado não é muito saudável, diga-se de passagem. O uso indiscriminado desse estimulante, que pelo visto já se tornou dependente, é algo bastante delicado. Além do estresse que ele tem vivido nesses últimos meses! Realmente, não há saúde que resista. Mas ele precisa pensar em Artur. — A crítica velada a incomodou.

— Você continua julgando-o a todo instante. Ele vive como sabe e posso garantir que tem superado as expectativas. O problema é que está trabalhando excessivamente nessas últimas semanas. Espero que não seja nada grave. Você o trará de volta ou prefere que eu vá buscá-lo? Artur foi para a escola e ainda não lhe contei sobre o pai.

— Não, fique com Artur e relate somente o essencial. Não vamos deixá-lo nervoso. Esse garoto já passou por tanta coisa, precisamos poupá-lo. Miguel ficará bem, deve ser só estresse — Ia falar algo mais, mas decidiu se calar. Não pretendia entrar em atrito com a esposa. Não naquele momento! — Precisamos conversar, Luciana. Você precisa me ouvir.

— Eu sei, mas ainda não é o momento. Meu tio me falou sobre as fotos. — Ela respirou fundo e continuou: — É difícil acreditar em sua versão, Leonardo.

— Dê-me a chance de explicar como tudo aquilo aconteceu. Uma armação muito bem arquitetada e eu fui um tolo completo. Desrespeitei todas as regras que tanto procuro seguir em minha carreira. Posso dizer que se trata de um evento lamentável do qual fui uma vítima. Precisa acreditar em mim. — Novo silêncio se instalou entre eles.

— Você merece que eu o escute e não vou negar-lhe isso. Mas meu tio pediu que não fôssemos vistos juntos. Como pretende fazer?

— Confie em mim! — Ele respirou aliviado. Nem tudo estava perdido.

CAPÍTULO 26

RETOMANDO CAMINHOS ILUMINADOS

Enquanto isso, no hospital, Laura se encarregara de realizar todos os exames que julgou necessários. Sua intuição nunca falhara e essa lhe dizia que havia algo mais com seu paciente. Miguel se submeteu passivamente conforme prometera à médica e, após duas horas, os resultados ficaram prontos.

Laura entrou no quarto onde Miguel estava, desta vez acompanhada de um médico mais velho. Seu coração acelerou. O que aquilo significava? Não deveria ter permanecido para esses exames, afinal, quem procura sempre encontra. Sorriu intimamente desse trocadilho. Na verdade, estava preocupado com as feições que eles ostentavam.

— Oi, Miguel, quero que conheça o melhor cirurgião deste hospital, quiçá do planeta — comentou Laura com um sorriso acolhedor.

— Sou Ronaldo Bastos, cirurgião cardíaco. E não se fie nas palavras dessa jovem a meu respeito. Ela é sempre generosa! Trocando a gentileza, Laura foi a minha aluna mais capacitada! Infelizmente, não quis se dedicar à cirurgia cardíaca, um ato lamentável. Mas creio que não esteja interessado nessa troca de elogios. — Miguel estendeu a mão ao senhor e o cumprimentou silenciosamente.

— Bem, sua presença aqui não parece ser favorável, devo crer. — Seu semblante estava tenso. — Há algum distúrbio em meu coração?

— Sim, detectamos algo com esse órgão. Poderia ter passado despercebido, mas Laura conseguiu identificar a sutileza do problema. Podemos conversar? — Ele puxou uma cadeira e sentou-se próximo a Miguel. Já contava mais de sessenta anos, mas era uma figura jovial e agradável. Possuía um sorriso sincero e acolhedor, o que o acalmou um pouco.

— É sério o que encontraram? — Nunca poderia supor que tivesse algum problema, especialmente cardíaco. É certo que estava tendo alguns sintomas estranhos, mas julgou serem decorrentes da vida exaustiva e tensa que vivia nos últimos meses. Acreditava que era apenas estresse. Agora, aqueles médicos estavam dizendo que ele apresentava algo sério. Sentiu seu coração em total descompasso e procurou manter a calma. Precisava ouvir o que tinham a dizer.

— Você apresenta um problema congênito, que, como disse, poderia passar despercebido por muito tempo até que ele causasse algum transtorno.

— Posso morrer a qualquer instante?

Laura se sensibilizou com as palavras daquele jovem que parecia tão fatalista e dramático, esperando o pior. Sua vida não deveria estar caminhando de forma satisfatória. Aí lembrou-se do que o cunhado dissera acerca da morte da esposa. Ele lidara com perdas significativas e sofria com a situação. Deveria estar sendo difícil enfrentar mais um percalço em sua vida.

— Não chega a tanto, Miguel — resolveu interferir Laura. — Apenas foi constatada essa imperfeição que requer uma correção. Tudo passível de ser resolvido.

— Doutor Ronaldo, vou precisar me submeter a uma cirurgia?

— Sim, meu jovem. Uma cirurgia delicada, mas necessária.

— Pensei que estava aqui só para levar alguns pontos na testa, após me ferir acidentalmente. E, agora, o senhor me diz que necessito de uma cirurgia! Era só isso que faltava para minha vida! — expressou ele, com um sorriso pesaroso.

— Devo lhe dizer que você tem um anjo da guarda muito ativo. Esse foi um excelente pretexto para estar aqui e passar nas mãos de minha mais competente residente. Deveria agradecer a Deus pelo que aconteceu. — As suas palavras eram permeadas de luz fazendo com que Miguel se sentisse tocado.

— Belo anjo da guarda! — pensou alto Miguel. Lembrara-se da imagem daquele ser a sua frente falando coisas que ele não conseguia compreender. Onde estava seu anjo naquele exato momento para protegê-lo?

— Se não tivesse vindo aqui, talvez, seu problema não fosse jamais diagnosticado! Você poderia ter uma parada cardíaca e vir a óbito. Entende a gravidade do que estou falando? O seu acidente, felizmente, foi o que nos mostrou essa imperfeição.

Miguel não queria acreditar nas palavras do médico, mesmo parecendo razoáveis e dotadas de bom senso. Ele era um profissional e não brincaria com algo de tamanha seriedade, mas era tudo muito perturbador. E se algo lhe acontecesse? Sentiu um frio percorrer seu corpo.

— Bem, Miguel, os exames foram muito claros e a cirurgia é a minha indicação. Não precisa ser realizada imediatamente, porém deve estar em seus planos num futuro muito próximo. É uma cirurgia delicada a qual precisa se submeter. Você é jovem e tem muito a viver. Que seja de forma plena! Fica a seu critério procurar outro profissional. Mas, caso se decida, estaremos a sua disposição.

Beijou carinhosamente a médica e, com um aceno, saiu do quarto, deixando Miguel atônito com tudo o que acabara de ouvir. Laura percebeu o desconforto que ele apresentava e tentou acalmá-lo.

— Procure ser mais otimista. Não acredito em sorte, mas você teve uma certa ajuda extra. Não sei se foi seu "anjo da guarda", porém, independentemente de quem intercedeu por você, seja grato. Em relação a procurar uma outra opinião, faça isso se estiver inseguro quanto ao diagnóstico. Devo, contudo, alertá-lo de que ele é o mais competente médico nessa especialidade. Confio plenamente em sua avaliação. Não irá encontrar alguém melhor que ele para cuidar de você. Foi meu professor e insistiu para que eu seguisse seus passos.

— E por que não seguiu? — indagou Miguel.

— Qual a sua profissão?

— Sou engenheiro mecânico.

— Por que não escolheu outra engenharia? — Ela sorriu.

— Porque me identifico com a que escolhi. Não me vejo trabalhando em outra coisa que não seja com isso — respondeu Miguel, convicto.

— O mesmo aconteceu comigo! A emergência é a minha "menina dos olhos". Não me arrependo um só instante de ter feito essa escolha. Assim como você!

— Quanto a ouvir uma outra opinião, por enquanto, não me decidi. Preciso refletir sobre tudo o que aconteceu. Não sei se poderei me afastar do trabalho nas próximas semanas. O que pode ocorrer caso eu me decida a não operar? — Havia temor em seu olhar.

— Você o ouviu, Miguel. Existem riscos! Mesmo que se sinta em perfeitas condições, nada impede que esse misterioso órgão possa falhar. Ele não irá anunciar quando isso vai ocorrer. Será tudo de forma silenciosa e sutil. Pense em tudo que ele lhe falou. Se tiver dúvidas e quiser discutir sobre o assunto, me procure. — E entregou-lhe seu cartão. — Não costumo fazer isso,

Miguel, mas percebo que está muito vacilante. Venha tomar um café comigo e podemos conversar. Agora, deixe-me examinar esse corte. — Ela se aproximou e verificou como estava o ferimento. Deu um sorriso, dizendo: — Um trabalho primoroso, digno de um profissional.

Miguel esboçou um sorriso com a naturalidade da médica. Era espirituosa e dotada de muito senso de humor, requisitos essenciais a uma tarefa de tamanha complexidade.

— A doutora costurou direitinho?

— Vai ficar só uma pequena cicatriz. Será seu charme! — E fechou o curativo. Continuou com sua avaliação por mais alguns instantes. — Bem, está liberado. Prometa que vai pensar no assunto?

Ela não entendia por que se sentia tão preocupada com ele. Não costumava se envolver com seus pacientes, nem tampouco se inquietar com os quadros que apresentassem, mas algo em Miguel a sensibilizara. Talvez a dor contida que ele guardava! Ou seu olhar triste, mostrando toda sua carência! Queria muito ajudá-lo. Era tão jovem para se sentir vencido! A morte da esposa não havia sido superada e a aceitação parecia ainda não estar presente. Lembrou-se do que acontecera, alguns anos atrás, com o filho de Ronaldo, que, por ironia do destino, sucumbira a uma doença cardíaca. Sabia que, depois dessa fase dolorosa, ele procurara a Doutrina Espírita, com vistas a confortá-lo e esclarecer as razões de ter partido tão jovem. As fases do luto devem ser respeitadas por aqueles que os acompanham a jornada. E ela procurou oferecer-lhe o que ele mais necessitava: seu carinho incondicional. Olhando Miguel, reparou o mesmo olhar que vira no passado. Sentiu imenso carinho por ele.

Por sua vez, Miguel observava a médica examinando-o, constatando o quanto ela era bonita. Tinha cabelos claros, presos num rabo de cavalo que lhe dava um ar juvenil. Um olhar instigante e profundo. Parecia uma profissional competente, como o outro a descrevera. Percebeu, então, que nunca olhara para outra mulher após conhecer Marina. Sorriu intimamente, pensando se algum dia se interessaria por alguém. Vendo a dedicação da médica, constatou um inexplicável carinho por ela.

— Vou pensar. E agradeço imensamente o que fez por mim. — Neste momento, seus olhares se cruzaram e ambos sentiram como se aquilo já tivesse acontecido anteriormente. Uma energia intensa se fez presente e eles não conseguiram entender o que aquilo significava. Uma lembrança longínqua surgiu simultaneamente! As frases pareciam já terem sido proferidas, trazendo sensações estranhas e intensas! Foi Laura que saiu desse torpor e disse:

— Fiz somente o meu trabalho, Miguel. Cuide-se. Tudo vai dar certo, confie! — Ofereceu um sorriso que tocou sensivelmente o jovem de forma inexplicável. Já estava na porta, quando se virou e expressou: — Nem tudo são sombras, meu amigo. Seu mundo íntimo precisa de luz, porém você se encontra muito impermeável a ela. Mude seus padrões mentais, enquanto é tempo e não acumule emoções inferiores. Viva sua vida em plenitude, pois será cobrado pelo que fizer com sua existência. — Outro sorriso e saiu, deixando-o confuso com as palavras fora do contexto. O que aquilo significava? Parecia não ser ela a dizer tudo aquilo, como se fosse intuída a tal discurso. Uma emoção quase incontrolável apoderou-se dele. Sim, precisava mudar sua vida! Isso era fato, mas não tinha a mínima ideia de como proceder. Levantou-se e pegou sua roupa, só aí constatou o quanto ela estava coberta de sangue. Teria que usá-la mesmo assim.

Estava prestes a sair, quando a médica entrou trazendo uma receita numa mão e um casaco na outra.

— Somente um empréstimo, pois quero-o de volta. — Entregou-lhe um casaco que parecia ser do seu tamanho. — Me devolva outra hora. Essa é uma receita para tratar os danos deste ferimento. Tome só o necessário para a dor. Agora vá, seu cunhado o aguarda na recepção, Miguel. E não esqueça o que conversamos! — Ela saiu novamente, deixando-o com seus pensamentos desconexos. Laura conseguira sua atenção.

Leonardo o recepcionou com um sorriso acolhedor, o que deixou Miguel confuso. Será que haviam contado a ele sobre seu problema?

— Tudo bem, Miguel? E os exames? — foi a pergunta.

— Nada além disso, felizmente — respondeu o jovem tocando a cabeça. — Vamos?

— Luciana está com Artur e contou-lhe que você tropeçou e bateu a cabeça na mesa. Ela não sabia o que dizer, você se encarrega de explicar melhor — comentou Leonardo, caminhando com ele. Tentava ser amável e cuidadoso com as palavras.

— Agradeço o que está fazendo por mim! — Um sorriso tímido iluminou seu semblante. Tentaria manter o clima tranquilo que se estabelecera entre eles. Era o mínimo que poderia fazer mediante todo o trabalho que havia dado ao cunhado.

O caminho de volta foi silencioso e Leonardo respeitou, sem fazer perguntas desnecessárias para não comprometer a situação que parecia controlada. Porém percebeu-o muito evasivo, algo ocorrera e ele preferia manter oculto. Os exames foram realizados por alguma razão, teria sido revelado algum problema mais sério? Bem, ele falaria se julgasse importante. Deixou para lá suas divagações.

Ao chegarem em casa, Artur recebeu o pai com um abraço apertado:

— Papai, como isso foi acontecer? — perguntou ele após examinar o curativo com cuidado.

— Estava distraído e tropecei. Infelizmente, encontrei um obstáculo no caminho. — Ele tentava parecer natural e sereno.

— Miguel, está tudo bem? — interpelou Luciana com o semblante tenso.

— Sim, não foi nada além disso. Ficarei em casa descansando e, na segunda, já retorno às atividades. Sabe onde deixei meu celular?

Dora entrou na sala neste instante e entregou-lhe:

— Miguel, estava preocupada com você. Tem trabalhado demais. Preparei uma refeição para todos. E não aceito recusas — afirmou ela com um sorriso, encarando Leonardo.

— Agradeço, mas preciso retornar ao trabalho.

— Tio Leo, fique. Quanto tempo não almoça conosco? — O garoto segurou sua mão e não soltava. — Não vou deixar você ir embora, não é, tia Lu? — Olhou para a tia que sorria.

— É verdade, Leonardo. Fique conosco. — Seus olhares se cruzaram e sentiram que a distância precisava ser reduzida de algum jeito. Esse era um bom pretexto.

— Por favor, Leonardo, é o mínimo que posso fazer para agradecer o transtorno que causei. Almoce conosco!

A refeição transcorreu em perfeita harmonia. Artur estava radiante com a presença de todos ao seu redor. Seus olhinhos brilhavam de felicidade. Ao fim do almoço, ele disse:

— Papai, vou te levar para seu quarto e ficar do seu lado até dormir um pouco. Já sei! — Continuou ele com euforia: — Tenho uma história infalível. — Todos riram do jeito dele.

— Combinado, mas antes tenho que dar um telefonema. — Viu a carinha do filho ficando triste e ele logo adiantou: — É só um instante, permaneça ao meu lado e me aguarde. Ficarei com você para ouvir sua história sonífera. — Artur parecia confuso, sem entender o significado da palavra: — Uma história que faz dormir, querido. — Novo coro de risadas. — Mais uma vez, quero agradecer o que fez por mim. Obrigado, Leonardo. — E estendeu a mão para ele, coisa que há muito não acontecia. Gestos de proximidade entre eles estavam num passado muito distante.

Leonardo apertou a mão dele percebendo a dor que ainda persistia no cunhado:

— Sei que faria o mesmo por mim — disse ele. — Cuide-se, Miguel.

Após as despedidas, pai e filho foram para o quarto, deixando o casal na sala sozinhos. Dora entrou com um café e, em seguida, saiu discretamente. Os dois ficaram se entreolhando, sem que qualquer coisa fosse dita. Leonardo, então, iniciou a conversa:

— Creio que não tive a oportunidade de lhe pedir perdão por toda dor que causei. Sinto tanto a sua falta! — A declaração sincera do esposo a tocou.

— Tudo continua muito confuso, Leonardo. Não sei se consigo acreditar em você. Juro que adoraria esquecer o que aconteceu, mas não consigo. — Seus olhos ficaram marejados, causando ainda mais culpa nele.

— Por favor, Luciana, não sou um monstro! Jamais faria algo que provocasse tal sofrimento! Tudo não passou de uma armação muito bem urdida. Aquelas fotos foram forjadas e, se você as olhar com atenção, verá que não estou mentindo. Por favor, me perdoe! Não queria constrangê-la, você é a pessoa que mais respeito e admiro nesta vida.

— Não desejo apenas seu respeito e admiração, Leonardo. — A tristeza imperava em seu olhar. — Não é isso que esperava para minha vida. Almejo muito mais!

— Pare de me confundir, minha querida! Não é somente isso que existe entre nós. Eu a amo demais e, só agora, me dei conta disso! Meu pedido de perdão é muito mais extenso e não se refere somente a esse lamentável incidente. Espero que me desculpe por talvez não ter demonstrado o quanto a amo em todos esses anos que estamos juntos. O dia em que você descobriu as fotos de forma sórdida foi o mais triste de minha vida. Entretanto me fez constatar o quanto você é importante para mim. E lamento não ter demonstrado todos esses anos! Se existe alguma esperança, me diga, Luciana. — Ele se aproximou da esposa e segurou suas mãos com carinho.

Luciana derramava algumas lágrimas, sentindo uma tristeza infinita em seu coração. Tudo aquilo que ele dizia era a mais pura verdade. E ela contribuíra para isso! Não podia se isentar da responsabilidade de nada ter feito também para que essa situação terminasse. Haviam criado uma distância emocional favorável a ambos, mas que não possibilitara que os laços fossem estreitados, mesmo após tantos anos juntos. Viviam uma vida aparentemente normal, num relacionamento confortável e equilibrado, em que a intimidade, praticamente, inexistia. E ambos mereciam muito mais do que isso! Após a morte da irmã, tudo pareceu ainda mais ostensivo, como se eles fugissem da realidade que insistia em se mostrar de forma implacável. Haveria ainda um amor a prevalecer? Luciana tinha tantas dúvidas a esse respeito, minando a cada dia a sua relação com o marido, que nunca pareceu tão distante quanto naquele momento. Ao mesmo tempo, percebia que ele estava sendo verdadeiro e honesto! Talvez ainda houvesse uma esperança para eles.

Por que aquelas fotos lhe causaram tamanho desconforto e sofrimento? Avaliava suas emoções desde então e chegara à conclusão de que ele era especial demais. Não se tratava somente do orgulho ferido por ter sido traída, havia algo mais que não entendia, por mais que tentasse. Vê-lo ao lado de outra mulher, mesmo que a cena tivesse sido forjada, como ele argumentava, causara uma dor profunda em seu coração. Um misto de indignação, raiva, mágoa, ressentimento, emoções que não conseguira harmonizar, para que a situação ficasse mais clara. As coisas continuavam muito confusas, tinha de admitir. Mas vê-lo ali à sua frente, com um olhar profundo e verdadeiro, que tanto a perturbava, fez com que se sentisse frágil como nunca sentira antes. Desejava que ele a abraçasse e, ao mesmo tempo, temia não ser essa a solução para o impasse. Permaneceu passiva, com as lágrimas vertendo de forma incontida.

Leonardo não se conteve e a abraçou com todo seu amor. Neste momento, ela liberou todas as emoções contraditórias que insistiam em prevalecer. A comoção o contagiou e ambos choraram abraçados! Sabiam que havia um longo caminho a percorrer para que tudo se estabilizasse e fosse devidamente esclarecido. Mas tinham dado o primeiro passo dessa jornada. Cada qual fez a sua parte e, assim, a distância entre eles se reduziu.

— Um dia você vai me perdoar por tudo o que lhe causei? — perguntava baixinho no ouvido da esposa.

— Temos tanto a expiar, meu querido! Qual de nós não cometeu erros? — Ela se afastou delicadamente dele e expressou com um sorriso: — Nossa vida está se iniciando neste momento, Leonardo. Vamos escrever uma nova história?

— Vamos, minha querida! Prometo nunca mais decepcioná-la! Preciso tanto de você! Não sabe como me sinto vazio e inútil sem sua presença ao meu lado. Começaremos de novo da forma correta. Certo?

— Certo! — E ambos se beijaram de maneira como nunca acontecera antes. Era algo consentido, movido pelo desejo sincero de cada um fazer o outro feliz!

Celia e Adolfo a tudo observavam com um sorriso de satisfação.

— Agora, a vida deles se inicia, meu querido. Que Deus abençoe esta união!

CAPÍTULO 27

UM PASSO POR VEZ

Luciana acompanhou Leonardo até a porta e se despediram com um novo e apaixonado beijo. Haviam conversado sobre os últimos acontecimentos e a importância de Luciana permanecer na casa de Miguel, o que comprovaria que a relação entre eles estava mais do que simplesmente arranhada. A separação mostraria para aquele sórdido grupo que havia conseguido seus intentos e, assim, Luciana seria deixada de lado, ficando fora do foco. A esposa concordou em participar dessa farsa que, segundo Leonardo, levaria só mais algumas semanas. A maior preocupação de Leonardo era com a sua segurança. Ele tinha ainda muito com que se preocupar, pois aquelas fotos forjadas poderiam ser divulgadas, mas precisava correr o risco. Não cederia a nenhum tipo de chantagem, por mais que sua carreira pudesse estar em jogo. Seus princípios não seriam manchados por nada. Fizera um juramento e cumpriria com todo seu empenho.

Mais tarde, Artur encontrou Luciana com um sorriso nos lábios e disse com alegria:

— Eu sabia que vocês se entenderiam. A vovó falou que isso seria mais rápido do que eu pensava. Ela estava certa! — Os olhos de Luciana ficaram marejados novamente.

— O que mais a vovó contou?

— Que você merece ser feliz! E que precisa ficar aqui em casa. Perguntei qual o motivo e ela só respondeu: "No momento certo, ela vai saber".

— Você me fala quando ela vier te visitar de novo?

— Vovó acabou de sair porque, agora, tem outros assuntos a tratar. Avisou que papai precisa muito de mim e de você. Eu acabei de ler a história para ele e já dormiu. Papai estava muito cansado, tia Lu. Sabe, eu acho que ele está escondendo algo de nós. — Seu olhar mostrava seriedade.

— O que você acha que seja? — perguntou ela, deixando o garoto falar das suas ideias.

— Não sei, mas encontrei isso no bolso dele. Fui colocar sua blusa na cadeira e este cartão caiu. — E entregou-o para a tia. Era de uma médica, possivelmente a que o atendera na emergência. Mas por que ela lhe entregaria um cartão? Era muito suspeito mesmo. — Sabe, eu já sei ler, tia Lu, e parece que o nome é de uma médica, não?

— Sim, querido. Como o papai esteve no hospital, talvez seja isso. — Ela mesma não se convencia de seu próprio discurso. Havia alguma coisa mais e ela iria descobrir. — Vamos colocar o cartão no mesmo lugar, senão seu pai vai pensar que estamos mexendo nas coisas dele. Isso não é nada adequado, certo? — O garoto assentiu e levou o cartão de volta. Quando voltou, seus olhos estavam sérios e assustados. — O que aconteceu?

— Aquele homem está lá no quarto, vem comigo! — E puxou a mão da tia encaminhando ambos para o quarto de Miguel.

Assim que entraram, Luciana sentiu a energia densa e sufocante do local. Miguel dormia um sono agitado e eles ficaram temerosos de que ele acordasse com a invasão. Cautelosamente, ela se aproximou dele e entrou em profunda prece silenciosa. O garoto ficou quieto, olhando para o pai que dormia. Em dado momento, ele pegou a mão do pai e fechou os olhos por instantes, dizendo:

— Volta para cá, papai. Não vou deixar que nada te aconteça. — No mesmo instante, Miguel foi se acalmando e abriu os olhos ainda confuso.

— Tive um pesadelo! — Miguel estava suando e com a tensão estampada em seu olhar.

— Estou aqui com você, papai. Tudo vai ficar bem! Volte a dormir. — Suas palavras firmes causaram forte impacto em Miguel, que somente balbuciou:

— Estou tão cansado! — Fechou os olhos e voltou a dormir.

Artur continuou segurando a mão do pai e, assim que ele fechou os olhos, disse com um sorriso confiante:

— Vamos, tia Lu, agora está tudo bem. O homem já foi embora. Pedi para ele deixar o papai em paz, mas ele falou que não vai ser possível. Não ainda! O que ele quis dizer com isso?

Luciana sentiu que uma grave obsessão estava ocorrendo e Miguel precisaria tomar uma atitude. Dificilmente ele acataria sua orientação de ir a uma casa espírita, mas tentaria. A energia que encontrara no quarto confirmava a presença de um ser do mundo espiritual e, como o garoto afirmava, era ele que pretendia se vingar de Miguel. Elevou ainda mais o pensamento a Deus, pedindo que intercedesse por esse filho necessitado de reencontrar o caminho da luz. Que ambos pudessem se perdoar e seguir suas trajetórias! Ao fazer essa sentida prece, percebeu que o ambiente se harmonizara e fluidos salutares haviam sido derramados sobre eles. A emoção a dominou, sentindo uma presença amorosa ao seu lado. E foi capaz de ouvir: "Tudo ficará bem, no tempo certo, minha irmã querida. Sabia que poderia contar com você em qualquer situação. Cuide de meus amores! E que você continue esse ser iluminado capaz de trazer a paz a esses corações tão carentes! Fale com Miguel, ele precisa de ajuda! Conto com você! Que Deus a envolva em todo seu amor!"

Ela saiu do quarto de mansinho, para que o menino não visse as lágrimas que vertiam de forma incontida. Era a voz de Marina! Ela estava bem! Isso era tudo o que mais desejava e pedia em suas preces diárias. Uma alegria imensa se apoderou dela e foi caminhando para a sala, com Artur a seguindo.

— Tia Lu, você está bem? — perguntou ele.

— Sim, querido, só emocionada.

— Eu sei por quê! — afirmou ele com um sorriso. — A mamãe estava lá e pediu que eu cuidasse do papai. Ela avisou que ainda não pode ficar por aqui muito tempo, por isso foi embora depressa. Você viu a mamãe?

— Apenas ouvi sua voz. — E novas lágrimas. O garoto a abraçou bem apertado e disse:

— Ela está bem, tia Lu. Isso é o que importa, não é mesmo?

— Eu sei, meu amor, mas sinto tantas saudades dela. Você entende, não?

— Sim, mas ela me fez um pedido outro dia e tenho que seguir. Mamãe contou que já vivemos tantas vidas juntos e que, agora, eu devo continuar sem ela. Porém disse também que estará nos observando de onde ela estiver. Seu pedido foi que eu fizesse esta vida valer a pena. Não entendi muito bem o que isso significa, tia Lu, mas acho que ela quis dizer para eu ser feliz, certo? — A ingenuidade no olhar do garoto a comoveu.

— Exatamente isso, querido. Ser feliz é tudo que temos de buscar quando aqui estamos. Mas se a tristeza imperar em nosso coração, o que iremos oferecer aos que conosco caminham? Ela sabe que você tem um futuro lindo pela frente e deseja que você viva intensamente, em toda plenitude, isto é, siga sem a companhia da mágoa ou outra emoção que possa perturbar seu caminhar.

— Mas e papai? Quando ele vai voltar a ser feliz?

— Algum dia, meu querido. Ele ainda não sabe como deixar a tristeza de lado e seguir em frente. Acredita que seu trabalho pode substituir o vazio que está em seu coração, mas não é assim que devemos reagir quando a dor nos visita.

— Tia Lu, será que ele vai encontrar uma namorada? — Seu olhar ficou tenso.

— Quem sabe algum dia! Isso vai fazer você ficar triste? — Luciana estava perplexa com as ideias que ele apresentava de forma simples e objetiva.

— Não, tia Lu. Eu só tenho medo de que papai me deixe de lado. Mas sei que ele deve seguir em frente. A mamãe avisou que ele precisa de alguém. Eu falei que ele me tinha ao seu lado. Aí ela riu e disse que era outro tipo de "alguém".

— A sua mãe sempre foi muito sábia e conhecia profundamente cada um de nós. Seu pai necessita de uma namorada ao seu lado. E creio que isso vá acontecer, mas no tempo dele, quando estiver pronto. Até lá, estamos aqui com ele, certo? E vamos cuidar para que ele fique bem! — O garoto ainda não parecia convencido e perguntou:

— Tia Lu, ele vai encontrar uma namorada legal? Ela vai gostar de mim?

Luciana o abraçou com a força do seu amor e respondeu:

— E quem não vai gostar de você, meu querido? Você é apaixonante! Sabe o que eu tenho vontade de fazer? — E começou a beijar o garoto, que já dava altas gargalhadas.

— Pare, ti Lu, você vai me sufocar de tanto beijo!

Marina observava a cena à distância, feliz com o rumo dos acontecimentos. Tudo ficaria bem, era só uma questão de tempo! Adolfo a acompanhava e comentou:

— Você sabia que teria de partir logo, então conseguiu prover Artur com tudo o que lhe será necessário. Luciana estará por perto sempre! Agora, temos de ir. Pierre se foi, mas prometeu retornar. Precisamos pensar em algo! Vamos? — Os dois saíram rumo a outras paragens.

Miguel despertou somente no final do dia. A cabeça continuava incomodando e pensou em tomar o remédio que a médica lhe ministrara. Foi até a sala e encontrou a cunhada com o filho assistindo a um programa infantil.

— Oi! — cumprimentou simplesmente.

— Oi, papai. Está melhor? Não teve mais pesadelos? — Artur o encarava com aqueles olhos magnéticos, os mesmos de Marina.

— Você esteve no meu quarto? — perguntou ele.

— Eu e Artur entramos lá e você estava muito agitado. Acordou e falou que teve um pesadelo, mas, logo em seguida, adormeceu. Até agora! — explicou Luciana.

— Verdade, estava tendo um pesadelo perturbador. — Ele ia contar, mas viu o filho e desistiu. — Depois, creio que dormi um sono reparador.

— Como se sente, Miguel? — Ele estava tenso e Luciana percebera que havia algo mais. — Não quer comer algo?

— Não estou com apetite algum. Minha cabeça dói demais. — Neste momento, Dora entrou na sala trazendo um café para os dois adultos. Na bandeja, havia também um copo de água e o remédio ao lado. Miguel sorriu e disse:

— Dora, você não existe. Sempre eficiente. Não sei se mereço tanta atenção. — Tomou o remédio e sentou-se, saboreando o café fumegante que ela lhe serviu.

— Miguel, você deixou a receita na mesa e providenciei para que, quando acordasse, estivesse a sua disposição. Sabe que é como um filho para mim. — O sorriso genuíno que ela lhe ofereceu fez com que ele se emocionasse.

— Ainda bem que não desistiu de mim! Ainda! — brincou ele com a voz embargada.

— E isso jamais vai acontecer! — Ela se aproximou dele e beijou sua testa com carinho. — Luciana, terei que ir embora, posso contar com sua ajuda? Vai cuidar dos meus meninos na minha ausência? — Suas feições estavam preocupadas.

— Claro, Dora. Pode ir tranquila.

— Deixei o jantar pronto, é só aquecer. — E com um sorriso, se despediu.

— Papai! — falou Artur, baixinho. — Vamos pedir uma pizza? Dora nem vai saber que não comemos a comida dela.

— E se ela ficar triste conosco? Não podemos deixar para amanhã? — perguntou Miguel.

O garoto fez um muxoxo e se rendeu ao argumento do pai.

— Amanhã então! Vê se não vai esquecer. — Paula entrou na sala e chamou-o para o banho, deixando Luciana e Miguel sozinhos.

— Ele é um garoto muito especial! — afirmou Luciana com um sorriso.

— Com certeza! E é por ele que estou seguindo a vida! — Suas feições se contraíram e Miguel se lembrou do seu problema. Teria que enfrentar em algum momento, mas decidiu que não seria agora, nem na semana próxima. Tinha muito ainda que fazer antes de se submeter a uma cirurgia de tal risco. Viu que Luciana o observava com curiosidade e decidiu mudar o foco. — Ontem você queria conversar comigo, lembra?

— Sim, mas já resolvi meu problema. Eu e Leonardo conversamos hoje. — E contou tudo o que acontecera, desde as fotos forjadas até a orientação do tio para que mantivessem essa farsa para sua própria proteção. — Enfim, é isso. Posso ficar por aqui mais alguns dias? Não irei incomodar?

— Fico feliz que tenha resolvido essa pendência. Não gosto de vê-la sofrendo e sabe disso. E é óbvio que ficará aqui conosco. Já estou me acostumando com sua presença.

— Não quero parecer invasiva, nem tampouco perturbar seu sossego. — Ao dizer isso, Miguel não conteve o riso.

— Sossego? Creio que está falando de outra casa. Com Artur, a vida é sempre um turbilhão de emoções. E agradeço todos os dias por ele ser assim! Se fosse só Artur, tudo estaria resolvido! — Seu olhar voltou a ficar tenso e não sabia como começar a falar o que tanto o perturbava.

— Percebo que é você que quer me dizer algo. Confie em mim! — Ele se levantou e caminhou até a janela, observando as luzes da cidade com certa nostalgia.

— Marina amava esta paisagem!

— Eu sei, Miguel. Mas não fuja do que pretende me dizer.

— Tem tanto assunto que nem sei por onde começar. A única coisa que sei é que preciso falar com alguém e você é a pessoa em quem mais confio neste mundo!

— Agradeço a confiança, sabe que estou e estarei sempre por perto. Para vocês dois!

— Eu sei, Luciana, e esse é o meu consolo. Minha vida está um caos!

Miguel não sabia como falar daquele ser horrendo que o perseguia. Nunca acreditaria nisso, se não o tivesse visto com seus próprios olhos. O que fizera para que ele o odiasse tanto? Não se lembrava de ter feito mal a alguém nesta existência. Mas aí teria que acreditar que as convicções de Marina estavam certas, podendo as pessoas viverem outras vidas, em corpos diferentes, em situações especiais. Queria que aquilo não estivesse acontecendo, mas, desde que a esposa se fora, tudo se intensificara. Era como se ela o protegesse de qualquer influência hostil. Porém Marina partira e teria de se virar por si só! E se esse ser atentasse contra o filho, causando algum dano a ele? Além de todos esses problemas, havia seu trabalho num momento conturbado e tenso. E para completar, sua saúde estava fragilizada. Tinha tanto medo de morrer e deixar Artur órfão! Não queria que o filho passasse por isso! Sentiu tanta dor em seu coração, que, se não desabafasse com alguém, não sabia o que poderia acontecer.

— Eu sei, meu amigo. Mas não pode se entregar passivamente a uma situação de vitimização, acreditando ser a pessoa que mais sofre nesta vida. Todos temos problemas a resolver, ninguém está isento. São oportunidades de testarmos nosso potencial criador, colocar em ação ferramentas que desconhecemos ou que ainda não confiamos. Você é um homem inteligente, capaz de conquistar tudo o que deseja, basta confiar que os recursos de que necessita estão em suas mãos. Apesar de você ainda não estar ciente dessa verdade. Vejo um ser tão capacitado a minha frente! Mas e você? No que realmente acredita?

— Sou um ser desprezível, falido, incapaz de gerenciar a própria vida. Desde que Marina se foi, tudo parece tão complexo, sombrio. Não acreditei quando meu filho falou acerca de um ser que deseja vingar-se de mim. Achei que tudo era fruto de sua imaginação, mas ele não está inventando nada. Eu mesmo o vi, como estou vendo você! — Suas feições se contraíram e o pavor se estampou. — Ele deseja meu sofrimento e está conseguindo isso. Tudo parece dar errado comigo. Meu trabalho encontra-se estressante em demasia, tendo que lidar com pessoas despreparadas justo agora na finalização do meu projeto. Você é testemunha de quanto lutei para que esse sonho fosse concretizado. E problemas podem ocorrer se eu não estiver lá trabalhando feito um desesperado, pois é minha carreira em jogo. E, para dar conta disso tudo, utilizo aquelas pílulas que me mantêm desperto e focado, contudo, podem causar danos irreversíveis em meu organismo. Sei o quanto estou sendo inconsequente, porém há muito em risco. É isso ou lanço tudo para o alto! Não estou trabalhando para fugir da minha realidade, mas para que eu possa sobreviver a este momento turbulento em que estou deixando para segundo plano o que é mais importante para mim: Artur. Não consigo ser um bom pai, tenho consciência disso, mas não posso estar em dois lugares ao mesmo tempo. Além disso, chego em casa e encontro esse ser horrendo, dizendo que eu sou traidor, miserável e outras denominações que não ouso repetir. Avisa que vai se vingar de mim por tudo o que lhe causei. Ele me persegue até em meus sonhos. Será que estou enlouquecendo? No dia do acidente, ele estava bem à minha frente falando essas coisas, quando tudo ficou escuro e caí. Eu poderia ter me ferido gravemente e ele seria o responsável. Mas como dizer isso sem que me considerem um insano? Estou lhe contando, pois sei que acredita que esse fenômeno pode ser possível. E, talvez, saiba como me ajudar. — Ele ia falar do seu problema cardíaco, mas decidiu não revelar. Seus olhos estavam marejados, sensibilizando Luciana.

— Não se entregue ao desespero, Miguel, tudo tem uma explicação, um jeito de se resolver. Mas precisa acreditar. Falemos, primeiramente, do seu trabalho. Você não é uma máquina e, mesmo que fosse, ela se desgastaria requerendo manutenção. Estou certa? — Ele assentiu. — Não sei como resolver esse problema, que nada mais é do que gerenciar seu projeto. Fale com seu diretor, exponha todos os fatos, peça um tempo extra, mas não se sujeite a essa vida miserável de trabalho excessivo e desgastante, cujo maior prejudicado tem sido você. Seja franco, honesto e objetivo. Como sempre soube ser! — Ela riu das próprias palavras. — Você sabe como fazer, apenas está fragilizado momentaneamente e impossibilitado de tal feito. Aproveite este final de semana e pense numa boa argumentação. Mas não permita que isso continue. Quanto a esse ser do mundo espiritual, ele só deseja seu sofrimento por algo que você causou a ele. O véu do esquecimento o protege, mas não apaga as ações equivocadas que tenha praticado contra ele. O sofrimento que vivenciou ficou gravado e ele não consegue achar uma alternativa senão prejudicá-lo, pois acredita que isso lhe trará a paz de volta. Venha comigo ao centro espírita que frequento, creio que eles poderão te ajudar sobre essa questão. O interessante é que você conseguiu detectá-lo, o que significa que é dotado de grande sensibilidade, capaz de perceber um habitante do mundo espiritual pela ferramenta da vidência. Faça uma assistência e receba as energias de que necessita através do passe, para reequilibrar-se e fortalecer-se. Mas é você que deve agir, comparecendo e relatando seu problema. Reconheça que precisa de ajuda e busque humildemente esse recurso. Se quiser, vou com você. Porém nada disso surtirá efeito mantendo as atitudes de agora. Um passo por vez! O que é mais importante em sua vida hoje? — A pergunta o desconcertou, pois pensou na implantação de seu projeto, quando, na verdade, Artur era seu bem mais precioso! Ele ficou calado, deixando as lágrimas verterem.

CAPÍTULO 28

UM NOVO PROBLEMA

O silêncio os envolveu... Luciana percebeu a prostração em que Miguel se encontrava e respeitou sua dor. Quando ele se acalmou, disse:

— Você tem razão, minha amiga. Estou fazendo tudo errado. Meu leme se foi, procure entender. Não consigo mais prosseguir sem a presença de Marina. Era ela que me conduzia todos esses anos e, agora, me sinto tolhido, como se algo me fosse tirado. Não tenho ideia de qual caminho devo seguir. Só sei que preciso fazer algo!

— Vamos lá, Miguel! Procure seu eixo, reequilibre-se. Faça tudo que estiver ao seu alcance, nem mais nem menos. Valorize o que hoje tem em mãos! Artur é sua responsabilidade e Marina sabia que daria conta. Ela confiava plenamente em você! — Surgiu em sua tela mental as lembranças de conversas que tivera com Marina quando ela sentiu que seu tempo de partir se aproximava. E foi exatamente o que dissera ao cunhado.

— Você fala isso para que eu me sinta melhor e agradeço sua generosidade.

— Pare de se vitimizar, por favor! Você se deprecia excessivamente e isso é o que o perturba tanto. Marina confiava em você e me disse isso com essas mesmas palavras. Ela o amava e o conhecia melhor do que você mesmo. Partiu serena e tranquila, pois sabia que seria o pai exemplar para Artur. Basta que você acredite nisso.

Miguel baixou a cabeça e chorou, sendo consolado por Luciana, que o abraçou com todo carinho.

— Vejo em minha frente um menininho assustado que não sabe o que deve fazer.

— Você é uma mulher espetacular e Leonardo, um homem de sorte por tê-la ao lado. Que ele cuide muito bem de você, caso contrário irá se ver comigo! — Ambos sorriram e o clima se descontraiu.

— Nem tanto, Miguel. Quanto ao outro problema, creio que seja até mais fácil de ser resolvido. Venha comigo ao centro espírita que costumo frequentar. Tome um passe, equilibre-se espiritualmente e cuide de suas emoções. Nada se resolverá se não fizer a parte que lhe compete. Fortaleça sua fibra espiritual e aceite que esse irmão está sofrendo também. Ele se sente traído, vilipendiado e você, pelo que tudo indica, foi o causador de todo esse sofrimento. Se aceitar que errou, mais fácil se torna compreender as razões dessa perseguição. Peça perdão, Miguel. E seja sincero. Isso vai sensibilizá-lo, se perceber que você está sendo honesto, que suas intenções são verdadeiras.

— Não sei o que fiz, como vou pedir perdão? Tudo isso continua muito confuso para mim. Mas prometo que pensarei no caso.

— Entendo que relute em aceitar o que estou falando. Você sempre foi cético, Miguel. Porém espero que entenda que tudo o que ora está vivenciando pode ser resolvido. Pense com carinho! — Neste momento, Artur chegou com sua vivacidade e alegria, e os dois deixaram o assunto de lado.

O final de semana foi tranquilo para todos. Miguel já se sentia preparado para reiniciar seu trabalho. Ele falara com Marcondes, explicando que somente estaria de volta na segunda-feira, assim ele não o convocaria antes disso.

A semana iniciou tensa para Leonardo. Logo que chegou ao escritório, sua secretária o avisou que o desembargador Carlos Alberto desejava falar com ele. Ao entrar em sua sala, deparou-se com a figura austera de outro desembargador, Moreira de Sá. Ele estava em companhia de Carlos Alberto e o semblante de ambos era tenso. O senhor nem o cumprimentou e já lhe perguntou:

— Quando tinha a intenção de me relatar o que está acontecendo? — Seu olhar era cortante e denunciava certa irritação. — Veja isto! — E entregou-lhe um papel.

Ao ler, Leonardo sentiu suas feições empalidecerem.

— Vamos, sente-se, doutor. Tem muito a me contar. — Ele olhou para Carlos, que parecia já conhecer o conteúdo.

— Fique calmo, Leonardo. Não estamos aqui para julgá-lo, mas sim ajudá-lo a sair dessa situação constrangedora que criaram. Relaxe, Moreira está do nosso lado. Mas eles não sabem!

— Por que não me relatou que estava sendo chantageado?

— Me senti um idiota ao deixar-me envolver nesse esquema. Sabia que eles tentariam qualquer coisa e não fui precavido. Assumo minha responsabilidade.

— Ora, pare de se justificar. Carlos me contou como tudo aconteceu. Qualquer um poderia se enredar nessa teia. Bem, vou ignorar isso, confiando em você. Não o tirarei do caso, pois sei que está finalizando o processo e devo admitir: estou ansioso para que todos eles sejam réus. Ofereça a denúncia e sua parte estará encerrada. Quero também que acrescente tudo o que foi tramado para prejudicá-lo, usando artifícios criminosos, que bem os caracterizam. Acredita que eles enviarão as fotos, expondo-o perante os demais juízes?

— Creio que essa hipótese não possa ser descartada, desembargador. Conhece-os tanto quanto eu. São capazes disso e muito mais.

— Carlos me contou sobre sua esposa. Foi um golpe baixo e espero que já tenham se acertado, porém concordo que devam permanecer afastados, preservando-a dessa baixeza. Mantenha-me informado de cada passo deles! E isso é uma ordem!

— Com certeza! Até o final da semana estará com todos os documentos em suas mãos. E será notificado de cada gesto ou ação deles. — Os dois desembargadores deram por encerrada a reunião e Leonardo saiu.

Já em sua sala, respirou aliviado. Tudo poderia ter tido um caminho diverso, porém a justiça anunciava que era soberana e ela que decidia os rumos. Mergulhou nos seus afazeres, agradecendo a Deus pelos desígnios favoráveis.

Miguel retomou suas atividades e a primeira providência foi conversar com Marcondes, colocando seu posicionamento perante o projeto, solicitando ajuda extra, com o risco de verem a data de sua implantação cada dia mais distante. Aludiu ao fato de que estava se dedicando excessivamente, enquanto sua auxiliar somente cometia equívocos, comprometendo o andamento do trabalho. Era seu nome que estava em risco e ele não iria mais ser responsabilizado por erros perpetrados por ela, lá colocada não pela sua competência, mas por outros atributos.

Marcondes ouviu-o atentamente, reconhecendo que ele estava com a razão, porém não era assim tão fácil afastar Flávia do projeto. A alternativa foi trazer Claudia, em caráter excepcional, para lhe dar apoio neste momento. Era o que poderia fazer. A sua antiga assistente já retornara de uma viagem e estaria a sua disposição até o final da semana.

— Quanto a Flávia, mantenha-a a par do projeto, mesmo que desempenhe apenas funções de pouca importância. Faça isso como um favor a este seu amigo. E a cabeça? Está melhor? Acidentes domésticos são um grande perigo.

— Estou bem. Me garante a presença de Claudia? — insistiu Miguel.

— Quer que eu a chame aqui?

— Confio em você! Aguardarei até quinta-feira então!

Os dias que se seguiram foram repletos de atividades para todos...

Conforme Marcondes anunciara, Claudia se uniu ao pequeno grupo, contando a Flávia que estaria com eles até o final do projeto.

— Mas era necessário, Miguel? — Flávia ficou incomodada com o retorno da outra, por ser muito mais experiente e competente que ela.

— Sim. Claudia conhece profundamente todo o processo e será de muita valia no atual estágio do trabalho.

— Nós dois podemos dar conta de tudo — retrucou ela, com a imponência na voz.

— Isso já está decidido. Temos um prazo a cumprir e não pretendo atrasar. Além do que você ainda requer supervisão para muitas tarefas e não posso estar ao seu lado todo tempo. Você tem potencial, mas é novata, precisa admitir. — Seus olhares se cruzaram e ele viu a fúria estampada no olhar dela. Ela poderia ser perigosa, necessitava de muita cautela. — Bem, podemos continuar o trabalho, ou há alguma dúvida? — Miguel foi firme e direto com ela, que saiu espumando. Claudia somente sorriu para o amigo.

— Cuidado com ela, Miguel. Não se esqueça de que tem "costas quentes".

— Só que sou eu que mando aqui neste setor. Senti sua falta, minha amiga. — E deu-lhe um abraço.

— E eu a sua! Por onde começo?

Na sexta-feira, Miguel se sentia mais sereno, confiando que, agora, finalizaria o projeto no tempo certo. Decidiu que sairia do escritório no horário e somente daria uma passada no sábado, para ver se estava tudo conforme sua programação. Trabalhara ativamente durante a semana, porém mantivera seu foco no essencial, o que há muito não acontecia. Após o que aqueles médicos lhe disseram, seu coração precisava de certos cuidados e decidiu não mais fazer uso de medicamentos. No final da sexta-feira, estava completamente exaurido. A única coisa que desejava era chegar em casa e permanecer ao lado do filho. Ele havia programado uma maratona de filmes e Miguel prometera ficar ao seu lado.

Leonardo, finalmente, entregou seu relatório com satisfação por tê-lo concluído no tempo determinado. Estava em sua sala, relembrando todos os eventos que se sucederam nas últimas semanas. Sentia falta de Luciana, mas era necessário que assim se mantivesse, pois as cartas haviam sido lançadas e a reação que teriam seria certamente impactante. Não sabia o que esperar deles e só o tempo diria! Perdido em seus devaneios, seu telefone tocou. Ouviu a voz já tão conhecida e se espantou pela rapidez com que ele soubera dos fatos. Havia alguém lhe passando informações! Agora, não restava mais dúvida. Tavares seria informado assim que possível.

— O senhor é realmente um homem de coragem. Uma atitude temerária, no entanto. Pode colocar em perigo tudo o que já conquistou.

— Vou correr o risco. É meu dever e jamais fugi dele. — Leonardo percebeu um tom de deboche associado a um certo temor. Ainda assim, mediante tudo o que ele vivenciara, estava sereno em finalizar seu relatório, informando exatamente todos os fatos.

— Certamente, meu caro. Mas creio que se esqueceu de um pequeno detalhe.

— E qual seria? — Ele mantinha o tom desafiante do outro.

— Somos muito mais poderosos do que possa supor. Portanto aguarde retaliações. E, dessa vez, não seremos condescendentes como até então.

— É uma ameaça?

— Encare como desejar. Todas as ações geram consequências e espero que esteja preparado para o que irá advir de sua tola e insensata atitude.

— Era só isso o que tinha a me dizer? — Leonardo estava profundamente irritado com a petulância do homem e queria encerrar a conversa. Ouviu uma risada do outro lado da linha.

— Por enquanto, sim. Passar bem! — E desligou.

Leonardo ficou tenso após o telefonema e ligou para Tavares, comentando acerca de suas suspeitas. O que mais eles pretendiam fazer? Estremeceu só de imaginar o que poderia ser, afinal, como ele suspeitava, eram desprovidos de caráter e de moral.

O chefe da segurança alertou-o quanto a atos mais ostensivos e pediu que ele mantivesse sua vida a mais regrada possível, sob o olhar atento dos seguranças. O mesmo cuidado se aplicava a sua esposa. Ligou para Luciana e relatou os últimos acontecimentos.

— Fico feliz que tenha finalizado, porém não estou com bons pressentimentos. Tenha cuidado, querido! — disse ela, sentindo um aperto no peito, sem entender o que era.

— É com você que estou preocupado. Procure permanecer o máximo do tempo em casa. Sei que isso é intolerável, mas estamos lidando com pessoas indignas. Não consigo imaginar do que são capazes. Cuide-se! Quero tanto vê-la, mas não creio que seja um bom momento. Morro de saudades de você, meu amor!

— Bem, para alguma coisa serviu todo esse imbróglio. — Ela deu uma risada leve e contagiante.

— Como consegue brincar numa situação como essa? — indagou ele.

— Quando que eu iria ouvir tudo isso de você? — Leonardo se calou refletindo na veracidade das palavras da esposa. Era sempre tão contido, sem gestos espontâneos ou demonstrações de afeto constantes. Só agora se dera conta de quanto tempo perdera sendo uma pessoa tão previsível.

— Como me aturou todos esses anos? — A pergunta foi carregada de culpa.

— Acredito que já sabe a resposta. Mas, se precisa ouvir, é porque eu o amo e respeito seu jeito de ser. Prefiro essa sua nova versão sem sombra de dúvida.

— Preciso ver você agora! Posso ir até aí? — questionou ele.

— Não. Você mesmo acabou de me pedir cautela, Leonardo. O importante é que tudo ficará bem, acredite! — Ela ainda duvidava de suas palavras, pois sentia uma sombra pairando sobre eles, sem saber o que aquilo poderia significar. Estaria ele correndo perigo? Seriam capazes de algum gesto premeditado contra Leonardo? Seu coração acelerou e sentiu que os riscos estavam presentes. — Por favor, querido, me prometa que terá todo cuidado, não colocando sua vida em perigo?

— Não farei nada que possa me comprometer. Confie em mim! O que vocês irão fazer esta noite?

— Uma maratona de filmes escolhidos por Artur.

— Queria tanto estar aí! — expressou ele com pesar.

— Tudo vai se resolver, confie!

— E Miguel? Como tem passado?

— A mesma rotina estressante, porém conversamos seriamente sobre isso. — Evitou falar acerca das visões que ele tivera. Talvez, Leonardo não entendesse. — Percebo, no entanto, que ele está escondendo alguma coisa.

— Tive a mesma impressão. Mas Miguel sempre foi evasivo. Espero que não seja nada.

Os dois conversaram mais alguns instantes e somente encerraram a conversa quando Artur a chamou para iniciarem a programação. Miguel acabara de chegar e já se colocara à disposição do filho. Ele ostentava um semblante tenso, porém tentando mostrar que tudo estava bem.

Na metade do primeiro filme, ele se levantou e passou a andar pela sala como se algo o perturbasse. Artur olhou para o pai e perguntou:

— Papai, o que aconteceu? Não me assuste!

— Miguel, o que está sentindo? — Ele empalideceu e sentou-se. Sentia-se muito mal, sem entender o que era. Havia alguma coisa errada, era fato. Não pretendia assustá-los, mas ele, definitivamente, não estava bem. — Você tomou algo? — Luciana se referia àqueles estimulantes.

— Não. — Foi quando se lembrou da médica do hospital. Ela lhe deixara seu cartão. — Artur, vá até meu quarto e pegue na primeira gaveta um cartão. Traga-me aqui, por favor, querido. — Ele estava quase sem forças, prestes a desfalecer. — Luciana, ligue para ela e peça ajuda, por favor. — E tudo escureceu.

Assim que Artur voltou, ela, rapidamente, fez a ligação. Uma voz sonolenta atendeu.

— Doutora Laura? Me perdoe, mas preciso de sua ajuda. Miguel me passou seu contato e pediu que ligasse. Ele não está bem e parece que desmaiou. Não sei o que fazer! — Sua voz denunciava todo nervosismo do momento.

Laura despertou de súbito, lembrando-se do paciente da semana anterior. Ela lhe entregara seu cartão, mas não esperava um contato tão rápido. A mulher da ligação dizia que ele não estava bem e seus sentidos ficaram em alerta.

— Me dê seu endereço! — E anotou rapidamente. — Tente despertá-lo, estarei aí em alguns minutos. — Laura reparou que não estavam distantes e trocou-se rapidamente. Olhou o relógio e constatou que dormira só algumas horas. Em menos de quinze minutos, lá se encontrava.

Artur e Luciana estavam em pânico, pois Miguel ainda permanecia inconsciente. A médica tomou-lhe o pulso. Seu olhar se contraiu.

— Pegue uma toalha molhada. — Luciana correu a atendê-la. Colocou sobre sua testa e ficou aguardando o que iria acontecer. Ele não tivera uma parada cardíaca, o que já era satisfatório. Esses desmaios iriam ocorrer, cada vez com mais frequência, e, num deles, nada impediria que seu coração parasse, já pressupondo o desfecho fatídico.

— Por que papai não acorda?

— Ele já irá acordar. Tenha só um pouquinho de paciência. — Ela mesma já estava a ponto de ligar para a emergência.

Artur se aproximou do pai e segurou sua mão. De olhinhos fechados, ele permaneceu como se estivesse rezando. Laura se enterneceu com o garoto em silêncio.

Miguel abriu os olhos e se deparou com a presença de todos à sua volta.

— O que aconteceu? — Ele estava confuso.

— Essa pergunta sou eu que faço. O que aconteceu, Miguel? — Laura o encarava fixamente. — O que sentiu antes de desmaiar?

— Fiquei muito estranho, meu coração parecia querer saltar da boca, além de sentir um certo desconforto. Tudo ao mesmo tempo! Então me lembrei de você. Desculpe-me, mas foi a única pessoa em que pensei.

— Você está doente, papai? Por que não nos contou? — Havia certa repreensão em sua voz que fez Miguel sorrir.

— Me desculpe, filho. Você tem razão. Prometemos não ter segredos um com o outro e não cumpri. Lembra o dia do acidente do papai? Essa é a Doutora Laura, que decidiu fazer uma série de exames naquele dia.

— E encontrou algum problema? — Seus olhos estavam atentos e sérios. Miguel desejava fugir dali. Não queria que o filho ficasse assustado ou temeroso mais uma vez. Tudo era tão recente! Como ele iria lidar com a possibilidade de ver o pai também doente? Marina se fora há tão pouco tempo e ele ainda nem conseguira lidar com toda dor resultante. E, agora, era ele! Olhou para Luciana que o inquiria silenciosamente. Laura, sentindo o desconforto que ele experimentava, decidiu intervir.

— Bem, primeiro vamos nos apresentar. Sou Laura. E você? — Ela estendeu a mão ao garoto, que se aproximou e disse:

— Sou Artur, filho de Miguel. E não quero que minta para mim. O papai está doente?

— Seu pai tem um pequeno defeito numa válvula do coração. Ele nasceu assim, mas só agora essa falha se manifestou. Graças ao acidente, descobrimos seu problema.

— Então é só trocar essa válvula, certo? Aí papai vai ficar curado? — Tudo parecia tão simples para uma criança de seis anos que fez Laura sorrir.

— Você é bem esperto para sua idade. Exatamente isso. Trocamos a peça que está com defeito e seu pai fica bem de novo. Simples, não acha? — Ela sorriu para Artur, que parecia aliviado.

CAPÍTULO 29

ENFRENTANDO OS PROBLEMAS

— Por que não nos contou sobre isso, Miguel? — Agora, era Luciana que o inquiria.
— Não sei, talvez por medo. Não queria assustar vocês.
— Papai, os médicos existem para curar as pessoas. Mamãe contou que o problema dela era sério demais e por isso não sabiam fazer isso. Mas nem todas as doenças são como a da mamãe. Essa médica falou que o seu caso é simples. — E, olhando para Laura, indagou: — Quando você vai operar o papai? — A pergunta ingênua os fez descontrair.
— Quando seu pai decidir! Porém não serei eu quem vai operá-lo. É um grande amigo meu, o mais competente de todos. Confio nele!
— A mamãe disse que eu poderia acreditar em você, então acho que devia operar meu pai com seu amigo, certo, papai? — Laura não entendeu a referência à mãe, mas decidiu nada questionar por enquanto.

— Quem sabe, querido! Mas, como eu disse, seu pai precisa decidir se submeter a essa cirurgia. Depende só dele!

— E então, papai? — Artur ficou à sua frente e o encarava fixamente.

— Não é tão simples assim, Artur. Tenho que me programar e isso leva tempo.

— Mas, papai, e se essa peça ficar com defeito? O que pode acontecer com você? Não acha melhor trocar antes que isso aconteça? — A simplicidade ao encarar uma situação de tamanho porte deixou Laura boquiaberta. Ele estava com a razão, pois era exatamente isso que poderia acontecer e ele traduziu da melhor forma possível.

— Miguel, você tem um filho muito inteligente. Vai ser médico quando crescer?

— Não, vou ser engenheiro como meu pai. — O olhar de admiração que enviou ao pai, fez com que ele se emocionasse!

— É uma pena, pois a medicina perderá um grande talento! No momento, falta convencer o papai de que essa cirurgia é de vital importância. Posso falar com ele um pouco mais? — Luciana compreendeu que a conversa deveria ser a sós.

— Vamos fazer um café para nossa visita, enquanto ela continua conversando com seu pai? Laura, fique à vontade. Sou Luciana, cunhada de Miguel e fui eu que liguei.

— Deve ser a esposa de Leonardo, estou certa? Você mora aqui com eles? — A médica estava curiosa sobre a situação. Miguel e Luciana sorriram perante o comentário e foi Artur quem deu as explicações.

— Tia Lu é irmã da mamãe. Ela brigou com tio Leo, mas já estão de bem, certo, tia Lu?

— Certo, querido. Laura, a história é complicada, mas, se houver tempo, nós contamos. Vamos, Artur. — Quando os dois saíram da sala, Laura iniciou o diálogo.

— Miguel, hoje foi somente um desmaio e poderia explicar por que isso aconteceu. É provável que esse incidente suceda muitas outras vezes, até que... — E parou, tentando que ele entendesse o perigo que corria.

— Posso morrer? — indagou ele, com as feições sérias.

— Pode ter uma parada cardíaca e não termos tempo de ressuscitá-lo. Essa válvula está defeituosa e precisa ser trocada. — Ela riu, lembrando-se das palavras de Artur. — Seu filho compreendeu melhor do que você a gravidade da situação. Sei que precisa se organizar, mas, pelo que pude perceber, a cada dia os riscos se elevam. E isso acontecerá de súbito, sem que envie um sinal. Por favor, Miguel, sua situação é crítica.

— Aquele seu amigo médico disse que é uma cirurgia delicada, de alto risco.

— Mas não fazer nada é um perigo maior ainda. Bem, a vida é sua e saberá gerir da melhor forma. Peço, porém, que se lembre de seu filho. Creio que ele seja seu maior incentivo a realizar essa cirurgia. Se ainda vivesse uma vida sem muita tensão, o que parece não ser seu caso, poderia adiar por mais um tempo. Mas, submetido a altas doses de estresse, o tempo se reduz. Essa é minha opinião. Posso te examinar? — Ele assentiu e Laura passou a auscultar seu coração. Ela viu o temor estampado no olhar de Miguel e tentou manter a positividade. — Prometa-me que, da próxima vez que isso acontecer, irá direto ao hospital e me avise. — Sua percepção era que tudo precisaria ser realizado no menor prazo possível.

— A situação é assim tão grave?

— Não vou mentir, Miguel. Você foi afortunado quando chegou ao hospital por aquele acidente. Não dê margem ao azar. Aquilo foi literalmente um aviso. Não despreze os sinais que lhe foram enviados.

— Uma médica que acredita em sorte, Deus! Interessante, tem que convir comigo.

— Acredito que tudo tem um sentido. Se você chegou em minhas mãos acidentalmente e decidi realizar aqueles exames, é porque algo está acontecendo. Não costumo brincar com a sorte, se é que me entende! — Ofereceu um sorriso radiante e prosseguiu: — Quanto a acreditar em Deus, ou numa energia superior que a tudo coordena, sim, eu creio! Já vi tantos "milagres" que só posso presumir que Deus está presente em tudo e atento a cada um de nós. A atenção de Deus em você nesse episódio significa que sua vida precisa pulsar bastante ainda. Talvez, tenha muitas tarefas em aberto para serem finalizadas com a sua colaboração. Mas, para isso, necessita de plena vitalidade, com seu coração em perfeita ordem. Vamos substituir essa peça defeituosa.

— Tenho tanto medo de dar errado! — Seus olhos ficaram marejados. — Artur precisa de mim!

— Sim, mas de você bem! Pense nele e procure doutor Ronaldo. Se quiser, poderei acompanhar a cirurgia. — Seus olhares se cruzaram e ele sentiu a paz de que necessitava. Ela lhe oferecia algo que estava há tanto tempo apartado dele, que não conteve a emoção. Laura não sabia o que fazer perante a situação, apenas, pegou a mão de Miguel e afirmou: — Tudo ficará bem, confie em mim! Estarei ao seu lado todo o tempo! — A delicadeza de seu gesto trouxe-lhe de volta a confiança. Respirou fundo e riu entre as lágrimas.

— Você é um anjo ou coisa parecida?

— Não, somente uma médica que tem muito a aprender — expressou Laura, com um sorriso capaz de iluminar todo o ambiente. Ele não conseguia desviar seu olhar do dela, ambos percebendo que uma conexão se estabelecera entre eles. Nenhuma palavra foi dita, mas tudo ficou claro. Neste momento, Artur entrou na sala:

— Laura, sei que gosta de café com bolo e Dora fez um delicioso — disse o garoto, servindo um prato com uma fatia generosa de bolo.

— Como você descobriu isso? — falou baixinho. — Nunca contei para ninguém. Adoro bolo com café. Lembranças da minha infância! Menino danadinho de esperto!

— Eu sei muita coisa, Laura. Se desejar mais, eu vou buscar. Quer um pedaço, papai?

— Não, filho. Vou tomar somente o café, que aposto foi você quem fez.

O garoto olhou para a tia que se divertia com as peripécias do menino. Ele sabia realmente descontrair um ambiente.

— Tia Lu ainda não aprendeu a fazer café. E aí, está bom?

Todos em coro responderam:

— Uma delícia, Artur. — Ele não se continha de tanta alegria. Tudo era tão simples para um garoto da sua idade!

Passava das dez horas quando Laura proferiu com pesar:

— Ficaria aqui com vocês até amanhã. Artur, você é um garoto muito especial. Adorei te conhecer. Confio em você para convencer o papai sobre a cirurgia. — E piscou para ele.

— Eu também gostei de você! Sei que vai cuidar do meu pai e não deixar que nada de mal aconteça. Acho que terá que voltar outras vezes aqui. — Fez uma cara sapeca.

— Posso saber o motivo? — perguntou ela, curiosa.

— Porque desconfio que gostou do papai. E, por isso, vai me ajudar a convencê-lo de se operar.

Laura ficou rubra com o comentário. Miguel olhou o filho com censura. Luciana virou-se para que não vissem o sorriso que ela ostentava.

— Bem, sendo assim, voltarei amanhã à tarde para saber como ele está. Combinado? Mas só volto com uma condição — expressou ela com seriedade na voz.

— Qual? — indagou o garoto.

— Que você me sirva um pedaço de bolo e prepare um café para mim. Isso se seu pai não se opor a minha visita.

— Não, Laura, ele também gostou de você — expressou Artur com um sorriso maroto.

— Artur! — Miguel já se levantara, enquanto o garoto beijou o rosto da médica e correu para seu quarto dando gargalhadas.

— Depois teremos uma conversa.

Laura não sabia se ria do filho ou do pai. Era uma situação inusitada, tinha de convir!

— Me desculpe, Laura. Artur passou dos limites. E você deu trela para ele. Não leve a sério suas brincadeiras, por favor.

— Que pena, pensei que ele estava falando a verdade! — Ela se divertia com a situação. — Mas virei ver você amanhã, antes do meu plantão. Cortesia para o Artur. Amei seu filho, Miguel. Adorei sua sinceridade e perspicácia. Um observador nato! Terá um futuro brilhante! Assim como o do pai! — Antes de sair, olhou para Luciana. — Amanhã, você me conta sua história, estou curiosa.

— Amanhã! — Riu Luciana.

Miguel a acompanhou até a porta.

— Prometo pensar em nossa conversa. Obrigado por tudo!

— Ainda não viu a conta que vou lhe enviar! Me aguarde! Boa noite! E qualquer coisa me chame, combinado? Preciso dormir um pouco! — Os dois se olharam fixamente por instantes. De súbito, ela beijou seu rosto e completou: — Fique bem, Miguel. — Em seguida, saiu, deixando-o sem palavras, parado na porta.

Luciana passou por ele e sorriu. Definitivamente, Laura era uma mulher interessante.

— Gostei dela, Miguel. E parece confiável. Aliás, quando pretendia me contar sobre seu problema? É muito sério o que ela nos contou. Como disse Artur, essa peça defeituosa precisa ser trocada. Quando pensa em se submeter a essa cirurgia? — Percebeu que ele ficou tenso, caminhando pela sala em total desconforto.

— Não tenho essa resposta, Luciana. É muito difícil parar tudo agora!

— Ora, não diga bobagem! Você é uma bomba ambulante, que pode explodir a qualquer instante e continua reticente quanto à operação? Miguel, neste momento, a cirurgia é mais importante do que qualquer coisa a sua volta. Não vou aceitar sua recusa e marcarei o médico na semana próxima. E se não quiser me fornecer o número, eu falo com Laura. Não brinque com algo de extrema seriedade, eu lhe peço. Avise seu chefe que, infelizmente, sua saúde está solicitando uma pausa. Não é possível que não tenha ninguém para ficar em seu lugar.

— Esqueceu-se de que esse é meu projeto? — manifestou ele com pesar.

— Sim, mas seu maior projeto é a manutenção de sua vida. E isso somente você pode comandar. — Ela se aproximou do cunhado e colocou a mão em seu braço afetuosamente, fazendo com que ele a encarasse: — Escute, Artur precisa de um pai. Ele já não tem a mãe ao seu lado. Vai privá-lo de sua presença? Se está em dúvida, pense nele. Creio que a resposta aparecerá de pronto! — A firmeza das palavras de Luciana o sensibilizou.

— Tenho tanto medo de que uma tragédia possa acontecer! — Sua voz era um sussurro.

— Pois, então, faça a cirurgia. É o caminho mais acertado no momento. Fique bem, Miguel. É o que todos nós desejamos! — Ela o abraçou com a força do seu carinho. Marina fazia tanta falta nestes momentos tortuosos! De repente, ouviram a voz do garoto:

— Papai, ainda está bravo comigo? — perguntou ele, se aproximando lentamente. Miguel o encarou com o olhar sério.

— Não acha que foi indelicado com a médica? Amanhã, peça desculpas, ouviu bem?

— Mas só falei a verdade. Eu vi como ela olhava para você, então acho que ela gostou de você, papai. É um homem bonito, apesar de que não gosto desse cabelo comprido. Mas acho que ela gostou, pois não parava de te olhar.

— Artur, ela é médica e estava me avaliando. Naturalmente que ela tinha que colocar os olhos em mim — explicou ele com toda paciência.

— É o seu coração que está com problemas, não é? Então era para ele que a médica tinha que olhar.

— Foi exatamente isso que ela fez. Agora, deixe de brincadeiras e vá dormir. Já é tarde para ficar acordado. Quer que eu leia para você? — O garoto assentiu e ambos foram para o quarto. Luciana ficou observando a cumplicidade que existia entre ambos, certamente, iniciada muito tempo atrás. Que Deus cuidasse de Miguel, para que ele superasse mais essa batalha. Que lhe provesse de força e coragem para encarar esse novo desafio.

Distante de lá, Leonardo decidiu que iria comemorar o término de seu processo. Estava cansado, mas não deixaria passar em branco um dia tão especial. Saiu do trabalho e se dirigiu ao restaurante que costumava frequentar. Foi recebido com a cortesia de sempre e solicitou uma mesa mais afastada do burburinho, que, naquela hora, era comum. Pediu uma taça de vinho e o seu jantar. Queria que Luciana estivesse ao seu lado neste momento. Mais do que nunca, eles mereciam comemorar o que, para ele, havia sido uma vitória. A denúncia estava feita e, dali em diante, todo o processo seria avaliado criteriosamente pelos juízes encarregados. Porém a parte mais complexa coube a ele, que era montar todo o processo, com todas as evidências possíveis. Foram meses de trabalho árduo, algumas tentativas de intimidação e as fotos fraudadas. Eles mostraram ausência total de escrúpulos, com a finalidade de invalidá-lo perante seus superiores. Até o momento, tudo lhe parecia favorável. Na verdade, ainda teriam um longo caminho a percorrer para que tudo fosse definitivo, mas o primeiro passo coube a ele realizar. Embora fosse precoce uma comemoração, estava feliz com a conclusão.

No meio do seu jantar, entretanto, alguém surgiu à sua frente. Seu semblante se contraiu e sua vontade era fazer uma loucura. Mas Leonardo se conteve, afinal, era um homem sensato.

— Boa noite, doutor! — A jovem oferecia um sorriso. — Posso lhe fazer companhia?

— Não — respondeu ele de forma lacônica. Mas ela pareceu não ouvir, pois puxou a cadeira e sentou-se à frente dele.

— Preciso lhe falar.

— Não tenho nada para conversar com você. É mais uma armação sua?

— Estou aqui por minha vontade. Não se trata de uma armação. Se bem que, naquela noite, poderíamos ter aproveitado o momento. Foi uma pena, mas tinha que ser daquele jeito. Meu pai me deu uma tarefa e não pude recusá-la. Estava em débito com ele e quitei minha dívida.

— Sua relação com seu pai pouco me importa. E se não quiser que eu seja indelicado, saia daqui, por favor. Não tenho a mínima disposição de estar ao seu lado depois de tudo o que foi capaz de fazer. Tem ideia do que causou? Minha carreira está em jogo e sabe disso. Vocês são sórdidos, capazes de enviar à minha esposa aquelas abjetas fotos. — A ira impregnava suas palavras. Não sabia como conseguia se conter.

— Saiba que não foi ideia minha. Jamais faria aquilo!

— Resolveu se arrepender dos seus feitos? Não acha que é um pouco tarde? Você é da mesma laia que seu pai assim como todos que o acompanham. Ele acabou de ligar me ameaçando novamente. São todos iguais! Sem caráter e sem moral! Agora, por favor, pode me deixar sozinho? Bruna, é esse seu nome? Ou é um codinome para as falcatruas que costuma realizar? — A jovem franziu o semblante com as ofensas dirigidas a ela.

— Meu nome é esse mesmo. E, para seu governo, não sou igual a meu pai. Já disse que lhe devia um favor e tive a chance de me livrar dessa dívida. Foi um trabalho de mestre, tem de convir comigo. Deveria ter sido atriz, aliás, acho que ainda dá tempo. Bem, mas você não me perdoou e vou deixá-lo em paz. Queria que soubesse que, apesar de tudo que fiz, não apreciei um minuto sequer aquela farsa. Não tenho a mesma frieza que meu pai. Sou apenas sua filha, assim a genética diz. Mas nada tenho a ver com seus joguinhos, arapucas e ameaças que ele lhe direciona. — Ela parecia estar dizendo a verdade o que deixou Leonardo ainda mais confuso.

— Só falta me dizer que veio até aqui para me pedir desculpas — concluiu ele, irônico.

A jovem sorriu tristemente dizendo:

— Pois foi exatamente isso que vim fazer. E dar um alerta.

— Outra ameaça? — questionou ele com firmeza.

— Sou a última pessoa deste mundo capaz de lhe fazer algum mal. Não é de mim que precisa ter receio, doutor. Sei que é um homem de bem, vasculhei sua vida e não encontrei nada que possa comprometê-lo. Se não fosse casado, meu olhar seria dirigido a você. É uma pena!

— Vocês acabaram com meu casamento! — declarou ele, tentando que ela acreditasse.

— Ora, querido, quer enganar a quem? Sei que essa história é uma farsa e que estão juntos. Aliás, eu e todo o grupo, inclusive meu pai. — Ao dizer isso, seu olhar se entristeceu. — Esse é o alerta que venho lhe dar. Se a ama, cuide para que nada lhe aconteça. — O semblante de Leonardo se contraiu ao ouvir a declaração da jovem. Ele pegou seu braço com força e apertou:

— O que pretende me dizer? O que você sabe? Ela corre perigo? — Bruna tirou a mão dele do seu braço e continuou:

— Vocês correm perigo! Não quero que mal nenhum recaia sobre você. Pode não acreditar, mas é a mais pura verdade. Cuidem-se! Se souber de mais alguma coisa, volto a procurá-lo.

Levantou-se calmamente e saiu do restaurante. Leonardo estava furioso, confuso, assustado, num misto de emoções que o desestabilizaram. O que significava aquilo que acabara de acontecer? Eles estavam tentando confundi-lo com mais uma armação? Com qual propósito? Pegou o telefone e ligou para o chefe da segurança Tavares. Era mais do que certo de que havia um informante passando dados privilegiados para esse grupo. Todos têm seu preço e um deles, talvez dentro da própria equipe de segurança, estava atento a tudo que lá se passava.

Tavares ficou preocupado com a informação de Leonardo e investigaria com muito mais ênfase. Era inadmissível isso acontecer bem debaixo do seu próprio nariz! Eles eram de uma ousadia inimaginável!

— Doutor Leonardo, a situação é ainda mais preocupante pelo que acabou de me relatar. Eles são perigosos e precisamos da máxima cautela possível. Claro que a filha pode ter blefado também. Já pensou nisso? Poucos tinham acesso às informações dentro do meu grupo, por exemplo, como saber que o término do seu casamento era uma farsa. — Ele se calou por instantes, rememorando todos os fatos e as pessoas envolvidas. De repente, uma luz se acendeu e ele, possivelmente, tivesse encontrado um suspeito. Iria investigar com mais atenção e decidiu não relatar sua suspeita ao juiz. — Bem, continue atento e qualquer fato suspeito me informe.

— Peço especial atenção a minha esposa, Tavares. Que todos os seus passos sejam observados cuidadosamente. — E desligou. Seu coração estava em descompasso...

CAPÍTULO 30

APRENDER A PERDOAR

Na manhã do sábado, Miguel ligou para sua amiga e colaboradora Claudia e pediu-lhe que fosse até sua casa. Tinham um assunto de extrema complexidade para discutirem.

Ela chegou com a aparência grave, pressentindo problemas.

— Você me assustou, Miguel. Algum problema?

— Sente-se, Claudia, precisamos conversar. — E relatou o sério problema que teria que administrar, em relação à cirurgia de alto risco, entretanto essencial para que seu equilíbrio fosse restituído. — Falarei com Marcondes na segunda, mas precisava antes conversar com você e pedir o seu apoio. Estamos num momento crucial da implantação do projeto e não perderia por nada deste mundo. Entretanto se não me submeter a essa cirurgia, corro o risco de não ver a finalização do meu árduo trabalho durante todo esse tempo. Fiquei tão chocado quanto você está agora. É uma intervenção delicada, porém necessária e irá, de acordo com Artur, substituir uma peça defeituosa. — Ele riu.

A amiga ficou calada, tentando absorver as informações que ele lhe passara.

— Não pode aguardar o término do projeto? — indagou ela.

— Era o que eu tinha a intenção de fazer, mas não sei se conseguirei esperar mais algum tempo. Ontem, tive um desmaio e esses poderão se repetir, sendo que uma parada cardíaca pode ocorrer. Sabe o que isso significa? — Seu olhar se mostrava tenso.

— Você pode morrer? — Agora, era ela que estava assustada com a informação. — Não podia imaginar a gravidade do seu caso. Não tem nada para pensar e procure, com urgência, o médico que irá operá-lo. Faça isso, meu amigo. Conte comigo!

— Já pode imaginar do que eu preciso. Assuma o comando do projeto. Em tempo integral! Não permita a intromissão de Flávia nas possíveis decisões que sejam necessárias. Não posso ficar distante, supondo que ela possa comprometer tudo o que idealizei. Falarei com Marcondes e você assumirá as minhas tarefas. Sabe que isso pode não agradar ao comando superior. — Seu semblante ficou tenso.

— E, em algum momento de minha vida, eu tive medo de cara feia? — Claudia sorriu tentando descontrair o ambiente após tão graves informações. Ela se sensibilizara com a situação do amigo, que, há alguns meses, parecia que a paz, definitivamente, o abandonara. Primeiro foi Marina, agora ele! Por que tantos percalços em sua vida em tão pouco tempo? O que ele precisaria aprender? Seu coração apertou e decidiu que estaria ao lado dele de forma incondicional. Flávia ficaria muito irritada por não assumir as responsabilidades de Miguel, porém isso era problema dela. Quando ela adquirisse a experiência que ambos já possuíam, poderia requerer sua parcela de "louros". Até lá, que trabalhasse arduamente...

Artur entrou na sala e cumprimentou com um sorriso a visitante.

— Eu sei por que você está aqui. Papai confia muito em você. É a amiga de quem você sempre fala, papai? — questionou o garoto. Miguel sorriu mediante o comentário espontâneo do filho e declarou:

— Somente me submeterei à cirurgia se Claudia assumir meu lugar. Certo? — Olhou para a amiga que assentiu com um largo e sincero sorriso.

— Sabe que pode contar comigo em qualquer situação, Miguel. E você, Artur, está se tornando um garoto cada dia mais esperto. — O menino sorriu perante o elogio.

— Eu sei muitas coisas! — E um ar enigmático surgiu em seu semblante, deixando a todos curiosos. — Mas nem tudo eu posso contar. — E saiu da sala caminhando lentamente.

— Esse menino me surpreende a cada dia! — expressou o pai, com orgulho. — E é por ele que eu preciso resolver essa questão. Sei que irá me entender. Bem, está com tempo?

— Sim, pode me passar tudo. — Os dois ficaram parte do sábado trabalhando.

Luciana e Artur saíram para um cinema e retornaram no fim do dia. Claudia já tinha ido embora e Miguel se encontrava sentado no sofá com a preocupação no olhar.

— Tudo bem, Miguel? Laura passou por aqui? — A médica prometera visitá-lo.

— Não, ela teve uma emergência, mas disse que amanhã virá.

— Resolveu suas pendências? — perguntou a cunhada.

— Apenas as profissionais. — E dirigiu-se a ela em tom sério: — Se qualquer coisa ruim ocorrer, quero que você e Leonardo cuidem de Artur. — Seus olhos estavam marejados.

— Ora, Miguel, pare com isso! Nada de mal irá acontecer, não seja pessimista!

— Existe a possibilidade, Luciana. E somente me submeterei a essa cirurgia se estiver seguro quanto ao futuro do meu filho. É claro que tenho a pretensão de retornar em perfeitas condições, porém essa possibilidade existe. Algo pode acontecer e... — Não terminou a frase, sentindo a emoção dominar. — Preciso estar certo de que cuidarão de Artur se eu não estiver mais aqui.

— Nada sucederá que não esteja determinado, Miguel. E sei que você tem ainda muito a realizar nesta vida, portanto deixe seus temores de lado e enfrente com serenidade seu destino. Creia que tudo vai dar certo o que fará com que as mais puras energias possam envolvê-lo. Tenha fé em sua cura!

— Não sei se mereço isso, Luciana. Sinto que sou um cara tão falido, que desconfio de que Deus olhará com generosidade para mim. — Era nítido que ele estava sendo envolvido por emissões mentais de baixo padrão vibratório, tentando desestabilizá-lo, perdendo sua confiança. Sentiu a energia inferior presente e teve a certeza de que algum companheiro do mundo espiritual lá se encontrava, procurando envolvê-lo de forma plena. E Miguel, com suas emoções em desalinho, oferecia receptividade a esse ser malévolo, submetendo-se ao assédio constrangedor. Ao chegarem do cinema, Artur foi para o quarto enquanto Miguel e Luciana conversavam. Neste momento, ouviram o grito de Artur e correram para o quarto do menino. Ele chorava em total desespero.

— Acalme-se, o que houve, meu querido? — Aos prantos, Artur agarrou-se ao pai, como se estivesse atemorizado com alguma coisa.

— Ele disse que você não vai voltar! Vai embora como a mamãe! Não quero que isso aconteça, papai! Preciso de você ao meu lado! — E o apertava com toda energia.

— Isso não vai ocorrer, filho! Tudo ficará bem, eu prometo! Você não confia em mim?

Entre lágrimas, o menino pronunciou:

— Eu confio, mas ele falou que você não merece ser feliz, papai. E que você não vai voltar para casa! Ele disse com um sorriso naquela cara feia! Avisou que ninguém vai te ajudar, porque ele não vai permitir! Ele pode fazer isso, papai!? — As lágrimas vertiam.

— Não, meu filho. Ele só pretende te assustar. Por acaso ele é Deus? — A pergunta direta fez o menino parar de chorar.

— Claro que não, papai! É um homem mau, que quer te prejudicar.

— E você não sabe que Deus tudo pode? Somente Ele tem o domínio das coisas, meu filho. Quem disser algo diferente está tentando te enganar. O que a mamãe falava de Deus? — Naquele momento, ele se lembrou de uma conversa da esposa com o filho, que havia rendido muito na época. Artur fechou os olhos, procurando recordar-se das palavras da mãe, quando ele a questionara se Deus não poderia curá-la, já que Ele tudo podia.

— A mamãe disse que Deus sabe de tudo e é Ele quem decide sobre a vida de cada um de nós. E, se Ele não podia curar a mamãe, era porque tinha uma razão, talvez porque seu tempo de voltar para Ele tinha chegado. Deus não curou a mamãe, mas vai curar você?

— Essa é uma pergunta que somente Ele poderá lhe responder. Mas já se lembrou de que ninguém tem poder maior do que Ele, certo? Então esse homem não pode afirmar algo que só Deus sabe. Concorda comigo? — O menino se acalmara um pouco, mas ainda havia medo em seus olhos.

— Por que ele não gosta de você? Eu não entendo!

— Possivelmente eu tenha feito algo muito errado e ele não consegue me perdoar.

— Mas você já tentou pedir perdão? — A pergunta contundente fez Miguel estremecer.

— Não sei, querido. Se fiz algo de que não me recordo, como posso me desculpar?

— É simples, se desculpando. — Seus olhos ficaram tensos novamente. — Ele está aqui agora, peça perdão.

Miguel sentiu uma energia densa no local, bem ao seu lado. Seu coração acelerou e um profundo mal-estar o acometeu. Sentou-se ao lado do filho e permaneceu calado.

— Você é um covarde! — declarou Pierre. — Não tem coragem de assumir seus próprios erros! Não merece minha complacência. Nós nos veremos em breve! — Deu uma gargalhada e saiu do quarto, enquanto Artur acompanhava seus movimentos.

— Ele se foi, papai. Mas continua bravo com você! Não deixe que ele lhe faça mal!

Luciana entrara em profunda prece, pedindo pela paz e pelo perdão incondicional das criaturas, afinal, todos somos falíveis. Nessa elevação de padrão de vibração, Celia e Adolfo lá chegaram, mas procuraram ficar imperceptíveis aos olhos do menino, que já estava perturbado com os últimos acontecimentos.

— Que Deus possa envolver a todos deste lar! — Aproximou-se de Miguel, que parecia em transe, depositando fluidos benéficos sobre sua cabeça, permitindo que ele se acalmasse e se equilibrasse. Ele precisava estar em melhor padrão mental antes de se submeter à inevitável cirurgia. Necessitava de que a fé e a confiança estivessem sedimentadas em seu coração, pois só assim iria atrair as energias superiores. Adolfo se manteve em profundo recolhimento, acompanhando Celia em sua limpeza fluídica naquele ambiente tão saturado de fluidos deletérios. Alguns instantes depois, a paz pareceu lá fazer morada e Miguel proferiu ao filho:

— Você tem razão, Artur. Preciso aprender a pedir perdão se aspiro, um dia, a que ele possa me perdoar. Esse processo deve se iniciar por mim. Você continua um garoto cada dia mais esperto. Como aprendeu tudo isso? — Abraçou o filho com toda ternura.

— A vida ensinou e eu estava atento. — A seriedade das palavras do garoto tirou risos de Miguel e Luciana.

— Então se é tão sabido assim, não vai mais acreditar nesse homem que você diz ser mau, certo?

— E o que eu digo para ele? — questionou novamente.

— Diga que Deus é mais sábio do que ele. Se Deus decidir que eu tenho que ir embora, eu irei. Mas isso só irá acontecer quando Ele determinar. Nem antes, nem depois. — A convicção nas palavras do pai acalmou os ânimos do menino.

— Uma boa resposta, papai. Você está melhor? — O semblante de Miguel começara a retomar sua cor e a palidez se dissipara. — Hoje vamos comer uma pizza? — Os olhinhos do garoto se iluminaram.

— Quer sair ou prefere comer em casa? — Ele precisava recuperar seu equilíbrio e, talvez, uma saída fosse a solução. Mudar de ambiente! — O que acha, Luciana?

— Eu topo. — E teve uma ideia. — Acho que iremos casualmente encontrar o tio Leo. — O garoto deu pulos de alegria. Ela olhou para Miguel e perguntou: — Você se opõe que eu chame Leonardo?

— Claro que não! Um encontro casual! Excelente ideia, Luciana. Além do que ele precisa saber de meu problema. — Ia falar algo, mas se conteve. Como advogado que era, teria de falar com ele sobre todas as possibilidades de sua cirurgia. Antes de ser operado, deixaria as pendências financeiras e jurídicas resolvidas. Lembrara-se de quando Marina o chamara com o mesmo propósito. Não fazia tanto tempo e, agora, era ele a recorrer do auxílio do advogado Leonardo.

— Vou falar com ele! — E saiu deixando os dois sozinhos a conversarem.

— Sabe, papai. Quero que me prometa uma coisa. — Seus olhinhos brilhavam e ele mostrava um semblante sério.

— O quê, querido? — Miguel estava curioso.

— Você promete que não vai ouvir as coisas feias que esse homem falar?

— Como assim? Eu não o vejo, como posso ouvi-lo?

— Você já o viu, sim. A vovó contou que ele está muito bravo com você e por isso pretende te ferir. Ela disse que ele pode somente me assustar, não me fazer mal. Mas, com você, é diferente. — E franziu a testa ao dizer: — Ele quer te fazer mal, só não sei como pode fazer isso. Esse homem está morto e você vivo. — Percebia a dúvida que lá se instalara.

— Vou confessar uma coisa, Artur. Não tenho a mínima ideia de como ele pode fazer isso. Talvez, Luciana possa nos explicar, mas não agora, certo? Vamos esquecer todos os problemas e comer uma pizza bem gostosa. Depois, você me conta sobre essas visitas de sua avó? — indagou ele, curioso com a fala do garoto.

— Outra hora, papai! — Mudando o assunto. E fez a pergunta que o desconcertou: — Por que você ainda não sabe como perdoá-lo, papai? — Seu olhar ficou triste. — Você me prometeu um dia que faria tudo diferente, lembra? Agora é o momento.

Miguel sentiu uma pontada aguda no peito, como se uma lembrança de um passado remoto aflorasse. E a tristeza assomou de forma plena.

— Me desculpe, meu filho. Ainda não aprendi a fazer diferente. Eu estou tentando! — foi o que Miguel conseguiu pronunciar com a voz fraca. Artur olhou fixamente para ele e comentou:

— Eu sei, papai. Mas nunca esqueça que estarei sempre ao seu lado. — A emoção tomou conta dos dois que se abraçaram ternamente, assim permanecendo até que Luciana entrou com um sorriso.

— Depois de muita insistência de minha parte, eu o convenci de nos encontrar na nossa pizzaria de sempre, às oito horas. Então vamos nos apressar. — Viu os dois emocionados e perguntou: — O que os meninos estão me escondendo?

— Nada, tia Lu. Apenas recordações... — Ela olhou para Miguel, que sorria.

— Apenas recordações — finalizou Miguel.

O véu do esquecimento não nos permite recordar com total compreensão o que vivemos, as relações que se estabeleceram, os dramas vivenciados. No entanto as emoções provenientes ficam marcadas e podem refletir subitamente, desde que algo as faça emergir de seu passado oculto, porém gravado em nosso inconsciente. Temos um arquivo de todos os nossos feitos, de acertos e equívocos, clamando por reparação quando falhamos e causamos sofrimento a outrem. Os dois, pai e filho, tinham uma relação de muito afeto que remontava a vidas pretéritas e, hoje, fortalecida pela cumplicidade e amor incondicional que ambos nutriam um pelo outro. Nossa evolução se processa através das vidas sucessivas a que nos submetemos e aquele que se encontra num patamar acima sente-se na responsabilidade de zelar para que o outro também se eleve, auxiliando-o a galgar os degraus que ainda necessita. Essa é a tônica do amor verdadeiro, que não se sujeita a evoluir sozinho! E retornamos quando o merecimento nos favorece, junto àqueles que podem auxiliar o nosso crescimento, retificando as dívidas, aparando as arestas, refazendo caminhos!

Era uma noite de sábado e a pizzaria estava lotada, fazendo com que se sentassem aguardando sua vez. Artur se mostrava impaciente com a demora, mas Miguel tentava explicar que aguardavam o tio, que ainda não chegara. Minutos depois, o garoto abriu os braços e correu em direção a Leonardo, que o abraçou com todo amor.

— Nossa, parece que você cresceu desde a última vez que o vi. Já está um meninão! — Olhou a esposa e cumprimentou apenas com um beijo no rosto, como combinado.

Para todos os efeitos, teria sido um encontro casual entre eles. Teriam que manter a discrição, para que a farsa fosse mantida.

— E aí, Miguel, como está? — perguntou Leonardo, cumprimentando-o com um abraço.

Antes que ele respondesse, Artur se encarregou de contar em detalhes o problema da peça defeituosa no coração que o pai teria que trocar.

As feições de Leonardo se contraíram. Não esperava por essa. Olhou para a esposa surpreso com a notícia.

— Não iria lhe falar pelo telefone. Como nos encontraríamos casualmente, deixei para contar quando o visse. Mas nosso menino já se encarregou de dar todos os detalhes, não é, Artur?

— Posso conversar com você esta semana? — perguntou Miguel a Leonardo.

— Naturalmente. Quer que eu vá até sua casa?

— Agradeço se puder. Tenho algumas orientações a fazer.

— Pretende operar em breve?

— Sim, o quanto antes. — Seu olhar estava distante e tenso.

— Vai dar tudo certo, confie! — Leonardo não sabia o que dizer naquele momento.

Ainda estavam esperando uma mesa quando um grupo passou por eles e parou de súbito. Leonardo conhecia a figura à sua frente. Era um senhor de cabelos grisalhos, acompanhado de uma mulher e dois seguranças.

— Ora, ora, se não é o famoso juiz Leonardo! E esta deve ser a esposa amorosa e traída! Pelo visto foi tudo realmente uma farsa, doutor. Bem que haviam me alertado. Como consegue perdoá-lo depois do que ele fez? Deve ser uma mulher submissa e tola, a vítima perfeita para este canalha que está ao seu lado.

— Não sei quem é o senhor e não lhe dou a ousadia de se referir a mim dessa forma!

— Deixe, Luciana, ele não vale sua perturbação. — Leonardo puxara a esposa para perto dele, temendo que alguma represália pudesse ocorrer.

— Os dois se merecem! Bruna estava certa quando decidiu se afastar desse canalha, capaz de brincar de forma vil com as mulheres com quem se deita. — E ofereceu um sorriso sarcástico. Os dois homens sorriram também, o que enfureceu Luciana que, de ímpeto, esbofeteou aquele homem à sua frente. A confusão estava formada. Um dos seguranças fez menção de segurar o braço de Luciana e Miguel decidiu interferir, empurrando o homem, que caiu no chão. O outro segurança foi em direção a Miguel e deu-lhe um soco, que, com a violência, também caiu, permanecendo inerte. Artur começou a gritar e Luciana tentava acalmá-lo. Alguns seguranças chegaram e terminaram com a discussão. Leonardo olhou o homem à sua frente e afirmou com toda fúria:

— Vai pagar bem caro pelo que acabou de fazer. Tenho mais argumentos a anexar em seu processo. Seu destino é a prisão e é para isso que vou lutar.

— Você é um idiota que ainda acredita que conseguirá inviabilizar tudo o que nós construímos. É você que precisa se cuidar. Isso ainda não terminou! Me aguarde!

Enquanto os dois conversavam, Luciana chamava por Miguel, que continuava deitado sem falar nada. Ela o virou e viu que ele estava muito pálido. Sua pulsação quase inexistia. Teria acontecido o que Laura previra?

— Miguel, fale comigo, por favor! — Ele continuava inerte. Artur ficara subitamente sereno e tentava falar com o pai. Luciana gritou se havia lá algum médico e, no mesmo instante, um jovem surgiu à sua frente.

— O que está acontecendo? — Verificou a pulsação e constatou estar quase imperceptível. — Chame uma ambulância, avise que é uma emergência.

— Peça alguém deste hospital, por favor! É lá que precisamos ir! — E enquanto o jovem médico tentava reanimá-lo, Luciana ligou para Laura, rezando para que atendesse. Após alguns toques, ela respondeu. Quando viu quem era, Laura estremeceu.

CAPÍTULO 31

REENCONTRO

— Acalme-se, Luciana, e me conte o que está acontecendo. — Ela entregou o telefone para o jovem médico que relatou o estado de Miguel. — Ele precisa vir para o hospital com a máxima urgência. — E desligou, já providenciando tudo o que poderia ser necessário quando ele chegasse.

A ambulância apareceu alguns minutos depois e o tumulto já se formara. O jovem médico se dispôs a acompanhar o paciente, enquanto Leonardo, Luciana e Artur seguiriam atrás. Miguel ainda não recuperara os sentidos, o que se tornava preocupante.

Instruído por Laura, o jovem médico já se encarregara de realizar os primeiros procedimentos durante o trajeto até o hospital.

Assim que ele chegou, toda a equipe se encontrava a postos para o caso de extrema gravidade. Foi levado para a emergência onde alguns exames seriam realizados. O jovem médico ficou ao lado de Laura, acompanhando todos os passos. A médica já ligara para seu amigo e professor Ronaldo, sinalizando que, talvez, não pudessem mais esperar pela cirurgia. A palidez de Miguel a impressionara, o que mostrava um sinal de que sua situação era crítica e a peça estava efetivamente dando o defeito, como ela já previra. O que teria desencadeado desta vez? Pelo que Luciana relatara, eles estavam numa pizzaria. O que de tão preocupante poderia lá ter acontecido? Ela não soubera dos detalhes e esperava se aprofundar logo que a situação de Miguel estivesse estabilizada.

Porém isso estava custando a acontecer. E, nesse meio tempo, a parada cardíaca ocorreu, levando a equipe a utilizar todos os recursos para reanimá-lo. E obtiveram êxito. Miguel abriu os olhos lentamente, sem entender o que ocorria:

— Onde estou? — Reconheceu Laura à sua frente e sorriu.

— Ficou com saudades? Não poderia esperar até amanhã? Eu disse que lhe faria uma visita. Como está se sentindo? — Ela segurava sua mão com carinho.

— Muito estranho, se é que me entende. O que aconteceu? — Ele só se lembrava de ter defendido Luciana daquele brutamontes. Depois, a escuridão total. Tentou se levantar, mas foi contido por Laura.

— Fique quietinho, Miguel. O que pensa fazer? Dar uma voltinha pelo hospital? Nada disso, meu caro. Vai ficar deitado, estamos esperando uns exames. — Viu que o jovem médico continuava por perto e disse: — Agradeça a esse rapaz Murilo. Foi ele que me assessorou enquanto vinha para cá. Ele fez tudo direitinho! Acho que vou contratá-lo para ser meu assistente. — E sorriu para Murilo.

Miguel procurou o rapaz e quando o encontrou sorriu:

— Obrigado, Murilo. Mais um a quem devo minha vida então?

— Apenas fiz o que ela orientou. Fico feliz que esteja bem!

— Não é bem assim que funciona, Murilo. Ele está acordado, o que não significa que esteja bem. — E contou-lhe o problema de Miguel numa linguagem que o rapaz compreendia.

— Miguel será submetido a uma cirurgia em breve, pelo que está me dizendo. Gostaria de acompanhar se a equipe permitir. Estou me candidatando a uma vaga de intensivista neste mesmo hospital, não é uma coincidência?

— Não, Murilo, pois isso não existe. Estava lá com um propósito e esse era o de ser meus olhos por lá. Simples, não acha? — Murilo ficou confuso com a retórica da médica, mas, pelas informações que ele obtivera, ela era considerada a melhor em sua área. Todos queriam estagiar ao lado da "melhor". Ficou imaginando a cara de seus amigos quando contasse sua odisseia. E tudo porque decidira acompanhar os pais numa noite de sábado a uma pizzaria. O destino o favorecera! Mas será que ele existe? Nessas divagações, os resultados dos exames chegaram e Laura examinou-os detidamente. Sua expressão se contraiu ao verificar um deles. No mesmo instante, ligou para o cirurgião dando todos os dados recém analisados.

Ela ouviu apenas:

— Leve-o imediatamente para a sala de cirurgia, não podemos esperar mais se quisermos salvá-lo. Fale com alguém e consiga a autorização. Faça isso rápido!

Desligou e se aproximou de Miguel. Sua expressão estava tensa:

— Miguel, falarei com Luciana. Ela está lá fora com o marido e seu filho. Precisamos de que algum familiar autorize sua cirurgia, que ocorrerá com a máxima urgência.

Miguel empalideceu ainda mais, sentindo muita falta de ar. O temor se apoderara dele.

— Tem certeza de que deve ser agora? Quero falar com meu filho, por favor! Chame-o aqui. Não vou me submeter a nada sem antes conversar com ele! — E fez menção de se levantar da maca.

— Pare, Miguel. Fique calmo, vou ver o que posso fazer. — Dirigiu-se a Murilo e falou com ênfase: — Não o deixe levantar-se, ouviu bem? — E saiu apressada do local, percorrendo os corredores com toda rapidez.

Ao ver Luciana acompanhada de Artur e Leonardo foi até eles. As expressões tensas denunciavam a preocupação que os acometia. O garoto, sentado quieto para estranheza de todos, nem viu Laura se aproximar. Parecia distante de lá.

— Oi para todos. A situação é crítica e encontramos algo perturbador, o que implica uma cirurgia de emergência, não podemos esperar mais. Gostaria de explicar, mas seria inútil, pois a verdade é que se ele não se submeter agora a essa cirurgia, podemos perdê-lo. — As palavras soavam como se fossem lanças, ferindo-os profundamente. Luciana estava com os olhos marejados e só foi capaz de dizer:

— Só peço que o salvem, por favor! — A emoção a dominou e Leonardo a abraçou.

— Mas ele só irá se submeter à cirurgia se falar com Artur antes. Confesso que não é o procedimento usual, pois a emergência não é um lugar adequado a crianças. Mas terei que ceder, caso contrário ele se recusa a ir para o centro cirúrgico. Posso levá-lo até Miguel? Não podemos perder mais tempo!

Neste momento, Artur se aproximou e pronunciou com os olhinhos molhados:

— Eu preciso ver o papai. Ele só vai ficar bem se eu conversar com ele. Vamos, tia Laura? — E estendeu a mãozinha para ela que o abraçou com carinho.

— Prometo que vou estar presente todo tempo e trarei o papai de volta. — Ela mesma se emocionou com a postura firme do garoto.

— Eu sei que vai fazer tudo para o papai ficar bem. A mamãe já me contou. Ela falou que você é muito competente e vai ajudar a curar o papai. Vamos? — Laura se controlava para não deixar a emoção assomar com mais intensidade.

— Assim estou ainda mais confiante! Se você acredita em mim, eu também acredito. Depois, promete me contar quando a mamãe falou com você?

— Agora não temos tempo! — E puxou-a para segui-lo.

Luciana permitiu que a emoção se expandisse ainda mais com as palavras de Artur. Marina estivera lá todo o tempo e sentira sua presença. Agradeceu em pensamento a bondade e a misericórdia divinas por tudo que vivenciava. Leonardo observava, sentindo a saudade corroendo seu íntimo.

Assim que Miguel viu o filho, a tensão se desfez. Uma paz infinita passou a dominá-lo. Todo o temor e a ansiedade desapareceram quando Artur segurou sua mão e afirmou:

— Papai, você vai ficar bom, eu tenho certeza. Mas precisa acreditar nisso. A tia Laura me prometeu que vai cuidar de você. — Aproximou-se do pai e cochichou: — A mamãe falou que a tia Laura vai te salvar, pois ela quer retribuir o que você fez a ela. Eu não entendi, mas ela disse que, um dia, você entenderia. Agora, vocês têm que ir. Vou ficar te esperando! — Ele beijou o rosto do pai, limpou as lágrimas e declarou com um sorriso repleto de paz: — Estarei sempre ao seu lado. Foi o que prometi e jamais esquecerei. Te amo, papai!

Todos os presentes calados se emocionaram com a pureza e a serenidade que o garoto irradiava. Laura pediu a uma enfermeira que conduzisse o garoto para a tia.

Antes de sair, ainda se virou e disse:

— Eu confio em você, tia Laura. Cuida dele! — E foi embora calmamente.

Neste interim, ligaram do centro cirúrgico avisando que doutor Ronaldo estava à espera, juntamente com a equipe. Ele aguardava o paciente e a Doutora Laura, que seria sua auxiliar. Murilo os acompanhou até o local, insistindo para participar. A equipe concordou, desde que fosse um mero observador e permanecesse quieto todo o tempo. Ele aceitou prontamente, pois não iria desperdiçar a oportunidade do aprendizado.

Já na sala de cirurgia, antes da sedação, Miguel pegou a mão de Laura e pediu:

— Faça tudo o que puder, não desista de mim.

— Jamais farei isso, Miguel. Vou cuidar de você! — Aproximou-se do rosto dele sussurrando: — Não vou te deixar, viu? — Ela percebeu um sorriso se delineando em seu rosto e ele, em seguida, adormeceu.

A cirurgia se iniciou pelas mãos hábeis do cirurgião. Laura tinha profunda admiração pelo seu professor, que havia ensinado tudo a ela. Murilo, o jovem residente, estava extasiado com a visão a sua frente. Era tudo o que ele mais desejava: ver uma cirurgia através do doutor Ronaldo. O decorrer da intervenção foi tenso, com algumas intercorrências, muitas horas de tarefa árdua e, do lado de fora, muita apreensão.

Assim que adormeceu, Miguel abriu os olhos e viu que a cirurgia já iniciara. Uma sensação angustiante observar seu corpo estirado numa maca, sendo aberto por um afiado bisturi. Olhou ao redor e não conseguia ver mais nada, senão a cena que se desenrolava à sua frente. Foi quando viu aquele ser, Pierre, observando-o atentamente.

— Veja tudo com atenção, seu covarde! Está com medo? — Deu uma risada estridente, assustando Miguel que ainda não compreendia o que estava acontecendo.

— Quem é você? Já o vi em meus sonhos. É você quem apavora meu filho?

— É uma criança esperta, pena que vai crescer sem a presença do pai, que muito em breve estará aqui ao meu lado.

— Por que me odeia tanto?

— Você não lembra, seu traidor? Só porque está em outro corpo acredita que pode esquecer o passado? Pois eu não esqueci tudo o que me fez! Jurei que iria persegui-lo até que quitasse sua dívida com a vida. Esta é sua chance! Vai recusar?

— Minha morte não aliviará seu coração ferido. A vingança não vai lhe restituir a paz perdida. Não sei o mal que lhe causei, mas me perdoe! Para que seu coração esteja envolto em tanto ódio, devo ter cometido algo de extrema gravidade. Mas o que fiz foi movido pela minha ignorância. Eu lhe peço que me perdoe! —

A emoção o invadira e sentiu-se um calhorda perante aquele ser. Havia feito algo de muito tenebroso, era certo. Mas por que não se lembrava de nada?

Como se lesse os pensamentos de Miguel, a entidade se aproximou dele e disse:

— François, seu gesto mesquinho naquela existência causou muitas mortes, inclusive a minha! Tudo para tirar Patric de seu caminho! O ciúme o cegou e esqueceu-se de tudo que me prometera. Entregou o grupo e a mim! Seu próprio primo! Corria o mesmo sangue em nossas veias e você sequer avaliou isso! Foi sórdido! Tirou-me tudo, até minha família! Meu filho cresceu sem pai e, talvez, não tenha tido uma única oportunidade na vida de ser feliz. E, agora, deseja que eu o perdoe? Simplesmente assim? Ora, não lhe darei a chance que você não me ofertou. Vou atormentá-lo até voltar e, aqui, acertaremos nossas contas!

A expressão cruel que ele ostentava denotava o rancor represado. Miguel a tudo ouvia com a expressão tensa. Aos poucos, as lembranças iam aflorando e começou a recordar-se das coisas que ele dizia. Seu coração batia em total descompasso, uma dor profunda oprimia seu peito. Como fora capaz de tudo aquilo? O remorso corroía suas entranhas e sufocava-o. Naquela existência, no entanto, já havia sido punido por seus atos errôneos. Celine se fora! Seu grande amor o deixara e havia sido ele o causador do que sucedeu. As lágrimas vertiam de forma incontida e desejava que tudo aquilo não passasse de um pesadelo. Mas talvez não mais acordasse, afinal, era isso que Pierre tanto almejava. E ele, com toda fúria que o acompanhava, era capaz desse gesto! Voltou para sua atual existência e se deu conta de quem havia sido Celine: Marina. E, novamente, ela o abandonara, partindo tão precocemente. Aquele ser tinha razão, ele era desprezível e não merecia permanecer vivo.

Miguel sentiu-se estranho! Uma sensação de vazio parecia acompanhá-lo. E Pierre se comprazia com tudo o que ele estava vivenciando.

— É assim que a morte chega, François. Eu disse que estaria ao seu lado quando isso acontecesse. Entregue-se a ela!

Miguel ouvia de longe as palavras que aquele ser pronunciava, sem compreender seu significado.

No lado material, os médicos lutavam para tentar estabilizá-lo, o que parecia algo improvável. A situação estava crítica e Laura sentiu que poderiam perdê-lo a qualquer momento, por mais esforços que dispendessem.

De repente, uma luz adentrou a sala, aos poucos tomando forma e se aproximando de Miguel. Pegou a mão dele e apenas pronunciou:

— Vem comigo, meu amor. — O jovem se deixou levar passivamente por aquele ser iluminado, que lhe parecia familiar.

— Não, vocês não vão tirá-lo de mim! — Adolfo se aproximou de Pierre e disse:

— Meu amigo, somente cabe a Deus deter o poder da vida e da morte. Podemos conversar?

— Não! — E saiu como um raio de lá.

Adolfo e Celia permaneceram ao lado do corpo físico de Miguel, enquanto Marina o conduzia para outras esferas.

Em dado momento, o jovem conseguiu se estabilizar, quando os médicos prosseguiram com a cirurgia. Ainda tinham muito a realizar!

Quando Miguel se deu conta, estava num lugar muito bonito e calmo. Aquele ambiente lhe parecia familiar e as recordações fluíram com toda força.

— Celine? Ou devo chamá-la Marina? — Foi só o que ele conseguiu pronunciar, olhando a esposa das duas vidas bem a sua frente. A emoção assomou.

— Marina, meu querido! — Seu sorriso o acalmou.

— Eu já morri? — indagou ele calmamente.

— Não, pois ainda não chegou seu momento de partir. Lembre-se das muitas lições que tentei lhe passar enquanto estive ao seu lado. Não detemos o poder de conhecer tudo, em especial quando teremos de partir. Quando o Pai Maior nos convoca, devemos ir. Mas ainda tem tarefas a realizar e a mais importante delas é acompanhar o crescimento de Artur, o maior presente que o Pai nos concedeu. Ele é uma criatura iluminada e terá uma linda jornada de trabalho junto aos que sofrem. Assim ele escolheu, meu querido. Para isso, é imprescindível sua presença ao lado dele. Desta vez, como pai e filho pelos laços consanguíneos. Tudo aquilo que você tanto solicitou!

— Pedi que me amasse verdadeiramente numa próxima vida! — Seu olhar estava triste. — E você não cumpriu!

— Claro que cumpri! Eu o amei mais do que qualquer outra coisa na vida! Você foi tudo o que sempre sonhei desde o dia em que o conheci! Jamais duvide disso!

— E Leonardo? Ou melhor, e Patric? — Havia dúvida em seu semblante.

— O que importa, meu querido, se eu o escolhi para seguir comigo esta encarnação? Esqueça suas pendências com ele. Resolva tudo aquilo que tanto o perturba nesta vida e faça as pazes com Leonardo e com todos aqueles que feriu, quando o orgulho ainda comandava sua existência. Ele tem Luciana ao seu lado, e essa foi sua programação, como você foi a minha. Nada mais importa, Miguel. Ainda tem tanto a viver! E não será sozinho, meu amor. Existe alguém que precisa refazer seu caminho, assim como você. Saberá no tempo certo! Agora, lute por sua vida! Ela é o dom mais precioso que o Pai lhe concedeu! E seja feliz! É o que mais desejo a você, meu amor! — E o abraçou com ternura.

— E você? — Havia lágrimas em seu olhar. Desejava que aquele momento se perpetuasse.

— Tenho tanto a realizar por aqui. A única coisa que sei é que estarei esperando-o quando retornar. Mas isso vai demorar! — Ela sorriu e tocou seu rosto: — Volte e faça sua vida valer a pena, meu querido! E cuide de nosso tesouro, ele precisa de você!

— Não, Marina. Sou eu que necessito da presença dele ao meu lado, pois ele é minha força. Cuidarei dele com a minha vida. Bem, se Pierre permitir, perdoando-me.

— Tudo a seu tempo! Agora, é hora de voltar para perto de seu corpo físico.

— Vou vê-la novamente, meu amor?

— Quem sabe! — Ela pegou a mão dele e, de súbito, ele retornou à sala de cirurgia. Celia e Adolfo lhe sorriram e Marina disse: — Repouse um pouco, meu querido. A cirurgia está terminando.

— Eu conheço vocês? — Havia um misto de curiosidade e surpresa.

— Sim, querido! Pierre o deixará em paz por enquanto. Mas faça aquilo que Artur lhe pediu: peça perdão com a sinceridade de propósitos. Agora, durma! — Ele se acoplou novamente a seu corpo material e nada mais viu ou ouviu. — Assim está melhor. É conveniente que ele esteja adormecido. Creio que nossa tarefa se encerrou por aqui.

— Ele está estável, então podemos partir. — E os dois deixaram o local. Ronaldo, no entanto, sentiu a presença de companheiros iluminados a conduzirem suas mãos para que o êxito fosse obtido.

Após mais de quatro horas de intenso trabalho, a cirurgia se encerrou. Ronaldo olhou para Laura e ela pôde perceber a emoção instalada nesse olhar. Ele sempre dizia que jamais operava sozinho. E, pela primeira vez em sua vida, sentiu isso. Quando tudo parecia perdido, algo inexplicável aconteceu. Miguel havia sido muito ajudado, tinha plena consciência disso.

— Laura, cuide dele daqui em diante. Não autorizo mais ninguém ao lado de Miguel. Fui claro? — proferiu ele com energia. — Faça o que for preciso, mas quero que tome conta dele para mim, quando não estiver por perto. — A jovem médica pensou que teria que conciliar suas tarefas, o que significava trabalho extra. Mas, por Miguel, ela assim faria. — Agora, vá lá fora e dê a boa notícia aos seus familiares. Devem estar ansiosos. Já aprendeu a lidar com os acompanhantes de seus pacientes? — brincou ele, conhecendo a pouca aptidão que ela tinha para isso.

— Quando a notícia é satisfatória, não tenho problema algum. Mas não me olhe com este ar de censura. Já lhe prometi que estou tentando melhorar. Vou até lá agora.

— Já entendi sua preocupação. — Ele sorriu por baixo da máscara, mesmo assim ela entendeu o que ele pretendeu dizer.

— Professor, ele é só um paciente.

— Eu sei, Laura. — Ele se divertia com o jeito dela. Havia notado um interesse diferenciado, restava apenas saber se ela própria já percebera. Riu novamente e começou a dar as instruções sobre o quadro do paciente aos demais. Miguel, apesar de estável, teria um longo caminho até sua recuperação plena. Uma cirurgia daquele porte demandaria alguns dias na UTI e, dependendo da sua recuperação, alguns dias de hospital. Porém tudo parecia ter caminhado conforme as expectativas do cirurgião.

CAPÍTULO 32

RETOMANDO O CAMINHO

Do lado de fora, a angústia acompanhava os familiares. Em breve, estaria amanhecendo e nenhuma notícia chegara até o momento. Luciana avisou os tios e eles lá se encontravam. Silvia queria levar Artur para casa, mas ele se negara, dizendo que iria esperar Laura contar sobre a cirurgia. Ele adormeceu no sofá, enquanto a tensão imperava nos demais.

Quando Laura apareceu com um iluminado sorriso, Luciana permitiu que a emoção se instalasse. Miguel estava bem!

— A cirurgia caminhou conforme as expectativas, com alguns incidentes, mas tudo terminou bem. Ele está sedado e permanecerá por todo o dia. Recomendo que vão para casa descansar e retornem no fim da tarde. Creio que ele já deverá estar acordado. — Ao ouvir a voz de Laura, Artur acordou e, com seu olhar atento, esperava as notícias. Ela disse-lhe com carinho: — Não prometi que cuidaria dele para você? Seu pai está bem, fique tranquilo.

— Posso vê-lo? — perguntou o menino.

— Agora não, mas vou deixar que o veja no final da tarde, combinado? Porém só farei isso se me prometer que vai para casa dormir um pouco.

Artur fez uma careta e disse:

— Você está fazendo chantagem, mas vou ceder. Tia Lu, vamos para casa. Estou querendo dormir na minha cama. — Seus olhinhos se tornaram sonolentos e enquanto Laura dava os últimos avisos, ele já adormecera.

— Bem, esse recado é extenso a todos. Inclusive a mim — disse a médica. Eles se despediram e saíram. Leonardo pegou Artur no colo e perguntou a Luciana:

— Quer ir para sua casa ou prefere ir para a de Miguel?

— Vamos para a dele. Mas creio que podemos acabar com essa farsa, querido! — E beijou-o apaixonadamente.

— Concordo — afirmou ele com um sorriso de felicidade.

Antes de saírem, Carlos combinou com Leonardo:

— Na segunda-feira, você me explicará tudo o que aconteceu. Em minha sala! Agora, vá dormir um pouco, sua aparência está péssima. — Ele e a esposa saíram após as despedidas.

Quando chegaram ao apartamento de Miguel, Leonardo levou o garoto para sua cama e o cobriu. Artur abriu os olhos e sorriu para o tio, mas logo voltou a dormir.

Luciana, na porta, observava o carinho com que ele tratava o sobrinho.

— Já lhe falei que seria um excelente pai? — perguntou ela, baixinho.

Os dois saíram do quarto e, já na sala, Leonardo pegou a mão da esposa e declarou:

— Já! Acho que adiamos demais esse sonho, não acha? — E a beijou.

— Isso significa que está pensando na possibilidade? — Luciana tinha um brilho intenso no olhar. — É tudo o que eu mais desejo nesta vida! O que aconteceu com Miguel me fez pensar no quanto a vida é fugaz. Tudo se modifica ao sabor dos ventos e das intempéries que podem nos visitar. Temos de valorizar o essencial em nossas vidas. A maternidade sempre foi um sonho acalentado em meu íntimo. Sua recusa me perturbava a ponto de duvidar dos seus sentimentos por mim.

— Uma dúvida que você também alimentou em mim. Creio que estávamos juntos, porém com objetivos distintos. Mas isso ficou no passado. Só de imaginar não a ter mais ao meu lado me transtornou a ponto de quase enlouquecer. Permanecer apartado de você foi mais que um pesadelo, Luciana. Não quero que isso aconteça de novo. Dane-se a farsa! Quero que essa podridão esteja cada dia mais distante de nós. Eu a amo e desejo ter um filho com você. Pretendo ser um excelente marido e pai! Aceita? — Seu olhar nunca esteve tão límpido quanto naquele instante. Havia tanta certeza nele que Luciana se emocionou. Jamais vira Leonardo agindo dessa forma. Parecia que tinham acabado de se conhecer. E uma energia intensa percorreu todo seu corpo. Ela queria o mesmo que ele. Só após tantos descaminhos, percebera o quanto o amava. Era com ele que tencionava passar o resto de seus dias! E ser a mãe de seus filhos!

— Aceito! — E naquele momento, iniciava uma nova etapa da vida desses dois espíritos.

— Quando tudo isso se acalmar, volta para casa? — questionou ele já com ela nos braços.

— Fica comigo? — indagou ela, beijando-o com todo seu amor tanto tempo represado.

— Tem certeza de que é isso que deseja? — pronunciou ele, baixinho.

— Sim! — E o conduziu ao seu quarto. Adormeceram abraçados até que o sol adentrou o lugar com seus raios luminosos. Um novo dia estava iniciando! Uma nova vida também!

Já passava do meio-dia quando Artur entrou no seu quarto, deparando-se com os tios ainda dormindo. Deu um sorriso vitorioso e expressou:

— Está tudo como você disse, mamãe. — E pulou na cama despertando-os com muitos beijos. — Tio Leo, você e tia Lu já estão "de bem"?

— Sim, querido. Aproveite sua presença, pois logo que seu pai melhorar, levo-a de volta para nossa casa.

— Poderíamos morar todos na mesma casa, o que acha? — Os dois riram das ideias do menino. — Ah, contei tudo o que aconteceu para Dora. Ela está nervosa, andando de um lado para outro na cozinha. Vai lá, tia Lu, e fala que o papai já está bem.

Luciana levantou-se apressada e fez o que o garoto pediu.

Dora, realmente, estava aflita e, ao vê-la, fez muitas perguntas.

— Acalme-se, Dora. Nosso querido Miguel está bem, não fique tão nervosa.

— Artur falou que ele foi operado para trocar uma peça defeituosa do coração. Nem sabia que ele estava com tal problema. Conte-me tudo, minha filha, estou numa gastura só.

— Sente-se, vou te relatar o que aconteceu.

— Ele vai ficar bem mesmo?

— Tenhamos fé em Deus que isso irá ocorrer. — E narrou todos os detalhes sobre o grave problema de Miguel. Ao término, Dora estava com os olhos marejados.

— Nossa Mãe Santíssima esteve ao lado dele, com certeza!

— Certamente que sim. E aquele cafezinho?

— É hora de almoçar, mas vou fazer um café especial para vocês dois.

— Para os três — disse ela com um sorriso maroto. — Leonardo dormiu aqui conosco.

Dora ostentou um radiante sorriso ao saber que ambos estavam se entendendo.

— Fico feliz por vocês.

O café da manhã foi repleto de sorrisos e brincadeiras. Após a tempestade da noite anterior, a paz retornou aos corações de todos eles.

No meio da tarde, os três se dirigiram até o hospital. Artur era o mais ansioso. Queria ver o pai a todo custo, mas Laura teria que autorizar sua entrada na UTI.

Assim que ele a viu, correu para abraçá-la, fazendo uma infinidade de perguntas:

— Papai já acordou? Posso vê-lo? — Artur não parava de falar tamanha a ansiedade que o dominava. — Ele está com dor? — Seus olhinhos revelavam a sua tensão.

— Pergunte a ele, Artur. Seu pai acabou de acordar. Ainda está sonolento, mas vou permitir a entrada de vocês, antes que esse pequeno tenha uma síncope. — Artur franziu a testa, sem entender o significado daquela palavra. — Antes que você tenha um desmaio de tanto nervosismo.

— Isso pode acontecer? — Seu olhar era de susto.

— Talvez! — respondeu ela, rindo. — Vamos?

Miguel estava com os olhos fechados, mas quando o filho se aproximou, ele os abriu, tentando sorrir para ele.

— Como sabia que eu estava chegando? — murmurou ele, segurando a mão do pai.

— Percebo quando você está por perto. — Sua voz se mostrava fraca, o que era natural.

— Está sentindo alguma dor? — perguntou ele.

— Um pouco. Minha médica está cuidando para que isso passe logo. Não se preocupe.

— Sim, mas não se esqueça de que precisa se poupar. Senão as visitas não mais serão permitidas. Foi isso que combinamos, lembra-se? — E aproveitou para verificar seus sinais vitais, os pontos no meio do seu tórax. — Vai ficar com uma pequena cicatriz somente! — Esclareceu ela olhando seu paciente com extremo carinho.

— Pequena? — O garoto arregalou os olhos quando ela lhe mostrou os pontos.

Miguel viu Luciana com Leonardo e sorriu para eles também:

— Obrigado por salvar minha vida, Luciana.

— Não fiz nada além de ligar para Laura. Deve isso a ela pela presteza com que tudo foi resolvido. Ah, e de um jovem médico que esteve ao nosso lado todo tempo. Não tive chance de lhe agradecer.

— Murilo é seu nome. Será nosso residente nas próximas semanas. Sua eficiência foi decisiva. Ele virá visitá-lo, Miguel.

Leonardo permanecia calado até então, quando se aproximou de Miguel e pousou sua mão na dele.

— Agradeço por defender Luciana. Lamento que seja minha responsabilidade tudo o que lhe aconteceu. Espero que possa um dia me perdoar. Se não estivesse lá, nada disso teria ocorrido. Me desculpe! Minha profissão me colocou nessa situação aflitiva.

— Laura já havia alertado que essa possibilidade era latente. Poderia ter sido em qualquer lugar, eu estar sozinho e não ter como pedir ajuda. Enfim, não me deve nada, a não ser a promessa de que vai cuidar de Luciana com todo amor.

Os casal se entreolhou e Leonardo declarou:

— Eu a farei a mulher mais feliz do mundo. Fica aqui minha decisão! — Os dois estavam de mãos dadas e Miguel percebeu que, finalmente, haviam se entendido. Se eles se amavam, era isso que teria de acontecer! Ficou feliz por eles!

— Papai, quando vai voltar para casa? — Miguel não tinha como saber.

— Posso responder, Artur? — O menino assentiu e Laura continuou: — A cirurgia do seu pai foi muito delicada e ainda não sabemos quando ele poderá deixar o hospital. Logo que ele for para o quarto é sinal de que sua recuperação está sendo a que esperávamos. Temos de ter paciência. — E olhou para Miguel: — Certo? Paciência! Tudo aquilo que precisa conquistar. Agora, vamos deixá-lo descansar.

Após as despedidas, o menino, antes de sair, comentou:

— A mamãe disse que você vai ficar bem. Eu acredito nela e você também. Volta para casa rápido, papai.

— Miguel, sei que estará mais tranquilo com Artur em sua casa e é isso que faremos. Você se incomoda se Leonardo ficar conosco? — indagou Luciana.

— A casa é de vocês! — Fechou os olhos, sentindo-se infinitamente cansado.

— Fique bem, Miguel. E me perdoe! — Havia tanta sinceridade em seu olhar que o emocionou. Será que desta vez os dois iriam se entender?

— Cuide deles, por favor. Não deixe que nada lhes aconteça. — Referindo-se ao evento fatídico da noite anterior.

— Tudo está sendo ajustado para isso. Tranquilize-se!

Assim que eles deixaram a UTI, Laura se aproximou de Miguel e perguntou:

— Um dia você me conta qual o problema entre vocês?

— Se tiver paciência e tempo, por que não? Mas hoje, pela primeira vez, vi sinceridade em seus olhos. Talvez, toda animosidade tenha ficado para trás! Quem sabe?

— Vou para casa descansar um pouco, mas já deixei todas as orientações prescritas. E fique bem logo! Está me devendo um café com bolo! — Pegou a mão dele e a segurou entre as suas com todo carinho.

— Eu estou devendo muito mais do que isso a você. Será que algum dia conseguirei saldar minha dívida? — Seu olhar estava sereno como há muito não acontecia.

— Quem sabe eu possa esquecer!

— O que quer em troca? — perguntou ele, já quase adormecendo.

— Espere e verá. — Quando ela viu que ele fechara os olhos, aproximou-se e beijou seu rosto com todo carinho. — Ainda não sei o que está acontecendo comigo, mas jamais me senti assim antes. Vou cuidar de você! Sempre! — sussurrou essas palavras e Miguel esboçou um leve sorriso, como se tivesse ouvido, pois respondeu:

— E eu de você!

Laura ficou parada, pensativa, avaliando tudo o que acontecera em tão poucos dias. Sentia-se conectada a Miguel como nunca sentira com homem algum. E estava gostando disso. Jamais se viu envolvida seriamente com alguém. Sempre alegara falta de tempo e outras justificativas ilógicas. Desta vez, achava-se como que tragada, corpo e alma, para a vida de seu paciente. Coisa absurda! Até seu professor percebera que ela se envolvera com Miguel. Não queria sofrer por antecipação. Pelo pouco que conhecera dele, sua vida emocional estava complicada, ainda vivendo um luto recente. Talvez esse interesse fosse unilateral. No entanto ela não se preocupava com isso. Deixaria o tempo lhe dizer onde tudo chegaria...

Os dias se passaram... A recuperação de Miguel era lenta, seguindo o ritmo esperado...

As visitas continuavam ocorrendo sempre com a supervisão de Laura, que, a cada dia, aproximava-se mais de Miguel. E percebia que ele se tornava receptivo à sua atenção. As visitas somente foram liberadas aos familiares mais próximos. Claudia, a companheira de trabalho, ao saber da notícia, ficou apreensiva quanto ao seu restabelecimento e retorno à empresa. Marcondes fora também avisado de sua cirurgia de emergência, deixando Claudia provisoriamente responsável pela continuidade do processo, conforme solicitação de Miguel.

Leonardo e Carlos tiveram uma longa conversa, acompanhados do desembargador Moreira de Sá, o qual ficou ciente do grave incidente, envolvendo o juiz e familiares, com o agravante de atos violentos terem sido perpetrados pelos acompanhantes do réu em juízo. Ele ficou horrorizado com a ousadia e desrespeito que aqueles senhores eram capazes de praticar contra um representante da lei.

— Esse grupo, definitivamente, acredita estar acima da justiça, agindo dessa forma abjeta contra um juiz responsável pelo processo em andamento. Como está seu cunhado?

— Foi uma fatalidade, não tenho dúvida. Miguel defendeu minha esposa, impedindo que ela fosse agredida e acabou sofrendo a investida de um dos seus capangas. Felizmente, o desfecho foi favorável. Meu cunhado era portador de um problema cardíaco, necessitando de uma cirurgia, que acabou sendo antecipada após o trágico evento. Digo dessa forma, senhor, pois poderia ter causado a morte de uma pessoa. Miguel foi operado de emergência e já está fora de perigo. Quanto àquele senhor, ele, publicamente, me fez ameaças, além das ofensas à minha esposa, tendo muitos como testemunhas.

— O caso já parou nos jornais. E uma foto foi obtida, sabe se lá por quem, mostrando a funesta cena. Lamentável, mas sei que não teve responsabilidade direta sobre isso.

Carlos encarou fixamente o juiz e inquiriu-o com os olhos, para que ele contasse sobre o encontro no restaurante.

— Na noite anterior, outro fato estranho sucedeu. Prometi que contaria ao senhor tudo que ocorresse. — E narrou o encontro no restaurante com a filha do réu, alertando-o sobre uma possível investida violenta do pai contra ele e a esposa. As feições do desembargador se contraíram. Isso era mais que lastimável, tratava-se de algo absolutamente inapropriado, suscitando um exame mais apurado.

— Tenho saudades do meu tempo de juiz quando os problemas eram de outra envergadura. Essa podridão é algo deplorável à manutenção das instituições e, principalmente, da justiça. A cautela ainda deve imperar, pois sabemos quem os acoberta. Infelizmente, temos que lidar com essa ausência total de ética e princípios. Não faça nada por hora. Peça a Tavares para reforçar a segurança sua e de sua esposa. Não queremos mais incidentes desse teor. Então, caro doutor, procure manter a discrição e evite lugares públicos, pois uma exposição neste momento é contrária aos nossos interesses. Há ainda um longo caminho até sentirmos que a vitória nos pertence. Por hora, pode ir. Carlos, fique, preciso de sua opinião acerca de um assunto.

Assim que Leonardo saiu, o desembargador expôs a realidade da situação.

— Nosso doutor está sendo mais do que visado e toda cautela será necessária. Sei que ele é integro e leal aos propósitos que abraçou. Porém você os conhece tão bem quanto eu. Temo pela carreira promissora que possa estar sendo, neste exato momento, colocada à prova. E tenho receio de que ele possa sucumbir a essa enxurrada de lama, que irão derramar sobre ele. Essa provocação teve uma intenção. Não estou com bons augúrios e lamentaria ver sua carreira sendo injustamente devassada e maculada. Precisamos tirá-lo do foco e creio que seja a pessoa mais indicada para tal iniciativa.

— Percebo o mesmo que você. Isso está me cheirando armação poderosa, visando sua queda definitiva. E posso garantir que ele não merece, por tudo que sei que ele é capaz.

— Concordo, então devemos fazer alguma coisa com urgência. Talvez alguém possa nos ajudar.

Os dois ficaram confabulando por mais alguns instantes e, em seguida, Carlos saiu da sala mais sereno. Haveria uma saída e eles iriam encontrar. Não o deixariam sozinho arcando com todas as responsabilidades.

Após alguns dias de UTI, Miguel foi transferido para o quarto, sinal de que seu estado evoluía favoravelmente. Ainda teria um longo caminho até a plena recuperação, mas tudo indicava que, dali a poucos dias, ele teria alta.

Miguel estava sozinho no quarto quando Laura entrou com as promissoras notícias.

— Como está meu doente preferido? — perguntou com um sorriso jovial.

— Bem melhor do que ontem! Deduzo que, em breve, poderei ir para casa. — Ao dizer essas palavras, percebeu que as feições da médica se tornaram mais sérias. — O que significa esse olhar? Não parece feliz com minha recuperação.

— Ora, pare com tolices. Claro que estou feliz, mas não o verei mais com tanta constância. Já estava me acostumando a vê-lo todos os dias. E você está certo. Nesse caminhar, irá para casa brevemente.

— Está pensando em me abandonar? De forma alguma! Quero continuar a vê-la todos os dias. Quem vai cuidar de mim? — Ele também se acostumara à presença amorosa e eficiente da médica. Ainda não entendia o que aquilo representava, mas estava gostando dessa atenção carinhosa.

— Não vai precisar mais tanto de mim. Sua cirurgia foi um sucesso e tudo voltará ao normal daqui a algumas semanas. O que não inclui, obviamente, o mesmo ritmo de outrora. Nem tampouco o uso indiscriminado daqueles remédios, os quais devem ser jogados no lixo. Retomará sua rotina de forma cautelosa e isso inclui uma vida regrada, coisa que o senhor desconhecia. Vai precisar se cuidar, Miguel.

— Não sei se saberei fazer isso sozinho. Pode me ajudar? — A pergunta a desconcertou.

— Como médica? — questionou ela, aproximando-se com um sorriso.

— Também. — Miguel não entendia seus sentimentos, mas a presença de Laura despertava emoções que há muito não vivia. Um dia teria que retomar sua vida, não era isso que todos lhe diziam? Quem sabe não era o momento!

CAPÍTULO 33

SEGUINDO EM FRENTE

Neste momento, doutor Ronaldo entrou no quarto com um sorriso jovial. Ele percebeu que algo estava acontecendo, mas a discrição sempre foi sua característica.

— Boa tarde, Miguel. Como se sente? Já tem andado pelos corredores conforme solicitei? — disse ele, examinando-o detidamente. Laura acompanhava tudo com um sorriso. — Sei que teve uma atenção especial, o que muito me tranquilizou. Agora que estamos aqui, posso revelar que foi um período muito delicado que você viveu. Não sei qual a sua crença, ou se é que tem alguma, mas, durante a cirurgia, tive a sensação de que, apesar dos percalços vivenciados, tudo estava sob a batuta de mãos iluminadas, que confesso não eram as minhas. Sabia que a cirurgia seria finalizada com êxito. Você tem muitos amigos do outro lado da vida. — Seu sorriso franco sensibilizou Miguel.

— Ou, possivelmente, ainda não me queiram do lado de lá!

— É uma hipótese a se considerar — declarou o cirurgião com um sorriso discreto. — Bem, mas sei que seu maior desejo no momento é retornar para sua casa. Fiquei sabendo que um garoto tem alterado a rotina do hospital. Dizem que ele já conhece todos os funcionários e pacientes levando a eles uma palavra de otimismo. Creio que sentirão a sua falta! É um bom garoto!

— É o meu menino! Não sei o que seria da minha vida sem a sua presença. — Seu olhar se enterneceu. — Quando poderei ir embora?

— Não tenha tanta pressa, Miguel. Aqui a recuperação é muito mais fácil, com todos os cuidados que lhe são dispensados. Além do que não sei se posso confiar que irá seguir todas as recomendações. Andam dizendo por aí que é um paciente um tanto rebelde, não se sujeitando às orientações. Espero que isso seja só uma lenda urbana. — Ele tinha excelente senso de humor, cativando seus pacientes com sua leveza e simpatia.

No mesmo instante, Miguel encarou Laura e fingiu ares de ofendido.

— Pensei que estivesse do meu lado. A doutora anda passando informações que não procedem, doutor Ronaldo. Quero muito ir para casa e, a cada dia, sinto-me mais confiante. Sei que terei de rever muitas condutas, especialmente no momento. Sinto como se tivesse renascido e tenho grande dificuldade em entender como devo agir daqui por diante. Mas se isso serve de consolo, creio que terei Laura ao meu lado me dando todo suporte necessário.

— Você mencionou algo interessante: renascido. A bem da verdade, foi exatamente o que aconteceu. Quase o perdemos, Miguel, e, por diversas vezes, pedi a intercessão de Deus. Como eu já disse, não sei qual a sua crença, mas tenho muita fé na minha. Essa sensação irá acompanhá-lo. Todos os pacientes que tiveram experiências traumáticas e de quase-morte relatam essa mesma sensação. É como se lhe fosse concedido uma nova oportunidade nesta existência para refazer os caminhos que não lhe conduzem à felicidade. Essa é a meta de todos nós, meu jovem. E se não é a sua, reveja seus conceitos e crenças. E transforme sua vida. Hoje posso lhe garantir que seu coração está em excelentes condições e suas condutas definirão se isso será, ou não, definitivo. É uma escolha individual e somente você poderá efetuar. Se Laura estiver monitorando-o, ficarei mais tranquilo. Amanhã retorno e, se tudo continuar nesse ritmo, vou liberá-lo. Está bom assim?

— Perfeito, doutor. Cabe a Laura se disponibilizar a me acompanhar. — Lançou a ela um sorriso enigmático e seus olhares permaneceram em total conexão. Foi o médico que encerrou a conversa.

— Não tenho dúvida alguma quanto a isso, meu rapaz. Então estamos todos resolvidos. Quanto à dor que ainda esteja sentindo, não se preocupe, pois faz parte desse quadro excessivamente invasivo. E tende a reduzir com o passar dos dias. Bem, uma esposa controladora me espera para jantar. Vou ouvir a mesma retórica a qual já estou acostumado. Boa noite! — Deu um beijo carinhoso em Laura e retirou-se.

— Ele é um homem cativante — expressou Miguel. — Parece uma pessoa feliz!

— E é, apesar de toda tragédia pessoal a que foi submetido alguns anos atrás. — O olhar curioso de Miguel a induziu a relatar todos os fatos por ele vivenciados, com a perda do filho, ironicamente, em função de uma doença cardíaca.

— Eu o admiro ainda mais após o que acabou de me contar. Bem, mas com relação ao pedido de seu grande amigo e mentor, posso contar com você? — Seus olhares se cruzaram novamente, desta vez trazendo uma emoção nova para ambos.

— Sou médica e não enfermeira — brincou ela. — Mas vou ver o que posso fazer por você. Aliás, o que mais contribuiu para aceitar esse encargo é saber que poderei ver constantemente uma criança adorável. Por ele, aceito!

— Que pena, pensei que houvesse outro interesse comum que não Artur. Mas creio que me precipitei. Concordo, mesmo com a frustração imperando.

— Pare com melodramas, que não faz seu estilo. Agora, trate de descansar se pretende sair daqui amanhã. — Foi até ele e segurou sua mão com carinho. — Fique bem!

Miguel reteve a mão dela entre as suas e disse:

— Minha vida não tem sido um modelo de equilíbrio. Sou uma pessoa complicada, difícil, um pai que precisa cuidar do ser mais incrível deste mundo! Não sei se darei conta ou mesmo se mereço estar ao seu lado. Estou confuso demais! Vivo um momento tenso em todos os aspectos. Amei muito a minha esposa e percebo que esse sentimento jamais irá me abandonar. No entanto sua presença me faz sentir emoções que há muito não vivencio e estou gostando disso. Você é uma pessoa maravilhosa, Laura. E não estou falando de sua excelência profissional. Estou me referindo ao ser humano que existe aí dentro. Não quero magoá-la em hipótese alguma. Não sei o que posso lhe oferecer hoje. Talvez, apenas cacos de um homem que já fui. E você merece muito mais do que posso lhe dar! — A emoção estava presente em seu olhar, fazendo com que Laura o abraçasse com carinho, sussurrando em seu ouvido:

— Essa escolha me pertence, não acha? Pare de se martirizar, Miguel. Creio que nem você ainda se conhece! Acho que ter seu coração em minhas mãos me fez olhar para você com um outro olhar. Tem tanto amor aí contido e quero muito conhecer, desta vez não mais o órgão interno, mas o que seu coração é capaz de oferecer de sentimentos. Essa decisão de estar perto de você é minha! — Antes de se afastar, ela simplesmente pousou seus lábios no dele suavemente.

Passada a surpresa, Miguel sorriu e declarou:

— Você é mais louca do que parece. Tem certeza de que pretende me acompanhar?

— Não sei aonde isso vai dar, mas sinto que preciso seguir com você. Provavelmente, coisa do destino! Ronaldo, certamente, teria uma explicação plausível, em função de sua doutrina. Ele, com certeza, diria: são os reencontros que a Providência Divina, atenta a cada ser, proporciona. Bem, chega de conversa e vá descansar. Eu ainda tenho um plantão na emergência. Estarei por perto se sentir saudades.

— Creio que terei uma dor forte e só aceitarei a presença da Doutora Laura — afirmou ele, com um sorriso.

— Nem ouse, Miguel. — Já estava de saída quando ele pegou sua mão e a puxou para bem perto de seu corpo. Nesse simples gesto, contraiu o semblante pela dor que sentiu. — Viu? Eu avisei que era um paciente muito difícil! Sem movimentos bruscos até que todos os pontos cicatrizem! — Esperou alguns instantes até que ele se acalmasse. — Está melhor? Não faça isso novamente. Não quero ter que retornar à mesa de cirurgia com você, ouviu bem?

— Acho que um beijinho vai fazer a dor passar. — Laura se aproximou e beijou-o de novo, desta vez ele retribuiu.

— Agora tenho que trabalhar. — E saiu com um sorriso radiante. Estava feliz como há muito não experienciava.

Quando ela fechou a porta, Miguel se deu conta do que acabara de fazer e a culpa assomou. Estava traindo Marina! Sentia tantas saudades! No entanto a vida seguia seu rumo. Ou não? Teve uma noite repleta de pesadelos. Aquele ser novamente se aproximava dizendo que ele não seria feliz, pois nunca iria permitir. Acordou cedo, sentindo-se tenso e cansado. Porém seu objetivo maior era sair do hospital e procurou recompor-se, tentando abstrair aquelas sensações de angústia que haviam assomado.

Luciana levou Artur para vê-lo na hora do almoço e o garoto, com sua perspicácia, perguntou ao pai:

— Não gosto de vê-lo assim, papai. Aquele ser continua importunando você?

— Não tenho nada, meu filho. Quero somente sair daqui. Isso está me deixando atordoado. Não suporto mais permanecer no hospital! — Tentou sorrir para o menino, mas ele insistiu:

— Papai, você ainda não pediu perdão para o homem mau, pediu? — perguntou com o olhar fixo nele.

— Não sei, Artur. Depois de tudo que aconteceu, acho que não lembrei. Mas o farei, eu lhe prometo. Tem obedecido sua tia? — disse, tentando mudar o assunto.

— Claro, não é, tia Lu? — E deu uma piscada para ela, que se divertia com ele.

— Sim, Miguel. Ele tem se comportado como um príncipe. Sabe aquele da história?

— Tia Lu, pedi para você não falar! — expressou ele, fazendo uma carinha triste. — Sabe que não gosto de ficar longe do papai. Eu preciso protegê-lo e, se ele está distante, como posso fazer isso? Aí fico nervoso e... — interrompeu a fala, pois Laura entrou no quarto. — E aí, tia Laura, quando vou levar meu pai para casa?

— Estamos aguardando o médico lhe dar alta. Mas acho que você vai levá-lo hoje mesmo. O que acha da notícia? — Ela notou o semblante tenso de Miguel, mas decidiu que conversaria com ele outra hora.

Artur correu para ela e a abraçou com toda força.

— Sabia que deixaria ele ir embora. Mas você vai visitar o papai em casa, combinado?

— Claro, querido. Aliás, essa decisão foi tomada por sua causa. Como eu irei sobreviver sem sua presença diária? É tarefa impossível! Então decidi visitar seu pai todos os dias.

— Eu vou gostar, mas o papai vai adorar! — E piscou o olho para o pai, que não conteve o riso. Artur era muito esperto e captava tudo, até as intenções mais ocultas. Ele já percebera o interesse do pai e essa era a forma de dizer que estava tudo bem.

Luciana também comentara com o marido acerca disso. Sabia que Miguel teria que seguir com sua vida, afinal, era jovem e tinha tanto a viver. Mas não seria cedo demais?

Instantes depois, doutor Ronaldo entrou no quarto e se deparou com todos lá reunidos.

— Você é o garoto que tem movimentado este hospital? — indagou ele com um sorriso.

— E você é o médico que salvou meu pai? — perguntou com o olhar fixo.

— Na verdade, fui apenas um instrumento de cura, mas o fato é que ele tem muitas tarefas pendentes e precisa realizá-las. Então tudo acabou bem. Vou pedir uma coisa a você. Ponha juízo na cabeça teimosa de seu pai. Sua recuperação ainda não se completou e só está indo hoje para a casa com a condição de seguir todas as minhas orientações. Vai ficar de olho em seu pai? — indagou sério.

— Pode contar comigo. Sabe, nesta vida tenho que cuidar dele todo o tempo. Essa foi a tarefa que eu escolhi. — Seu olhar parecia o de um adulto, tal a força nele contida.

— Fico feliz que tenha sido assim. Estou mais tranquilo agora. — Os demais apenas ouviam a conversa que se desenrolava entre os dois. — Bem, pode levá-lo para casa. Quanto a trabalhar, ainda não está liberado, fui claro, Miguel? — Com ele, o tom foi mais firme.

— E quanto tempo vou permanecer de repouso? — questionou o paciente.

— Somente o tempo dará uma resposta. Um dia de cada vez, Miguel. Pode parecer que está bem, mas levará um tempo considerável para que volte a sua rotina.

Permaneceu alguns minutos dando instruções à Luciana e Laura. Antes que ele deixasse o quarto, Miguel se pronunciou com a emoção na voz:

— Agradeço tudo o que fez por mim, doutor Ronaldo. Serei eternamente grato.

— Agradeça a Deus ter providenciado aquele fatídico acidente doméstico, caso contrário, poderia fazer parte das estatísticas de morte súbita, com causa indetectável, num período próximo. Hoje, temos plena consciência de que você estava no lugar certo, na hora certa, com a médica certa. E não se esqueça de seguir sua vida conforme conversamos. — Com um sorriso fraterno, ele se despediu.

O retorno à sua casa encheu Miguel de satisfação. Dora o recebeu com um caloroso abraço e uma refeição primorosa.

— Nada como estar em casa. — A alegria dele era genuína.

Nos dias que se seguiram, Laura visitou regularmente Miguel, surpreendendo-se com a recuperação que se processava de forma acelerada. Sua presença constante fez com que os laços se estreitassem na mesma medida. A cada visita, a intimidade entre eles se mostrava mais acentuada, o que não causou nenhum constrangimento a ambos. Até Artur se acostumara com a presença da médica em seu lar.

Luciana decidira não se intrometer na relação que se estabelecia, percebendo que Miguel se encontrava mais otimista e sereno. Leonardo, assim que Miguel retornou, sentiu que sua presença por lá não era mais necessária, decidindo voltar para casa. Insistiu para que a esposa fosse com ele, mas ela achou que era precipitado, pois Miguel ainda estava em convalescença. A relação entre o casal parecia cada dia mais próxima, o que tornava tudo mais fácil.

Claudia, a companheira de trabalho, visitou-o algumas vezes, evitando trazer-lhe problemas, o que era inevitável em função do momento final da concretização de seu projeto. Marcondes lhe telefonou algumas vezes, tentando receber uma notícia favorável, como seu possível retorno. Porém, como Miguel continuava sob avaliação médica e com Laura cuidando de sua saúde, esse tempo poderia se prolongar.

Luciana retornara a sua rotina de trabalho, contudo procurava estar próxima de Miguel e Artur o máximo de tempo disponível. Leonardo lhe pedira toda cautela e discrição, em função dos problemas que ainda persistiam, o que incluía uma segurança ostensiva. Ele evitava comentar o andamento do processo e as possíveis repercussões, caso eles obtivessem a regalia de ver o juiz afastado de suas funções. Carlos o alertara de que a situação continuava sob avaliação e que tentariam todas as proposições possíveis para que ele se mantivesse no caso. Mas sabia intimamente que eles eram capazes de todas as artimanhas e conluios para que Leonardo fosse destituído de sua tarefa. Dessa forma, ganhariam tempo até que um novo juiz fosse designado para dar continuidade ao processo. Tudo permanecia muito instável e era torturante para ele. Estava tenso e intolerante com tudo, num estado de total descrença com a justiça operante. Mas aguardava que o bom senso e a ética fossem vitoriosos.

Após vinte dias da cirurgia de Miguel, ele se encontrava ansioso para retornar às suas atividades. Laura, porém, mostrava-se irredutível quanto a liberá-lo.

Era isso o que discutiam, quando Luciana chegou naquela noite, após jantar com o marido. Esses encontros eram frequentes entre eles.

— Já estou em perfeitas condições de retornar, acho que está sendo excessivamente cautelosa. Preciso retornar o mais rápido possível! — Havia tensão em suas palavras o que fez com que Laura sentisse que havia algo mais a preocupá-lo.

— Você disse que sua companheira estava gerenciando de forma exemplar a implantação de seu projeto. Por que essa urgência agora? — Ela percebeu que seu olhar se contraiu.

— Se eu não estiver lá até o final desta semana, será Flávia a designada a apresentar meu projeto na matriz, fora do país. Isso implicaria muitos problemas.

— Você está querendo que o libere para viajar para fora do país? Em hipótese alguma, Miguel. Isso é inviável na atual conjuntura. Percebo que ainda não se deu conta de que seu problema foi de extrema complexidade, e que cada dia de recuperação a que se submeter significará o pleno êxito. Até que tudo se estabilize, nem eu ou doutor Ronaldo autorizaremos você a viajar. Veja bem, digo no atual momento. Peço que seja paciente, pois a tendência é que tudo volte ao normal. Respeite seu próprio tempo!

Miguel estava em total perturbação e era nítido que ele faria qualquer coisa para conseguir seu intento. Luciana ouviu a conversa e teve que dar razão à médica, que estava sendo criteriosa e precavida. Seria uma desfaçatez viajar naquela condição e decidiu dar sua opinião sobre o assunto.

— Me perdoe, Miguel, mas tenho de concordar com Laura. Será uma temeridade você fazer uma viagem no momento. E se algo acontecer com você num país distante? Não está pensando em Artur? — A simples menção ao filho o sensibilizava além da conta. Por ele, faria tudo, isso era fato! Até permanecer atado e impossibilitado de cumprir a explanação de seu projeto. No entanto Flávia era incompetente para tal façanha e poderia prejudicá-lo perante seus superiores.

Pierre, neste momento, se comprazia com o sofrimento que Miguel experimentava.

— Você continua o mesmo! Quer a glória, a pompa, o sucesso! O orgulho o acompanha e dificilmente irá mudar! Estarei por perto para ver sua derrocada! Ainda não mudei meus planos: estou te esperando aqui! — E deu uma gargalhada. No mesmo instante, ele se fez visível para Miguel, que empalideceu e ficou olhando para aquele ser a sua frente, imaginando estar ficando louco. Começou a sentir muita falta de ar e, conforme essa sensação piorava, mais Pierre se deleitava com seu sofrimento. — Eu estou te esperando! E pelo visto, será breve! — Gargalhava ainda mais.

Miguel começou a ficar estranhamente zonzo, como se suas energias lhe fossem surrupiadas integralmente. Um mal-estar o acometeu e ele pensou que fosse desmaiar. Sentou-se e permaneceu calado, para desespero das duas mulheres que o acompanhavam. Laura o chamava, mas parecia que ele estava em transe, impossibilitado de se comunicar com ela. Luciana sentiu uma presença hostil, já imaginando que aquele ser que assombrava Miguel lá se encontrava. Imediatamente, entrou em profunda prece mental, pedindo que esse companheiro infeliz recebesse o amparo necessário, pois só assim ele deixaria Miguel em paz. A médica continuava a chamá-lo, mas ele permanecia totalmente ausente. Essa situação durou alguns segundos, mas, para ela, esse pouco tempo representou uma eternidade. Conforme Luciana orava, Miguel foi se acalmando, até que ele olhou para ambas com a emoção imperando:

— Eu estou enlouquecendo! Esse ser está em meus sonhos, meus pensamentos, em minha casa, ele me atormenta todo o tempo! Não tenho um minuto sequer de paz! — As lágrimas escorriam de forma incontida. Seu desespero era comovente.

— Acalme-se, Miguel, e conte-nos o que está se passando. — Laura ainda sentia arrepios por todo o corpo. Era assustador o que acabara de vivenciar. Mas o que mais a preocupava era Miguel. Seus batimentos cardíacos ficaram muito acelerados e a palidez a impressionava. Era como se, subitamente, toda sua energia lhe fosse retirada, mas não conseguia entender como isso era possível. Conhecia muito pouco acerca da doutrina que Ronaldo esposava, pois apenas aceitava as suas colocações, jamais pensando em compreender os fundamentos da Codificação que tantas respostas lhe oferecera anos atrás. Sentiu-se oprimida e tensa, percebendo que ela própria se encontrava em total desconforto.

— Miguel, isso é o que ele deseja que você sinta! — Luciana expressou com serenidade.

CAPÍTULO 34

EXPLICAÇÕES NECESSÁRIAS

E Luciana continuou falando como se alguém a impulsionasse a dizer tudo aquilo:

— Meu querido, ele está tentando acessar sua mente de todas as maneiras e, pelo visto, tem obtido êxito. Você se deixa conduzir passivamente, aceitando todas as provocações que esse ser lhe destina. Ele pretende que o sofrimento o acompanhe, em função da dor que ainda abriga em seu coração. Já conversamos sobre isso vagamente, mas sinto que pouco compreendeu acerca do que lhe disse. Ele aqui se encontra pensando que o seu sofrimento irá restituir-lhe a paz perdida, que você, em algum momento, lhe tirou. O véu do esquecimento nos impede de termos uma visão clara de quem fomos e do que fomos capazes de realizar contra um companheiro. Mas a dor prevalece, o que nos leva a crer que ele não foi capaz de perdoá-lo. Sei que é muito subjetivo tudo o que estou falando, ainda mais que está acostumado a ver sob uma outra ótica, mais racional e objetiva. Entretanto sentimentos permanecem no nosso íntimo e, até que tenhamos resolvido cada pendência de nosso passado, ele lá irradiará com toda força as energias que sobreviveram ao tempo. A única maneira de nos redimirmos perante um irmão a quem fizemos sofrer é, inicialmente, nos arrepender de nossos atos equivocados e, em seguida, procurar que ele saiba que não somos mais os mesmos que outrora, isso se realmente já nos transformamos. Palavras vazias não atingem seu alvo, nunca se esqueça disso. Elas precisam estar impregnadas de verdade, coerência, honestidade. Quando isso acontecer, o perdão será necessário somente para desligar esses dois seres que se encontram ungidos nessas energias densas e inferiores. O que atrai esse companheiro vingativo para perto de você é a culpa que o corrói, e que não foi capaz de extirpar de seu coração. No seu íntimo, você sabe que agiu errado, pois já teve a oportunidade de rever sua história, por isso está aqui encarnado nesta experiência que deve ser libertadora em todos os sentidos. Essa culpa o atrai para perto de você e ele consegue acessar sua mente, invadindo-a com imagens negativas, com provocações, influenciando-o de forma plena. Miguel, é preciso que você, antes de tudo, se perdoe. Só assim encontrará o caminho iluminado que lhe está predestinado. Enquanto abrigar a culpa, ele, por sua vez, permanecerá nessa obsessão pertinaz desejando que seu sofrimento jamais termine.

As palavras saíam de sua boca sem que pudesse contê-las, num ritmo frenético, como se alguém comandasse seu aparelho fonador. E era exatamente isso que estava ocorrendo. Marina atendera seu chamado e lá se encontrava, procurando doar suas energias à irmã, para que ela fosse intermediária de tantas verdades absolutas. Luciana sentiu-se conduzida por mãos hábeis e amorosas e deixou-se levar, percebendo que Miguel precisava ouvir tudo aquilo.

Jamais alguém tocou tão profundamente as fibras do seu coração como naquela hora. Sentiu-se um ser tão falido, incapaz de sequer conhecer-se a si mesmo. Era a culpa que o acompanhava todo tempo, não somente por não ter se despedido de Marina em seu momento derradeiro. Só agora compreendia aquele vazio em seu coração que sempre esteve presente, desde a sua infância. Era algo inexplicável que o diferenciava de outras crianças. Tivera poucos amigos verdadeiros e, esses poucos, ele não soubera preservar, como Leonardo. Lembrava-se de que a amizade só estremecera quando ele e Marina começaram a namorar. Desse dia em diante, algo fora rompido de forma intensa e dolorosa. Não acreditava em amizades sinceras, pois elas estavam condicionadas a atitudes previamente estabelecidas e não era dessa forma que encarava a vida. Até aquele momento, não tivera ideia de quanta dor carregava em seu íntimo. E Luciana, de forma generosa e límpida, definira como culpa. Isso explicava seu tormento íntimo e o não merecimento da felicidade plena.

Era um ser falível e miserável! Mas se Deus o autorizara a ficar aqui, mesmo após tantos eventos contrários, deveria ser por um propósito. Precisava dar um sentido a sua existência e, desta vez, compreendera integralmente a mensagem a ele direcionada. Sim, ele era uma criatura imperfeita, mas isso poderia se alterar se ele assim se propusesse. Seria um longo caminho até sua reabilitação completa, mas tinha que tentar! Devia isso a Marina, a Artur e a si mesmo! Permitiu que as lágrimas penetrassem o terreno árido que era, até então, seu coração, sentindo que um peso imenso havia sido retirado de seus ombros! A partir daquele instante, não poderia mais caminhar da mesma forma que vinha conduzindo sua existência! Ficou calado, chorando por todas as ações indevidas que oferecera a tantos, sabendo que poderia reverter esse quadro. Assim faria! Após alguns minutos, levantou o olhar, primeiramente para Luciana, a intermediária de tão proveitosa mensagem, e, com toda gratidão, disse-lhe:

— Agradeço a franqueza de suas palavras e, pela primeira vez em minha vida, eu entendi tudo o que Marina tentou inutilmente me ensinar. Ela confiava em mim, acreditava que eu poderia rever meus atos e caminhar de encontro à luz. Contudo eu não confiei em meu potencial! Sou um ser falível, desejando urgentemente me redimir perante aqueles a quem tanto mal perpetrei, mesmo não me lembrando de nada. Porém as marcas lá estão, ainda torturando esse ser que me persegue. E, talvez, me comportaria como ele se estivesse em seu lugar. Não sei como agir e preciso de ajuda! De vocês duas! — Novas lágrimas se fizeram presentes.

Luciana continuava sensibilizada com a mensagem, sentindo pelos canais mediúnicos a presença da amada irmã. A emoção era intensa e sorriu para o cunhado.

— Não foi só Marina que viu seu potencial, Miguel. — Olhou para Laura, que estava com os olhos também marejados. — Unicamente você não acreditava em sua redenção!

A médica, sentada ao lado dele sem saber o que dizer, controlava a emoção que queria fluir com toda força. Segurou a mão de Miguel e pronunciou:

— O importante é despertar e creio que esse passo você já deu. O caminho está a sua frente e precisará de coragem e determinação. Se permitir que eu te acompanhe nesta jornada, irei contigo. — E o abraçou com todo carinho. Parecia que alguém lá estava, pedindo que ela assim fizesse. Miguel necessitava de ajuda e ela constatava pelas fibras de seu coração que devia isso a ele. Não entendia tamanho sentimento que aflorou desde que o encontrara naquela sala de emergência. Mas queria estar ao lado dele, disso não tinha dúvida!

Marina presenciava a cena com o coração repleto de paz. Olhou para Adolfo que a acompanhava e, com um sorriso radiante, confidenciou:

— Neste momento, ele iniciou o caminho de sua redenção, meu pai. E sei que cumprirá o que prometeu antes de retornar a essa existência carnal. Pierre ainda se encontra perdido nas sombras de seu ódio, porém seu dia de despertar também está próximo. E se cumprirá os desígnios do Pai Altíssimo. Ambos estarão juntos novamente e, desta vez, Miguel será aquele que lhe possibilitará seu retorno à vida material como um pai amantíssimo, com a finalidade de libertá-los dessas correntes que há tanto tempo os ligam de forma tão dolorosa. Será um momento sublime e ele está perto de se concretizar. Laura acolherá Pierre em seu ventre, aquele a quem muito amou e que François, movido pelo ciúme e outras emoções indignas, o tirou de seu convívio. O que Pierre ainda desconhece é que Corine, sua amada esposa, é Laura. E que François a auxiliou naquela existência, oferecendo todas as condições para que ela pudesse criar o filho. O sentimento de gratidão que ela traz em seu íntimo é decorrente dessa existência. Sabemos que François se arrependeu de seus atos e tudo fez para se redimir perante sua falida existência. Não fez isso só a ela, mas a todos aqueles a quem traiu as convicções. Marcel, nosso querido Artur, esteve ao seu lado todo tempo, juntamente com Nicole, minha amada irmã Luciana. Ambos presenciaram todas as tentativas de ressarcir seus pesados débitos naquela vida. Nesse emaranhado de emoções, hoje Laura o reencontrou e assim estava previsto acontecer.

A emoção a envolveu e Adolfo a abraçou ternamente.

— Esta união foi também planejada e Miguel precisa apenas desapegar-se de suas lembranças. Meu pai, apesar de sentir ainda o amor tão presente em meu coração, sei que Miguel precisa prosseguir em sua jornada. Deixei-lhe um bem precioso para que possa zelar, Artur. Sei que ele estará sempre cuidando do pai como ainda se recorda, mas a tarefa maior é de Miguel. E Laura o acompanhará nesta caminhada. Agora meu coração está sereno, pois os desígnios divinos serão cumpridos, não tenho mais dúvida. Falta somente Pierre! Esse companheiro continua ressentido de todo mal a ele perpetrado. Teremos ainda um longo caminho, mas o êxito nos aguarda.

Aproximou-se de Luciana e a envolveu num abraço fraterno, fazendo com que ela percebesse sua presença e dizendo em seu ouvido:

— Obrigada, minha irmã querida, por ser portadora dessas verdades. Que Deus a envolva em todo amor! Seja feliz ao lado de Leonardo! — Em seguida, aproximou-se de Miguel e, com a emoção imperando, envolveu-o num terno abraço. — Que a luz o acompanhe, meu amor! Que você e Laura acolham este filho que está programado a renascer no seio desta família que ora se forma! Cuidem dele com todo amor, meus queridos! Artur os auxiliará nessa empreitada! — Miguel sentiu a emoção novamente assomar, sentindo a paz o envolvendo como nunca sentira antes. Lembrou-se da esposa e seu pensamento foi em sua direção:

— Eu sempre a amarei! Me ajude a seguir em frente! — As lágrimas molharam ainda mais seu rosto e percebeu a presença de Marina tão próxima como se o abraçasse. Adolfo decidiu que era hora de partir e, pegando a mão da filha, expressou:

— Minha querida, vamos deixá-los agora. Temos muito a resolver. Pierre partiu daqui feito um raio e precisamos encontrá-lo. Novas tarefas nos aguardam. Voltaremos em outro momento! — Ela assentiu e ambos deixaram o local, não sem antes saturar o ambiente de fluidos sutis.

O silêncio predominou por alguns momentos. Luciana e Laura se entreolharam e, pela primeira vez, ambas sentiram uma conexão até então despercebida. Era como se elas se reconhecessem. Como não percebera isso anteriormente? Ambas pensaram.

Miguel continuava aturdido com tudo que vivenciara, mas sentiu-se em paz. Respirava profundamente, como se para assimilar toda a energia renovada que Adolfo e Marina lá deixaram.

— Tenho muito a aprender e não posso mais adiar. Laura, você tem razão, não me sinto em condições de retomar minhas funções. Seja o que Deus quiser! E se algo der errado, tentarei consertar. Neste momento, minha saúde é o que mais importa.

— Sabia que o bom senso iria imperar, Miguel. Devo admitir que pouco compreendi do que aqui se passou. Se tiverem tempo para me esclarecer, ficarei muito agradecida.

Luciana e Miguel sorriram perante o comentário da médica.

— Quando eu compreender o que efetivamente tenho vivenciado, você será a primeira a saber. Hoje, percebo apenas que algo aconteceu, me chamando a reavaliar minha vida. Esse ser que me persegue é um habitante de outra dimensão. Pertence ao mundo dos espíritos, o que torna tudo muito mais delicado e tenso. Posso relatar os fatos que têm ocorrido em minha vida, pois, somente hoje, compreendi como isso se processa. Essas histórias de mundo invisível sempre me apavoraram e considerava isso improvável. Quantas conversas Marina teve comigo, tentando me alertar sobre a possibilidade desses habitantes nos influenciarem. Refiro-me a nós, os vivos! Como se eles não estivessem assim! Bem, para simplificar, o que sempre ignorei, acabei sentindo em minha própria pele. Sonho com esse ser e, às vezes, ele se materializa bem à minha frente. Nesses momentos, reparo que toda minha energia se esvai e parece que vou desmaiar. Foi assim que aquele acidente aconteceu e, graças a ele, vocês puderam identificar a grave anomalia em meu coração. Ainda não compreendo como eu posso vê-lo, mas tenho uma leve ideia. Os médiuns, como Marina me ensinou, são capazes de intermediar essas duas realidades. Devo, então, supor que eu pertença a essa categoria, certo, Luciana? Você conhece isso melhor do que eu e já tentou me alertar quanto às condutas que devo praticar para que esse ser possa me perdoar. Artur, na sua ingenuidade, porém de grande sabedoria, já disse o mesmo. Já o viu em diversas ocasiões e se preocupa com o que ele possa praticar contra mim. Bem, creio que seja mais ou menos isso.

— Você parece ter compreendido as lições de minha irmã. É exatamente isso que tem ocorrido, mas tudo pode ser revertido se você assim se propuser. A ideia de pedir perdão sempre será favorável em qualquer situação.

— Tudo isso me parece confuso demais. Vocês estão admitindo que seres do mundo espiritual possam influenciar os do mundo físico? — indagou Laura.

— Sim, e muito mais do que possamos supor! Porém nem todos nos perseguem. Muitos estão também a nos proteger, na condição de amigos espirituais que zelam por nossa integridade física e emocional. O Pai é infinitamente bom conosco, seus filhos ainda tão descrentes dessa verdade! Jamais estaremos abandonados à nossa própria sorte. Mas é imperioso que façamos a parte que nos compete. É isso que deve iniciar, Miguel. Primeiramente, tome conta da sua saúde física, pois precisa estar bem para colocar em ação sua programação. Em seguida, cuide da sua parte espiritual, buscando auxílio para compreender tudo o que ora ocorre com você. Quando esse ser se aproxima, ele suga suas energias e daí a sensação de fraqueza quase que imediata. Ele, literalmente, rouba suas energias vitais e isso ocorre porque você é médium, conseguindo interagir com ele de forma plena, mesmo que pouca consciência tenha desse fato. Você, provavelmente, não perceba sua aproximação, mas sente quando ele o envolve com todo seu ódio, pois é nesse momento que ele se apropria de energias essenciais ao seu equilíbrio. Quando tiver condições de buscar ajuda espiritual, estarei disposta a acompanhá-lo. O passe seria uma forma rápida de recarregar as energias dispendidas pela ação desse irmão, auxiliando-o também na sua recuperação. Podemos comparecer ao centro que frequento! Quanto mais energia dispender, mais demorado será seu restabelecimento pleno. Nos primeiros dias em que você chegou, parecia mais fortalecido do que agora — afirmou Luciana.

— Posso dizer que compartilho dessa sua ideia. No entanto, nos últimos dias, sinto que você parece mais debilitado do que quando retornou ao lar. — Laura olhava Miguel com carinho.

— Pensei que, voltando para sua casa, isso facilitaria, mas não foi o que ocorreu, apesar de sentir que está empenhado em ficar curado.

— Esse ser não tem me dado paz! A todo instante, percebo sua presença ostensiva e sufocante. E, desde ontem, ele surge à minha frente, sorri com escárnio e desaparece. Sua intenção é clara: ele pretende que eu enlouqueça de forma definitiva. — Havia ainda certo temor em suas palavras.

— Mas isso não vai acontecer e agora tem plena convicção disso! — A força contida nas suas palavras o acalmou. — Já sabe o que tem a fazer. Conte comigo!

— Não sei como posso ajudar, mas digo o mesmo! — Laura segurava a mão de Miguel, a qual levou aos lábios e beijou.

— Agradeço vocês duas e... — silenciou! Sua voz ficou embargada. Ele sentira a presença dela durante todo o evento. Era impossível não a detectar!

— Marina já se foi, Miguel — esclareceu Luciana com a mesma emoção. — Ela está bem. É o que importa. Sempre confiou em você, faça isso por ela.

— Quem esteve aqui? — Laura perguntou com os olhos arregalados. — Vocês falam de espíritos com tanta naturalidade que me assusta. — Os dois sorriram.

— Você vai se acostumar com isso. Artur convive com eles de forma natural, como se participassem da sua vida. E, na verdade, é isso que ocorre — explicou Luciana, pensando se falaria acerca dos pais, que o visitavam com frequência.

— Luciana, Artur falou-me sobre os avós que o visitam. Fiz de conta que achava normal e não perguntei nada. No hospital, contou que Marina esteve com ele, dizendo que eu ficaria bem. Às vezes, eu também me assusto com isso. Sinto que essas duas realidades estão interligadas, e cada uma interage com a outra de forma natural e espontânea. Você consegue perceber quando eles estão aqui? Quero dizer, consegue vê-los como o Artur?

— Não, somente sinto as presenças pelas sensações boas ou não tanto que eu experimento. Você vê essa entidade que o persegue, portanto esteja atento para poder agir rapidamente.

— Como assim? — indagou ele, curioso.

— Quando sentir a presença indesejável desse irmão, seu corpo responderá rapidamente como você nos relatou. Nesse momento, eleve seu pensamento a Deus e faça uma prece sincera, pedindo a intercessão dos benfeitores da luz. Você sabe orar? — questionou Luciana com um sorriso. — Artur faz isso com a sinceridade de propósitos e com o coração puro. Ele me ensina coisas impressionantes a cada dia. Aprenda com ele!

— Ele é a luz da minha vida. Já disse isso? — Sorriu Miguel.

As duas em coro responderam:

— Já! — O ambiente se pacificara e todos pareciam serenos. Luciana foi até Miguel e beijou seu rosto com carinho.

— Sabe que pode contar sempre comigo, não?

— Sei, minha amiga querida! Nunca poderei retribuir tudo o que tem feito por nós.

Os dois se abraçaram selando mais uma vez o mesmo pacto de fraternidade que os acompanhava há tantas vidas.

— Boa noite, Laura. Já está tarde, durma aqui esta noite. Está chovendo demais! — Foi até ela e a abraçou também. — Saiba que gosto muito de você! Confio que fará esse meu amigo tão querido feliz! — Laura sentiu a emoção assomar e a abraçou novamente, confiante de que teria nela a amiga de todas as horas.

Depois que ela saiu, os dois ficaram em silêncio até que Miguel pronunciou:

— Luciana tem razão, já é tarde, não vá embora. — Seus olhares se cruzaram e havia uma energia intensa percorrendo a conexão estabelecida. — Não quero ficar sozinho hoje. E nem o resto dos meus dias. Desejo que você esteja ao meu lado! Pode parecer precipitado, mas percebo que assim deve ser. Sei que você é uma pessoa difícil, autoritária, gosta de mandar, mas creio que consigo suportar! — expressou ele com um sorriso. — Por outro lado, você está em desvantagem, pois sou a pessoa mais chata e complicada deste mundo. Vai me tolerar?

— Bem, realmente, não é uma proposta vantajosa, tenho que admitir, mas, por outro lado, adoro desafios. São eles que me motivam a seguir em frente. Além do que está se esquecendo de que é detentor de muito charme, caso contrário não teria chamado minha atenção. E, naturalmente, algo me seduziu ainda mais!

— Já sei o que vai dizer! Artur! Esse meu filho parece ser meu maior concorrente.

— Exatamente! Ele é tudo o que eu sempre sonhei num filho, se um dia pudesse ter um!

— Isso é fácil de resolver — disse ele, com ar maroto.

— Por enquanto, não sei se estou pronta para a maternidade. — Seus olhos ficaram subitamente tristes. — Provavelmente nem possa tê-los algum dia. Mas esta conversa está tomando um rumo inesperado. Acho melhor ir embora.

CAPÍTULO 35

UM NOVO AMOR

— Do que você tem medo, Laura? — A pergunta de Miguel a desconcertou. Ela ficou pensativa, baixou o olhar e permaneceu silenciosa. Ele pegou a mão da jovem entre as suas: — Olhe para mim. De repente, você ficou distante. O que está acontecendo?

— É uma longa história e não sei se quero revelar — respondeu ela secamente.

— Não confia em mim?

— Não é isso, apenas é uma parte da minha vida que gostaria de esquecer. Simples assim! Acho que vou para casa. Me desculpe! — Os olhos dela estavam marejados. — Nem sei por que eu me lembrei disso agora. Não é nada com você, Miguel. — Levantou-se pronta para ir embora, mas ele a reteve, colocando-se à sua frente.

— Não quero que vá. Fique! Preciso de você, Laura. Prometo não fazer perguntas. Quando quiser falar, estarei aqui para ouvir. Uma relação que se inicia não comporta segredos, mas respeito seu tempo. — E a abraçou com todo carinho. Neste momento, ela não conteve o pranto. — Ei, pare com isso! Me perdoe, não queria te magoar!

— Você não me magoou. Todos nós temos segredos e eles, apesar de ocultos aos olhos do mundo, mostram sua presença, torturando-nos. É um assunto que me perturba, pois representa um anseio que talvez nunca possa ser cumprido.

— Pode ser mais clara, já que iniciou.

— Quando estava na faculdade, tive um sério problema e precisei me submeter a uma cirurgia. Algumas complicações ocorreram e os médicos disseram que pode ter comprometido a minha capacidade de gerar um filho. — E as lágrimas escorreram. — Todos pensam que sou uma mulher moderna, só penso em trabalho, às vezes calculista em excesso, porém essa é uma forma de abafar a dor íntima. Sempre sonhei em ser mãe e, possivelmente, isso não aconteça.

— Você disse "possivelmente", o que não significa uma certeza, correto? Então pare de ser pessimista e aceite que tudo está determinado. Se tiver que acolher um filho, seja no seu ventre, seja pelos canais do amor intenso, irá acontecer. Não sabemos de nada, Laura. Acreditamos que detemos o controle dos fatos, porém não acontece dessa forma. Vamos viver um dia de cada vez, não foi o que meu médico me pediu? — Ele sorriu. — Agora vamos dormir? Não vou permitir que minha namorada vá embora sozinha nesta chuva.

— Sua namorada? — perguntou ela, jovial.

— Exatamente! Ou preciso fazer um pedido formal? — Ele a abraçou ternamente.

— Não, querido! Eu aceito!

— Ser minha namorada ou ficar aqui esta noite?

— Ambos! Mas devo alertá-lo de que sou espaçosa e estou acostumada a dormir sozinha.

— Tudo bem! Aceito! — Os dois saíram abraçados. Uma nova etapa da vida dos dois espíritos se iniciara. Tudo parecia caminhar conforme o programado.

Pela manhã, Artur se deparou com a presença dos três na mesa do café. Ofereceu um sorriso sincero e cumprimentou-os com beijos:

— Sabe, papai, sonhei com esta cena. Todos nós juntos no café. Só falta o tio Leo.

— Verdade, querido. Só falta ele — confirmou Miguel com um sorriso.

— Tia Laura, o papai está bem? — indagou com ar preocupado.

— Fique tranquilo, seu pai se recupera rapidamente e logo voltará a sua rotina.

— Papai, podemos visitar Naná? Faz tempo que não a vejo e estou com saudades dela.

— Quem é Naná? — perguntou Laura. Miguel e Luciana se entreolharam e sorriram.

— É minha égua — respondeu ele, com convicção.

— Um nome um tanto incomum para um cavalo, mas deve ter seus motivos.

— Ora, tia Laura, é minha égua e decidi dar um nome que se parecesse com ela. Não entendo por que todo mundo acha engraçado esse nome. Quer conhecê-la? Como já é a namorada do papai, pode ir conosco, o que acha, papai? — Ele era um garoto muito esperto, pensaram todos. Miguel sorriu e disse:

— Vamos em um fim de semana logo que minha médica permitir que eu viaje. — E olhou para Laura com indizível carinho. — E quando ela puder tirar uns dias de folga.

— Creio que estou precisando de uns dias tranquilos. Seu pai tem consumido todo meu tempo livre e não consigo sequer respirar.

— Nossa! Mas se não respirar você pode morrer! — comentou ele com as feições sérias. Todos riram da pureza das palavras de Artur, que sabia como ninguém descontrair o ambiente.

— É só uma maneira de expressão — justificou Laura.

— Então estamos combinados. Naná deve estar morrendo de saudades, como eu estou. Quando você vai deixar o papai viajar?

— Se ele continuar se comportando bem, acredito que muito em breve.

— Agora, preciso trabalhar. — Laura levantou-se, despediu-se de todos, caminhando até a porta. Miguel a acompanhou.

— Vejo você mais tarde? — perguntou ele, segurando seu rosto. Havia uma emoção latente, um sopro de vida que há muito não se via em seu olhar. — Não sei se irei sobreviver sem sua presença ao meu lado. Te espero! — E beijou seus lábios suavemente.

— Voltarei no final do dia. Vou tentar adequar os meus plantões, assim consigo as noites livres. Até conhecer você, pouco me importava permanecer noites e noites trabalhando, mas agora é diferente. Eu quero estar aqui com você. Não entendo bem esse sentimento, mas o que importa é que estou feliz. Até mais! — Outro beijo e ele abriu a porta, tendo a surpresa de se deparar com Leonardo à sua frente. Ele viu o beijo e manteve a discrição. Miguel não perdera tempo, pensou de súbito.

— Bom dia! Desculpe a visita inesperada, mas preciso falar com Luciana. — Ele estava tenso e Miguel preferiu não fazer perguntas.

— Entre, a casa é sua. — Continuou com as despedidas e entrou em seguida. Ficou curioso para saber o que tinha ocorrido para tal acesso intempestivo.

— Tio Leo, vamos ver Naná! Não quer vir com a gente? — indagou o garoto, correndo para dar um abraço.

— Oi, querido! Quem sabe! Você continua crescendo a cada dia! — A tensão quase se desfizera ao contato com Artur, como sempre acontecia.

— Tudo bem? — Luciana sentiu a tensão em seu semblante. Paula, a babá, surgiu e, discretamente, levou o garoto.

— Vamos, Artur. A escola te espera. — O garoto se despediu de todos e saiu com ela.

— Precisamos conversar, Luciana. — A formalidade denunciava algo inquietante à frente.

— Posso sair, se for o caso — disse Miguel.

— Não, fique. Todos precisam estar a par da situação.

— Você está me deixando aflita, fale logo. — Luciana estava tensa.

— Tenho evitado trazer preocupações para você, mas sinto que seja necessário. Veja isto!

E lhe mostrou seu celular com a mensagem editada. Conforme ela lia, seu coração pulsava de forma desordenada.

— O que isso significa? O que eles pretendem? — E entregou o celular para Miguel, que leu rapidamente o conteúdo. A indignação a consumia. — Eles são sórdidos! Isso é uma ameaça grave, querido. Estamos assim tão expostos?

— Infelizmente, sim. Já enviei a Tavares que está analisando com todo critério. Seu tio já tomou conhecimento. Trata-se de uma represália por terem mantido minha indicação para efetivar a denúncia, apesar de toda canalhice deles, enviando aquelas fotos para meus superiores, tentando me constranger. Mas não surtiu o efeito esperado e continuo no processo. Isso foi definitivo e eles estão furiosos comigo.

— Por que com você? Fez somente o seu trabalho. Não entendo como isso acontece. — Miguel estava também inconformado com as ameaças contra Leonardo e a família.

— O que pretende fazer? — indagou Luciana com a voz entrecortada.

— Precisamos sair do circuito, isso é emergencial. Esse foi o conselho de Carlos e dos demais desembargadores. Estar em evidência neste momento não é cauteloso. Pensei em ficarmos uns dias em Campos até a poeira baixar.

— Mas e se eles tentarem algo lá? — Ela estava temerosa.

— Não seriam tão ousados assim. Além do que teremos uma escolta todo tempo. Tavares me garantiu uma vigilância ostensiva. Mas é só uma ideia, caso prefira ficar aqui é o que faremos. — Virou-se para Miguel e perguntou: — Posso levar minha esposa para casa? Você parece totalmente recuperado. Fico feliz que esteja bem! — Seus olhares se cruzaram e ambos perceberam que a sinceridade imperava.

— A estadia dela aqui em casa fez toda diferença. Agradeço sua compreensão, mas creio que é hora de Luciana voltar para casa. — E sorriu para a cunhada. — Eu e Artur já nos acostumamos com sua presença, não vai ser fácil para nós. Mas Leonardo está certo!

— Vou esperar Artur chegar e dou-lhe a notícia.

— Venho te buscar hoje à noite, combinado? Peço que evite se expor em demasia. Procure trabalhar aqui mesmo. Eu sei que é tudo extremamente invasivo e perturbador, mas acredito que seja temporário. Terei mais notícias no final da tarde.

— Não consigo conceber que pessoas públicas se prestem a esse tipo de conduta tão desleal. Vivemos num mundo onde todos os nossos atos corresponderão a consequências. Por que acham estar isentos de pagar pelos seus erros? São criaturas diferenciadas das demais? Não precisam se sujeitar às cobranças? E nós é que parecemos os criminosos, nos escondendo, evitando uma exposição, receosos de sofrermos represálias! Isso é um absurdo, Leonardo! Não vou me esconder!

Leonardo a abraçou com todo amor, compreendendo seu desabafo.

— Você tem razão, querida, mas temos de ser precavidos. Fique calma, tudo vai passar, eu lhe prometo. Pense sobre Campos e depois conversamos. Seriam alguns dias de relaxamento de que tanto necessitamos. Se Miguel não se opor, Artur poderia nos acompanhar. — Olhou para o cunhado e viu que sua expressão estava em dúvida. — Teremos toda segurança, quanto a isso eu posso lhe garantir. Ele não correrá risco algum, confie em mim.

— Posso visitá-los no final da semana. Ele vai adorar a ideia. Está morrendo de saudades da sua Naná. — Ele não conteve o riso. — É um lugar discreto e não será perturbado por jornalistas e afins. Creio que seja uma opção para sair dos holofotes. A denúncia já foi apresentada?

— Já e foi o golpe fatal para eles. Tudo está como deve ser. O que irá acontecer com eles ainda é incerto, mas fiz a minha parte, sem me deixar abalar por todas as provocações e intimidações.

— Um trabalho um tanto ingrato, posso afirmar. Poucos sabem o que ocorre nos bastidores da justiça, assim como as dificuldades enfrentadas nessa tarefa. Admiro o que você faz, Leonardo. — Era um sentimento real e verdadeiro, tirando um sorriso dele.

— Obrigado, Miguel. Bem, tenho muito a resolver se pretendo ficar ausente alguns dias. Pense com carinho em minha proposta. Mas, independentemente do que decidir, venho te buscar, certo? — Beijou-a com carinho e se despediu do cunhado.

Logo que Leonardo os deixou, Miguel disse a Luciana.

— Creio que já demonstrei toda gratidão pelo que tem feito por nós, não?

— Tudo que fiz foi o que meu coração ordenou. Vocês dois são minha família que amo demais. Sabe que pode contar comigo em qualquer situação!

— Eu sei. Gostaria de lhe pedir que ficasse mais uns dias, mas Leonardo não me perdoaria. Volte para casa e siga com sua vida, minha amiga. Seja feliz!

— Vou sentir saudades! Creio que concordo com Artur! Poderíamos morar todos juntos!

— Quem sabe um dia! Agora, tenho uma decisão a tomar. Diz respeito a meu trabalho. Marcondes não poderá contar com minha presença nos próximos dias e terei que abdicar da minha viagem. Seja o que Deus quiser! Não era isso que planejara para o término desse projeto, mas...

— Não há nada que não se possa refazer depois, Miguel. Confie!

A ligação para seu chefe não foi satisfatória, afinal, ele tinha total esperança de que Miguel retornasse a tempo para viajar.

Não confiava na condução de Flávia e Claudia estava envolvida em outra tarefa. Os próximos dias seriam reveladores...

Leonardo trabalhou ativamente, procurando deixar todas as pendências resolvidas, caso viajasse nos próximos dias. Carlos o chamou no final da tarde em sua sala. Lá chegando, encontrou Tavares com o semblante sério.

— Algo mais aconteceu? — foi a pergunta.

— Infelizmente, alguém aqui de dentro passava informações, conforme suspeitávamos. Bem embaixo do nosso nariz, isso é algo inadmissível. Mas as providências já foram tomadas e, apesar das negativas veementes dele, encontramos em seu computador as provas que buscávamos. Espero que, agora, o senhor possa se tranquilizar.

— E quem é nosso informante? — À medida que ele falava o nome, a surpresa assomou. Nunca poderia imaginar que aquele homem fosse capaz de tal gesto. Sempre sentira nele uma seriedade e franqueza, que não condizia com a atitude que praticara. Sentiu-se desconfortável com a revelação, mas Tavares era o chefe de segurança, teria que confiar em seu julgamento. — Muito triste, gostava demais dele — foi só o que disse.

— Concordo, era um dos meus melhores homens, no entanto, todas as provas são contra ele. Creio que esse assunto esteja resolvido. Quanto a sua viagem, considero uma opção viável. Pedirei que dois homens fiquem todo o tempo com o senhor e sua esposa. Umas férias serão mais que merecidas.

— Concordo. Só não o acompanho, pois tenho alguns eventos já agendados e Silvia não iria me perdoar. Vá, relaxe um pouco, os problemas estão sob controle por aqui.

— Luciana estava relutante, saberei hoje à noite a sua decisão!

E assim foi decidido. Luciana aceitou viajar e Miguel permitiu que Artur os acompanhasse. Iriam na tarde do dia seguinte, após o retorno do garoto das aulas.

Artur ficou radiante ao saber que viajaria para Campos com os tios e poderia rever Naná.

— Papai, vou faltar três dias na escola? — Seus olhos estavam brilhantes.

— Não é para se acostumar, meu filho.

— Você vai ficar bem? — questionou o garoto.

— Laura cuidará de mim em sua ausência. Aproveito também para dar uns dias de férias à Paula. Prometo que ficarei bem, querido.

— Vou ver Naná, papai. Não sabe o tamanho da minha saudade! — E abriu os braços.

— Imagino! — E naquele mesmo dia, após a aula, Leonardo e Luciana buscaram Artur, indo todos para a casa da família em Campos.

Chegaram no final da tarde. Rita e Francisco os esperavam ansiosos. Artur correu a abraçá-los.

— Estava com muitas saudades de vocês! E de Naná! Cuidaram bem dela?

— Artur, como você cresceu nesses meses! Senti muitas saudades de você. Naná, então, se falasse, com certeza, também diria que sentiu! — Rita cumprimentou o casal e saiu com o garoto. — Vamos, eu te levo até ela. — Luciana os acompanhou.

Leonardo chamou Francisco de lado e contou-lhe acerca dos homens que fariam a segurança enquanto eles estivessem lá. Não entrou em maiores detalhes, falou apenas que era em função de seu trabalho e que eles não iriam causar maiores transtornos.

O homem assentiu e foi cuidar das suas tarefas. Leonardo ficou parado, observando ao longe o carro dos seguranças. Isso lhe dava certa tranquilidade. Olhou ao redor e aspirou profundamente o ar puro que aquele local emanava. Gostava muito de lá! Podia ouvir as risadas de Artur, o que o fez lembrar-se de Marina. Ela estaria bem? Deixou as divagações de lado e foi ao encontro deles. Luciana ria das brincadeiras do garoto e, ao vê-lo, correu a abraçá-lo. Leonardo sentiu a paz que há tanto tempo se desviara de seus caminhos. Percebeu como nunca o quanto amava Luciana. A ela se dedicaria toda sua vida dali em diante. Era como se o passado deixasse de assombrá-lo, constatando que, em grande parte da sua vida, havia se empenhado em objetivos diversos dos previamente programados. Decidira que teria uma família ao lado dela, com filhos e tudo mais que isso comporta. Entrou nas brincadeiras de Artur e passaram o resto da tarde passeando pelo lugar. Estavam todos relaxados e felizes.

Os dois seguranças encarregados da vigilância permaneceram atentos andando pela propriedade, vasculhando cada caminho e possibilidades de aproximação. Um deles, Juliano, conhecia o local, pois já fizera a segurança do desembargador Carlos numa de suas estadias lá. O outro, Celso, era o mais novato dos dois, mas Tavares tinha total confiança nele, daí designá-lo para tal tarefa. O juiz dissera que permaneceriam lá só alguns dias. Outros dois seguranças os renderiam na manhã seguinte.

Muito distante de lá, o político em questão, cuja denúncia havia sido feita por Leonardo, andava de um lado a outro com a fúria estampada no olhar.

— Isso não vai ficar assim, de forma alguma! — Bruna, sua filha, acompanhava seu descontentamento.

— Não fique assim, papai. Confie que tudo irá se modificar. Já falou com quem devia e eles não o abandonarão. Não há mais nada a fazer por ora. Eles não disseram que tudo vai ficar bem?

— Sim, porém não é a vida deles que está em jogo. Sabe o que pode acontecer com todos nós se isso seguir adiante? — Seu olhar era gélido.

— Não! — respondeu laconicamente a filha.

— Pois eu sei! O nosso fim!

— Jogamos de todas as formas, inclusive as mais abjetas e, no entanto, ele prosseguiu com seu trabalho. Agora, só nos resta aguardar! Confie que eles irão te proteger, afinal, é o mínimo depois de tudo o que já fez por eles.

— Gostaria de ter essa sua serenidade, minha filha, mas a questão é muito mais complexa. Ele ousou mexer com quem não devia e pagará caro por isso.

— De que adianta ameaçá-lo agora? Todos os artifícios de que se utilizou não foram suficientes para demovê-lo, o que mais pode ser feito?

A jovem fez a pergunta temendo a resposta que iria ouvir. Mas o pai permaneceu calado, o que a deixou ainda mais tensa. Estaria ele planejando outra ofensiva contra o juiz? Lembrou-se daquela noite no restaurante quando o alertou acerca das possíveis investidas do pai contra ele e esposa. Em seu íntimo, não aprovava as atitudes do pai. Mas, apesar de tudo, era seu pai! Não iria traí-lo. Sua atitude naquela noite havia sido uma insensatez, caso o pai descobrisse seu ato. Receava que alguma coisa acontecesse com o juiz. Gostaria de tê-lo conhecido em outra ocasião. Seria capaz de se apaixonar por ele. O pai continuava silencioso e isso nunca era bom sinal. O que matutava desta vez? Temia pela integridade física de Leonardo. Enfurecido, o pai nunca agia com bom senso! Subitamente, ele pensou em algo. Pegou o telefone e fez uma ligação. Bruna não entendeu do que se tratava. Ao término, ostentava um sorriso maquiavélico.

— Que ar sinistro é esse, meu pai? Está me assustando.

— Não é você que pretendo assustar. Creio que já sei o que fazer. Me aguarde! — Novas ligações e alguma coisa foi tramada. Tudo sob o olhar atento de Bruna...

CAPÍTULO 36

EMBOSCADA

Logo no primeiro dia, Miguel já sentiu a ausência de Artur. Sua vivacidade era a sustentação daquele lar. Laura lá se encontrava e conversavam sobre ele:

— Poderíamos visitar Artur em Campos, o que acha da ideia? Tire uns dias de folga e podemos ficar lá. — Havia tanta ansiedade em sua voz que fez Laura sorrir.

— Pensei que pudéssemos aproveitar estes dias só para nós, mas compreendo que sinta a falta dele. Eu já estou sentindo! — E se aconchegou em seus braços.

— Não consigo ficar longe dele! Você poderia ser mais boazinha e me liberar para viajar? — expressou beijando-a.

— Não pense que vou cair em sua chantagem, querido. Eu sou a médica e decido quando poderá ser liberado. E nem tente me subornar com uns poucos beijinhos.

— Jamais faria isso com você. — Neste momento, um porta-retratos caiu ao chão, fazendo com que ele se levantasse de súbito, andando pela sala como se procurasse algo que pudesse ter provocado a sua queda.

— O que aconteceu? — indagou ela imaginando que Miguel pudesse estar vendo aquele ser do outro mundo novamente. — O que está sentindo? — O olhar dele estava sério e já pálido.

— Ele está aqui, eu o sinto! Quando irá deixar-me em paz? — E ouviu a gargalhada.

— Nunca! Você virá para cá em breve, anote isso! — E derrubou outro porta-retratos.

Miguel fechou os olhos e pediu, instintivamente, ajuda. Luciana lhe falara acerca da prece sincera que nos conecta a Deus, acalmando e fortalecendo. Laura ficou silenciosa, atenta ao gesto de Miguel. Sabia o quanto ele se perturbava quando detectava a presença ostensiva daquele habitante do mundo espiritual. Instantes depois, ele abriu os olhos e respirou profundamente.

— Pedi que ajudassem esse ser infeliz que acredita que, me maltratando, conseguirá encontrar a paz que eu dele retirei. Sei que sou o responsável por ele estar nessa condição, mas o que eu posso fazer por ele hoje senão orar? Ele não acredita que estou modificado e vai insistir em me perturbar. Como Luciana orientou, sou eu que não devo permitir que acesse meu mundo mental. Creio que ele foi embora!

— Isso continua me dando calafrios! — Miguel percebeu que ela estava incomodada e tentou descontraí-la.

— Bem, a doutora ainda não me disse se vai me liberar para viajar. — Ele a abraçou com ternura, beijando-a.

— Não jogue sujo comigo, rapaz. — E puxou-o para perto de si.

— Estou só valendo-me do meu charme! Não foi isso que disse que tenho em abundância? Desejo que fique aqui comigo não só hoje, mas todos os dias de minha existência. Não compreendo como isso aconteceu, Laura. Só sei que esse sentimento cresce a cada momento. Quer casar comigo?

— Não acha que está indo rápido demais, Miguel. Não sei se posso corresponder a tudo que deseja de uma esposa. Marina, pelo que você me contou, foi uma mulher excepcional! Será que consigo concorrer com ela? — Havia certa angústia em suas palavras.

— Você não irá competir com ela, querida. Eu a amei intensamente e ela estará sempre comigo na figura de Artur. Mas Marina não pertence mais a este mundo e sei que aprovaria minha iniciativa de seguir adiante. Ela foi a mulher mais sábia e generosa que conheci! E deseja minha felicidade, esteja onde estiver. Você me fez renascer em todos os sentidos. Eu lhe devo a minha vida.

— É somente gratidão o que sente? — perguntou ela, com a voz triste.

— Não! Você me fez acreditar que poderia amar novamente, cuidando do meu coração com maestria. Eu estava sem incentivo para prosseguir minha jornada e você me mostrou um caminho possível. E por isso quero que fique comigo! Desejo muito te fazer feliz! Aceite meu amor e não fuja mais do seu destino. — Os dois se entreolharam e havia algo mais latente. Um sopro de vida! Uma vontade de assumir novos caminhos! Laura sentiu a emoção aflorar e abraçou-o com toda energia.

— Sinto tanto medo de perdê-lo! — As lágrimas assomaram.

— Pare com isso, Laura. Já estive tão perto de deixar este mundo, mas creio que, por enquanto, não me querem por lá. Tenho tarefas a realizar e não vou partir tão cedo.

Ainda presente, Pierre estava irritadiço por não conseguir acessar a mente de Miguel, que elevara seu pensamento.

— Isso é o que você pensa, meu caro! Muitas águas vão rolar. — E saiu de lá.

Em Campos, a estadia estava sendo mais que proveitosa. Luciana e Leonardo, cada vez mais próximos, sentiam quanto tempo haviam desperdiçado na vida em comum. Artur aproveitava bastante para matar as saudades de Naná, que pareceu reconhecê-lo, demonstrando alegria com sua presença nos muitos passeios a cavalo pelas redondezas. Com a temperatura mais amena, a primavera finalizando e a vegetação esplendorosa, eles viviam momentos de muito relaxamento e paz. Quando o sol se punha, a temperatura caía, típica do local.

Naquela tarde, Francisco foi conversar com Leonardo para dizer que ficariam na cidade aquela noite, em função de uma festa familiar na casa de parentes da esposa. Mas se ele se opusesse, lá permaneceriam.

— Não, Francisco, podem ir. E aproveitem!

— Rita deixou o jantar preparado. Dona Luciana pode servir?

— Com certeza! — E assim ocorreu.

Ao término do jantar, Artur aparentava certa preocupação no olhar, que não passou despercebido à tia.

— Saudades do papai, meu querido? — indagou.

— Também, tia Lu. Será que ele virá nos visitar no fim de semana?

— Falei com ele hoje e Laura decidiria após os resultados de novos exames que faria em seu pai hoje à tarde. Aliás, já deve ter feito. Estranho, mas ele ainda não me retornou. — Olhou o celular e estava sem sinal. Isso acontecia com frequência, por isso não se perturbou. — Mas percebo algo mais nesta sua carinha. Conte para mim!

— Não sei, tem alguma coisa estranha e não consigo explicar o que seja, tia Lu.

A tia pensou se o garoto também teria pressentimentos, além da vidência que o acompanhava. Devia ser saudades de Miguel, só isso! Leonardo acabara de acender a lareira, por insistência de Artur que adorava ver as chamas e o barulho das toras queimando. Esse ritual era quase sagrado nas estadias em Campos em noites frias. Estavam sentados confortavelmente na sala quando Leonardo chegou preocupado.

— Meu celular está sem sinal e o seu? — indagou ele.

— O meu também, mas isso sempre acontece aqui. Não se preocupe.

— Realmente! Daqui a pouco o sinal deve retornar. — Ele foi até a janela e ficou a observar a escuridão da noite, sem o luar para tornar o local menos sombrio. Seus sentidos estavam em alerta, não entendia a razão. Porém não queria preocupar Luciana. Tentou se acalmar, lembrando que havia dois seguranças lá fora para protegê-los de qualquer ameaça. Tentou relaxar e pegou duas taças de vinho, entregando uma à esposa. Ela agradeceu e Artur começou a contar uma história. No meio dela, entretanto, todas as luzes se apagaram. A única luminosidade era das chamas da lareira.

— Vou dar uma olhada no disjuntor. Não deve ser nada, apenas uma queda de energia.

Vestiu um casaco e saiu, caminhando em direção a uma pequena cabine no final da longa varanda. Abriu-a e tentou ligar, mas sem êxito. Seus sentidos aguçados começaram a lhe pedir calma, alguma coisa não estava certa. Caminhou de volta para casa, porém, antes de entrar, verificou se o carro dos seguranças estava por perto. Procurou-os com o olhar e pegou um pequeno comunicador no bolso, chamando por eles. Silêncio total! Isso já começara a deixá-lo mais do que perturbado. Tinha coisa errada e, neste momento, se certificara. Entrou calmamente na casa e se deparou com Marina e Artur esperando-o com a expectativa no olhar.

— Coloquem os casacos. Vamos embora já! Não façam perguntas! — Pegou a chave do carro e foi até ele. Tentou ligá-lo, mas nada aconteceu. O desespero passou a assomar. Entrou de novo na casa e pediu que eles ficassem quietos.

— O que está acontecendo, querido? — Seu olhar assustado a deixou mais tensa.

— O carro não pega! Os celulares não funcionam! O telefone está mudo! Ficamos sem energia elétrica! Algo aconteceu! Precisamos manter a calma.

— E os seguranças? — perguntou ela.

— Não consegui vê-los. Espero que estejam investigando a queda da energia elétrica. Vamos aguardar. — Olhou o garoto calado, sem aparentar nervosismo. Ele não tinha ideia do que se passava. — Continue com sua história, Artur, estava ficando interessante.

— Não, tio Leo, não quero mais.

— Por que, meu querido? — questionou Luciana, apreensiva.

— É melhor ficarmos quietos, assim poderemos ouvir eles chegarem.

— Eles quem? — A tensão já imperava.

— Aqueles homens daquela noite que brigaram com o papai. Eles estão por perto. Temos que ficar escondidos, tio Leo. Não são homens bons! A mamãe contou que foi avisar o papai. Logo ele chega e tudo vai ficar bem. — O semblante de Leonardo se contraiu. Era a última coisa que poderia acontecer. Miguel nunca o perdoaria se algum mal recaísse sobre o filho. Só de pensar nisso, estremeceu. Não iria permitir que nada ocorresse. Precisava pensar em algo com rapidez. Fechou as portas com as travas. Era um casarão antigo com janelas altas e fechou-as também, tendo o cuidado de colocar as trancas. Luciana o auxiliou nessa tarefa, sentindo-se a cada instante mais assustada. O que se passava? Artur estaria certo? Como Marina avisaria Miguel? O que ele poderia fazer para ajudá-los? Aqueles homens eram bandidos da pior espécie. Eram tantos questionamentos sem respostas!

Leonardo se lembrou da arma que costumava guardar no porta-luvas do carro e avisou Luciana que iria buscá-la.

— Por que uma arma? O que pretende fazer?

— Apenas por precaução! Fique calma. Vou pegá-la.

Abriu a porta e dirigiu-se até seu carro, mas, no caminho, ouviu um silvo agudo de uma bala próxima ao seu ouvido. Alguém estaria atirando nele? Abaixou-se e abriu a porta do carro, pegando a arma e voltando para a entrada. Novos sons cruzaram o ar e ele se apressou para entrar na casa, sendo surpreendido por uma fisgada na perna. Continuou seu percurso e entrou, fechando a porta com a rapidez de um relâmpago. Luciana e Artur correram até ele:

— Eles estão atirando? Foi isso que ouvi? — perguntou em prantos.

— Fique tranquila, querida, por favor. Vou resolver isso! — Leonardo a segurava nos braços.

— O que está acontecendo, Leonardo? O que esses homens pretendem? — Luciana falava com a voz entrecortada. Artur olhava para ambos com o semblante sério.

— Eles não vão deixar a gente sair daqui, tia Lu. Não gostam do tio Leo. Mas não adianta chorar, precisamos ficar calmos. — Saiu e voltou com um copo d'água. — Tudo vai ficar bem, confie em mim. — Os dois se entreolharam, sensibilizando-se perante a atitude do garoto. Era ele quem tentava manter o equilíbrio!

— Você tem razão, Artur. Precisamos manter a calma, assim pensamos melhor. — Leonardo procurava encontrar uma alternativa para a situação reinante. Onde estavam seus seguranças? Por que não impediram o ataque? Estariam todos mancomunados com aquele grupo sórdido? Essas perguntas não tinham resposta. E ele não poderia ficar passivo diante do que estava acontecendo. Possuía uma arma, mas de que adiantava? E se fossem muitos, de que valeria? Olhou para os dois à sua frente que esperavam que ele agisse, mas não sabia o que fazer. Foi quando sentiu um líquido quente escorrendo por sua perna, só então percebeu que havia sido atingido por um dos projéteis. O garoto olhou para ele e, pela primeira vez, viu a apreensão em seu semblante.

— Tio Leo, você está bem? — Leonardo representava a proteção para Artur. — Está doendo?

Só naquele momento, Luciana viu o sangue na perna do marido e entrou em pânico.

— Você está ferido! Necessita de um médico!

— Por favor, Luciana, preciso de você, mas, se perder o controle, de nada adiantará. Não é grave, fique tranquila. Me

ajude a caminhar. — Ela o auxiliou, levando-o para o sofá. O sangue fluía com rapidez e ela tinha de fazer alguma coisa para contê-lo. Se Laura estivesse lá, tudo se resolveria, pensava enquanto percebia a situação cada vez mais difícil de administrar. Estavam isolados do mundo, ninguém saberia que algo trágico estava ocorrendo. As lágrimas escorriam de forma incontida.
— Luciana, olhe para mim. Precisamos agir com rapidez. Temos de sair daqui de qualquer jeito. As intenções deles não são benéficas, já deu para perceber. Vocês dois devem ficar em segurança. Tem alguma saída que eles não saibam? — Conforme Leonardo falava, contraía seu rosto, pois a dor se intensificara. Apertou a região com um torniquete. Havia visto isso em um filme e deu resultado, pois o sangue parou de fluir em abundância. Assim parecia melhor. Respirou fundo, tentando articular as ideias. Tinha de atuar a qualquer custo. Artur se aproximou dele e colocou a mão em seu rosto.
— Você não tem culpa do que está acontecendo. Não se culpe, tio Leo. Vamos encontrar uma saída.

Os três ficaram silenciosos, pensando numa alternativa viável, quando ouviram uma voz do lado de fora:
— Juiz! Saia daí! Não há escapatória, pois estão cercados. Se quer que eles fiquem em segurança, venha para fora. Nosso alvo é você! Vamos dar alguns minutos para pensar, depois...

Leonardo fechou os olhos em total desespero. Eles não falavam a verdade, ninguém seria poupado, era fato. Não sabia como proceder e isso o atormentava. Olhava os dois, esperando alguma reação sua, mas, pela primeira vez na vida, sentiu-se incapaz de solucionar um problema. Entretanto, se nada fizesse, todos morreriam. Precisava encontrar uma alternativa para salvá-los. Tentava se concentrar em algo, mas era quase impossível mediante a dor que sentia. Podia ouvir os passos do lado de fora.
— Vamos! Seu tempo está se esgotando! Estamos esperando!

Enquanto isso, Miguel em sua casa experimentava uma angustia inexplicável. Ele havia feito alguns exames naquela tarde e aguardava ansioso os resultados que Laura traria.

Quando ela chegou, encontrou-o nessa tensão:

— O que aconteceu, Miguel?

— E os resultados? — foi sua pergunta.

— Não é por isso que está assim! O que o preocupa?

— Estou tentando falar com Luciana há mais de uma hora e não consigo. Sinto uma pressão em meu peito que não sei definir. O telefone da casa está mudo também.

— Acalme-se, querido. Você já comentou que isso ocorre com frequência, por que essa aflição? Daqui a pouco, consegue falar com ela e com Artur. Seus exames estão bons, sua recuperação está sendo a esperada, creio que vamos viajar neste fim de semana. — Miguel permanecia com o semblante fechado. — Não gostou da notícia?

— Claro, Laura. — E caminhava de um lado a outro.

— Pare com isso, Miguel. Não seja tão pessimista. Deve haver uma explicação plausível para seu comportamento. — Porém ela mesma não acreditava em suas próprias palavras. — Vamos comer alguma coisa, estou faminta — disse ela, tentando descontraí-lo, mas sem sucesso. Ela sentia a angústia latente dele e o abraçou com carinho. — O que eu posso fazer para que saia dessa tensão?

— Preciso falar com eles! Só isso! — Pegou o celular e continuou tentando várias vezes.

Foi quando o inesperado aconteceu. Os dois estavam sentados no sofá da sala de estar quando Miguel começou a sentir uma emoção inexplicável. As lágrimas escorriam sem controle e ele não entendia o que se passava. De repente, a figura de Marina surgiu à sua frente. Ela o encarava com os mesmos olhos bondosos e repletos de paz. Aproximou-se dele e expressou:

— Meu querido, seus canais mediúnicos estão cada dia se expandindo mais. Sabe que precisará cuidar disso em algum momento. Hoje, no entanto, preciso da sua ajuda. Só você poderá resolver esse grave problema. Artur, Luciana e Leonardo correm sérios riscos e conto com você para auxiliá-los. Vá até Campos e salve aqueles que tanto amamos. Sei que compreenderá essa mensagem. Conto com você, querido! Obrigada, meu amor! E siga sua vida conforme programou! Seja feliz! — Miguel olhava para ela com a emoção predominando. Era Marina bem à sua frente, pedindo que ele fosse até Campos. Ainda com as lágrimas escorrendo, controlou-se e contou à Laura, que sentiu que lá havia sido palco de algo que seus sentidos físicos não conseguiram entender. A emoção também a dominou!

— Laura, preciso de você! Vamos até Campos! Não tenho tempo para mais explicações, peço que confie em mim! — Pegou a chave do carro e saiu pela porta em desabalada corrida, segurando as mãos de Laura que, passivamente, o acompanhou.

— Eu dirijo, Miguel.

E assim aconteceu. No caminho, ligou para Carlos relatando a dificuldade em contatar os familiares em Campos. Disse que estava indo até lá, porque pressentia alguma coisa mais séria ocorrendo e precisava da ajuda dele. Assim que desligou, o desembargador contatou Tavares relatando o que se passava. Imediatamente, ele tentou falar com seus agentes, mas nenhuma resposta recebeu. Percebeu que precisava agir com presteza. Chamou outros agentes e se dirigiu para o local, esperando que suas suspeitas não se confirmassem.

Na casa, Leonardo continuava procurando uma saída para aquela intrincada situação. Luciana e Artur estavam abraçados ao lado dele.

— Nós vamos morrer, Leonardo? — perguntou ela, com os olhos marejados.

— Não, querida. Vai dar tudo certo! Eu lhe prometo! Temos tantos sonhos a realizar. E os nossos filhos? Artur vai gostar de ter primos ou primas.

— Vou deixar meus primos até passear com a Naná, tia Lu. Quero muitos primos! E acho que será mais cedo do que pensamos — comentou ele com um sorriso maroto.

— O que você sabe que eu ainda não sei? — Ela sorriu entre as lágrimas que escorriam.

— Se eu contar, vai estragar a surpresa, tia Lu. — Artur ostentava uma calma que os surpreendeu.

— Sabe que você é um menino excepcional? — expressou Leonardo, contendo a emoção.

— Sei, tio Leo. E sabe que eu amo demais vocês dois? — Os três se abraçaram e assim permaneceram.

— Juiz! Seu tempo se esgotou! Saia! — A voz soava forte e cortante. — É a sua decisão!

O silêncio imperou dali em diante. Até que ouviram um barulho como uma pequena explosão. Rapidamente, as labaredas começaram a tomar conta da lateral da casa.

— Vá até a adega com Artur. Conhece a saída por lá?

CAPÍTULO 37

REVENDO O PASSADO

— Não estou entendendo! O que tem a adega? Não há saída alguma por lá! — refutou ela.

— Tem sim, foi seu tio quem me contou anos atrás. Você e Artur vão achar! Eu seguirei atrás.

— Não vou deixá-lo aqui! Vamos todos juntos! — contestou ela, resoluta.

— Por favor, Luciana. Faça isso por mim. Enquanto tentam encontrar uma saída, farei o mesmo por aqui. Não vou conseguir acompanhá-los. Tire Artur daqui e volte para me ajudar. Não discuta mais! — A firmeza das suas palavras impediu que ela retrucasse.

— Procurarei a saída e volto para te buscar. — Beijou-o com todo amor.

— Tio Leo, vamos todos sair da casa. — Abraçou-o e acompanhou Luciana. A adega se localizava no porão da residência, cujo acesso se dava por um corredor estreito. A fumaça já se espalhara por todos os cômodos, tornando a respiração difícil.

Do lado de fora, o que parecia ser o chefe comentou:

— Trabalho feito! Agora é só esperar o fogo tomar conta de tudo e poderemos partir. As saídas estão vigiadas?

— Sim, chefe.

— Vou contatá-lo e dizer que o serviço está feito. Fiquem mais alguns minutos e vão embora. Não podemos arriscar que nos encontrem aqui. Essa recomendação partiu dele mesmo. Ele vai exultar quando souber a notícia: "Fogo consome casa de veraneio. Corpos foram encontrados carbonizados". — E deu uma risada satânica.

— "Uma criança estava entre as vítimas", essa parte da notícia poderia ter sido dispensada. Foi muita crueldade — afirmou o homem que vigiava a entrada da casa.

— Está ficando molenga agora? A culpa foi desse juiz, não nossa! Vou fingir que não ouvi essa sua fala. Fique aqui mais alguns minutos e depois leve os demais com você.

— Até o informante?

— Não, esse já deve estar bem longe faz algum tempo. Ganhou uma fortuna pela traição. Todos têm seu preço, isso é fato — afirmou o homem com um sorriso.

Luciana e Artur procuravam uma saída, já sentindo o ar sufocante. Se o tio disse que havia, iriam achar. De repente, olhou para o lado e não viu Artur. Chamou por ele insistentemente, mas não estava mais lá. Voltou imediatamente para perto do marido e encontrou Artur sentado ao lado dele.

— Artur! Quase enlouqueci quando não o vi ao meu lado! — exclamou aflita.

— O papai vem nos buscar. Vamos esperar todos juntos, certo, tio Leo! — A confiança do menino contagiou os dois, que se sentaram no chão um ao lado do outro.

A respiração estava quase impossível! As chamas consumiam as laterais da casa rapidamente. Quem sabe alguém visualizasse as labaredas e chamasse os bombeiros.

Passados alguns minutos, o grupo decidiu ir embora. O chefe já tinha partido e eles não iriam permanecer lá com o risco de serem pegos.

— Creio que já podemos ir! — proferiu aquele que se sensibilizara. Na verdade, uma voz doce e suave falara em seu ouvido, induzindo-o a agir assim. Os demais o acompanharam.

Minutos depois, Laura e Miguel chegaram ao local e viram o fogo consumir aquela linda residência, palco de tantas alegrias desde que foi construída. O desespero assomou e Miguel saiu do carro em direção à casa em chamas.

— Miguel, você não pode entrar lá! — Laura segurava seu braço.

— Meu filho está lá dentro! Não me impeça, por favor! — Desvencilhou-se das mãos da médica e correu para a casa. Todos os lados estavam sendo consumidos pelas chamas, menos uma das janelas laterais e foi essa que ele conseguiu abrir com a força do seu corpo. Laura o seguiu, entrando ambos na sala com a fumaça cobrindo totalmente o ambiente. Não se podia ver nada à frente e Miguel começou a gritar várias vezes:

— Artur! — Até que a voz do garoto foi ouvida.

— Papai! Estou aqui! — E foi guiado pelo som da sua voz, deparando-se com os três sentados no chão da cozinha. Ao vê-los, seu coração acelerou:

— Filho! Vamos sair daqui! — Pegou-o nos braços e o abraçou com todo amor.

Laura se aproximou e ajudou Luciana a se levantar, mas ela pediu:

— Ajude-o primeiro, ele está ferido. — As lágrimas escorriam e estava quase a desfalecer.

— Não, leve-a daqui, por Favor! — implorou Leonardo. Laura segurou-a e, com esforço, conduziu-a para fora. Encontraram pai e filho no chão abraçados.

As labaredas aumentaram e a casa estava se consumindo frente ao grupo. Miguel respirava com dificuldade, assim como os demais.

— Leonardo não conseguirá sair sozinho! Ele está ferido! Preciso voltar lá! — Estava prestes a correr de volta para casa, quando Miguel segurou o braço de Luciana.

— Você não pode voltar lá!

— Eu prefiro morrer com ele! — E saiu com toda fúria. Miguel olhou para Laura, vendo em seus olhos a veemente censura. Mas ele tomou a decisão e foi em direção da casa.

— Fique aqui, Luciana. Vou trazê-lo para você! — E entrou pela mesma janela. O ar estava quase irrespirável lá dentro e, com muito esforço, encontrou Leonardo. Chamou por ele, que abriu os olhos e perguntou com um sorriso:

— Por que você voltou, Miguel?

— Você é meu amigo! Vamos sair daqui! Levante-se!

— Não consigo! Vá embora e salve-se! Você tem Artur para cuidar! — Ele quase não conseguia falar, sentindo-se sufocado.

— Marina nunca me perdoaria se eu não tentasse! Vamos! Devo-lhe isso, não me pergunte a razão! Eu te ajudo!

Pierre lá estava se comprazendo com a situação. Era a oportunidade perfeita de Miguel/François retornar à pátria espiritual. Essa era sua chance! Se Leonardo/Patric queria morrer com ele, que assim fosse!

Os dois tentaram com dificuldade caminhar por entre as chamas que já se instalavam na parte interna da casa. Uma viga caiu, quase chocando-se com eles, que, bravamente, caminhavam para a janela, ambos no limite das suas forças. Os dois se entreolharam e sentiram que a possibilidade de lá saírem era quase nula.

— Vá, Miguel. Não consigo dar mais um passo.

— Não! Ou saímos os dois ou ficamos os dois! A decisão é sua!

A janela estava tão próxima, mas havia tanto obstáculo que se tornava difícil alcançá-la, consumindo todas as energias deles. Pierre, enquanto isso, observava esperando que desistissem. De repente, o inesperado aconteceu! Uma luz intensa adentrou aquele ambiente saturado de fluidos inferiores e densos, como que purificando o ar quase irrespirável para os dois. Foi uma renovação de energias para ambos, que conseguiram se dirigir para fora. Com os últimos esforços, saíram da casa completamente exaustos.

Laura e Luciana os aguardavam e os conduziram para bem longe da fumaça e do fogo.

Leonardo e Miguel ficaram inertes na grama, tentando respirar. Laura se aproximou de Miguel, vendo seu estado deplorável. Seus batimentos estavam em total desarmonia, o que não era nada bom em seu estado ainda em plena recuperação.

— Estou bem, querida! — expressou ele fracamente. — Leonardo precisa mais de ajuda do que eu. Ele está ferido e parece que perdeu muito sangue.

— Fique quietinho aí. Artur, cuide de seu pai!

Laura examinou Leonardo, constatando que ele ficaria bem. Imediatamente, ligou para a emergência. Deveria haver um hospital próximo, ambos necessitavam de socorro.

Luciana permanecia abraçada ao marido, que respirava com dificuldade, porém estava vivo. Era o que importava. Olhou a casa sendo consumida pelo fogo e sentiu uma angústia intensa. Tantas recordações assomaram, fazendo com que as lágrimas vertessem de forma incontida.

Miguel continuava respirando com dificuldade, sentindo-se a cada instante mais zonzo.

Foi quando viu a figura de Pierre à sua frente, como se o sufocasse com suas mãos invisíveis. E balbuciou:

— Não consigo respirar! — Fechou os olhos, deixando Artur em completo desespero.

— Tia Laura, papai não está bem! Faça alguma coisa. — Laura se aproximou e encontrou-o já desacordado. Seus batimentos estavam fracos e em descompasso. Tentava chamá-lo, mas ele não atendia. Precisava de ajuda urgente. Foi quando ouviu as sirenes de um carro de bombeiros que se aproximava juntamente com uma ambulância. Enquanto os bombeiros tentavam apagar o fogo, dois paramédicos dirigiram-se ao encontro do grupo.

Viram inicialmente Leonardo e correram para socorrê-lo, mas ele pediu:

— Cuidem de Miguel primeiro, por favor. — Ele percebeu que o cunhado estava inconsciente e algo mais grave poderia estar ocorrendo. Um deles permaneceu ao seu lado, examinando-o, enquanto o outro se aproximou de Laura, que tentava reanimá-lo sem sucesso. Ela explicou que ele se encontrava em recuperação de uma cirurgia extremamente delicada e temia que houvesse complicações.

Artur ficou todo tempo ao lado do pai, segurando a sua mão. O socorrista, constatando a gravidade do caso, decidiu conduzi-lo com a máxima presteza para o hospital, assim como Leonardo, que já recebera os primeiros socorros. Artur queria ir com o pai e se recusou a deixá-lo sozinho.

— Eu não posso ficar longe dele. Papai precisa de mim. — Por mais que Laura e Luciana insistissem, o garoto se recusou a sair de perto de Miguel.

Enquanto isso ocorria, Tavares chegou se deparando com a cena trágica. Como aquilo acontecera? Pediu que seus homens vasculhassem toda a área, em busca de explicações. Ao se deparar com o juiz ferido, sentiu a indignação assomar. Leonardo olhou para ele e, com a voz fraca, sussurrou:

— As evidências apontaram para o lado errado, Tavares. Não era quem pensávamos. Vasculhe tudo, temo que eles não deixaram testemunhas.

— Isso foi inconcebível! Poderiam estar todos mortos!

— Pois é! Mas estamos vivos e escute-me: colocarei todos atrás das grades. Encontre as provas possíveis. — Neste momento, ele foi interrompido. Precisava ser conduzido até um hospital. Tavares e seus homens lá permaneceram até o dia raiar, encontrando, infelizmente, o corpo de Celso, o mais jovem dos seguranças. Uma baixa que entristeceu profundamente

Tavares. Juliano não foi encontrado, admitindo, então, ser ele o traidor. A revolta tomou conta de seu coração! Como pudera se enganar com Juliano? Havia afastado de suas funções um funcionário inocente. Assim que retornasse, cuidaria de desfazer esse equívoco.

Enquanto isso, no hospital, Miguel ainda se mantinha em total inconsciência, para a aflição de todos. Leonardo precisou ser submetido a uma cirurgia, mas seu quadro era estável.

Miguel, por sua vez, observava tudo acontecendo ao seu redor, sentindo-se impossibilitado de retomar o controle do seu corpo. Via Artur ao seu lado, queria falar com ele, mas havia uma barreira intransponível entre eles. Pierre estava a sua frente desde que ficara inconsciente.

— O que deseja de mim? — perguntou Miguel. — Por que não aceita meu perdão? Não há nada que eu possa fazer para reverter meus atos indignos. Estar ao seu lado em nada mudará o que passou! Será que não consegue compreender?

— Quero que fique aqui desde já! E, pelo visto, estou conseguindo meus intentos, François! Veja tudo o que está perdendo, assim como eu perdi!

— Já disse que errei! — Seus olhos estavam marejados. — Tente me perdoar!

— Nunca! — Ele deu um grito estridente. — Quero que sofra! Veja seu filho chorando por você. O meu fez o mesmo tempos atrás. Ficou órfão e não teve a chance de um futuro de paz e alegrias ao meu lado. Você me tirou tudo! Corine ficou só e abandonada! — Ao falar o nome de Corine, Miguel viu a imagem da mulher a que ele se referia. Acessando seu passado, lembrou-se dela e de como a ajudou.

— Eu fiz tudo o que pude para Corine e seu filho terem uma vida digna. Eles jamais passaram necessidade em sua existência, após sua partida. O remorso me consumiu e fui atrás dela. Acredite em mim!

— É mentira! Está tentando me enganar para que eu vá embora e o liberte, mas não o farei! Ficará comigo até quando eu desejar!

Miguel já não tinha mais argumentos a oferecer, permanecendo silencioso e sentindo sua vida se esvaindo, sem que nada pudesse fazer. Ou poderia? Fixou seu olhar em Artur, observando que, de seu corpo, luzes intensas eram irradiadas com destino ao seu próprio corpo. Não entendeu o que aquilo significava, mas procurou se aproximar cada vez mais de seu corpo físico, querendo acoplar-se novamente a ele, o que, até então, não conseguira. Sua vontade de redimir-se de seus erros prevalecia, porém o desejo de dar continuidade à sua programação clamava mais alto. Foi quando Célia e Adolfo adentraram o ambiente, transmutando as energias presentes. Miguel sentiu-se revigorado e olhou os dois com gratidão:

— Não lembro quem são vocês, mas devo-lhes meu agradecimento. Posso voltar para lá? — indagou apontando seu corpo deitado na maca.

— Pode, meu amigo. Seu tempo de despertar chegou! Vá! — Neste momento, ouviu um grito estridente e Miguel estancou.

— Não! Ele não pode ir embora! E tudo o que ele fez? Vai sair ileso novamente? Por que o ajudam depois de tudo? Por que tanta injustiça? — Pierre tentava se aproximar de Miguel, mas, desta vez, era como se ele se tornasse inacessível ao seu assédio. Isso era, para ele, motivo de intensa revolta! Miguel o encarava com o olhar triste, sentindo todo mal que provocara àquele ser. Desejava realizar algo por ele, mas não sabia o quê, nem como fazer.

— Pierre, me perdoe! Nada que eu diga poderá justificar meus atos indignos. Mas estou falando a verdade. Cuidei de Corine e de seu filho, oferecendo todos os recursos materiais de que eles necessitavam. Acredite em mim! Sei que fui egoísta e pérfido, no entanto, naquela mesma vida, tentei me redimir de todos os meus erros. — Aproximou-se de Pierre e procurou pegar suas mãos, mas ele fugiu ao contato.

— Ele está falando a verdade, Pierre. Dê-lhe a chance de provar que está transformado. — Adolfo tentava conversar com aquele ser, que, naquele momento, já sentia a derrota de sua perseguição vã.

— Eu merecia a sua complacência, não ele!

— Todos merecem a misericórdia do Pai Maior! Os que erram, os que se arrependem, os que sofrem, todos os filhos de Deus, meu irmão querido! Você ainda insiste em trazer arraigados em seu coração a mágoa, o rancor, o desejo de vingança, atitude abominável aos olhos do Pai! Mesmo assim, Ele está a sua espera, quando compreender que todos somos seres falíveis e ainda temos uma longa jornada de aprendizado das Suas leis. Você e François/Miguel trazem um passado de muitas dissenções e precisam resolver essas pendências o quanto antes para benefício de vocês mesmos. A paz é atributo somente daqueles que trazem a consciência equilibrada, com atos dignos e justos. Errar não é o problema, Pierre, pois todos nós erramos. Insistir em violar a privacidade alheia é um dos equívocos que deve ser revisto, preservando a individualidade de cada ser. Não era por isso que tanto lutava? Não eram esses seus ideais? Igualdade, liberdade, fraternidade? Onde esses valores se encontram hoje? — Os questionamentos de Adolfo o fizeram se calar.

— Perdi minha vida lutando pelo que acreditava. São valores que o mundo ainda não compreende e tampouco aceita. E, talvez, isso jamais aconteça. — Era nítido o desconforto que ele experimentava.

— Creio que desistiu muito fácil de seus propósitos! Não acredita mais na importância deles para o progresso da humanidade? — Pierre não sabia o que responder. — Creio que muitos fatos daquela vida não lhe foram mostrados com exatidão. Você não teve acesso a todas as informações, meu amigo. Seu estado de revolta e indignação o impediam de observar o que, realmente, aconteceu naquela fatídica existência.

— Por que você insiste em ajudar esse crápula? Depois de tudo o que fez?

— Sim, meu amigo. Depois de tudo o que ele fez, tentando se redimir de seus atos inglórios, recebeu nossa ajuda. Ele está falando a verdade e acolheu em seu lar sua esposa e filho, oferecendo a ajuda de que eles tanto necessitavam, inclusive ocultando-a de todos os perseguidores que assim procediam com os familiares daqueles que foram julgados rebeldes. Corine finalizou aquela existência sendo amparada por Marcel, filho de François, que a tratou feito sua verdadeira mãe. Ela foi feliz, Pierre. Seu filho teve uma vida de muitas oportunidades e nunca o esqueceu. — As lágrimas já eram abundantes e Pierre não mais conseguiu falar.

Miguel ouvia tudo aquilo com o coração apertado e a emoção predominando. Tudo pareceu tão claro em sua mente, sentindo uma paz infinita. Sim, ele havia se redimido, através de Corine e o filho, cujos corações generosos aceitaram o perdão daquele ser falido e arrependido. François, no entanto, nunca teve a paz que ofertou àqueles a quem feriu! Viveu sob o peso do remorso, que corroeu suas entranhas, impedindo-o de se reconciliar consigo mesmo. Outras vidas seriam necessárias e ainda falhou novamente, pois a culpa sempre o acompanhou. Até que Celine/Marina decidiu auxiliá-lo, solicitando a oportunidade de retornar ao seu lado, oferecendo os recursos necessários para que as correções pudessem se concretizar e as ações nobres fossem implantadas. Marcel/Artur os acompanhou nesta oportunidade de redenção para esse ser que tanto ansiava por sua libertação.

— Quero que olhe algo, Pierre. Conhece essa mulher? — perguntou Celia com toda doçura.

Ela mostrava a realidade material onde Laura estava ao lado de Miguel, em completa aflição. Alguns exames haviam sido realizados e ela aguardava os resultados. Seu semblante se apresentava tenso na expectativa de descobrir as razões de Miguel ainda não ter recuperado os sentidos. O que teria se complicado? Ele estava sendo monitorado por vários aparelhos e por Artur, que não arredara pé por mais que Laura se esforçasse para afastá-lo de lá. Ele dizia que o pai precisava dele e não iria sair.

Pierre olhou atentamente e resmungou:

— É a médica que não se desgruda dele. Os dois já estão fazendo juras de amor! Ele irá ser feliz novamente! — Havia mágoa em suas palavras.

— Olhe com mais atenção, meu amigo. Não a reconhece? — Ele fixou seu olhar sobre ela e, lentamente, uma outra imagem se sobrepôs a ela, reconhecendo a esposa Corine, hoje, reencarnada como Laura.

— Não é possível! Isso não pode ser verdade! Ela é minha esposa! — declarou inconformado.

CAPÍTULO 38

EM BUSCA DA PAZ

— Não, meu amigo querido. Antes de ser quem você pensa que é, ela é um filho de Deus! Aqui se encontra em programação visando a reconciliação com seu passado. Ela está ao lado de Miguel, pois assim escolheu antes de retornar ao mundo físico. Quer fazê-lo feliz, esse ser que a acolheu, amparou, protegeu, sem nada lhe pedir. Sua gratidão é infinita, Pierre. Não lhe negue esta oportunidade. — As feições dele estavam confusas. — Sim, meu amigo, essa escolha pertence a ela, como você terá as suas possibilidades também. Seu filho irá renascer em breve, nos braços amorosos de Nicole/Luciana, cujos laços se estreitaram com Corine naquela encarnação. Seu filho terá uma vida de muitas alegrias, pois será fruto de um imenso amor. Patric/Leonardo será o pai desse espírito que tanto anseia em retornar à vida. Esses companheiros seguiram em frente!

— Tudo é tão confuso! Como isso pode acontecer? E por que eu ainda permaneço neste sofrimento atroz? Não mereço ser feliz?

— Você é que irá responder, Pierre. Acredita que pode ser feliz com as condutas que ora efetua contra quem julga seu inimigo? Aquele que ainda se compraz no mal não consegue ser feliz! Como almejar a felicidade se, até o momento, faz tantos sofrerem? — A voz doce de Celia causou forte impacto em Pierre. — Você ainda a ama?

— Sempre a amarei — foi o que conseguiu responder, pois a emoção já assomara.

Miguel estava confuso também, pois jamais poderia supor que Laura era Corine.

— E você seria capaz de fazê-la sofrer por um capricho?

— Vingar-me dele não pode ser considerado um capricho! Ele merece sofrer! — afirmou Pierre.

— Pois o sofrimento que impingir a ele será causador de muita tristeza a ela. É isso que deseja que aconteça? Deixe que o Pai Maior exerça sua justiça. — Ele nada mais falou, refletindo nas palavras daquela entidade luminosa.

— Ela era minha companheira, partilhava de meus ideais, mas, antes de tudo, a segurança de nosso filho sempre iria prevalecer. Ela fez a escolha que eu faria, deixando-o distante de tudo que pudesse fazê-lo sofrer. Ele a amparou quando eu parti? — Sua voz já era um sussurro.

— Sim, meu amigo. Ele tudo fez em prol de todos aqueles a quem traiu, especialmente você, cujo arrependimento e culpa o fizeram encerrar precocemente sua encarnação. Ele nunca se recuperou da perda de Celine, além do profundo remorso pelos atos indignos contra aquele que julgava o amor eterno da amada esposa. Ele retornou à vida novamente próximo a vocês, porém não conseguiu concretizar sua tarefa. Esta encarnação é sua chance de fazer as pazes com sua consciência. Não atrapalhe sua programação, Pierre. — Celia o envolvia em fluidos amorosos, tocando as fibras do seu coração amargurado. Ele chorava copiosamente.

— Tudo ainda é confuso para mim, mas, agora, observando-a, reconheço a mesma mulher adorada de tantas vidas. Desejo sua felicidade e nunca farei algo que possa perturbá-la ou impedi-la de encontrar sua redenção. — Novas lágrimas. — Não a terei em meus braços novamente?

— A vida é dinâmica, num ir e vir incessante, até que consigamos nos transformar em seres dotados de lucidez e amor incondicional. A todos é concedida a mesma chance. Os reencontros ocorrerão no tempo e no espaço, pois os verdadeiros afetos nunca se perdem nas estradas da vida. Podem se distanciar em caráter temporário, mas a lei de sintonia rege o Universo e, quando assim for permitido, programações conjuntas serão realizadas, aproximando aqueles que se distanciaram de nós, seja qual for o impedimento. O importante é compreender que Deus é Pai de amor e, em nenhum momento, nos desampara. Sua chance de retornar pode estar próxima, dependerá somente de você. Por ora, queremos ajudá-lo, conduzindo-o a um local de refazimento, onde reencontrará companheiros diletos. Uma pausa necessária. Aceite nossa ajuda! — A entidade ficou calada, como se estivesse analisando a oferta daqueles iluminados irmãos. Miguel continuava lá, completamente atônito com todas as revelações. Só conseguiu pronunciar:

— Prometo que a protegerei com todo meu amor! Confie em mim! E me perdoe!

Pierre encarou-o fixamente e disse:

— Nicole é meu bem mais precioso. Cuide desse tesouro com sua própria vida. — E olhando para Adolfo e Célia perguntou: — O que tenho que fazer?

— Venha conosco, meu bom amigo. — Adolfo estendeu a mão, que Pierre segurou confiante. — Retorne para seu corpo, meu filho. Voltaremos a nos encontrar. — Com um sorriso que Miguel não esqueceria, Adolfo e Pierre partiram. Celia ainda lá se encontrava e proferiu:

— Mais uma vez lhe foi concedida uma nova chance, meu querido. Faça tudo que estiver ao seu alcance, não desperdice essa oportunidade. Acompanharemos seus passos. Um dia compreenderá as ligações que nos unem. — Antes que a emoção assomasse, ela pediu: — Cuide daqueles que ama em qualquer situação.

Antes que Miguel retornasse para próximo de seu corpo, perguntou:

— Por que Marina me deixou tão cedo? — As lágrimas já eram incontidas.

— Tudo fez parte de uma programação, Miguel. Ela sabia que você já adquirira todos os conhecimentos para gerenciar sua existência de forma plena. A paz a acompanha e isso é algo que não se conquista sem esforço e trabalho. Outras tarefas deste lado da vida a esperam, mas ela ainda se sentia conectada a vocês, impedindo-a de prosseguir. Coloque em ação tudo o que aprendeu com esse valoroso espírito e encontrará o êxito em sua empreitada. Agora chega de tanto falatório e retorne ao seu corpo físico, sua morada nesta encarnação. Cuide dele com todo empenho. Que Deus o ampare! — Um sorriso emoldurou seu semblante iluminado e foi essa imagem que ele guardou em seu pensamento. A única entre tantos acontecimentos intensos vividos na realidade espiritual.

Os médicos, por insistência de Laura, já haviam conduzido Miguel para UTI, devido à incerteza de seu quadro. Ela já falara com o cirurgião doutor Ronaldo que a tranquilizou, apesar de preferir optar pelos cuidados intensivos, até que se descobrisse a razão desse descompasso. Artur lá se encontrava, não deixando o pai sozinho um só instante. Ficou silencioso todo tempo, como se estivesse atento a alguma coisa. Quando a avó se despediu dele, o garotinho falou com a serenidade na voz:

— Agora tudo ficará bem, tia Laura. Papai já vai acordar. — E assim aconteceu. Minutos após essa declaração de Artur, Miguel abriu os olhos e a primeira coisa que avistou foi o olhar amoroso do filho. — Puxa, papai, você demorou a acordar. Já estava preocupado, não é tia Laura? — A médica, com os olhos marejados, beijou-o com carinho.

— Nunca mais me dê sustos assim! Quase perdeu a futura esposa! Se não fosse Artur, não sei o que teria acontecido. Foi ele que me acalmou todo tempo — proferiu abraçando o garoto. — Você é incrível, sabia? Não consigo entender por que não quer seguir a medicina.

— Sabe, tia Laura, na verdade, eu estava morrendo de medo de perder o papai, mas a mamãe sempre esteve ao meu lado, dizendo que tudo ficaria bem. Eu nunca duvidei dela. E o papai prometeu permanecer sempre ao meu lado. Por que não acreditaria?

Miguel olhava para o filho com admiração e profundo respeito. A emoção queria predominar, mas ele apenas disse:

— Você é a razão do meu viver, meu filho. — Virou-se para a médica e perguntou: — Laura, ainda aceita se casar comigo?

— Se Artur concordar, eu aceito.

— Eu deixo você se casar com ele. A mamãe contou que vocês fizeram uma programação, eu não entendi muito bem o que isso significa, mas ela falou que o papai me explicaria um dia! Gosto muito de você, tia Laura. — Ele abriu os braços demonstrando o tamanho do seu amor. Laura o pegou no colo, cobrindo-o de beijos.

— Pare, assim você me sufoca e vou ficar sem ar que nem o papai! — E ria muito.

Miguel continuava sentindo-se cansado e ela explicou que o esforço havia sido intenso, mas que, pelos exames realizados, tudo estava em perfeita ordem.

— Se continuar assim, amanhã podemos voltar para São Paulo.

— Como Leonardo está?

— Precisou de uma cirurgia, mas logo irá para o quarto. Seu ato foi insano, retornando lá nas condições em que a casa se encontrava. Foi uma temeridade e tanto!

— Não podia deixá-lo morrer, Laura. Não me perdoaria se isso acontecesse.

— E eu nunca o perdoaria se morresse lá com ele. — Seu semblante se contraiu. — Naquele momento, percebi o quanto te amo. Não faça mais isso comigo!

— Prometo que tentarei ser um homem menos impulsivo, sem me meter em tantas complicações. — Viu que o filho estava pensativo e perguntou: — Por que essa ruga em sua testa? O que o preocupa?

— Papai, você lembra o que aconteceu enquanto estava dormindo? — Miguel ficou calado, procurando capturar alguma imagem que pudesse ser esclarecedora, mas somente se sentia em profunda paz. De súbito, o rosto sorridente de Celia surgiu em sua tela mental. Quem seria aquela mulher tão doce e amorosa? Essa era a única lembrança que conseguiu acessar. Sabia, entretanto, que muitos fatos lá ocorreram, todos relacionados à figura daquele ser que o perseguia. Olhou ao redor, não sentindo mais a presença ostensiva daquele espírito. Teria ele decidido deixá-lo em paz como se tivesse lido seu pensamento? De repente, Artur proferiu: — Ele foi embora, papai. Não vai mais te perseguir. — Os dois se entreolharam, sentindo o quanto aquele menino era especial.

— Sabia que você é o garoto mais sabido que eu conheço? — comentou Miguel com um sorriso.

— Você diz isso todo dia, papai. Posso ver tia Lu? Ela estava preocupada com o tio Leo.

— Antes o médico quer examinar você, lembra o que combinamos? Quando o papai acordasse, você iria comigo vê-lo? — Novamente, a médica em ação.

— Não preciso de médico, tia Laura. É só uma queimadura sem importância — disse ele.

— E você é médico para saber? Sem desculpas, vamos! — Beijou Miguel e, antes de sair, declarou: — Te amo, não esqueça!

— Eu também! — Miguel fechou os olhos tentando ainda se recordar do que se passara, mas foi inútil. Contudo algo acontecera e sentiu que estava diferente.

Laura levou Artur até o médico que fez os exames necessários e cuidou da pequena queimadura obtida durante o incêndio. Na sala de espera, encontraram Luciana, caminhando de um lado para o outro em total desconforto. Ao ver a médica, Luciana pediu:

— Laura, busque notícias de Leonardo, por favor! E Miguel, acordou?

— Sim! E está bem. Com relação a Leonardo, fique calma, a cirurgia foi apenas para a retirada da bala. Ele já deve estar na sala de recuperação. Não se preocupe. — Enquanto conversavam, um cirurgião se aproximou delas para dar as notícias sobre a cirurgia. Conforme ele falava, Laura percebeu que Luciana empalideceu, chegando quase a desfalecer, e a segurou com energia. — Luciana, ele está dizendo que você já pode vê-lo, acalme-se. O que está sentindo?

— Acho que a tensão demais dessas últimas horas causou uma tontura! Não se preocupe. — Virou-se para o médico: — Posso vê-lo?

— Vamos com você, tia Lu. O papai já não precisa de mim, mas o tio Leo, sim. Ele deve estar furioso com o que aconteceu. Vamos! — Era um garoto decidido. As duas sorriram e o acompanharam. O trajeto até o local onde Leonardo estava era curto, mas, durante todo o percurso, Luciana sentiu-se zonza, controlando-se para não aparentar nada. Porém, antes de chegar ao quarto, um enjoo incontrolável fez com que ela procurasse por um banheiro. Um profundo mal-estar acompanhado de vômito a acometeu.

Laura e Artur se entreolharam.

— É isso que você está pensando, tia Laura. Acho que tia Lu vai ter um bebê.

— Os sintomas indicam que sim, garoto sabido! — Ela ria com o jeito de falar dele.

Ao sair do banheiro já recomposta, Luciana comentou:
— Não sei o que está acontecendo comigo! Será que inalei fumaça demais? Não estou me sentindo bem nas últimas horas.
— Só nas últimas horas? — perguntou Laura, com um sorriso. Luciana ficou pensativa, tentando atinar o que ela lhe perguntava. Não, estava assim desde que chegara em Campos, mas achou que havia comido em excesso. Rita era uma excelente cozinheira.
— O que está tentando me dizer? — perguntou Luciana, desconfiada.
— Você é que deve saber, minha amiga.
— É só uma indisposição, Laura. Vai passar.
— Com certeza, mas só daqui a alguns meses, Luciana. Vamos fazer um teste para gravidez?
Luciana ficou parada, sem se mover, somente pensando no que ela acabara de dizer.
— Não pode ser! — Estava completamente confusa.
— Me desculpe, se não fez nada com seu marido, então isso, realmente, é impossível. Porém, se vocês... — Olhou Artur que estava rindo.
— Não precisam falar em códigos. Tia Lu, faça o exame e confirme ou não se está grávida, assim deixa de se preocupar com isso. Vamos ver tio Leo. Ele já vai acordar.
As duas seguiram o garoto que sabia o destino certo. Abriu a porta do quarto no exato momento em que ele abriu os olhos. A primeira coisa que viu foi o sorriso de Artur, deduzindo que Miguel estava bem. Luciana, no entanto, ostentava um semblante preocupado. Ela se aproximou e o beijou.
— Como está se sentindo? — indagou ela.
— Essa pergunta é minha! O que aconteceu para estar tão tensa? Já estou bem!
— Preocupação com você, querido! Depois de tudo que vivemos nas últimas horas, desejava somente ficar ao seu lado. — Ela se aninhou em seus braços e deixou toda angústia vivida assomar, chorando copiosamente.

— Pare com isso, meu amor. Estamos bem e isso é o que importa. Sabe alguma notícia de Tavares? — Ele havia ligado para ela, contando sobre a morte do agente e que poucas pistas foram encontradas. A investigação continuava à espera de novas informações. Mas Luciana não queria preocupá-lo com isso. Não naquele momento, desejava ficar abraçada a ele, que só estava lá pela coragem e ousadia de Miguel.

— Deixe isso para depois! Primeiro, você precisa se recuperar e retornar para São Paulo. Meu tio falou que sua presença será essencial nos próximos dias. Avisei que, assim que se sentisse em condições, você lá estaria.

— Quero ir embora o mais cedo possível. Laura, quando consegue me tirar daqui?

— Creio que amanhã podemos todos voltar. Miguel está se recuperando também e terá alta. Hoje, descanse!

— Tenho que agradecer a Miguel. Se não fosse ele, não estaria aqui. — Estremeceu ao lembrar-se da cena da casa em chamas, da dificuldade em conseguir respirar, o temor pela possibilidade de morrerem os três lá! Só de pensar, seu coração se encheu de ódio.

— Tio Leo, você não é igual a eles! Então não faça como eles! Você é uma pessoa tão boa, tem tanto amor no coração, não deixe a raiva entrar nele! — As palavras sábias do garoto constrangeram Leonardo, que se sentiu um total idiota. Artur tinha razão! Nunca seria como eles! Usaria outras armas, muito diferentes daquelas que usaram! A justiça! Faria tudo para impedir que permanecessem livres e isentos da responsabilidade de quase terem causado a morte de três inocentes vítimas.

— Você é um garoto muito especial! E te amo por me ensinar todos os dias como "bem viver". Obrigado, Artur.

— Tio Leo, acho que você vai ter outras coisas para pensar, não é tia Lu? — Seus olhinhos brilhavam de alegria. — Fale para ele!

— Falar o quê? — perguntou curioso.

— Nada ainda. Preciso confirmar, depois eu conto — expressou ela timidamente.

— Não vai fazer isso comigo, Luciana. Qual é o problema?

— Não é um problema. Ou seja, não sei, estou confusa, querido! — Vendo a ansiedade em seus olhos, não se conteve. — Talvez, veja bem, talvez, eu esteja grávida. Mas vou fazer o que Laura aconselhou. Estou dentro de um hospital, creio ser possível realizar o teste. — Ela esperava a reação do marido, que, no mesmo instante, abriu um sorriso.

— Em meio a tantos problemas, uma notícia mais do que maravilhosa! — festejou ele, beijando-a com todo seu amor. No mesmo momento, passou um filme na sua cabeça. Um filme de terror! E se Miguel não aparecesse e os resgatasse? Uma raiva intensa assomou novamente! Eles eram pérfidos demais, capazes de tramar um ato abominável contra pessoas inocentes! Seu semblante ficou lívido, imaginando que àquela hora a situação poderia ser completamente diversa e ele não estaria tendo essa esplêndida notícia, pois estariam todos mortos. Olhou Luciana e Artur com os olhos marejados! E a emoção se fez presente, sem que pudesse conter. Luciana o abraçou com todo seu amor, captando os pensamentos do marido. Os dois permaneceram abraçados em doloroso pranto.

— Me perdoe, meu amor! — Foi só o que ele conseguiu pronunciar. Laura e Artur respeitaram o momento do casal e saíram silenciosamente.

— Não é sua culpa, querido! Eles são os responsáveis por toda essa situação que poderia ter tido um final trágico. Mas isso não aconteceu e estamos aqui! Vamos denunciá-los e, desta vez, não terão a complacência da justiça. — Contou sobre a morte do agente encarregado da segurança dele. Uma baixa injusta e inaceitável! Faria com que cada um deles pagasse pelos atos indignos cometidos. Essa seria sua primeira providência assim que retornasse a São Paulo. — Faça tudo como deve ser feito! Eles terão de ser responsabilizados! Agora fique comigo! Apenas me abrace! Jamais vivi momentos tão angustiantes como aquele! Precisamos agradecer a todos que nos auxiliaram! Temos muitos amigos do lado de lá, isso é fato! — Lembrando-se das palavras de Artur sobre a ajuda recebida. Marina nunca permitiria que uma injustiça ocorresse. Bem, isso se estivesse sob a permissão do Pai Maior. Enviou um pensamento de gratidão à irmã e a todos que colaboraram para que uma tragédia não ocorresse. Ficou lá abraçada a Leonardo que, com sua mente ágil, já planejava a próxima ação.

Algumas horas depois, Luciana teve a comprovação da sua gravidez e correu contar ao marido. Ele recebeu a notícia com a maior alegria.

— Essa criança foi concebida com todo amor! — afirmou ela, emocionada. — Esperei tanto por este momento! Queria muito que Marina estivesse aqui!

Ao lado dela, Marina sorriu e disse com carinho:

— Estou aqui ao seu lado, minha irmã querida! Receba este espírito muito amado por você e faça-o feliz. Cuide dele como o fez no passado e Pierre será imensamente grato. Seu tempo de retornar será breve também. E assim o destino tece seus fios com sabedoria e benevolência, restabelecendo laços de amor e respeito, e auxiliando a retomada do caminho da evolução. — Olhou Leonardo com indizível carinho e finalizou: — Seja feliz, meu amor! Estarei te esperando! Se preciso, por toda eternidade!

CAPÍTULO 39
PROGRAMAÇÃO EM AÇÃO

Na manhã seguinte, todo o grupo retornou a São Paulo. Providências seriam tomadas e Leonardo foi direto ao encontro de Carlos e os demais desembargadores. Por mais que Laura recomendasse repouso, ele se negou, alegando tarefas urgentes. Luciana o levou até seu escritório e a reunião foi feita a portas fechadas.

Ao final de duas horas, após todas as evidências serem analisadas com precisão e colaboração de Tavares, que encontrara provas irrefutáveis no local, a denúncia oficial foi realizada contra o mesmo réu do processo que Leonardo investigava. Era inquestionável a participação daquele grupo no atentado premeditado, visando a eliminação de um juiz e sua família. Ao término, Carlos mostrou as fotos da casa e dos arredores para Leonardo:

— Sinto muito que isso tenha acontecido, Carlos. Jamais poderia supor que eles tivessem essa ousadia e prepotência. Se Miguel não tivesse chegado, essa história nunca seria contada. E você não receberia a notícia da gravidez de Luciana, descoberta ontem. — O desembargador abraçou-o com a emoção imperando.

— Meus parabéns, Leonardo. E Luciana? Como ela está perante tudo isso?

— Você a conhece melhor do que eu. A indignação a dominou, mas decidiu manter suas energias somente para o bebê. Ela está em paz e feliz! — Seu olhar irradiava alegria.

— Temo que a exposição será excessiva e, talvez, seja conveniente que se afastem por alguns dias — expôs ele com seriedade.

— Não, Carlos, vamos permanecer aqui. Não os tememos e a nossa consciência está em paz. Esse é meu trabalho e, se terei que passar por isso, assim será. Luciana acompanha minha decisão. Não iremos nos esconder, essa é a prerrogativa daqueles que devem alguma coisa. Não é o nosso caso! — A firmeza das palavras de Leonardo sensibilizou-o.

— Você é implacável, Leonardo. Não conhecia essa sua faceta, mas devo dizer que aprovo sua atitude. Peço, porém, que Tavares cuide pessoalmente da segurança de vocês.

— Não me oponho quanto a isso, mas seguirei com minha vida, com todos os compromissos inerentes ao meu cargo. Espero que a justiça prevaleça e que essas pessoas apodreçam na prisão, pois é este o lugar delas. Sinto somente que a casa tenha sido destruída.

— Restaram somente as edificações mais distantes, como a casa de Francisco e o estábulo. Vamos reconstruir nossa casa, quero muito ver meus netos brincando por lá. Diga a Artur que Naná está bem, assim como os outros cavalos. Apesar de tudo o que ocorreu, o mais importante foi preservado: a integridade física de vocês. Nunca me perdoaria se algo trágico lhes acontecesse, afinal, fui eu que insisti nessa viagem.

— Você sabe muito bem de quem é a responsabilidade. Neste momento, creio que mereço um descanso. Viemos direto do hospital, vou para casa. Luciana está aí fora me aguardando.

— Vou com você, desejo dar um abraço especial na minha menina. Não sabe o tamanho da minha felicidade. Eu e Silvia ansiávamos por isso. — Os dois saíram e a encontraram sentada conversando com Tavares. Após os cumprimentos e da grande felicidade que o tio exteriorizara, o casal saiu abraçado. Carlos disse a Tavares:

— Não perca um minuto esses dois da sua vista. Essa tarefa é sua! — expressou com seriedade.

— O senhor pode confiar que não os deixarei um instante sequer distante de mim. Ainda temo que eles possam usar de outros subterfúgios para obterem seus propósitos. Eles são maquiavélicos e não podemos vacilar. — Saiu com rapidez a tempo de acompanhar o juiz e a esposa.

Os dias se passaram e a repercussão do atentado foi benéfica para Leonardo, contribuindo ainda mais para que sua credibilidade perante a sociedade fosse preservada. Um juiz é perseguido por executar seu trabalho em prol da manutenção da ética e da justiça. Os jornais adoram histórias desse teor e o panorama era mais do que favorável ao defensor da lei. Os "bandidos", assim foram considerados, mereciam ser punidos pelos atos perpetrados contra um defensor da manutenção dos direitos.

Apesar de terem retornado juntos da viagem, Leonardo e Miguel ainda não haviam ficado a sós e conversado acerca de tudo que lhes acontecera.

Dias depois, Luciana saudosa do sobrinho, fez-lhes uma visita. Leonardo a acompanhou.

O garoto ficou exultante ao vê-los e foi logo dizendo:

— Tio Leo, você foi valente naquela noite, mas meu pai foi mais. — Ele olhava para o pai com um brilho intenso no olhar. Miguel replicou:

— Não fiz nada além do que tinha de fazer. Leonardo não poderia supor que eles fossem capazes desse gesto tão maquiavélico, provocando um incêndio. E cuidou de vocês melhor do que eu faria. — Havia uma paz que Leonardo nunca observou.

— Não me perdoaria se algo acontecesse com vocês dois. — Novamente, as cenas se apresentaram em sua tela mental, fazendo-o estremecer.

— Dois não, tio Leo. Três! Tia Lu, tem passado bem? Quero lhe mostrar uma coisa. — Pegou a mão de Luciana, que nem teve tempo para responder, levando-a para dentro. Os dois homens ficaram sozinhos na sala em silêncio. Foi Leonardo que iniciou:

— Preciso agradecê-lo, Miguel. Seu gesto impulsivo e destemido salvou a minha vida. Obrigado, meu amigo.

— Há muito não ouvia isso: amigo. Sinto que o tempo nos afastou a ponto de esquecermos todo passado, quando éramos jovens. Você foi uma das poucas amizades que tive ao longo de minha existência. Sei também a razão de se distanciar e nunca falei sobre isso com você. Marina foi o grande motivo de nossa amizade estremecer e, se soubesse o quanto ela era importante para você, talvez nossas vidas tomassem um rumo diferente. Quero que saiba que Marina foi e sempre será meu grande amor. Jamais encontrei uma mulher como ela e agi com egoísmo, assumo isso hoje, em desconsiderar seus sentimentos. Pode parecer tardio esse meu pedido de desculpas, mas saiba que tudo mudou quando a conheci. Foi como se um sol imenso e radiante adentrasse em minha vida, mostrando que eu poderia ser feliz. Fui arrebatado por esse sentimento e desprezei os seus. Me perdoe! Sou um homem muito melhor por ter tido a presença dela em minha vida, mesmo que tenha sido por tão pouco tempo. Você já era uma pessoa íntegra, generosa, mas eu não! Ela me ensinou tanto!

A emoção assomou e ele sorriu entre as lágrimas:

— Depois dessa cirurgia, fiquei mais emotivo. Sua presença ao longo desses anos sempre foi desafiadora, como se me avaliasse todo tempo, esperando uma brecha para apontar meus erros. Não tenho a mesma força que você, Leonardo, coisa que, talvez, sempre tenha invejado. Marina representava meu porto seguro e aprendi a amar de forma plena, coisa que desconhecia. Quando ela se foi, meu mundo desmoronou e perdi o rumo. Meu desejo era seguir com ela, mas isso não seria possível, pois Artur precisava de mim. Mesmo assim, agi de forma insensata, prejudicando a minha vida e a dele. Mas você estava por perto, com sua figura austera, apontando meus erros e me alertando quanto ao fato de que precisava, ao menos uma vez, deixar meu egoísmo de lado. Confesso que sua presença me perturbava. — Ele sorriu tristemente e continuou: — Você sempre foi muito melhor que eu e, provavelmente, Marina tenha feito a escolha errada.

— Esse assunto ficou no passado, Miguel, e lá deve permanecer. Minha vida seguiu novo rumo e conheci Luciana, uma mulher maravilhosa, que aprendi a amar e respeitar. Marina escolheu aquele que ela amava e isso não está em questão. Amamos aqueles que nosso coração determina e ela escolheu você. Como contradizê-la? Não vou negar que a amava no início e você ter se antecipado foi, para mim, imperdoável. Creio que nunca soube lidar com esse fato e daí a minha eterna implicância. Os anos foram passando e pude constatar o amor que ela nutria por você, e tive que me render ao fato de que o amor estava presente entre vocês. Vamos esquecer tudo isso e seguir com nossas vidas. Você já seguiu com a sua. Encontrou a Laura.

— Laura foi um sopro de vida quando minhas forças estavam quase no limite. Ela representa a esperança, a força, a alegria, tudo o que estava tão distante. Cuidou do meu coração e da minha alma, mostrando que não podemos ficar passivos perante nossa existência, mas precisamos seguir e aproveitar os momentos de paz. E Artur aprovou essa escolha, o que definiu a questão — disse ele sorrindo.

— Não precisa justificar nada para mim, pois não estou aqui para julgá-lo ou criticar suas decisões. A vida é seu patrimônio e deve gerir da forma que lhe aprouver. É jovem e tem uma vida inteira para viver. Sei que Marina, onde ela estiver, aprovará suas escolhas, pois ela sempre foi o ser mais compreensivo e bondoso que já conheci. Seja feliz, Miguel. É meu desejo sincero. E coloquemos um ponto final nisso tudo. — Havia franqueza e serenidade em seu olhar. — Você ainda não me disse como chegou lá no exato momento em que a casa incendiava.

— Marina me avisou! — Seus olhos ficaram marejados.

— Como assim? — Sentiu todo seu corpo arrepiar.

— Ela esteve aqui e pediu-me que fosse até lá para salvá-los. Eu a vi bem diante de meus olhos, com o mesmo semblante de paz e com aquele sorriso límpido. Avisou que vocês estavam em perigo e que precisava ajudá-los. — A emoção se instalou entre os dois. — Quando eu falei que tiraria você de lá a qualquer custo, foi a decisão mais correta que tive em toda minha vida. Necessitava fazer isso e não me pergunte a razão, pois não saberia responder. Sentia que devia alguma coisa a você todas as vezes que o encontrava. Não sei se em função de Marina ou, talvez, algo de nosso passado. Não devo ter sido um homem de bem, caso contrário, aquele ser não estaria todo tempo a me assombrar, fazendo cobranças por dívidas que sequer recordo. Quando o tirei de lá, senti que havia me reabilitado com você. Pode parecer loucura, Leonardo, mas nunca me senti em paz como após ter salvado sua vida. Devia-lhe isso, tenho plena consciência. Além do que Marina não me perdoaria se o deixasse lá. Sei que ela também o amava, não da forma como você queria, se é que me entende. — Miguel sentiu um desconforto ao dizer aquelas palavras, mas eram as que ele precisava dizer. — Me perdoe, meu amigo, por tudo que o fiz sofrer nesta vida.

Seu olhar foi na direção de Leonardo, que sentiu uma emoção intensa, assim como ele, como se tivessem acesso a fatos de outras vivências, percebendo que aquelas palavras tinham um significado. Achava-se liberto de um peso que há tanto tempo esteve presente. As lágrimas escorriam em ambos e um abraço selou definitivamente o perdão dessas duas consciências, que há tanto abrigavam emoções desconexas e que impediam que olhassem a vida com os olhos da paz.

Luciana chegou a tempo de ouvir parte da conversa, vivenciando a mesma paz que ambos experimentavam. Enfim, o destino de ambos havia se cumprido, foram as palavras que ela ouviu pelo canal telepático. Marina lá se encontrava e acompanhara cada gesto deles, apenas observando o andamento da conversação tão necessária. Amava intensamente aqueles dois seres à sua frente e desejava que a felicidade se instalasse em seus corações, para que prosseguissem suas jornadas. Aproximou-se da irmã e a envolveu em um terno abraço, dizendo:

— Receba essa criança com todo amor! Ela precisa de vocês dois, retornando à vida física para dar seguimento a sua evolução. Sei que será amada, protegida e amparada. Artur necessita também de você, minha querida, para apresentá-lo a sua tarefa, que o tempo se encarregará de firmar. Conto com sua ajuda! Ele escolheu realizar muitas obras e precisa do suporte necessário. Que Deus os ampare, meus queridos! Seja feliz ao lado de Leonardo, minha irmã. — Luciana sentiu as lágrimas escorrerem por seu rosto e voltou para o quarto de Artur, deixando os dois amigos se reconciliando com o passado.

Laura chegou no exato momento em que ambos firmavam um pacto de paz.

— Uma cena que esperava acontecer, não sei o motivo — expressou ela sorrindo.

— Sei que tudo ficará bem a partir de agora! — afirmou Miguel, emocionado.

— Mais uma vez, agradeço sua coragem retornando lá para me salvar. Devo-lhe a minha vida. Obrigado! — Havia sinceridade em suas palavras. Definitivamente, uma nova era se instalava no seio daquele grupo, que lá se encontrava com um propósito e, a partir deste momento, tudo poderia prosseguir. Dar seguimento à programação efetuada antes de encarnarem era a meta desses valorosos companheiros. Quando os propósitos são elevados, teremos o amparo dos companheiros da luz para desempenhar, com eficiência, nossas tarefas.

— Creio que tudo tenha finalmente se encerrado. Precisamos seguir em frente. Espero que esse grupo responsável pelo atentado seja responsabilizado e a justiça, enfim, exerça seu papel — disse Miguel, com ênfase.

— Não é tão simples assim, Miguel, mas fizemos a denúncia. Eles são ardilosos, mas, desta vez, deixaram brechas significativas. Confiemos em que a justiça se encarregue deles. E você, sente-se melhor? — perguntou.

— Em breve, estarei de volta às minhas atividades, desde que siga as instruções de minha médica e carrasca. — Ele olhou para Laura com o olhar suplicante.

— Tudo o que faço é para sua plena recuperação, querido. — Ela ria com a implicância dele. — Deveria me agradecer pela paciência que tenho com você.

— Nisso, tenho que concordar com ela, Miguel. Você não é fácil! — Leonardo sorria.

— Bem, desde que um complô se estabeleceu, resta-me buscar ajuda externa. — E chamou pelo filho, que surgiu na sala em desabalada correria.

— O que aconteceu, papai? — indagou ele.

— Preciso de defesa, Artur. — Ao perceber que o garoto olhava para ambos com a curiosidade no olhar, sugeriu: — Pensei que poderíamos sair para comer uma pizza, pois esse programa ficou em suspenso há algum tempo. — Luciana chegou na sala naquele instante e disse:

— Sim, desde que eu e Laura possamos escolher o local. Você não fez uma boa escolha na última vez, concorda? E você, querido, também!

— Concordo! — responderam os dois homens em coro.

Logo que chegaram ao local, um lugar mais discreto e menos movimentado desta vez, ainda assim o juiz Leonardo foi reconhecido e aclamado pelos frequentadores. Ele não gostava muito disso, mas, como uma pessoa pública que era, sabia que teria de conviver com essa situação. Agradeceu às pessoas e acompanhou o grupo para um lugar discreto, distante do burburinho local. Já estavam jantando quando foram interrompidos pela presença de Bruna, a tal mulher que quase colocara sua carreira em risco. Luciana fechou o semblante, encarando-a com firmeza.

— Boa noite, juiz. Não sabe o quanto fiquei feliz quando soube que estava vivo e bem.

Antes que ele respondesse, Luciana se antecipou:

— Não acha que isso é um tanto conveniente agora? Afinal, tudo poderia ter sido diferente após o ataque sórdido de seu pai, pelo que me consta. Você é muito petulante vindo aqui. Por favor, deixe-nos em paz de uma vez por todas.

— Não queria que nada de mal tivesse acontecido, eu juro. Jamais seria conivente com um ato dessa monta. Não compactuei com meu pai e nem participei dessa atrocidade. — Olhou Leonardo fixamente e disse: — Se tivesse atendido minha ligação, você saberia. Caso tenha a curiosidade, procure constatar se estou falando a verdade. Lamento muito por tudo que tenham passado.

— Você está somente corroborando com a ideia de atentado, afirmando que tudo foi obra de seu pai. Não percebe o que está fazendo? — indagou Leonardo, atônito. A jovem lhe dirigiu um olhar de profunda tristeza, concluindo:

— Eu sei o que estou falando e assumirei se for preciso. Não sou igual ao meu pai e vou provar isso. Selei meu destino quando discordei das decisões dele. Sou responsável por minha vida e tenho que ser coerente com o que eu penso. Sinto muito o que causei a vocês e espero que, um dia, Deus possa me perdoar. Volto a insistir que gostaria muito de tê-lo conhecido em outro momento e circunstância. — Dirigiu seu olhar à Luciana e concluiu: — Você é uma mulher de sorte e a invejo. Sejam felizes! — E retirou-se do local deixando todos perplexos.

— O que ela quis dizer com tudo isso? — perguntou Luciana com a confusão no olhar.

— Ora, tia Lu, ela falou que o tio Leo é um cara muito legal, não é, papai?

— É sim, querido. Ela quis dizer exatamente isso. — E foi impossível conter o riso.

— Ela te deu uma cantada na minha frente? — Luciana fingia ares de indignação: — Espero que você nem ouse olhar para outra mulher, senão... — O clima já se descontraíra. — Acredita que esteja dizendo a verdade? Ela tentou te alertar sobre o atentado?

— Depois de tudo o que aconteceu, nem tive tempo de verificar. Se isso realmente aconteceu, ela foi muito corajosa, tenho que admitir. Mas não mais importa, pois tudo agora é passado. E temos que seguir em frente. Se não fosse Miguel, nenhum de nós estaria aqui para contar a história. — E olhou com profunda gratidão ao cunhado. — Mais uma vez te agradeço! — Miguel olhou com carinho para Leonardo e concluiu:

— Você faria o mesmo por mim, tenho plena convicção!

— Bem, vamos continuar com nosso jantar? — expressou Laura.

— Vamos, tia Laura, pois ainda estou com muita fome — complementou o garoto com um sorriso.

EPÍLOGO

As semanas seguiram-se para os personagens de nossa história.

Miguel retornou ao trabalho para a alegria de Marcondes, que já estava cansado de resolver todos os problemas que Flávia criara com sua inexperiência. Claudia o recebeu com genuíno carinho:

— Meu bom amigo, fico feliz que esteja de volta. Nossa amiga tentou de todas as formas comprometer seu brilhante trabalho, mas não teve competência para tal façanha — comentou a amiga com um abraço.

— Não a vi desde que cheguei — expressou Miguel, curioso.

— Ela sabia de seu retorno e pediu aos amigos superiores que fosse transferida de área. Parece que sua visita à matriz da empresa não teve o impacto que ela esperava, sendo duramente criticada por sua conduta. Decidiram que iriam esperar seu retorno para que reassumisse definitivamente seu posto. Eles o conhecem há muito tempo e sabem de sua competência. Então seja bem-vindo!

— Agradeço sua ajuda e seu carinho, minha boa amiga.

Já Leonardo encontrou mais alguns entraves pelo caminho, afinal, estava lidando com pessoas da pior estirpe. Foi necessário muito empenho e determinação para que investigassem e apurassem seu atentado. Tavares se dedicou integralmente a obter provas para que essa denúncia frutificasse. E assim ocorreu! O grupo foi investigado pelo crime o que concedeu ao juiz certa tranquilidade em sua vida, pois qualquer ato contra ele já teria destino certo.

Luciana estava cada dia mais feliz com a perspectiva de ser mãe e de um menino, seu grande sonho desde que se casara. Leonardo não se continha de tanta felicidade.

Miguel e Laura estavam cada dia mais apaixonados, fazendo planos para o futuro.

Artur continuava com suas visões e conversas quase que constantes com os avós e, eventualmente, com a mãe.

Em uma dessas ocasiões, ela, ao encontrá-lo certa noite, perguntou ao filho:

— Você ficaria feliz se tivesse um irmãozinho? — O garoto ficou pensativo por instantes.

— Acho que seria muito bom ter um irmão. Isso vai acontecer logo, mamãe?

— Sim, meu querido. Laura, em breve, vai receber como filho um ser muito querido dela. Alguém que muito necessita estar ao lado dela e de seu pai. — Artur permaneceu quieto. — Por que ficou assim? Não seria bom se isso acontecesse?

— Mas e se ele não gostar de mim? — indagou ele.

— Meu querido, quando alguém não vai gostar de você? Claro que ele será seu amigo e você, dele. Por que está preocupado?

— Sabe, mamãe, eu gosto muito da Laura e ela, de mim também. Mas se uma nova criança chegar, será que ela vai continuar gostando de mim?

— Quando se ama alguém verdadeiramente, esse sentimento é permanente, meu querido. Você e Laura se conhecem há muito tempo e os laços que os unem são intensos.

— Assim como os nossos? — questionou ele com seriedade.

— Sim, meu amor. Mesmo que eu esteja deste lado da vida, o amor que eu sinto é o mesmo.

— Você sempre virá me visitar? — perguntou com certa preocupação.

— Mesmo que eu não venha vê-lo, estaremos sempre juntos, unidos pelo nosso amor. Tenho algumas tarefas a desempenhar e, talvez, tenha de me ausentar por um tempo. Mas quando sentir muitas saudades, basta que pense em mim com toda sua força e eu tentarei vir, combinado? Saiba que onde eu estiver, meu coração permanecerá sempre conectado ao seu. — Ela o abraçou com todo amor e saiu em seguida.

Dias depois, Artur presenciou uma conversa entre Laura e o pai.

— Não fique tão preocupada, Laura. Quem sabe não seja nada do que está pensando — dizia Miguel, segurando a mão da médica, que estava quase a chorar.

— A mesma coisa aconteceu da outra vez. Será que meu problema voltou? — E as lágrimas escorreram. — Não queria passar por tudo aquilo novamente.

— Passar pelo quê, tia Laura? — indagou Artur entrando na sala.

— Tive um problema complicado há alguns anos, querido. E creio que ele tenha retornado — explicou ela com todo carinho.

— Eu acho que você está enganada desta vez. Não tem problema algum.

— Como você pode ter tanta certeza? — perguntou ela com um sorriso.

— Mamãe me disse dias atrás. Eu sei qual é o seu problema — afirmou ele com seriedade.

— Você sabe? Então me conte, Artur.

— Você tem o mesmo problema da tia Lu. Simples!
Miguel e Laura se entreolharam surpresos.
— Como assim, Artur? Sua tia está grávida! — expressou o pai.
— Ora, papai. Vou ter um irmãozinho, coisa que eu sempre quis. — As feições de Laura estavam tristes e ela disse:
— Pode ser que isso jamais aconteça, meu querido. Saiba que seria meu maior sonho lhe dar um irmãozinho, mas, possivelmente, eu nunca consiga ter filho. Meu problema me impede.
— Tia Laura, mamãe me contou que você receberá um ser que te ama muito e ele será meu irmão. Eu acredito na mamãe, pois ela sempre falou a verdade. — Olhou o pai que também estava sério e perguntou: — Algum dia a mamãe mentiu para nós?
— Não, meu filho, isso nunca aconteceu!
— Então fique tranquila, pois esse problema se chama gravidez. — Ele mostrava um sorriso radiante. — Mas eu vou escolher o nome dele, combinado?
— Se isso acontecer, querido, saiba que a escolha será sua. — Laura sentiu uma emoção nunca experimentada. Estaria ele certo? Uma gravidez era algo que nunca alimentara esperança em função de seu problema no passado. Mas os médicos não descartaram essa possibilidade. Ela estava se sentindo estranha nos últimos dias, com enjoos e desconfortos. Suas regras se atrasaram, porém isso não era de se preocupar, sempre acontecia. Miguel a olhava com carinho, assim como Artur. — O que vocês dois estão me olhando?
— Fico imaginando você grávida — brincou ele.
— Você vai continuar gostando de mim, tia Laura? — Ele estava com uma expressão tão preocupada que ela o abraçou com toda energia, passando a beijá-lo sem parar.
— O que você acha, meu querido? — E continuou completando com muitos beijos.
— Tá bom, tia Laura, já entendi! Agora para senão fico sem ar! — E ria sem parar.

Miguel olhou os dois com todo carinho, enviando um pensamento de gratidão ao Alto. Que esse filho estivesse no planejamento deles! E que fosse abençoado por Deus!

No dia seguinte, Laura chegou com a expressão grave em seu olhar, deixando os dois tensos. Ela avisou que faria um exame para comprovar ou não a suposta gravidez. Os dois juntos perguntaram:

— E aí? — Ela ficou calada por instantes e, em seguida, anunciou.

— Miguel, você vai ser papai e você, Artur, ganhará um irmãozinho! O que acham?

Os três se abraçaram com a alegria imperando.

Uma nova vida estava a caminho...

Uma nova oportunidade para Pierre...

A chance de reconciliação definitiva através da paternidade redentora...

Marina e os pais lá se encontravam mais uma vez, acompanhando-os.

— Pierre será muito amado, mamãe?

— Sim, Miguel o receberá com a tarefa de conduzi-lo pelas estradas libertadoras, selando de uma vez o compromisso assumido tempos atrás. Você sabe que, além de sermos seus pais nessa última encarnação, fomos de Miguel numa vida passada, a qual todos nós, movidos pelos próprios interesses, falhamos em nosso propósito de conduzi-lo de forma plena em sua jornada, possibilitando que ele adquirisse sérios débitos perante espíritos que o acompanhavam. Vendo-o hoje, assumindo plenamente sua programação e selando definitivamente o compromisso assumido, nos causa grande alegria.

— Sabíamos que isso aconteceria em algum momento. Mas não podemos antecipar a colheita de um fruto que ainda não está apto para o consumo — expressou Adolfo com o olhar radiante. — Hoje, podemos prosseguir nossas jornadas, conscientes de que ele, enfim, aprendeu as lições necessárias para que a paz retornasse a seu coração. Nosso filho está seguindo seu caminho, iluminando não só sua vida, mas a daqueles a quem permitiu que as trevas consumissem todas as esperanças de felicidade. Uma nova etapa se inicia para todos eles e peço apenas que Deus os ampare em todos os momentos.

— Miguel tem potencialidades mediúnicas a trabalhar e essa será sua grande sustentação nesta existência. Libertando-se, ele propiciará a liberdade de muitos que ainda se prendem às algemas do ódio e da intolerância. — Celia estava com olhar carregado de emoção. — Desta vez, ele saberá conduzir sua vida nos moldes que há muito estavam previstos. Vamos, minha filha! Agora, podemos prosseguir. Muitas tarefas nos aguardam!

— Vou amá-los por toda eternidade! — Marina estava com os olhos marejados. Passou por eles depositando seus fluidos sutis, abraçou-os e, antes de sair, percebeu que seus dois amores a olhavam com toda ternura. Miguel e Artur, pelos fios do pensamento, disseram:

— Amaremos você por toda eternidade! Seja feliz! — Marina soprou-lhes um beijo e sua imagem foi desaparecendo perante o olhar dos dois. Os demais a seguiram. Havia muito a fazer pela obra da implantação do bem e do amor nos corações de tantos que ainda abrigavam a desesperança e a falta de fé...

— Papai, será que ela um dia voltará a nos visitar? — perguntou Artur com os olhinhos cobertos de emoção.

— Tenho plena certeza, meu querido. E, se isso não acontecer, de onde ela estiver, mesmo que seja num lugar distante de nossos corpos físicos, ela sempre estará em nossos corações, pois isso é o que se chama "amor verdadeiro".

Os dois abraçaram Laura, que mesmo sem ver o que lá aconteceu, sentiu a emoção que se instalou em todos eles. Enviou seu pensamento de gratidão àquela que hoje lhe possibilitava dar continuidade à sua própria programação. Abraçou, com a força de seu amor, Miguel e Artur, afirmando:

— Prometo que cuidarei deles! E os amarei acima de tudo! Confie em mim!

Uma nova etapa se iniciava para esses espíritos...

Novos companheiros iriam renascer e novas possibilidades estariam sendo oferecidas a esses irmãos...
Que o amor conduzisse a todos...
E que esse sentimento possa habitar o íntimo de cada um, pois só assim poderemos encontrar a felicidade...

DANIEL, 08/10/2018

CÍRCULO DO PODER

CRISTINA CENSON PELO ESPÍRITO DANIEL

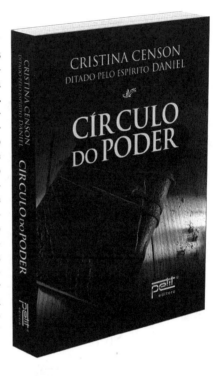

Romance | 15,5x22,5 cm | 448 páginas

"A busca pelo poder ao longo dos séculos reúne os principais personagens desta envolvente história na eterna luta do bem contra o mal. Sob o olhar atento do plano espiritual, Ricardo, Afonso, Betina e Vitória se encontrarão e reencontrarão para enfrentarem os irmãos Estela e Diego. Muitos combates ocorrerão no decorrer da trama! Juntos, Ricardo, Afonso e Betina irão atrás de respostas que possam aliviar seus temores. A presença de Vitória ao lado deles será fundamental nessa tentativa. O aprimoramento moral dos personagens vai depender da conduta a ser seguida. Todavia existe por trás o comprometimento de cada um com as forças do além. Haverá algo maior que a força do amor?"

 www.boanova.net

 www.facebook.com/boanovaed

 www.instagram.com/boanovaed

 www.youtube.com/boanovaeditora

Entre em contato com nossos consultores e confira as condições
Catanduva-SP 17 3531.4444 | boanova@boanova.net

Levamos o livro espírita cada vez mais longe!

Av. Porto Ferreira, 1031 | Parque Iracema
CEP 15809-020 | Catanduva-SP

www.**petit**.com.br
www.**boanova**.net

petit@petit.com.br
boanova@boanova.net

17 3531.4444

17 99257.5523

Siga-nos em nossas redes sociais.

@boanovaed   boanovaeditora

CURTA, COMENTE, COMPARTILHE E SALVE.
utilize #boanovaeditora

Acesse nossa loja   Fale pelo whatsapp